Norah Bell

THE SEASON OF DESIRE

Dem Sturm so gleich

CHRONIKEN VON CALDO

Band 2

IMPRESSUM

Deutsche Erstausgabe Juni 2023
2. Auflage

Umschlaggestaltung: Dawid Gardias
Lektorat: Susanna Schober (Lektorat Detailteufel)
Korrektorat: Susanna Schober (Lektorat Detailteufel)

Impressum:
Norah Bell
c/o autorenglück.de
Franz-Mehring-Str. 15
01237 Dresden

ISBN: 9783759221421

Herstellung und Druck über tolino media GmbH & Co. KG, Albrechtstr. 14, 80636 München. Printed in Germany. Fragen zu Produktsicherheit an: gpsr@tolino.media.

Für jeden, der im dunkelsten Himmel nach einem hellen
Stern sucht.

Mein liebster Stern heißt 'Melstar'.

Die im Jahr 1998 in Hessen geborene Norah Bell träumt und schreibt sich am liebsten in andere Zeiten, fremde Welten und spannende Abenteuer. Seit ihrer Kindheit brennt sie für Fantasy-Geschichten jeder Art und schreibt selbst die Geschichten aus ihrem Kopf nieder. Heute lebt, liest und schreibt sie noch immer in Hessen.

Norah.Bell.Autorin@web.de

Instagram: @buecherkaeffchen

TikTok: @norahbellautorin

NS MEER

MEASIN

VIDRIG

TALAM

GAOFA

DIE SALZWASSERWÜSTE

OSTMEER

TROM

CALDO

PLAYLIST

CHEMTRAILS OVER THE COUNTRY CLUB –
LANA DEL RAY

I FOUND – AMBER RUN

DEAD IN THE WATER – ELLIE GOULDING

SKIN AND BONES – DAVID KUSHNER

THERE BENEATH – THE OH HELLOS

LION – SAINT MESA

TINY RIOT – SAM RYDER

ANCHOR – NOVO AMOR

DIE PROPHEZEIUNG

DIE KINDER, DIE MIT DEM STURM GEHEN, WERDEN
AUFERSTEHEN UND BEIM UNTERGANG DER VERGANGENEN
SILBERHAARIGEN SINGEN.

DAS BRENNENDE LAND WIRD ERLÖST DURCH DAS FALSCHE
BLUT EINES AUSGEWACHSENEN KINDES UNTER DEM VOLLEN
SCHEIN DES ERSTEN ERNTEMONDES.

WENN DAS KIND NACH DEM ERNTEMOND DAS LICHT
ERBLICKT, WERDEN DIE TRÄNEN DER VERGANGENHEIT DAS
LAND TRÄNKEN UND EIN NEUES ZEITALTER EINLÄUTET.

PROLOG

Es fühlte sich an wie die Ruhe vor dem Sturm, als sie ihm das letzte Mal in seine Augen blickte, kurz bevor das Metall ihre Hautbarriere durchbrach und sie mit sich riss. Der Schmerz riss sie unter die Wellen ihres bisherigen Lebens. Kurz, nur für den Bruchteil einer Sekunde, hielten sie inne, ehe sie über sie herfielen. Sie kannte nichts außer dem Schmerz, der sich in ihrem Körper ausbreitete. Bis dieser der Ruhe wich und sie aufatmen ließ.

Und damit fand sie ihren Frieden. Der Schmerz und die Sorgen fielen von ihr ab und mischten sich mit den guten Gefühlen ihrer Seele. Sie machten Platz für die schönsten Momente ihres verflucht kurzen Daseins, während sie im Ozean ihres Lebens immer weiter hinab sank. Doch als sie realisierte, dass er ihr fast all diese Momente geschenkt und ermöglicht hatte, riss sie sich von dieser umhüllenden Ruhe los und strampelte mit aller Kraft zur Oberfläche hinauf.

Der zittrige Atemzug, der durch ihre Lippen kam, als sie endlich die Wellen hinter sich ließ, brannte in ihren Lungen. Denn obwohl sie sich für einen Moment für diese Ruhe entschied, die sie so freundlich empfing, wusste sie, was das Erlebte mit ihm anstellen würde. Eine Schuld, die er nicht tragen konnte.

So war es nun ihre Aufgabe, ihn von den reißenden Wellen des Lebens zu retten.

Bevor er sich von den Klippen stürzte.

KAPITEL I

Ein Traum aus flackernden Bildern verflüchtigte sich vor ihren Augen, sobald sie diese aufschlug. Die Emotionen des Traumes - oder waren es Erinnerungen? - hingen noch tief in ihren schweren Gliedmaßen. Sie hörte ein durchgehendes Brummen in ihren Ohren. Es erforderte immense Kraft, um sich auf den Rücken zu drehen. Für einen Moment überlegte Kalea, was sie geweckt hatte und wo sie war. Das warme Fell unter ihr linderte kaum die Härte des Bodens. Über ihre erstreckte sich die dunkle Plane eines Zeltes. Sobald sie sich auf diese konzentrierte und das Brummen in ihren Ohren leiser wurde, hörte sie, was sie geweckt hatte. Der Regen trommelte schnell auf die gespannte Plane des Zeltes und benässte es so weit, dass es an einer Stelle durchregnete. Genau die Stelle, wo sich ihre Nase zuvor befand. Ein Tropfen floss an ihrem Nasenflügel hinunter. Nun auf dem Rücken liegend, tropfte es knapp neben ihrem Ohr auf das Fell unter ihr. In ihrer Nähe grunzte Aurum im Schlaf und presste ihren Rücken an Kaleas Arm heran.

Ein dumpfer Schmerz ging durch ihren Arm. Mit zusammengebissenen Zähnen rückte sie weiter von ihrer Freundin ab, die seit dem Erntemond sehr anhänglich ihr gegenüber war. Aurum kümmerte sich immer rührend um ihre Mitmenschen, was Kalea eigentlich schätzte. Aber in diesem Moment fühlte sie sich von der Anhänglichkeit der jungen Frau beinahe erdrückt. Es waren knapp drei Tage seit dieser Nacht vergangen und bisher fühlte sie sich kein Stück besser. Ihr Körper schmerzte bei jeder Bewegung oder Berührung. Ihre Narbe, die mitten auf ihrer Brust prangte, war zwar vollends geschlossen, leuchtete aber feuerrot und stach bei jeder zu großen Bewegung ihrer Arme. Sie fühlte sich unter dem Strich elend. Am Rande bemerkte sie, wie der Regen weniger wurde. Weniger, aber nie stoppte. Seitdem sie wiederbelebt wurde, regnete es durchgehend, was der Gruppe den Heimweg erschwerte. Das Land war nicht auf den vielen Regen vorbereitet, weswegen das meiste Wasser einfach nur vom harten Erdboden abprallte und die Berge hinuntersauste. Teilweise löste sich der Boden und versperrte einige Wege. Schlussendlich mussten sie den Weg an der Klinkerbucht entlanggehen, um Solas zu verlassen.

Den Solasia schien es am Abend des Erntemondes gleich zu sein, was mit ihrem Leichnam geschah. Beinahe zeitgleich zu ihrem Erwachen und dem Regen hörten sie die jubelnde Menge der Hauptstadt Ghrian. Niemand sah nach ihnen, als sie sich aufrafften und so leise es ging, den Hügel wieder hinauf zu den Pferden gingen. Es war Henri gewesen, der sie die ersten Meter auf seinem Pferd mitnahm. Mit einem Seil banden ihre Freunde sie an den jungen Wachmann, da sie sich selbst nicht aufrecht halten konnte. Nach einigen Minuten stoppte dieser die Gruppe, da Kalea bei den Erschütterungen des Pferdes vor Schmerzen stöhnte. So mussten sie im langsamen Tempo

14

weiterkommen. Einige liefen neben ihren Pferden her, während sich Henri und Amrin damit abwechselten, sie auf dem Pferd aufrecht zu halten.

Dieser Tag war der Erste gewesen, an dem sie ein Stück selbst gelaufen war. Was ihre Freunde jedoch am meisten besorgte, war, dass Kalea seit ihrem Erwachen kein Wort gesagt hatte.

„Bitte rede mit uns", bat Aurum sie am ersten Abend nach dem Erntemond und blickte sie so mitleidig an, dass sich Kalea von ihr wegdrehte und so tat, als würde sie schlafen. Sie alle hatten diesen Blick darauf. Alle, außer Bo. Der sah sie entweder entschuldigend an oder suchte die Umgebung nach Faun ab. Die Hoffnung, dass sein kleiner Bruder einfach wieder auftauchen würde, würde wohl nie sterben. Und Kalea? Auch sie suchte die Bäume und den Horizont nach ihm ab, doch spürte sie die Stille in ihrem Kopf, die ihr die Hoffnung mit jedem weiteren Atemzug stahl. Was bedeutete es, dass sie ihn nicht mehr in ihrem Kopf spürte? Kein Ziehen, welches sie zu ihm führte.

Keine Verbindung.

Nichts.

Es hieß, dass die Verbindung nur durch den Tod gelöst werden konnte. Aber nun war sie doch wieder am Leben. Warum spürte sie ihn also nicht? War nun er tot?

Ihre Atmung beschleunigte sich bei diesem Gedanken. Zu schnell stützte sie sich auf und biss erneut die Zähne zusammen, um aufzustehen. Die Luft in diesem kleinen Zelt wurde zu knapp und draußen tobte ein mitreisender Sturm, nach dem sie sich sehnte. Er passte zu dem Chaos in ihrem Inneren. Sobald sie die Plane zur Seite geschoben hatte, prasselte ihr der kühle Regen ins Gesicht. Der Wind peitschte durch das offene Haar. Gelegentlich sah sie vor ihrem Gesicht die weiße Strähne fliegen. Dies war ebenfalls etwas, was an ihr nagte. Am zweiten Sonnenuntergang nach dem Erntemond griff ihr Amrin plötzlich ins Haar und hielt sich die Strähne nah vor die Augen.

„Der Ansatz ist dunkler", murmelte er leise und blickte immer wieder vom Ansatz der Strähne in ihre grauen Augen und wieder zurück. Die anderen stürzten sich direkt auf sie, um die Aussage des jungen Gelehrten zu bestätigen, sodass sie zu den Zelten flüchtete. Im zerkratzten, kleinen Spiegel, der in Aurums Tasche gelegen hatte, begutachtete sie ihr Haar. Amrin hatte recht gehabt, die weiße Strähne wuchs hinaus.

Erschrocken schleuderte sie den Spiegel zurück in die Tasche und kam für den restlichen Abend nicht mehr aus dem Zelt hinaus.

Obwohl sie diese Markierung ihrer Person immer verabscheute, fühlte es sich an, als verlor sie etwas von sich selbst.

„Kalea?", rief ihr Henri entgegen, der gerade die zweite Wache schob. Sein Mantel war durchnässt und klebte an seinen Schultern. Der Matsch wich seinen Schritten, während er auf sie zukam. Nur bedingt konnte er den Regen mit seiner Kapuze abschirmen. „Wo ist dein Mantel?"

Sie ignorierte ihn und ging einen Schritt ins Lager hinein, um von ihm und dem zu kleinen Zelt wegzukommen. Der kühle Schlamm quetschte sich durch ihre nackten Zehen und besudelte den Saum ihres Kleides. Noch immer trug sie das Kleid des Rituals unter Amrins

Hemd, der seitdem nur seine zugeknöpfte Jacke trug. Die Gruppe hatte selbstverständlich nicht an Wechselklamotten gedacht. Alle waren davon ausgegangen, nicht lebend aus dieser Rettungsmission zurückzukehren. Oder sie glaubten, dass Faun sie alle in wenigen Minuten nach Viredis zurückbringen konnte. Dass dieser nicht mehr da war und sie aufgrund von Kaleas körperlicher Verfassung mehrere Tage benötigten, hatte niemand ahnen können. Selbst Baria, Solas Prinzessin, die alles für sie riskiert hatte, war nicht auf diesen Weg vorbereitet. Auch sie trug seit Tagen dasselbe Kleid.

„Kalea!", rief ihr Henri nun lauter zu und sie wusste, dass die anderen diesen Schrei trotz des trommelten Regens ebenfalls hören konnten. Als ihre Beine vor Anstrengung brannten, blieb sie in der Mitte des Lagers stehen. Sie war kaum zwanzig Meter weit gekommen. Ihre grauen Augen sahen in den dunklen Nachthimmel und suchten die Sterne, die aufgrund der Wolken natürlich nicht zu sehen waren. Seit mehreren Nächten konnte sie die Sterne nicht sehen. Ihr Herz trommelte im Rhythmus des Regens, als sie eine Hand auf ihrem Arm spürte.

„Kalea, was ist los?", erkannte sie Amrins beruhigende Stimme.

Sie lächelte traurig und ließ den Kopf weiter in den Nacken fallen, sodass der Regen über ihr Gesicht lief. Ein heller Blitz erleuchtete die Nacht. Weiter entfernt donnerte es laut. Hinter ihr hörte sie die Schritte der anderen, die schlaftrunken aus ihren Zelten torkelten und sich zu ihr und den beiden Jungs gesellten. Die fragenden Stimmen vermischten sich mit dem prasselnden Regen in ein lautes Rauschen in ihren Ohren.

„Was soll schon los sein?", flüsterte sie atemlos mit geschlossenen Augen. Obwohl der Regen zu laut war, merkte sie, wie alle verstummten und sie anstarrten. Jemand kam einen Schritt auf sie zu und verharrte dann doch in seiner Bewegung. „Ich war tot. Ich habe mich entschieden, wieder zurückzukommen und dann ist er -" Ein Schluchzen brach aus ihr heraus und zeitgleich blitze es erneut.

Langsam öffnete sie die Augen und drehte sich zu den Menschen um, die sie besorgt beobachteten. Amrins Hand war wieder neben seinen Körper gefallen. Barias wild umherfliegendes Haar leuchtete in der Nacht. Aurum, die vor Kurzem noch ruhig neben ihr geschlafen hatte, stand nur wenige Schritte von ihr entfernt. Bo war nirgends zu sehen, dafür zwei weitere Männer, die ihre Freunde bei der Rettungsmission begleitet hatten. Kalea hatte bisher nicht den Kopf dazu gehabt, sich ihre Namen zu merken.

„Kalea." Durch das Brummen in ihren Ohren filterte sie nicht heraus, wer ihren Namen gesagt hatte. „Du musst dich beruhigen."

Aber das tat sie doch? Die Nässe des Regens floss weiterhin ihren Körper hinunter und sie wusste nicht, ob sie weinte oder nicht. Das Einzige, was sie wusste, war, dass ihre Augen brannten. Im Vergleich zu den anderen zitterte sie nicht in der Kühle des Sturmes.

Zu ihrer Linken sah sie, wie Amrin wieder nach ihr greifen wollte. Schnell wich sie ihm aus und schüttelte wild den Kopf. Ihre Arme klammerten sich um ihren Oberkörper, um nach etwas Halt zu suchen.

„Er sollte hier sein", sagte sie nun lauter und kniff fest ihre grauen Augen zusammen, während sie mit japsender Stimme weiterredete „Wo ist er? Warum … warum spüre ich ihn nicht?"

18

„Du warst tot. Das hat bestimmt die Verbindung unterbrochen", redete Amrin nun mit eindringlicher Stimme auf sie ein, ohne erneut auf sie zuzukommen.

„Genau. Es hieß doch, dass sie nur durch den Tod gebrochen werden kann", stimmte seine Cousine nickend zu, deren rote Augen ihre Freundin besorgt anblickten.

Ein lauter Donner erschütterte die Nacht.

„Aber ich lebe!", schrie sie nun aufgebracht, riss ihre Augen auf und streckte die Arme von sich weg. „Ich lebe! Es gibt keinen Grund mehr, warum die Verbindung unterbrochen ist!"

Ein Blitz, gejagt von einem noch lauteren Donner, zuckte über den Himmel. Ihre Freunde erschraken sichtlich.

„Er sollte hier bei mir sein. Ich sollte ihn spüren können. Ich bin zurückgekommen - für ihn!"

„Kalea." Neben ihr kam Bo zum Stehen. Seine dunklen Augen musterten sie ernst. Ihre Brust hob und senkte sich rasch, während sie ihn anblickte und auf erlösende Worte wartete. Der Regen prallte von seinem Gesicht ab und im Vergleich zu den anderen schien auch ihm die Nässe nichts auszumachen. „Er weiß nicht, dass du lebst. Faun denkt, dass du tot bist. Er weiß nur, dass er dich getötet hat."

„Aber ich lebe doch wieder!"

„Das weiß er nicht!", brüllte er ihr nun über einen weiteren Donner hinweg zu. Beim nächsten hellen Blitz wirbelte sie schreiend herum und stieß mit aller Kraft einen der Eimer um, den die Gruppe aufgestellt hatte, um Trinkwasser zu sammeln. Als Nächstes musste die provisorische Kochstelle dran glauben und das darüber entstandene

Dach, welches Aurum mit ihren Lianen erschaffen hatte. Zum Glück hatte sie diese von ihrer Magie getrennt, sodass es ihr keinen Schmerz zufügte, als Kalea sie in Stücke riss.

„Verdammt! Hör auf!", rief Henri hinter ihr und umgriff ihre Taille. Seine Armmuskeln spannten sich unter seinem Hemd an, während er sie fest an seine Brust drückte. Er fluchte, nachdem ihre Hand seinen Kopf getroffen hatte. „Scheiße, Aurum, hilf mir!"

Die Blondine nickte zögerlich, ehe ihre Augen grün leuchteten. Dicke, grüne Lianen schossen neben den beiden aus dem Boden und fixierten Kaleas Arme und Beine. Trotzdem wehrte sie sich dagegen. Am liebsten würde sie das ganze Lager in ihrem Frust zerstören. Der Wind tobte.

„Alles wird gut. Du bist in Sicherheit. Wir finden ihn", flüsterte der junge Wachmann ihr immer und immer wieder ins Ohr, bis sie vor Erschöpfung gegen ihn sackte. Ihm brach es sichtlich das Herz, ihre Trauer zu sehen. Sie saßen nun auf dem Boden. Der Matsch war mittlerweile in jegliche Körperfalten gerutscht. Ihr Blick huschte zu den anderen. Aurum hielt fassungslos ihre Hände vor den Mund, während Baria den Blick abgewandt hatte und über ihr Gesicht strich. Amrin beobachtete sie vorsichtig, wobei sich seine Augenbrauen grübelnd zusammenzogen. Bo konnte sie nicht anschauen, da er und die anderen Männer irgendwo hinter ihr standen. Langsam spürte sie, wie sich die beißende Wut, die zuvor ihren Körper angetrieben hatte, aus ihren Gliedmaßen schlich. Der bekannte Schmerz und die Erschöpfung überrollten sie erbarmungslos.

„Lass mich los", sagte sie laut genug, dass Aurum und Henri sie hörten. Die Lianen wichen in den Boden zurück. Ihr Freund wollte ihr helfen, auf die Beine zu kommen, doch sie ignorierte seine helfende Hand und stemmte sich stöhnend allein hoch. Ohne erneut in die Augen ihrer Freunde zu blicken, kroch sie beinahe zurück in ihr Zelt, um sich keine Sekunde später auf das Fell fallen zu lassen. Das Trommeln des Regens wurde leiser und der Donner hörte sich mittlerweile weiter weg an. Der Sturm war an ihnen vorübergezogen, als die Erschöpfung sie in den Schlaf zwang.

KAPITEL 2

Zweieinhalb Wochen später

Die Tür knarrte und ließ die Geräusche des herunterprasselnden Regens in die Wohnstube. Prustend zog der junge Mann die Kapuze seines Mantels vom Kopf, entblößte das kurz geschorene Haar und strich sich über das nasse Gesicht. Aurum und Bo begrüßten ihn ruhig und reichten ihm eine warme Tasse Tee, die er erfreut annahm, ehe er den nassen Mantel von sich strich und ihn auf einen Haken hing. Die hinunterfallenden Tropfen waren für eine Weile das Einzige, was zu hören war.

„Ich habe das Gefühl, dass es heute noch stärker regnet als gestern. Ich werde mich wohl nie an dieses klebende, nasse Gefühl gewöhnen", murmelte Henri stirnrunzelnd, rückte auf seinem Stuhl hin und her und zupfte an seinem Hemd, welches trotz des Mantels feucht war. Mehrere Kerzen flackerten in der Wohnstube und erhellten den Raum weitestgehend. Obwohl es mitten am Tag war, durchbrach kaum Sonnenlicht die dicken Wolkendecken, sodass das Innere der Häuser in Viredis in ein graues Licht getränkt wurde.

„Die Nacht war nicht gut", flüsterte ihm Aurum leise entgegen. Besorgt drehten alle drei ihren Kopf zum Sofa und beobachteten die vierte Person im Raum, deren Stille drückend auf der Gruppe lag. Sie hörte ihre Stimmen und war sich bewusst, dass sie über sie redeten. Aber Kalea reagierte nicht. Ihr war klar, wie sie auf die anderen wirkte und wie besorgt sie waren. Denn sie wirkte gebrochen und tot.

Doch obwohl genau letzteres nicht mehr auf sie zutraf, konnte sie sich kaum dazu aufraffen, die Augen offenzuhalten. Ihr Körper schmerzte bei jeder Bewegung. Noch immer. Was kein Wunder war. Schließlich war sie gestorben. Nicht nur fast oder beinahe.

Nein, wirklich gestorben.

Zum Glück hatte sie außer vereinzelten Abschürfungen keine weiteren Verletzungen davongetragen. Das große, klaffende Loch in ihrer Brust wurde durch die ersten Regentropfen verschlossen und ließ eine hässliche Narbe zurück. Sie ertrug es kaum hinabzusehen und achtete darauf, dass Aurum nicht im selben Raum war, wenn sie sich umzog. Zu sehr schmerzte ihr Anblick und ihre Bedeutung. Denn neben den Schmerzen ihres Körpers litt ihr Herz umso mehr. Es schlug kräftig und brutal in ihrem Brustkorb, der sich mit jedem Atemzug hob und sie an den Erntemond erinnerte.

Und an ihn.

Sie seufzte laut und schloss die Augen. Hinter ihr hörte sie, wie die anderen in ihrem Gespräch verstummten. Ihre Blicke bohrten sich in ihren Hinterkopf. Aber sie konnte sich nicht auf sie konzentrieren. Nicht, wenn vor ihrem inneren Auge sein Gesicht war. Wie auch in den vergangenen Wochen erwischte sie sich dabei, wie sie sich nach der

Verbindung in ihrem Hinterkopf ausstreckte und nach dem zweiten Herzschlag suchte. Und wie immer fühlte sie nichts.

Keine Kopfschmerzen.

Kein Summen.

Kein Vibrieren.

Sie war gänzlich allein in ihrem Kopf, und diese Tatsache quälte sie. Nie hätte sie gedacht, dass die Stille und das klopfende Herz in ihrer Brust, ihr größtes Leid werden könnten.

„Kalea." Sie öffnete die Augen, als sie Aurums Stimme neben sich hörte, und blickte ihrer Freundin ins Gesicht. „Komm, ich bringe dich in dein Zimmer. Dann kannst du dich ausruhen. Ich wecke dich, wenn wir ins Schloss müssen." Während Aurum auf eine Reaktion ihrerseits wartete, bemerkte sie, wie die sanften Augen ihrer Freundin zu ihrem Haar glitten. Eine weitere Sache, die sie kaum in den Spiegel sehen ließ. In den vergangenen zwei Wochen waren knapp zwei Fingerbreit ihrer weißen Strähne dunkler geworden und passten sich ihrer natürlichen Haarfarbe an. Das restliche weiße Haar, welches sie mit Solaris verband, leuchtete nur noch schwach in der Dunkelheit. Sie war sich sicher, dass es nicht mehr lange dauern würde, bis der Rest ihres Markenzeichens verschwunden war. Eine Tatsache, die sie eigentlich erfreuen sollte.

Aurum riss ihren Blick von der verblassten Strähne und zog sie sanft vom Sofa hoch. Ohne auf eine Antwort zu warten, führte sie Kalea in ihr Zimmer hinein. Sobald sie im Bett lag und ihr Gesicht die Wand anstarrte, verabschiedete sich die junge Frau leise von ihr. Sie hörte das Klicken des Schlosses ihrer Zimmertür und drehte sich ausatmend zurück auf den Rücken. Obwohl die Tür geschlossen war, hörte sie die Stimmen der anderen, die nun lauter redeten.

„Wir müssen etwas machen", hörte sie Henri unruhig sagen.

„Und was schlägst du vor?" Bo schnaubte laut. „Sag mir, was wir machen sollen."

Kurz herrschte Stille, in der sie sich sicher war, dass Aurum ihren Freund ermahnend anblickte. Trotz ihres eigenen Gemütszustandes hatte sie bemerkt, dass auch Bo schwer mit der Abwesenheit seines Bruders zu kämpfen hatte. Dunkel erinnerte sie sich daran, wie der Ältere vor Esmal auf die Knie gegangen war und ihm sagte, dass er versagt hatte. Wie sehr er in Aurums Armen danach geweint hatte, während Esmal ihm versicherte, dass es nicht seine Schuld war. Nur wenige Tage später veränderte sich Bos Trauer und Verzweiflung in Wut. Er provozierte bei jeder Gelegenheit, wenn er nicht auf seinem Pferd durch das Land ritt, um ihn zu finden. Mit jeder erfolglosen Rückkehr sah sie ihm an, wie seine Verzweiflung wuchs.

„Ich meine ja nur, dass es so nicht weitergehen kann", hörte sie erneut Henris Stimme, ehe sie von der Erschöpfung ihres Körpers in einen traumlosen Schlaf gerissen wurde.

Die Beratung war wie in den vergangenen Wochen erfolglos und aussichtslos gewesen. Immer wieder musste sie sich anhören, dass es keine Hinweise auf Fauns Aufenthaltsort gab, dass die Königin weiterhin Verhandlungen führte, Solas sich ruhig verhielt und Dörfer in den Fluten des Regens drohten unterzugehen. Die bissigen Blicke einzelner Ratsmitglieder, die auf sie beim letzten Punkt fielen, ignorierte sie. Es war ihr egal. Sie hörte das Leid und die Unstimmigkeiten in Caldo, doch es änderte nichts daran, dass sie nichts dabei fühlte. Kein Mitleid oder Zorn.

Nichts. Die einzigen Momente, in denen sie von ihren Gefühlen eingeholt wurde, waren in einzelnen Nächten. Manchmal schrie sie im Schlaf so laut, dass Aurum oder Bo sie wachrütteln mussten. Dies war auch einer der Gründe, warum Bo dauerhaft in ihr kleines Haus eingezogen war, wenn er denn da war. Kaleas Ausbrüche und Fauns Abwesenheit im Schloss sorgten dafür, dass Bo den Westflügel mied.

In anderen Nächten wachte sie schweißgebadet und verwirrt auf und wusste nicht mehr, warum sie Faun nicht spürte. Einmal war sie in ihrer schläfrigen Verwirrung zum Schloss gerannt. Dort klopfte sie so lange an Fauns Zimmertür, bis einige Wachen sie fanden und Amrin zu Hilfe holten. Dieser war der Einzige, der nicht dauernd versuchte, auf sie einzureden. Meistens setzte er sich neben sie und leistete ihr einfach Gesellschaft. Andere Male las er ihr vor oder erzählte Geschichten aus seiner Kindheit. Dass sie nicht darauf reagierte, schien ihm gleich zu sein.

„Hat Aurum es dir erzählt?", holte der junge Gelehrte sie in der vierten Woche nach dem Erntemond aus ihren Gedanken. Sie saßen auf dem Sofa in der Wohnstube und wärmten sich am prasselnden Feuer. Verwirrt sah sie zu ihm und schüttelte den Kopf.

„Was?"

„Die Königin kommt in zwei Wochen nach Viredis", erklärte er ihr.

„Die Königin?"

Zustimmend nickte Amrin. „Sie soll Esmal geschrieben haben, dass sie eine wichtige Ankündigung zu machen hat und sie nicht allein reist." Bei seinen Worten drehte sie sich mit ihrem gesamten Oberkörper zu ihm und starrte ihn mit weit aufgerissenen Augen an.

„Sie hat jemanden dabei? Wen? Ist er-", sie stoppte sich selbst.

„Ich weiß es nicht und auch sonst niemand. Wir müssen uns überraschen lassen."

KAPITEL 3

Zwei Abende später überredete der junge Gelehrte sie, mit ihm zusammen an die frische Luft zu gehen. Kalea vermisste die abendlichen Spaziergänge in der untergehenden Sonne mit Amrin. Diese waren aufgrund des ständigen Regens buchstäblich ins Wasser gefallen. Deswegen brauchte es nicht viel Überredungskunst, bis sie ihren Mantel überzog, die Kapuze überstreifte und ihm hinaus in die Dunkelheit folgte. Zügig führte er sie zur Wiese, wo eine kleine Überdachung am Rande von Viredis Schutz vor dem Regen bot. Neben ihnen steckten zwei Fackeln, die ihnen Wärme und Licht schenkten.

Grübelnd zupfte Amrin an den Grashalmen, die sich zwischen seinen Füßen befanden. Nur knapp vor ihnen tropften der Regen von der Überdachung herunter und benässte den Boden. Eine große Pfütze hatte sich gebildet.

„Wie war es?", durchbrach er die Ruhe zwischen ihnen und blickte zu ihr hinüber. Sie hatte die Reflexion der Fackeln in der Wasseroberfläche der Pfütze fokussiert und lehnte ihr Kinn auf das Knie.

„Was meinst du?"

„Tot zu sein", erklärte er und strich mit einem Finger die Naht seiner Hose entlang. „Erinnerst du dich daran?"

Langsam löste Kalea ihren Blick und sah ihren Freund grübelnd an. Beinahe schmunzelte sie, als sie seinen neugierigen Blick sah. Einmal wissbegierig, immer wissbegierig. Egal, bei welchem Thema.

Nickend sah sie wieder nach vorn auf die Umrisse des Waldes. „Ich erinnere mich. Es war ruhig und friedlich.", flüsterte sie und hielt für einen Moment inne. „Ich war zum ersten Mal wirklich glücklich." Eine Gänsehaut breitete sich auf ihren Armen aus. Amrin schwieg und hörte ihr aufmerksam zu. „Ich hatte Frieden gefunden und ich wäre am liebsten in dieser Ruhe geblieben. Aber … aber ich habe euch gehört. Ihn. Ich konnte euch nicht so zurücklassen."

„Du konntest dich entscheiden?", fragte der junge Gelehrte verwirrt nach.

Sie schüttelte langsam den Kopf. „Nicht direkt. Es war nicht so, dass mich jemand oder etwas vor die Wahl gestellt hat. Ich war noch nicht fertig mit allem und dann bin ich zwischen euch wieder wach geworden."

„Ich bin froh, dass du es bist", sagte er und blickte sie ehrlich an, was ihr beinahe Tränen in die Augen trieb. „Du hast gesagt, du warst dort das erste Mal richtig glücklich. Bist du es denn jetzt auch?"

„Nein."

Amrin nickte verstehend. „Faun?"

„Natürlich Faun", antwortete sie traurig lächelnd, streckte die Knie und legte ihren Kopf in den Nacken. Von der Seite sah sie den jungen Gelehrten an, der sie musterte.

„Hast du ihm jemals gesagt, dass du ihn liebst?" Ihr stockte bei seinen Worten der Atem. „Schau nicht so. Es ist nicht so, als könntest du es gut verstecken."

Er lachte neckend, als sie ihm locker gegen die Schulter schlug.

„Es gab keine Gelegenheit", antwortete sie ihm, ohne wirklich seine Aussage zu bestätigen. Doch sie war sich sicher, dass er keine Bestätigung brauchte.

Leicht stupste er sie mit seiner Schulter an und schenkte ihr ein sanftes Lächeln. „Die Gelegenheit wird kommen." Sie schwieg nachdenkend. „Muss ich mir Sorgen machen, dass dir dieser Frieden fehlt?"

Für einen langen Moment überlegte sie, ehe sie ihm antwortete: „Ich muss ihn finden. Ich muss wissen, wo er ist."

Der junge Gelehrte seufzte. „Das beantwortet nicht meine Frage, Kalea."

Sie kniff die Augen zusammen. „Es fühlt sich alles leerer an, seitdem ich wieder lebe. *Ich* fühle mich leerer an. Ich weiß nicht, ob sich dieses Gefühl jemals wieder ändern wird und ob ich damit leben kann. Aber ich werde es probieren. Reicht dir das erst einmal?"

„Ja. Aber versprich mir, dass du mit mir redest. Schließ uns nicht wieder aus." Seine kühle Hand umschloss ihre und drückte sie.

Knapp lächelnd erwiderte sie den Druck. „Ich werde es probieren. Aber ich weiß nicht was in mir geschieht und wie ich es erklären soll."

Würde sie es können? Leben? Wenn er nicht zurückkommen sollte, egal weshalb. Sie wusste es nicht. Amrins traurige Augen ließen sie lügen. Die meiste Zeit dachte sie an die Momente mit Faun zurück oder suhlte sich in der Sehnsucht nach dem Frieden, den sie empfunden hatte. Ihr war bewusst, dass es nicht gesund war. Ihre Fokussierung auf Faun und den Tod, aber selbst dieses Bewusstsein dafür, änderte nichts an ihren Gefühlen. Sie fühlte sich hohl, als hätte er alles mitgenommen, was sie am Leben zu schätzen wusste.

„Woher kommt dein Name?", hatte sie ihn an einem Abend gefragt, als sie stumm auf der Wiese lagen und die Sterne über ihnen beobachtete. Sie lagen in der Nähe des Waldes, da die Lichter von Viredis ansonsten zu hell waren, um Sterne zu erkennen. Besonders der riesige Baum, um den das Dorf gebaut wurde, erhellte mit seinen leuchtenden Blättern den Abend. Unter ihr lag seine Jacke, die er freundlicherweise ausgebreitet hatte.

„Welchen meinst du?", erwiderte er schmunzelnd und lenkte seine Aufmerksamkeit vom Himmel auf sie. Sein linker Mundwinkel ging nach oben.

„Faun", antwortete sie und drehte sich auf die Seite, um ihn anzublicken. „Wieso hast du dir diesen ausgesucht?" Sie schluckte bei seinem Anblick. Die Funken seiner Augen schlichen im normalen Tempo umher. Er war entspannt. Ihre Anwesenheit entspannte ihn. Dank seiner außergewöhnlichen Augen fiel es ihr immer leichter, ihn zu verstehen. Wenn er wütend, aufgeregt oder erregt war, bewegten sie sich schneller. Bei Traurigkeit oder Entspannung flossen sie langsam, wie der sanfteste Fluss durch Caldo. Sein Lächeln erstarb für einen Moment, ehe er sich wieder zum Himmel drehte.

„Meine Schwester war besessen von den Sternenbildern", erzählte er und rutschte näher an sie heran, sodass sich ihre Schultern berührten.

„Du hattest eine Schwester?", fragte sie überrascht. Er hatte ihr noch nie etwas über seine Vergangenheit erzählt, da dieses Thema noch nie aufgekommen war. Wie es wohl war, Geschwister zu haben?

„Ja." Sein Lächeln wirkte traurig. „Ihr liebstes Sternenbild war das des Gottes Faun. Bei den Imiset ist er der Beschützer der Kinder. Er ist groß und hat seine Heimat im Wald. Als ich klein war, erzählte sie mir so lange etwas über die Sterne, bis ich einschlief. Sobald ich hier ankam und man mich nach meinem Namen fragte, sagte ich, ohne groß zu überlegen, Faun." Ihre Hand wanderte auf seine Brust.

„Du hattest vorher keinen zweiten Namen?"

„Nein. Ich lebte mit meiner Schwester und noch einer Person versteckt. Die Imiset können den Namensfluch nicht anwenden. Deswegen war vorher kein zweiter Name notwendig gewesen." Sein Blick huschte über die einzelnen Sternbilder über ihnen, sodass Kalea ebenfalls den Blick wieder in den Himmel lenkte. Fauns Herz schlug kräftig gegen ihre Hand.

„Es ist ein sehr schöner Name. Zeig es mir."

„Was?"

„Dein Sternenbild."

Der Regen prasselte gegen ihr Fenster. Müde zwang sie sich dazu, ihre Augen zu öffnen und blickte von ihrem Bett aus zum Mond empor, der an seiner höchsten Stelle stand. Es war mitten in der Nacht. Ihre Kehle schnürte sich zu, als ihr der Traum wieder in den Sinn kam.

Nein, kein Traum. Die Erinnerung.

Leise, um Aurum und Bo nicht zu wecken, weinte sie in den Stoff ihres Kissens und krallte sich in das darunterliegende Buch.

KAPITEL 4

Ab der vierten Woche nach dem Erntemond verlor sie den Überblick über die Tage. Grau und vom Regen getränkt, verschwammen sie vor ihren Augen. Langsam flossen die Tropfen an ihrem Fenster hinunter und sorgten für die einzige Ablenkung, die sie hatte. Seitdem sie an diesem Tag wach geworden war, lag sie unbewegt auf derselben Stelle. Seitlich liegend und unter ihrer Decke nach Wärme suchend, krallte sie sich an das Buch, welches sie an ihre Brust drückte. Es war die Ausgabe von „Die Reise in den Süden", die Faun ihr zu ihrem Geburtstag geschenkt hatte. Wenn sie an diesen Abend zurückdachte, fühlte es sich an, als wären seit dem Jahre vergangen. Eine Gänsehaut breitete sich über ihrem gesamten Körper aus. Sie erinnerte sich an die Freude, die sie durchströmte, als er ihr dieses persönliche Geschenk gemacht hatte.

Langsam drehte sie sich auf den Rücken, löste ihren Griff um das Buch und hielt es mit ausgestreckten Armen über ihrem Kopf. Die Buchstaben des Titels mit den Augen fixierend, strich ihr linker Daumen sanft über einen Fleck, der die Vorderseite des Buches verschmutzte. Ein Überbleibsel seines vorherigen Besitzers. Ihr Herz hämmerte in ihrer Brust, und ein Verlangen, das Buch zu öffnen und die Worte in der vertrauten Handschrift zu lesen, überkam sie. Sie kannte fast all seine Anmerkungen auswendig, doch seitdem er fort war, brachte sie es nicht über sich, die vergilbten Seiten anzublicken.

Ein Klopfen an ihrer Zimmertür riss ihren Blick von dem Buch. Vorsichtig steckte sie es wieder unter ihr Kopfkissen, wo sie es immer sicher wusste, und rief dann den Gast herein. Sobald Henris Kopf zum Vorschein kam, setzte sie sich in ihrem Bett auf und wies ihn an, sich zu ihr zu setzen. Die Überraschung über ihre Aufforderung war so klar in seinem Gesicht zu sehen, dass ein starkes Schuldgefühl sie für einen Moment durchflutete. Ihr war bewusst, dass die anderen vorsichtig um sie herumtanzten, und sie ihre Freunde aus ihren Gedanken ausschloss. Aber wie sollte sie mit ihren Gedanken klarkommen?

„Ich wollte mit dir reden", sagte Henri mit sanfter Stimme und beobachtete ihre Reaktion. Doch ihre Mimik blieb ausdruckslos. Dass sie wusste, dass ihm dieses Vorhaben schon länger im Kopf herumschwirrte, erwähnte sie nicht. Aber sie war überrascht davon, dass er allein kam. Wenn ihre Freunde den Entschluss gefasst hatten, sie zu konfrontieren, so dachte sie, dass sie sie auf einmal abfangen würden.

Henri seufzte leise, als keine Reaktion kam. Seine Haltung fiel in sich zusammen. Frustriert strich er sich übers Gesicht und dann durch das kurze Haar. In einer flüssigen Bewegung rutschte er auf dem Bett so weit nach hinten, dass er sich gegen die Fensterbank lehnen konnte und Kalea gut im Blick hatte.

„So geht das nicht weiter, Kalea. Wir alle vermissen Fa-"

34

„Sag nicht seinen Namen. Ich ertrage es nicht", unterbrach sie ihn flüsternd und zog ihre Knie an ihre Brust heran.

Henri nickte langsam und obwohl sie nicht zu ihm sah, spürte sie seinen mitleidigen Blick auf ihr. „Wir alle vermissen ihn", beendete er schließlich seinen Satz.

„Aber ich spüre seine Abwesenheit. Die Leere in meinem Kopf verdeutlicht mir mit jedem Atemzug, dass er nicht da ist. Dass er tot sein könnte, und ich würde es nicht wissen", keifte sie ihn an.

Henris Blick verhärtete sich, doch sie konnte keine Reue über ihre Worte spüren. „Seine Abwesenheit spüren wir alle! Er ist mein bester Freund und ich war noch nie so lange von ihm getrennt. Bodan weiß nicht, wo sein kleiner Bruder ist und verliert sich jeden Tag mehr in seinem Zorn. Und obwohl auch ich beinahe verrückt werde, weil ich nicht weiß, wo sich dieser Idiot aufhält, schaffe ich es jeden Tag aus dem Haus", seine Stimme zitterte vor Wut. „Wage es also nicht, unsere Sorgen herunterzuspielen. Ich weiß, dass ihr eure Verbindung hattet, und ich möchte mir nicht vorstellen, wie es für dich ist, diese nicht mehr zu spüren." Zittrig atmete er aus. „Aber du bist nicht die Einzige, die leidet. Die Welt ist nicht in Ordnung, nur weil du dich in diesem Zimmer versteckst. Ob ihr eine romantische Beziehung hattet oder nicht, du kannst nicht hier drinnen vor dich hinvegetieren und hoffen, dass er dich wieder aus deinem Leid rettet."

Eisern hielt sie den Blickkontakt und merkte, wie ihre Lippe genervt nach oben zuckte. Seine Worte klangen stark nach einer Mischung aus ihren Freunden. Also hatten sie ihn doch vorgeschickt.

„Ich denke, dass ich meinen Anteil an der Rettung der Welt geleistet habe", erwiderte sie scharf, schlug die Decke von ihren Beinen und stand auf, um mehr Platz zwischen sich und Henri zu bringen. Seine Mimik wurde sanfter bei ihren Worten. Auch er rutschte an den Rand des Bettes vor, blieb aber sitzen, um den Abstand zu respektieren.

„Das hast du, Kalea. Ich behaupte auch nicht, dass es nicht so ist. Aber so", er gestikulierte zur Fensterscheibe, wogegen der Regen nun schneller prasselte. „Kann es nicht weitergehen."

„Ich kann den Regen nicht aufhalten und außerdem wolltet ihr ihn! Ich zitiere: *Die Natur musste sich erholen!*"

Henris schuldiger Blick zum Boden fing ihre Aufmerksamkeit. „Die Natur erholt sich nicht. Sie ertrinkt und die Dörfer in ganz Caldo ebenso. Was du weißt! Du bist bei den Beratungen dabei, aber wenn das Thema aufkommt, wirkt es so, als kümmert es dich nicht." Sie wehrte sich nicht gegen seine Anschuldigungen, denn er hatte recht. Wenn es nicht um den Halbelfen ging, blendete sie weitestgehend die Beratungen aus. Schließlich war ihr Teil getan. Sie hatte ihre Prophezeiung widerwillig erfüllt. „Und außerdem gibt es da etwas, was wir dir bisher verheimlicht haben."

Ihr Blick schnellte nach oben. Henri spielte mit dem Armband, das um sein linkes Handgelenk hing.

„Der Regen hört auf."

Verwirrt blickte sie zum Fenster und wieder zu ihm. „Es regnet seit vier Wochen durch", stellte sie klar und spürte, wie ein mulmiges Gefühl in ihrem Magen wuchs, als Henri vorsichtig den Kopf schüttelte.

„Wenn du schläfst, hört er auf."

Ihre Ohren rauschten. „Was?"

Henri verzog sein Gesicht. „Der Regen ist mit dir verbunden. Wenn du dich aufregst, regnet es stärker. Teilweise stürmt es in anderen Landesgebieten. So stark, dass einige Dörfer komplett zerstört wurden." Eine Schwere legte sich in ihrem Magen nieder.

„Und warum erzählt ihr mir das erst jetzt?", verlangte sie energisch zu wissen, doch bevor Henri antworten konnte, hörten sie, wie die Haustür aufging und mehrere Stimmen die Wohnstube füllten. Sobald sie Aurums Stimme erkannte, ging sie aus dem Zimmer. Henri eilte ihr hinterher. Erschrocken, über ihr plötzliches Auftauchen, wandten sich alle Anwesenden zu ihr. Perfekt, die Gruppe war vollständig.

„Stimmt es?", fragte sie ungläubig und ballte ihre Hände zu Fäusten. Amrin sah sie verwirrt an und blickte dann zu der zweiten Person, die hinter ihr aus dem Zimmer kam. Direkt stöhnte der junge Gelehrte auf und rieb sich die müden Augen. Man musste kein Genie sein, um zu wissen, was Kalea herausgefunden hatte. „Warum habt ihr mich angelogen? Ich habe euch am ersten Abend gefragt, ob ihr denkt, dass der Regen in irgendeiner Verbindung zu mir steht. Ihr habt es verneint!"

„Wir wussten es doch selbst noch nicht", versuchte Aurum ihre Mitbewohnerin zu beruhigen und kam auf sie zu.

Kalea lachte ungläubig. „Wie lange hat es gedauert, bis ihr es wusstet?"

„Sie brauchten drei Tage", antwortete Evalin, die sich gegen den Esstisch lehnte und sie nicht aus den Augen ließ.

Drei Tage? Kalea ging fassungslos einen Schritt rückwärts und stieß gegen Henris Brust.

„Du warst komplett aufgelöst und hast das ganze Lager auseinandergenommen", redete Bo nun weiter und lehnte sich in seinem Stuhl nach hinten. Sie wusste, was an dem Tag passiert war. Die Gruppe war noch auf dem Rückweg nach Viredis, als die Geschehnisse des Erntemondes sie einholten und sie die Kontrolle verloren hatte. Sie erinnerte sich an die Tränen, die sie geweint hatte und an die Scham, die sie später einholte.

„Du hast es selbst nicht bemerkt, aber während deines Ausbruchs hat es zu Stürmen angefangen und als du dich beruhigt hast, ist der Nieselregen zurückgekommen. Das war der erste Abend, an dem du vor Erschöpfung eingeschlafen bist. Sobald du geschlafen hast, hat der Regen aufgehört. Da wussten wir es", erklärte er weiter.

„Und warum habt ihr es mir nicht direkt gesagt?"

Nun war es Henri, der hinter ihr antwortete: „Wir wollten es dir sagen. Aber als du am nächsten Morgen wach geworden bist, warst du nicht du selbst. Du warst emotional komplett aufgelöst. Wir haben befürchtet, dass es zu viel für dich wäre. Wir wollten warten, bis du stabil genug bist, um diese Verantwortung zu tragen." Sie spürte seine beschwichtigende Hand auf der Schulter, die sie unbewusst hochgezogen hatte.

„Wir meinten es nur gut", murmelte Aurum und blickte sie entschuldigend an. Sie verstand ihre Freunde. Wahrscheinlich hätte sie an ihrer Stelle genauso gehandelt. Aber es änderte nichts an dem beklommenen Gefühl in ihrer Kehle.

38

„Ich werde versuchen, es zu kontrollieren", sagte sie nickend und umarmte sich selbst. „Oder gebt mir die Armringe, die meine Magie unterdrücken", fügte sich unsicher hinzu, als sie die Blicke ihrer Freunde bemerkte.

„Die liegen in Solas", stellte Amrin klar und sah sie entschuldigend an. „Wir haben nichts Ähnliches hier".

Ihr Atem ging zittrig. „Okay, dann lerne ich es", wiederholte sie ihre Idee und ging zum Sofa hinüber, um sich zu setzen. „Wie schwer kann das werden?"

Bo seufzte. „Super Idee", murmelte er.

Aurum schlug ihn mahnend gegen den Arm.

„Was?", fragte Kalea ihn direkt und zog fragend ihre Augenbraue hoch.

„Du hast es kaum geschafft, einen Hauch von Magie zu beherrschen. Wieso solltest du es jetzt können? Eine Magie, die es so noch nie gab. Das Wetter? Seit wann kann man das kontrollieren?", sprach er die Wahrheit aus, die sich wahrscheinlich alle im Raum dachten.

Beschämt über ihr vorheriges Versagen errötete sie.

„Du machst das schon", versuchte Evalin sie aufzumuntern und schenkte ihr ein strahlendes Lächeln.

„Genau, wir sind alle da, um dir zu helfen", stimmte Henri mit ein, obwohl seine positiven Worte nicht seine Augen erreichten.

„Gut, also entweder Kalea schafft es überraschenderweise, eine neugewonnene und schier unmögliche Magie zu kontrollieren, oder wir sollten alle bald lernen, wie man unter Wasser atmet", stellte Bo mit ernster Stimme fest und schnaubte laut. Stille herrschte in der gemütlichen Wohnstube.

Ein Kichern entwich Henri, der sich augenblicklich den Mund zuhielt und mit aufgerissenen Augen in die Runde blickte. Keine Sekunde später prusteten alle über Bos trockene Aussage los und selbst Kalea konnte sich, trotz der Ernsthaftigkeit der Lage, das Kichern nicht verkneifen. Ungewöhnlich lang lachte die Freundesgruppe vor sich hin, bis die ersten den Kampf aufgaben, sich auf den Boden setzten und sich ihre Bäuche hielten. Es tat gut, ihre Freunde Lachen zu sehen.

Denn jeder von ihnen hatte einen guten Lacher bitter nötig.

KAPITEL 5

Die Wolken hingen tief über Viredis. Der Klang der Trompeten mischte sich mit dem Donner, der aus weiter Ferne ins Dorf hallte. Eine Gänsehaut breitete sich über ihre Arme aus. Zusammen mit Henri stand sie am Rande des Empfangskomitees der Königin. Esmal stand ganz vorn an der Hauptstraße, die ins Dorf hereinführte, und trug sein prächtigstes Gewand. Ebenso, da war sich Kalea sicher, hatte er seinen Bart zum ersten Mal gestutzt, seitdem sie ihn kannte. Hinter und neben ihm standen die Mitglieder des Rates, Bodan als Hauptgeneral der Wachen, sowie der älteste Heiler und die vier Gelehrten. Amrin wippte nervös auf seinen Füßen vor und zurück, was Kalea und Henri schmunzeln ließ. Es war erstaunlich, wie viel der junge Gelehrte in den vergangenen Wochen gewachsen war. Kaum hatte er über Knieschmerzen gejammert, da hatte er Kalea beinahe um einen Kopf überholt. Kleiner als Henri war er trotzdem, was dieser ihm auch bei jeder Gelegenheit unter die Nase rieb.

„Ich würde es traurig finden, wenn du plötzlich größer wärst", neckte *Henri ihn zwei Tage zuvor und sah ihm amüsiert ins Gesicht. Sie waren alle*

in Aurums Haus gewesen und ließen den Abend nach einem gemeinsamen

Abendessen in Ruhe ausklingen.

„Lass ihn in Ruhe", mischte sich Evalin ein, obwohl sie ebenfalls grinste.

Eine gelockte Strähne umrahmte ihre geröteten Wangen. Amrin verschränkte

die Arme vor der Brust und zog genervt seine Augenbrauen zusammen.

„Warum solltest du traurig sein?", fragte er zähneknirschend. Selbst von

der Seite sah Kalea das spitzbübische Funkeln in Henris Augen, ehe er in die

Knie ging, Amrins Taille umschlang und ihn kurzerhand hochhob. Dieser hielt

sich erschrocken an seinen Schultern fest und starrte ihn mit aufgerissenen

Augen an. Ihre Gesichter waren nun auf einer Höhe, da der Wachmann trotz

des Wachstumsschubes des jungen Gelehrten noch immer über einen Kopf

größer war.

„Dann kann ich dich nicht mehr so schön hochheben", erwiderte er

schmunzelnd und ließ ihn lachend wieder runter, als er einen lockeren Schlag

gegen den Kopf bekam.

„Ist er nicht süß, wenn er so nervös ist?", flüsterte sie Henri zu,
dessen Augen an Amrin hingen. Alle anderen blickten zum Pfad des
Waldes, auf dem die Königin und ihr Geleit in wenigen Minuten
eintreffen sollten. Der rote Schimmer, der sich auf seinen Wangen
bildete, verriet ihr genug, weswegen sie ihren Blick wieder von ihm
abwandte und in den Wald hineinblickte. Eine Überdachung schützte
sie und Henri vor dem Regen, während sich die anderen mit einer
Plane abschirmten.

Wenige Minuten später kam ein Späher aus den Baumreihen heraus
geritten und stoppte das Tier kurz vor Esmal.

„Sie sind da", sagte er rasch, stieg vom Pferd ab und ging an den äußersten Rand der Aufstellung. Nur ein paar Sekunden später hörten sie die Anreisenden. Die Gruppe war kleiner, als Kalea vermutet hatte. Um die Kutsche herum waren ungefähr zwanzig Wachen, seien es Frauen oder Männer. Alle waren auf Pferden unterwegs und völlig durchnässt. Im Augenwinkel sah sie, wie sich Esmal weiter aufrichtete. Sie selbst fokussierte die braun-goldene Kutsche, die immer näher an die Ränder von Viredis herankam. Nun merkte auch sie, wie nervös sie eigentlich war. Obwohl es nicht direkt kommuniziert wurde, war sie sich sicher, dass die Königin mit ihr sprechen würde. Schließlich wurden dank ihr mehrere Dörfer in Talam und den restlichen Reichen von Caldo überflutet.

„Hey, ruhig atmen", meinte ihr Freund, stupste sie locker an und musterte sie besorgt. Sie nickte verkrampft und löste den Blick von der Kutsche. Der Nieselregen war wieder in einen Regenschauer übergegangen und trommelte auf die Planen der Menschen hinab. Sie versuchte sich wieder auf Amrin zu konzentrieren, der erst zum Himmel und dann in ihre Richtung sah. Sein warmer Blick, der ihr Mut schenken sollte, sorgte dafür, dass sie sich beruhigte und es prompt nur noch nieselte.

„Wenn es dich zu sehr aufwühlt, kannst du auch im Schloss warten."

Grübelnd blickte sie Henri an. Ein Blitz ließ alle zusammenzucken. Schnell nickte sie und verschwand in den Reihen der Bewohner, bevor die Kutsche zum Stehen kam. So schnell es ging, flüchtete sie in die Trockenheit des Baumes und ging die Treppen ins Schloss hinauf. Von draußen hörte sie wieder einen Donner, weshalb sie, ohne groß zu überlegen, den einzigen Ort ansteuerte, von dem sie wusste, dass er sie bestmöglich beruhigen würde. Trotz der Information, dass ihre Gefühlte das Wetter beeinflussten, war es ihr im wachen Zustand nicht möglich, den Regen zu stoppen. Das Einzige, was klappte, war, es auf Nieseln zu beschränken. Doch solange sie wach war, wurde die Erde befeuchtet und fütterte die bereits bestehenden Fluten.

Die Ruhe umhüllte sie, als sie die Türen aufstieß. Jeder, der nicht beim Essen half, war im Dorf, um die Königin zu begrüßen. Deswegen musste sie sich nicht darum sorgen, dass sich außer ihr noch jemand in der Schlossbibliothek befand. Ohne die Regale anzublicken, steuerte sie die Sessel und Sofas an, die um den Kamin gestellt waren. Das Feuer knisterte. Langsam ließ sie sich auf den Teppich nieder und lehnte sich gegen das weiche Polster, während ein Donner die Stille zerriss.

Mit geschlossenen Augen konzentrierte sie sich auf das Knistern des Feuers und auf ihre Atmung.

Tief einatmen. Spüre dem Atemweg nach. Wie die Luft deine Lunge erfüllt und langsam durch deine Lippen deinen Körper verlässt. Immer und immer wieder. Tief durchatmen.

Die Übungen, die Faun ihr beigebracht hatte, um ihre Magie unter Kontrolle zu bekommen, halfen ihr in den vergangenen Tagen überwältigende Gefühle zu überwinden. So wie die Nervosität, die ihren Körper in diesem Moment lahmlegte. Ihr Puls schlug kräftig in ihrem Hals. Gequält kniff sie die Augen fester zu, als sie sich an den

44

Klang seiner Stimme erinnerte, die ihr die Übungen erklärte. Der unterschwellige, genervte Ton war dabei gut herauszuhören. Ein trauriges Lächeln stahl sich auf ihre Lippen, als sie daran dachte.

Sie vermisste ihn.

Sehr.

Seine Neckereien, sein Lächeln und die Tiefe seiner Stimme, die ihr immer Gänsehaut bescherte. Obwohl sie es nicht aussprachen, waren sich alle sicher, dass es Kalea aufgrund seiner Abwesenheit nicht gelang, den Regen vollends zu stoppen. Zu sehr nagte diese Traurigkeit und Sehnsucht an ihr.

Nach einiger Zeit hörte sie die Tür hinter ihr. Überrascht öffnete sie die Augen und blickte an dem Sofa vorbei. Aurum sah sich suchend um, ehe ihr Blick auf Kalea traf und sie ihr verstehend zulächelte. Sobald sich ihre Mitbewohnerin in ihre Richtung bewegte, drehte sie sich zum Feuer herum. Die Schritte ihrer Freundin waren zu hören, bis sie neben ihr zum Stehen kam und sich zu ihr kniete.

Dank ihrer Beweglichkeit konnte sich Aurum hinhocken, ohne mit ihrem Gesäß den Boden zu berühren. Sie selbst wäre längst umgekippt. Ohne viel Mühe umarmte sie ihre Knie und musterte Kalea aufmerksam.

„Die Königin möchte dich sehen", erklärte sie ruhig und strich ihr die Strähne aus der linken Gesichtshälfte. Das Weiß ihrer Haare war beinahe um zwei Fingerbreiten herausgewachsen. Aurums blonde Haare waren frisch bis unter ihren Ohrläppchen geschnitten, während Kaleas in einer ungewöhnlichen Geschwindigkeit immer weiterwuchsen.

45

„Ich weiß", murmelte sie ausatmend. Beide reagierten kaum darauf, als sie einen erneuten Donner hörten.

„Du brauchst dir keine Sorgen zu machen. Für eine Person in ihrer Position ist sie eine recht nette Frau", versuchte ihre Freundin sie aufzumuntern und strich ihr die vergessenen Tränen von den Wangen. Es war ihr nicht aufgefallen, dass sie geweint hatte. „Sie hat wohl etwas zu verkünden und will, ich zitiere: ‘Nicht ohne das Regenmädchen' beginnen. Regenmädchen, ist das nicht ein toller, neuer Spitzname?"

Kalea schnaufte amüsiert und stand zusammen mit der kichernden Aurum auf. Gemeinsam gingen sie in Richtung des Beratungszimmers.

„Wehe, ihr nennt mich so", meinte Kalea und schüttelte sich abgeneigt, was das Lächeln von Aurum vergrößerte.

„Es ist auf jeden Fall besser als ‚Kalea reicht' oder ‚die Eine'", entgegnete die Blondhaarige schulterzuckend.

„Das stimmt", murmelte sie und stoppte einen Moment, als sie vor ihrem Ziel standen.

„Bereit?", fragte Aurum und wandte sich ihr zu.

Noch einmal atmete sie tief durch und nickte ihr dann entschlossen zu.

KAPITEL 6

Viele Köpfe drehten sich zu der Tür herum, nachdem sie hinter Aurum eingetreten war. Augenblicklich sah sie zur runden Tafel, um die sich die meisten Personen versammelt hatten. Esmal fing ihren Blick auf und nickte ihr ermutigend zu. Ihre Augen versuchten nach rechts abzudriften, um die Person in Augenschein zu nehmen, deren Anwesenheit den ganzen Raum erfüllte.

„Kalea, danke, dass du gekommen bist", begrüßte der Älteste sie und wies sie mit einer Handbewegung an, näherzutreten. Aurum schob sie am Rücken vor, ehe sie sich von ihrer Seite löste und zu Esmal hinüberging. In dem Moment, in dem er sie bemerkte, ging Bo einen Schritt zur Seite, damit sie sich neben ihn stellen konnte. Was ihr, trotz ihrer momentan kühlen Beziehung, etwas Sicherheit gab. Bodan war sauer. Nicht direkt auf sie, sondern auf die ganze Situation. Seit dem Erntemond mied Bo ihren Blick.

„Versuch es nicht persönlich zu nehmen", hatte Evalin ihr zugeflüstert, nachdem der hochgewachsene Mann hinausgestürmt war. „Wir wissen alle, dass du helfen würdest, wenn du könntest."

Die fehlende Verbindung, auf die Bo so stark baute, blieb weiter in ihr verborgen. Obwohl Amrin ihm immer wieder gesagt hatte, dass die Verbindung wahrscheinlich mit ihr gestorben war, fragte er sie in regelmäßigen Abständen, wo sie Faun wahrnahm. In welche Richtung er reiten sollte. Und immer, wenn sie die Lippen zusammenpresste und ihm sagte, dass sie es nicht wusste, ging die Spirale seiner Wut von vorn los. Sie konnte es ihm kaum verübeln. Faun war schließlich sein kleiner Bruder.

„Du bist also das Regenmädchen", ertönte eine melodische Stimme, die alle anderen im Raum verstummen ließ. Nun verlor sie den inneren Kampf und blickte zur Königin, die sie über die Tafel hinweg anstarrte. Ihre grauen Haare waren in einer strammen Hochsteckfrisur zusammengesteckt. Die Krone auf ihrem Haupt glänzte im Schein des Lichts. Ihr Gesicht sah so viel jünger aus, als es die Farbe ihrer Haare vermuten ließ. Sie konnte noch keine fünfzig sein. Unter ihrem hellbraunen und edlen Mantel trug sie eine Reisekluft, bestehend aus einer Hose und einer Jacke. Ihre Präsenz war gleichermaßen einschüchternd wie atemberaubend.

„Kalea, Eure Majestät", erwiderte sie und verbeugte sich respektvoll.

Die Königin lächelte sanft. „Wie lautet dein Nachname?", fragte sie.

„Ich habe keinen", antwortete sie ehrlich und schluckte hart. Ein Ratsmitglied schnaufte laut.

Die dünnen Augenbrauen der Frau gingen kaum merklich in die Höhe. „Wie kannst du keinen haben? Selbst ich habe einen. Unser

Name macht uns aus", erwiderte sie und ließ ihren Blick über Kalea wandern. Für einen Moment blieb er bei ihrer Strähne hängen.

„Meine Eltern haben mich bei meiner Geburt dem Königshaus von Solas übergeben. Mir wurde ihr Nachname nie gesagt und ich habe nie gefragt. Deswegen besitze ich keinen." Sie spürte den Seitenblick von Bo auf ihrem Gesicht. Doch sie wagte es nicht, den Blickkontakt mit der Königin zu unterbrechen. Ihre Augen wirkten, wie die einer Raubkatze. Immer auf der Suche nach einer Schwäche ihres Gegenübers.

Die Königin nickte. „Ich verstehe. Das tut mir leid", sagte sie aufrichtig, woraufhin Kalea sich bedankend verneigte. Bei allen Göttern war ihr dieses Schauspiel unangenehm. „Wie du bestimmt weißt, sind wir hier, da *dein* Regen das Land überschwemmt. Versteh mich nicht falsch. Wir danken dir für den Regen. Wir alle wissen, wie notwendig er war, aber nun wird er langsam zum Problem."

Kalea mahlte mit den Zähnen. „Ich versuche es zu kontrollieren."

Die Königin lächelte sie sanft, fast schon mitleidig, an. Esmal spiegelte ihren Ausdruck wider. „Das weiß ich. Aber es ändert leider nichts an der Not meines Volkes", sagte sie nun etwas ernster und nickte einer Frau zu, eine Truhe hielt. Diese kam daraufhin mit der Truhe auf den Tisch zu und ließ sie, so sanft wie möglich, auf die Holzplatte hinab. Nach einer kurzen Handgeste der Königin öffnete sie die Schlösser. Abwartend hielten die Anwesenden im Raum den Atem an.

Zum Vorschein kamen mehrere kleine Phiolen. Eine rote Flüssigkeit füllte die Gläschen. Sie war ungefähr halb so groß wie die Tränke, die sie damals mit Faun einnehmen musste. Nun verstaubten diese ungebraucht in einer Kiste unter ihrem Bett.

„Ich verstehe nicht ganz, Eure Hoheit", meldete sich Esmal zu Wort, nachdem er in die Truhe gesehen hatte. Sein Blick wanderte kurz zu Kalea, ehe er wieder zu seiner Königin sah. Doch ihre raubtierhaften Augen lagen nur auf ihr.

„Dies hier, Kalea, sind Tränke von den königlichen Heilern. Sie werden deine Verbindung mit dem Wetter nicht gänzlich unterbrechen, aber sie werden es dir ermöglichen, deine Gefühle zu kontrollieren."

Verwirrt runzelte Kalea die Stirn und nahm vorsichtig eine Phiole in die Hand. Bo schnaubte lachend.

„Ihr meint, es wird ihre Gefühle unterdrücken, oder?", mischte er sich ein. Seine Arme waren starr vor seiner Brust gekreuzt. Der Blick der Königin wandte sich auf ihn.

„Ja, es ermöglicht ihr, die Gefühle zu kontrollieren, indem diese unterdrückt werden. Die Tränke benötigen eine halbe Stunde, bis sie wirken und halten für ungefähr einen Tag an."

Bos Haltung blieb starr und abwehrend. „Was wird sie dann spüren?" Dann nahm er Kalea die Phiole aus der Hand und ließ sie mit einem lauten Geräusch auf die Tischplatte nieder.

„Sie wird normal empfinden, aber es wird sie nicht mehr so überwältigen, dass mein Reich unter Wasser steht. Ich verstehe Eure Sorge, aber vergesst nicht, wer vor Euch steht", erwiderte sie und betrachtete Bo mit einem kühlen und autoritären Blick. Kalea hielt die Luft an und hoffte, dass Bo ruhig sein würde. Dies war schließlich seine

Königin. Aber trotz ihrer Befürchtungen, spürte sie ein warm wohliges Gefühl in ihrem Bauch, seitdem er für sie gesprochen hatte. „Kalea, ich hoffe, dass du freiwillig diese Tränke nehmen wirst, bis du diese Kraft beherrschen kannst. Ansonsten scheue ich als Herrscherin dieses Reiches auch nicht davor zurück, es dir aufzuzwingen." Ihre klare Stimme betonte jede Silbe, ohne an Härte zuzunehmen.

„Wir sind auf unserem Weg hierher an vielen Dörfern vorbeigekommen, die durch den Regen schwere Zeit durchmachen. Nach unseren Zählungen sind bereits neunzehn Menschen aufgrund der Folgen gestorben oder werden vermisst", setzte sie nun etwas sanfter hinterher, ohne die Haltung einer Königin zu verlieren.

In Gedanken blickte Kalea wieder auf die Phiole auf dem Tisch und ließ sich die Worte durch den Kopf gehen. Ihre Hände verkrampfte sich. Neben ihr schüttelte Bo mit dem Kopf.

„Aber Kalea hat-"

„Ich werde sie nehmen. Es gibt keinen Grund, sie mir aufzuzwingen, Eure Majestät", unterbrach sie Bo ruhig und sah ihr entschlossen entgegen, während ihr die Truhe zugeschoben wurde. Es wäre nicht das erste Mal, dass sie täglich etwas trinken musste. Sie wollte nicht länger an dem Leid anderer Menschen schuld sein.

„Sehr gut. Ich danke dir, Kalea", sagte die Königin lächelnd. „Nun zu einem anderen Thema. Dafür würde ich alle Anwesenden außer Esmal und Kalea bitten, hinauszugehen."

Unruhe durchfuhr die Anwesenden, während sie sich langsam aus dem Raum entfernten. Aurum zögerte und blickte besorgt zu ihrer

Freundin. Bo, der noch immer mit gekreuzten Armen neben ihr stand, machte keine Anstalten, sich zu bewegen. Sie alleine zu lassen.

„Eure Majestät, ich bitte darum, dass meine Freunde bleiben können", wandte sie sich an die Königin und wies mit einer kleinen Handgeste auf das Paar. Die Augen der Frau betrachteten die beiden. Ihre rechte Hand drehte den imposanten Ring an ihrem Zeigefinger.

Sie überlegte sichtlich und blickte Bo entgegen, ehe sie nickte. „Ist gut. Die zwei dürfen bleiben."

Sobald sich die Tür hinter der letzten Person schloss, setzte sich Esmal erschöpft auf einen der freien Stühle. „Worum geht es, Eure Majestät?", sagte er ruhig und faltete die Hände in seinem Schoß.

„Kommt herein", rief die Königin laut zur Rückseite des Zimmers und setzte sich dann neben Esmal auf einen Stuhl. Im Vergleich zu ihm tat sie dies mit derselben Eleganz, die sie auch sonst ausstrahlte. Hinter ihr, aus einer kleinen Nebentür, kamen zwei Männer heraus. Der Vordere, ein großer hellblonder Mann, strahlte eine ähnliche Eleganz wie die Königin aus. In aufrechter Haltung kam er zu ihnen. Seine grauen Augen huschten neugierig über die Gesichter der Anwesenden.

Mit langen Schritten folgte ihm der zweite Mann. Er war genauso groß wie der Blondhaarige, besaß aber sichtlich mehr Muskeln, die widersprüchlich zu seinem sanften Gesicht aussahen. Seine braunen Haare lagen locker über seiner Stirn.

„Das, meine Liebe, ist der eigentliche Grund, warum wir hier sind", sagte die Königin an Kalea gewandt und zeigte auf die beiden Herren. Der Blonde stand direkt am Tisch, während der Braunhaarige wenige

Schritte hinter ihm stand. Seine Hand lag locker um den Knauf des Schwertes, welches um seine Hüfte hing.

„Verzeiht, ich verstehe nicht ganz. Sollte ich diese Männer kennen?", fragte sie die Königin verwirrt.

„Ich würde mir eher Sorgen machen, wenn du sie kennen würdest. Meine Herren, dies ist Kalea oder besser bekannt als ‚die Eine'."

Sie hielt die Luft an, als die Königin auf sie deutete und die neugierigen Augen des vorderen Mannes nun auf ihr ruhten.

„Du bist also die berüchtigte Reinkarnation meines Volkes?", sagte er freundlich und umgriff die Lehne des Stuhls, der ihr gegenüberstand. Seine silbernen Ringe fingen das Licht des Raumes ein.

„Deines Volkes?", hauchte sie immer verwirrter und sah zu Aurum, die genauso dreinschaute, wie sie.

Der Mann lächelte. „Mein Name ist Sepher Lomaret. Ich bin der rechtmäßige Thronfolger Baistars."

KAPITEL 7

„Wie bitte?", fragten sie und Aurum gleichzeitig und bemühten sich nicht ganz so erschrocken auszusehen, wie sie es in Wirklichkeit waren. Esmals amüsiertem Funkeln zu urteilen, gelang ihnen dies jedoch nicht. Neben ihm grinste der geheim gehaltene Prinz ebenso belustigt. Doch ihr war nicht zum Lachen zumute. Baistar gab es nicht mehr. Dafür hatte Solas gesorgt. Sie hatten das Reich des Sturms ausgelöscht. Sie hatte es *gesehen*. Es im verfluchten See *gespürt*!

Bo war erstarrt. Unbewusst verkrampften sich seine Hände im Saum seines Oberteils.

„Ich weiß, dass diese Tatsache sehr verwirrend ist, und wir können dies auch beweisen. Ich bin im Schutze der Königin aufgewachsen, ohne dass die Welt wusste, dass es mich gibt."

Die Königin nickte zustimmend, während Sepher Lomaret in seiner Jackentasche herumkramte und einen kleinen, silbernen Ring herausholte. Diesen steckte er sich danach an den linken, kleinen Finger, ehe er ihn in Kaleas Richtung streckte.

„Das ist das Siegel der Königsfamilie von Baistar", erklärte Esmal und sah ebenso interessiert zu dem glänzenden Metall, wie die anderen.

„Und wer ist das?", murmelte Aurum, die bleich zu dem Braunhaarigen hinüberblickte. „Wenn ihr jetzt sagt, dass er der Thronfolger der Imiset ist, kippe ich um." Der Prinz lachte schnaubend auf und schielte zu seinem Begleiter nach hinten.

„Nein, nein. Das ist Jarrel. Er ist meine persönliche Leibwache", erklärte er und grinste seinem Leibwächter zu.

„Freut mich", begrüßte dieser knapp die Runde und funkelte seinen Prinzen warnend an, als dieser ihn noch immer ansah.

Kopfschüttelnd wandte sich dieser wieder zu der Gruppe um. „Durch dich, Kalea, gibt es eine Zukunft für mein Volk. Weswegen ich mich entschieden habe, meine Herkunft zu offenbaren."

„Durch mich? Es tut mir leid, Eure Hoheit, aber was habe ich damit zu tun? Und welches Volk? Ich dachte, dass das Volk Baistars komplett ausgelöscht wurde? Nur deswegen gab es doch diese Krise des ewigen Sommers?", erwiderte sie und krallte sich in den Stoff ihres Kleides, der zwischen ihren Fingern Falten warf. Von Innen biss sie auf ihre Wange, um ihre Verwirrung und Unsicherheit weitestgehend zu verbergen.

„Diese Annahme stimmt nicht zu hundert Prozent. Es gab nur eine Handvoll Überlebende", erklärte die Königin mit ruhiger Stimme und legte eine Hand an den Arm des Prinzen, was etwas sehr Mütterliches an sich hatte. „Sepher und einige Berater seiner Großeltern. Einer dieser Berater war ein enger Freund meines Gemahls, weswegen die Gruppe mit dem Thronfolger in unserem Land Schutz gesucht hat. Doch jeder dieser Überlebenden war ein Leerer. Die Magie des Volkes war dementsprechend gänzlich ausgestorben, was den ewigen Sommer hervorgerufen hat."

„Aber durch dein Opfer ist die Magie meines Landes zurückgekehrt", endete Sepher die Erklärung. Seine grauen Augen hatten etwas Vertrautes an sich, weswegen sie seinem Blick standhielt. „Als die ersten Regentropfen gefallen sind, habe selbst ich einen Hauch der Magie in meinen Fingern gespürt. Ich war mein ganzes Leben ein Leerer. Bevor sich die Magie in mir manifestieren konnte, wurde sie ausgelöscht. Mir ist es persönlich egal, ob sie sich mit der Zeit doch in mir manifestiert oder nicht. Aber Kinder Baistars erwachen in verschiedenen Regionen Caldos und ihnen will ich ein Reich schenken."

„Wie meint Ihr das? Kinder Baistars?", fragte Bodan und richtete sich weiter auf.

„Unsere Informanten berichten von verschiedenen Vorfällen in Caldo, in denen Leere die typische Magie Baistars besitzen. Nur minimal, aber trotzdem sichtbar. Blitze, die in ihren Fingern erscheinen. Elektrische Aufladungen in der Luft und so weiter", erklärte Jarrel, der Leibwächter, mit solch einer warmen Stimme, dass Kalea den Blick vom Prinzen löste und zu ihm sah.

„Ich freue mich für Euch. Wirklich. Aber mir wird nicht ganz klar, was Ihr nun von mir wollt", sagte sie dann wieder an den Prinzen gewandt.

Sepher sah sie bittend an. „Kalea, du bist ein Zeichen unseres Landes. Ich brauche dich, um mein rechtmäßiges Land von Solas zurückzuverlangen."

„Viel Glück dabei", flüsterte Aurum neben ihr.

„Ich möchte dich bitten, mit uns nach Solas zu reisen. Als offizieller Teil Baistars."

Kaleas Mundwinkel zuckte. „Ich weiß nicht, ob es Euch bewusst ist, aber die sind nicht gerade darauf aus, mich lebend zu sehen. Wenn der König erfährt, dass ich lebe, könnt Ihr mir auch auf der Stelle die Kehle durchschneiden. Es käme gewiss auf dasselbe hinaus", erwiderte sie ironisch und musterte ihn herausfordernd.

Der Älteste räusperte sich. „Es gibt da etwas, was wir Euch noch nicht gesagt haben", mischte sich Esmal zögernd ein. „Der König von Solas ist seit zwei Tagen tot. Es war ein Attentat mitten in der Nacht."

Sie verharrte für einen Augenblick. Kurz dachte sie an die letzten Momente, in denen sie den König lebend gesehen hatte und entschloss im selben, dass ihr sein Tod egal war.

„Wurde auch Zeit. Warum habt Ihr es nicht früher gesagt?", sagte Bo trocken.

„Weil", Esmal verstummte. „Laut Zeugen war der Mörder da und im nächsten Moment verschwunden. Als hätte er sich in Luft aufgelöst."

Kalea blickte auf. „Faun."

„Ja, wir denken, dass er es war", stimmte die Königin zu.

Bo zuckte mit den Schultern. „War nicht seine schlechteste Idee."

„Darum geht es nicht. Wenn er es war, dann ist er ab sofort ein Königsmörder. Noch schlimmer, ein Königsmörder, der unter meinen Diensten steht."

„Aber Ihr habt doch nicht …", begann Kalea skeptisch.

„Den Mord in Auftrag gegeben? Gewiss nicht." Die Königin wedelte mit der Hand. „Aber das ist irrelevant, wenn die Information durchsickert, dass er es war. Wir müssen ihn finden, bevor es die Solasia tun. Faun ist ein Teil der hochgestellten Wachen in Viredis."

„Und Euer Spion, wenn Ihr es benötigt. Es geht Euch nicht um seine Sicherheit, sondern um Euren Ruf", knurrte Bo ihr zu.

„Es geht mir um beides." Ihr Blick sah ihn warnend an. „Kalea, ich bitte dich, mit Sepher über seinen Vorschlag zu reden und dir Gedanken darüber zu machen."

Sie nickte.

KAPITEL 8

Das Training der Wachleute und der Auszubildenden wurde aufgrund des Regens vom Trainingsplatz auf die Wiese hinter dem Schloss verlegt. Dies stand zum Glück im Inneren des riesigen Baumes, Vidrig, sodass sie vor dem Regen geschützt waren. Auf der angrenzenden Terrasse saß Kalea mit der jungen Prinzessin, die nach dem Erntemond in Viredis Schutz ersucht hatte. Barias Blick war auf die Trainierenden vor ihnen gerichtet, die mehrere Meter weiter weg waren. Ihr langes, weißes Haar lag hinter ihren Ohren und schimmerte leicht in dem trüben Licht des Bauminneren. Eigentlich waren die Lichtverhältnisse zu schlecht, um richtig zu trainieren. Deswegen hatten sie Fackeln auf der trockenen Wiese aufgestellt, um wenigstens das Zielen mit Pfeil und Bogen üben zu können.

„Es trainieren vielen Frauen mit den Wachen", murmelte die Prinzessin in Gedanken versunken und ließ ihre Zunge über ihre Lippe wandern. Der Schnitt, den ihr Vater ihr zugefügt hatte, war beinahe verheilt. Jedoch war Kalea sich sicher, dass eine Narbe zurückbleiben würde. Das weiße Magiemal ihres Bruders war knapp unter den kurzen Ärmeln ihres Hemdes zu sehen. Sobald Baria die Decke, die sie vor den ungewohnten Temperaturen schützte, höher zog, verschwand das Mal vollkommen aus ihrem Sichtfeld. Relativ schnell hatte sie sich von ihrem Kleid entledigt und Aurum um andere Klamotten gebeten. Sie war die ersten Tage in Viredis sehr zurückgezogen gewesen, sodass Kalea sie kaum gesehen hatte. Wobei sie zugeben musste, dass sie zu Beginn nicht wirklich nach ihr gesehen hatte. Umso mehr freute es sie, als sie die junge Prinzessin auf der Terrasse gesehen hatte und sie sich zu ihr setzen konnte.

„Sie gehören zu den Wachleuten dazu", erklärte sie ihr ruhig und schüttete ihnen den Tee nach, der zwischen ihnen auf einem kleinen Tisch stand. Ihre Worte ließ die junge Prinzessin verwundert zu ihr hinüberblicken, ehe sie wieder interessiert zu den Wachleuten sah.

„Das ist ungewöhnlich", sagte sie und lächelte leicht.

„Nicht hier." Barias Lächeln vergrößerte sich. Für einen Moment beobachtete sie die Prinzessin weiter, deren Blick auf die starken Frauen vor ihnen gerichtet war. Eigentlich war Baria wie immer, wirkte aber trotzdem auf sie wie ausgewechselt. Noch immer zügelte sie kaum ihre Zunge und blickte jeden freundlich an, obwohl man in ihren Augen sah, dass sie sich ihre Gedanken zu jedem bildete. Ganz und gar eine Prinzessin. Ein Naturtalent darin, ihre wahren Gefühle zu unterdrücken oder sie in liebevolle Worte zu verpacken. Eine Eigenschaft, die Kalea selbst gern besäße. Zwar fiel es ihr nicht schwer, ihr Gemüt nach außen hin unter Kontrolle zu halten und nicht alles an sich heranzulassen. Doch wurde ihre wahre emotionale Stimmung durch ihre Verbindung zum Wetter für jeden offenbart. Und das hasste sie.

„Hast du mit ihnen trainiert?", fragte Baria sie nach einigen Minuten der Stille. Ihre blasse Augenbraue hob sich interessiert.

Kalea schüttelte den Kopf und sah zu Henri, der gerade Nahkampf trainierte. „Er brachte mir Selbstverteidigung bei und die Grundlagen der Waffenkunst. Aber ich bin eine Niete darin, dies in ernsten Situationen umzusetzen. Die meiste Zeit konzentrierten wir uns auf meine Magie, die bis zum Erntemond kaum spürbar war", erklärte sie ihr ruhig und fokussierte weiterhin ihren Freund, um nicht völlig abzuschweifen. Sie hatte eine der Phiolen bereits vor einer Stunde genommen und fühlte sich leicht benebelt.

„Er?", fragte die Prinzessin nach und deutete auf Henri. Dieser schmiss gerade seinen Partner mit voller Wucht auf den Boden, sodass sie kritisch das Gesicht verzog.

„Nein. Faun hat sich darum gekümmert."

„Der Halbelf?", hinterfragte sie etwas zu laut und setzte sich aufrechter hin, wobei sie sich komplett zu Kalea umdrehte. Diese nickte und schloss für eine Sekunde die Augen. „Verzeih' mir. Ich habe gesehen, wie es ihm ging, nachdem mein Vater ihn dazu gezwungen hatte und konnte es kaum verstehen."

Kalea wollte nicht wissen, was das Mädchen in diesem Moment sah. Doch wenige Sekunden später wurde der Prinzessin einiges klar. „O Kalea", hauchte sie und griff sanft nach ihrer Hand, die in ihrem Schoß lag. „Es tut mir so leid, was meine Familie dir angetan hat. Jetzt verstehe ich erst, warum er so reagiert hat und ich war auch noch so kalt zu ihm, nachdem er-" Erstickt brach sie ab und wandte den Blick ab.

Langsam legte Kalea ihre Hand auf ihre und strich tröstend darüber. „Du brauchst dich für nichts zu entschuldigen, Baria. Es ist längst überfällig, aber ich danke dir wirklich. Ich weiß zwar nicht, was du für eine Rolle in dem Ganzen gespielt hast, aber ich weiß, dass du mir helfen wolltest", sagte sie sanft und fokussierte das Mädchen vor ihr, das all die äußeren Merkmale Solas trug. Außer ihr Inneres, welches ihr durch diese klaren Augen entgegenblickte. Augen, die sie sonst immer gemieden hatten und ihr wahres Ich versteckten. Denn diese spiegelten sie wider.

Nicht Solas Prinzessin.

Sondern Baria Withleigh, eine Verbündete.

Und dann erzählte sie Kalea von Ele und ihrem Plan. Baria war auf Aufzeichnungen über die Dürre in Caldo gestoßen und stellte Nachforschungen an, die sie schlussendlich mit Ele in Verbindung brachte. Diese war längst in Verbindung mit Talam gewesen, nachdem sie einen Weg gesucht hatte, Kalea zu retten. Ele wurde die Verbindung nach draußen und Baria wurde die Strippenzieherin im Schloss. Am Tag des Balls hatte Ele Faun und die anderen ins Schloss hineingelassen. Baria hatte ihm daraufhin die versteckten Gänge gezeigt, während Ele Kalea hergerichtet hatte. Dass die Truppe bis dahin noch nicht wusste, ob sie Kalea umbringen oder mitnehmen würden, wussten die beiden Frauen nicht.

Baria sah Kalea bestürzt an, als sie ihr von Fauns Geständnis berichtete. „Der Scheißkerl wollte dich umbringen? Die wären uns einfach in den Rücken gefallen", fluchte Baria fassungslos, was Kalea ein Lachen entlockte. „Zum Glück hast du ihm schöne Augen gemacht."

„Ich habe ihm keine schönen Augen gemacht!", wehrte sich Kalea grinsend. „Ich habe ihn nicht mal gesehen."

Die Prinzessin reckte das Kinn und schüttelte den Kopf, während sie die Decke enger zog: „Mir egal, was du sagst. Wenn nicht auf dem Ball, dann irgendwann später."

Dies konnte Kalea beim besten Willen nicht verneinen. Irgendwann war es schließlich passiert.

„Wie geht es dir, Baria? Ich möchte mir nicht vorstellen, wie es für dich sein muss, nun hier zu sein."

Überlegend strich sie sich eine weiße Haarsträhne zurück hinter ihr Ohr. Traurigkeit zeichnete sich in ihrem Gesicht ab, während ihre Augen härter wirkten. „Ich würde lügen, wenn ich nicht zugebe, dass ich lieber zu Hause wäre. Viredis ist großartig und ich verstehe, warum du dich so wohl hier fühlst. Aber es ist nicht mein Zuhause. Nicht mein Königreich." Sie schluckte hart. „Ich wünschte, dass alles anders gelaufen wäre, und ich vermisse Emil. Aber ich bereue auch nicht meine Entscheidung. Mich gegen meinen Vater zu stellen, war wahrscheinlich das Dümmste, was ich je getan habe, aber auch das Beste."

„Es war nicht dumm. Du hast unglaublichen Mut damit bewiesen. Mut, den ich bestimmt nicht gehabt hätte. Du hast dich nicht nur für mich eingesetzt, sondern auch für die Zukunft Caldos", redete Kalea auf sie ein und suchte ihren Blick. „Ich weiß nicht, warum du das für mich getan hast, aber ich werde immer in deiner Schuld stehen. Ich vermisse auch deinen Bruder. Die Freundschaft, die wir hatten. Aber das ist leider in der Vergangenheit. Wenn es jedoch einen Weg geben würde, damit du wieder nach Solas kannst, ohne als Verräterin bestraft zu werden, würde ich dir helfen."

Barias Augen glänzten berührt, ehe sie sich nickend in Kaleas Arme warf. Der Tee in den Tassen kippte dabei leicht über den Rand.

„Danke, Kalea. Das bedeutet mir viel."

KAPITEL 9

Die Zeit schien seit dem Erntemond immer schneller an ihr vorbeizuziehen. Viredis wirkte nicht mehr so auf sie, wie es vor einigen Wochen noch tat. Der Regen hatte die Sonne verdrängt, die sie selbst an den kühlsten Tagen erwärmte. Die Ruhe der Bibliothek hatte nichts mehr Beruhigendes auf sie.

Im Gegenteil.

Die Stille, die sie am Nachmittag zwischen den Büchern umgab, ließ sie nach ihm horchen. Nach den tapsenden Schritten seiner nackten Füße, wenn er auf sie zulief. Das sanfte Umblättern der Seiten. Sie horchte sogar nach seinem leisen Schnarchen, das sie meistens um diese Uhrzeit hörte, sobald er einen ruhigen Moment am Tag erwischt hatte. Einmal hatte sie ihn einfach beim Schlafen beobachtet, bis er ihre Präsenz durch die Verbindung bemerkt hatte und wach wurde. Das schiefe Lächeln, mit dem er sie begrüßte, löste noch immer ein Kribbeln in ihrem Bauch aus.

Alles hatte sich verändert.

Oder so dachte sie jedenfalls.

Denn Esmals Arbeitszimmer schien in der Zeit stehen geblieben zu sein, weswegen sie für eine Sekunde im Türrahmen stehen blieb, ehe Henri sie weiterschob. Sie wusste nicht mehr, wann sie alle das letzte Mal hier drin gewesen waren. Fauns dunkelblauer Sessel zog sie beinahe magisch an. Ruhig setzte sie sich in das weiche Polster und strich mit ihren Händen an den Lehnen entlang. Evalin war die Einzige, die stehen blieb. Sie hatte noch immer ihre Schürze um und auf ihrer Wange war deutlich ein Mehlfleck zu sehen. Als Aurum sie darauf aufmerksam machen wollte, zuckte sie nur mit den Schultern und sagte, dass sie sowieso gleich wieder in der Küche stehen würde. Das frische Gebäck, welches sie mitgebracht hatte, dampfte auf dem Tisch in der Mitte. Es war mit Nerven beruhigender Magie versetzt.

„Aber warum sollte sie mit ihm gehen?", sagte Henri aufgebracht, nachdem Esmal ihnen von Sephers Bitte erzählt hatte. Dabei ließ er dessen wahre Herkunft aus. „Er ist doch der Botschafter von Tamal. Was hat Kalea damit zu tun?"

„Sie soll die Stärke von Talam repräsentieren", erklärte Bo ruhig.

„Wenn Solas erfährt, dass sie lebt, könnten sie wieder einen Mordversuch planen", murmelte Aurum besorgt. Ihr Cousin stimmte ihr nickend zu.

„Ich glaube nicht, dass mein Bruder wieder etwas planen würde", verteidigte Baria ihre Familie und rückte sich auf dem Sofa zurecht. „Die Prophezeiung ist erfüllt. Emil hätte keinen Grund, ihr was anzutun."

„Dein Vertrauen in allen Ehren, Baria. Aber ich bin mir nicht sicher, ob er überhaupt einen Grund bräuchte", sagte Amrin etwas zu bissig, was ihm einen erzürnten Blick von der Prinzessin einfing. Diese wusste mittlerweile jedoch, was ihr geliebter Bruder mit dem jungen Gelehrten gemacht hatte, weswegen sie sich stumm von ihm wegdrehte.

„Diese Bitte ist wirklich wichtig für die Königin", begann Esmal gelassen. „Ebenfalls denke ich, dass es ihr nicht schaden würde, etwas Abstand von Viredis zu bekommen."

Kalea erstarrte und hielt den Atem an. „Ich will aber nicht hier weg", sagte sie. Ihre Augen waren auf den Tisch vor ihr gerichtet, während sich ihre Hände in das weiche Sofapolster krallten.

„Das ist vielleicht gar nicht mal so verkehrt", mischte sich Evalin ein und strich sich eine Strähne hinter das Ohr. „Hier zieht sie sich immer mehr zurück."

„Ich will ab-."

„Aber hier kennt sie sich aus. Warum sollte sie in eine fremde Umgebung gehen?", wandte Henri ein und sah Evalin ungläubig an. Innerlich dankte Kalea ihm, obwohl er sie unterbrochen hatte.

„Weil es ihr vielleicht guttun würde, nicht ständig an ihn erinnert zu werden", erwiderte die Köchin, als wäre es das Offensichtlichste. Kaleas Gestalt sank immer weiter in den Sessel hinein. Die leere Teetasse ruhte in ihrem Schoß. Die Stimmen ihrer diskutierenden Freunde surrten um sie herum. Warum war es nicht wichtig, was sie wollte? Was sie für das Beste für sich selbst empfand?

Hitze entfachte in ihrem Körper und fraß sich von ihren Zehenspitzen empor bis zu ihrem Kopf. Die Phiole der Königin hatte noch nicht seine Wirkung entfaltet. Sie hätte den Inhalt direkt nach dem Aufwachen schlucken sollen.

„Redet nicht über mich, als wäre ich nicht im Raum. Als wäre ich nicht anwesend und meine Meinung würde nicht zählen!", unterbrach sie die Diskussion aufgebracht. Die Anwesenden sahen erschrocken zu ihr und verstummten in ihren Gesprächen. Kalea war noch immer im Sessel versunken und mied ihre Blicke. „Warum muss ich wieder gehen? Warum kann ich nicht hierbleiben und einfach leben? Ich will keine Botschafterin sein, ich will diese Magie nicht und ich will nicht mit einem fremden Mann verreisen!" Gegen Ende wurde sie immer lauter, bis sie schrie und endlich zu ihnen aufsah. Sie sah Mitleid, Überraschung und Angst. Den Donner, der von draußen herein hallte, ignorierte sie.

„Was willst du dann, Kalea?", fragte Esmal. Seine braunen Augen bohrten sich suchend in ihre. Sie spürte, wie sie die Fassung verlor. Der Zorn schnürte ihr die Kehle zu. Sie hatte das Gefühl, dass die Armlehnen des Sessels sie einquetschten. Waren ihre Gefühle schon immer so überwältigend gewesen? Die Hitze brannte sich durch ihren Körper hindurch und erschwerte ihr die Atmung. Ruckartig stand sie auf, umklammerte die leere Tasse und ging um den Sessel herum. Sie musste sich bewegen. „Ich will ... Ich will, dass Faun zurückkommt. Ich will ihn. Hier! Bei mir! In Verdis!", gestand sie laut und drehte ihnen den Rücken zu.

„Das wissen wir", ergriff Bo das Wort. „Das wollen wir auch, Kalea."

„Warum bin ich dann die Einzige, die gehen muss?", erwiderte sie zornig und donnerte die leere Tasse gegen die Wand vor sich. Das

Porzellan zerbrach und kam scheppernd auf dem Boden auf. Hinter sich hörte sie erschrockene Geräusche.

„Kalea!", mahnte Esmal sie und als sie sich umdrehte, sah sie seit langer Zeit keine Wärme in seinen Augen. „Beruhige dich!"

„Warum soll ich mich immer beruhigen?" Ihre Atmung beschleunigte sich. „Warum muss ich mich zurückhalten und tun, was alle von mir wollen? Ich wurde mein Leben lang wie ein Schwein zum Schlachten aufgezogen und wurde dann von dem Mann, den ich liebe, getötet!" Die Augen ihrer Freunde weiteten sich überrascht.

„Wenn ich keinen Grund habe, die Fassung zu verlieren, wer sonst?", brüllte sie und streckte die Arme von sich. Es verlangte ihr die restliche Kontrolle ab, um nicht wie ein bockiges Kind mit dem Fuß aufzustampfen.

„Aber es wird nichts bringen!", langsam kam Amrin auf sie zu und hielt seine Hände schützend vor seinem Körper. „Es ändert nichts an dem, was geschehen ist. Wir alle finden, dass es ungerecht war, was mit dir passiert ist, und wir sind auch wütend. Aber es hilft nichts, die Fassung zu verlieren."

Ihre Zähne mahlten aufeinander. Amrins Haare hingen ihm fast über seinen Augenbrauen, die aufgrund seiner weit geöffneten Augen unter den Haaren gänzlich verschwanden. „Auf jeden Fall nicht hier drin."

„Amrin hat recht, Kalea. Sei wütend. Wir meinen nicht, dass du kein Recht hast, so zu fühlen. Aber tue nichts, was du bereuen könntest", sagte Evalin sanft, streckte ihr ein mit Magie versetztes Gebäck zu und lächelte sie verhalten an. Zögernd nahm sie es entgegen und zerrupfte es in ihrer Hand.

Esmal räusperte sich. „Fauns Abwesenheit trifft uns alle. Den einen mehr als den anderen. Aber er hat ein großes Loch in unserer Mitte hinterlassen." Grübelnd sah er zum dunkelblauen Sessel. „Ich stimme dem Gesagten zu. Du hast ein Recht auf deine Gefühle, aber ich denke trotzdem, dass du dir die Bitte durch den Kopf gehen lassen solltest." Kalea schloss die Augen und schüttelte leicht den Kopf.

„Lass mich ausreden", begann der Älteste erneut, „Faun ist verschwunden, weil er glaubt, dass es keine Zukunft mehr für ihn gibt. Du solltest nicht hier auf ihn warten und dich ständig im Kreis drehen. Wir werden ihn weitersuchen und nach Hause bringen." Mittlerweile stand er direkt vor ihr und umgriff ihre bebenden Schultern. „Sorge du dafür, dass es eine bessere Zukunft für ihn geben wird. Hilf dabei, Caldo wieder ein Stück näher an seinen Ursprung zu bringen." Obwohl der Älteste nicht ganz aussprechen konnte, was er damit meinte, verstand sie ihn. Sie sah es in seinem Blick. In der Sanftheit und der Entschlossenheit seines Gesichtes. Er vertraute darauf, dass sie Sepher dabei helfen konnte, das verlorene Reich zurückzubekommen. Es wäre nicht das Reich der Imiset. Dies könnte sie Faun wohl niemals zurückgeben. Aber sie könnte dabei helfen, ein friedlicheres Caldo zu schaffen, in das Faun zurückkommen würde. Sie würde Solas Macht mit der Hilfe von Sepher Lomaret niederschmettern und Faun rächen. Niemand sollte mehr seinen wahren Namen in den Mund nehmen.

Kalea wollte Faun eine sichere Zukunft schenken, in der er sich nicht mehr verstecken musste.

KAPITEL 10

Sprachlos blieb Kalea wenige Tage später im Türrahmen der Hütte stehen. Vor ihr, mit erhobener Faust, stand der Prinz, bereit zu klopfen. Dieser zuckte erschrocken zusammen, als er sie sah, und ließ die Hand sinken. Sein hellblondes Haar blitzte unter der Kapuze hervor, die ihn vor dem leichten Nieselregen abschirmte. Weiter hinten, noch vor dem Zaun, stand seine Leibwache, die unter einem Baum Schutz vor der Nässe suchte.

„Hallo Kalea", begrüßte der Prinz sie sanft lächelnd und neigte leicht den Kopf zur Seite, da sie ihn noch immer mit offenem Mund anstarrte. Der Ruf eines Mannes aus weiter Ferne ließ sie aus ihrer Starre fallen. Schnell begrüßte sie ihn ebenfalls und bat ihn ins warme Haus hinein. Der Leibwächter blieb wachsam vor der Hütte stehen und ignorierte Kaleas Einladung.

„Entschuldigt die Unordnung, Eure Hoheit", murmelte sie verlegen und brachte schnell die Klamotten, die zum Trocknen in der Nähe des Ofens hingen, in ihr Zimmer hinein. Aurum und sie waren nicht unbedingt chaotisch, aber manchmal wurde der Stress des Alltages zu viel und die Spuren der Tage verblieben in der Wohnstube.

„Bitte mach dir keine Umstände. Schließlich bin ich hier unangemeldet aufgekreuzt", beschwichtige der Prinz sie, nahm ihre einladende Geste an und setzte sich mit ihr an den Tisch. „Es sah eben so aus, als wolltest du wohin? Störe ich?"

Kalea schüttelte langsam den Kopf. „Ich wollte zur Trainingsfläche und einen Freund fragen, ob er mit meinem Training weitermachen kann. Dank der Phiolen der Königin scheine ich emotional stabiler zu sein. Ich würde mich gerne mit dem Training etwas ablenken. Aber er erwartet mich nicht, also muss ich mich nicht hetzen."

Sepher Lomaret nickte verstehend und sah sie durch das flimmernde Licht der Kerze zwischen ihnen an. Die Farbe des Feuers erhellte das Grau seiner Augen. Sein linkes Bein wippte unter dem Tisch.

„Wie kann ich Euch helfen?" Das Wippen stoppte.

„Ich wollte dich nur fragen, ob du dir Gedanken über alles machen konntest? Denn ich hätte noch ein weiteres Thema, worüber ich gerne mit dir sprechen würde." Ein einengendes Gefühl durchfuhr ihren Körper. Ihr Blick wich von ihm auf das Gewürzregal, welches hinter seinem Kopf hing. Natürlich hatte sie sich Gedanken gemacht. Wie könnte sie nicht? Seit ihrer Begegnung mit dem Prinzen konnte sie zum ersten Mal seit dem Erntemond an etwas Anderes als an diese Nacht denken.

„Ja, Eure Hoheit. Es kommt mir noch immer surreal vor, dass es Überlebende gibt. Vor allem, na ja, Ihr. Ein Thronfolger."

Sepher lachte dunkel über ihre Unbeholfenheit, wobei sich seine Augen minimal verschmälerten. Er hatte entspannte Gesichtszüge, die ihn sehr gut aussehend machten. „Mir ist bewusst, dass meine Existenz ein Schock sein muss", erwiderte er amüsiert und rückte die Ärmel seines Hemdes gerade, sodass sie minimal unter seiner Jacke hervor rutschten. „Und dass ich dich nicht einfach überreden kann, mit mir durch Caldo zu reisen. Aber trotz dessen muss ich mit dir über etwas reden, was nicht einmal die Königin weiß." Nun hatte er Kalea. Ihr Interesse war sichtlich geweckt. Wartend richtete sie sich auf und stützte sich mit ihren Unterarmen auf den Tisch. Ihre Augen sahen wieder geradewegs in seine. Kurz wich sein Blick auf die weiße Strähne, die hinter ihrem Ohr klemmte, ehe er ihr wieder ins Gesicht sah.

„Ich danke dir, dass du mich anhörst. Ich weiß nur bedingt, was du durchmachen musstest, und kann mir vorstellen, dass du viele Fragen und eigentlich andere Prioritäten hast", begann er vorsichtig und holte dabei etwas aus seiner Jackentasche hervor. Es war ein kleiner, brauner Zettel, den er in die Mitte des Holztisches legte. Mit seinen Augen wies er sie an, das Stück Papier zu öffnen. Zögernd griff sie danach und faltete es langsam auseinander.

Cassandra Portier

Verwirrt sah sie von dem geschriebenen Namen in ihrer Hand zu dem Prinzen, der sie aufmerksam beobachtete. Der Name sagte ihr nichts.

„Ich verstehe nicht. Wer soll das sein?", fragte sie und legte den Zettel zurück auf den Tisch. Ihre Augenbrauen waren argwöhnisch zusammengekniffen. Sie wusste nicht, was dieser Mann von ihr wollte, hatte aber gelernt, dass sie nicht jedem gut aussehenden Gesicht vertrauen sollte. Der Prinz seufzte.

„Das habe ich mir leider gedacht", murmelte er enttäuscht und nahm den Zettel zurück in die Hand.

„Sollte ich sie kennen?", entgegnete Kalea und lehnte sich mit verschränkten Armen zurück.

„Lass es mich erklären. Sobald mir klar war, was dein Tod mit der Magie meines Reiches anstellt, haben wir Nachforschungen über deine Ahnen angestellt."

„Meine Ahnen? Wieso?"

„Weil ich - verzeih mir, wenn es deinem Glauben widerspricht - nicht an Prophezeiungen glaube. Ich denke nicht, dass eine x-beliebige Solasia die Magie meines Volkes entfesseln kann, nur, weil es auf einem Stück Papier steht", erklärte er ernst. „Und ich habe recht behalten." Nachdem er gemerkt hatte, dass Kalea ihre abwehrende Position nicht lockerte, fuhr er fort: „Es hat einige Zeit gedauert, aber wir haben Beweise gefunden, dass der Cousin meines Großvaters ein uneheliches Kind hatte. Es wurden wenige Briefe zwischen ihm und der Frau gefunden. Cassandra Portier trug das Kind aus und zog es in ihrem Land groß. Der Kontakt zu dem Cousin meines Großvaters brach ab, als dieser früh an einer Erkrankung starb. Niemand wusste von diesem unehelichen Kind. Doch dieses Kind wuchs in Solas auf, wurde erwachsen und bekam ebenfalls Kinder. Eines dieser Kinder war dein

Vater." Seine Augen musterten jede Regung ihres Gesichtes. Sie spürte, wie ein kalter Schauer an ihrer Wirbelsäule hinunterglitt und ihre Handflächen in Schweiß ausbrachen. „Natürlich ist es nicht sicher. Der Hauptgrund für mein Auftauchen in deinem Leben ist, dass ich gerne einen Test machen würde, um das alles zu bestätigen."

„Ab-aber, was bedeutet das Ganze?", stammelte sie schockiert und erkannte ihre eigene Stimme nicht. Ihr war nicht bewusst, dass sie mittlerweile aufgestanden war und vor dem Prinzen auf- und abging. Seine grauen Augen beobachteten sie dabei ruhig.

„Es würde schlussendlich bedeuten, dass wir beide nicht so allein auf dieser Welt sind, wie wir es dachten", erklärte er und stand langsam von dem Stuhl auf. Aus seiner anderen Jackentasche holte er ein weiteres Stück Papier heraus und öffnete es auf der Tischmitte, sodass die Kerze das Blatt erhellte. Zögernd kam Kalea neben ihm zu stehen und blickte hinab. Das Blatt war voller unbekannter Symbole, die in schwarze Tinte gezeichnet waren.

„Ist das der Test?", fragte sie leise.

Sepher neben ihr nickte. Er überragte sie ungefähr um eine Kopflänge, weswegen er leicht hinabblicken musste. „Ich habe es von meinen Beratern bekommen. Meinen Vertrauten. Wir müssen nur jeweils einen Tropfen Blut auf die Kreise tröpfeln." Er zeigte auf die großen Kreise, die sich jeweils am Ende des Papiers gegenüberlagen. „Wenn sich unser Blut berührt, sind wir blutsverwandt."

„Und wenn sie sich nicht berühren?"

„Dann sind wir nicht verwandt und du wirst mich nicht unnötig lange ertragen müssen", sagte er und grinste gegen Ende.

Kalea schnaubte nervös.

„Wenn es stimmt, muss ich Sie also ertragen?", fragte sie und blickte zu ihm nach oben.

„Gewiss! Wenn du mit mir verwandt bist, wirst du mich nie wieder los. Und du wirst mich endlich nicht mehr siezen." Seine Augen schimmerten belustigt im Schein der Kerze. Für einen Moment blickte sie wieder auf das Papier und dann wieder zu dem Prinzen.

„Also gut. Ich bin dabei."

KAPITEL II

Zischend zog sie ihren Zeigefinger aus der Hand des Prinzen, nachdem er mit einer dünnen Nadel hineingestochen hatte. Blut quoll langsam aus der kleinen Wunde heraus, während sie wartete, dass Sepher sich ebenfalls in den Finger stach. Aufregung sprudelte in ihrem Magen empor, sobald er seine Hand über einen der Kreise hielt und zwei Tropfen seines Blutes hineinfielen. Sie wünschte sich in diesem Moment ihre Freunde herbei. Nach dem Gespräch in Esmals Arbeitszimmer war die Stimmung in der Gruppe eher angespannt.

Sobald Sepher ein Taschentuch an seine Wunde hielt und sich zu ihr wandte, trat sie einen Schritt an den Tisch heran und tat es ihm gleich. Ihre Atmung stand still, während sie beobachtete, wie drei kleine Tropfen in den anderen Kreis fielen. Den blutenden Finger umwickelte sie mit einer Serviette, die auf dem Tisch lag. Stumm starrten beide auf das Stück Papier. Im Hintergrund hörten sie den Regen, der gegen die Fensterscheiben nieselte.

„Müssen wir noch etwas machen?", fragte sie, nachdem sich nichts getan hatte. Sepher wollte gerade etwas antworten, da stockte er und deutete auf das Stück Papier. Die Bluttropfen sammelten sich jeweils zu zwei großen Bluttropfen an. Langsam zogen sich darauf zwei Blutlinien, die die Symbole auf dem Blatt entlang krochen. Es dauerte mehrere Minuten, da erkannte Kalea, dass die Blutlinien einen schneckenähnlichen Kreis ergaben und sich mit jeder Windung näherkamen. Kurz bevor die Blutspuren die Mitte erreichten, sogen sie angespannt die Luft ein.

Ein Blitz von draußen erhellte das Ergebnis und ein Donner verschluckte Kaleas überraschtes Keuchen. Der Regen wurde für mehrere Sekunden härter, ehe er wieder abklang und es weiter nieselte. Vor ihnen auf einem Stück Papier in der Hütte, welche Kaleas Zuhause geworden war, blickten zwei Waisen auf den Beweis vor ihnen. Dieser versicherte ihnen, dass sie nicht so allein waren, wie sie es immer gedacht hatten.

Sepher machte einen taumelnden Schritt zur Seite und griff nach der Stuhllehne. Er sah so überwältigt aus, wie sie sich fühlte. Seine grauen Augen sahen vom Test zu ihr und sobald er ihre Nervosität sah, richtete er sich zu seiner vollen Größe auf. Der Prinz sah die Angst, die in ihren Augen lag, und sah den Schock, der ihre Knochen erschütterte. Er schluckte hart.

„Eure Ho-, Sepher", stammelte sie unbeholfen und blickte wieder zum Test. Ihre Füße wollten sich einfach nicht bewegen, obwohl sie sich am liebsten setzen wollte. Ihr kompletter Körper schien in einer verkrampften Position zu verharren. Was bedeutete dieses Ergebnis für sie?

„Ich verspreche dir, dass diese Erkenntnis nichts Negatives ist. Wenn du willst, dass es niemand weiß, sorge ich dafür", versicherte er ihr mit beruhigender Stimme und kam langsam auf sie zu. „Wir kennen uns nicht. Aber eines kann ich dir sagen, ich bin unbeschreiblich glücklich darüber. Seitdem ich denken kann, besitze ich keine Familie und dich nun gefunden zu haben, scheint mir wie ein Traum." Seine Augen schmälerten sich wieder, als er sie glücklich anlächelte.

„Meine Eltern?", fragte sie knapp angebunden, ohne den Abstand zwischen ihnen zu vergrößern. Er stand mittlerweile eine Armeslänge von ihr entfernt und musterte sie eindringlich.

„Sie sind gestorben oder verschwunden. Es tut mir leid, ich konnte nichts Aktuelles über sie herausfinden."

„Alles gut." Ihre Eltern interessierten sie nicht wirklich. Sie hatten Kalea weggeben, sobald sie geboren wurde. Wieso sollte sie um die beiden trauern?

Sepher nutzte ihre Stille, um vorsichtig seine Hände zu heben und sie auf ihre bebenden Schultern zu legen. „Kalea, hör mir zu. Was ich dir hiermit sagen will, ist, dass es nicht mehr nur um mein Reich geht. Sondern auch um deines. Zwar über Ecken und Generationen, aber ich hoffe, dass es reicht, um dich zu überzeugen, uns zu begleiten. Damit wir ein Zuhause haben."

„Ich habe ein Zuhause. Hier in Viredis", erwiderte sie energisch und schüttelte nun seine Hände von sich. „Ich brauche Zeit. Ich kann das nicht jetzt entscheiden."

Enttäuschung lag für einen Augenblick in dem Gesicht des Prinzen, ehe sich diese verflüchtigte. „Das verstehe ich und ich gebe dir diese Zeit. Wir wollen in ein paar Tagen aufbrechen. Bis dahin hast du Zeit, es dir zu überlegen und vielleicht lernen wir uns auch etwas besser kennen." Für einen Moment zögerte er, ehe er noch hinzufügte: „Auch, wenn du nicht mitkommen solltest, ändert das nichts an dem Ergebnis dieses Testes. Selbst wenn du hierbleibst, werde ich deine Familie sein. Entscheide dich also nach deinem Interesse."

Die Großzügigkeit in den Worten des ihr fremden Mannes rührte sie überraschend. „Ich danke Euch … ich meine dir", sagte sie aufrichtig und versprach ihm, sich wirklich Gedanken über seine Bitte zu machen.

„Wie wäre es, wenn wir dich zum Trainingsplatz begleiten?", fragte Sepher, nachdem sie endlich aus der Hütte gegangen waren und auf der Höhe des Leibwächters standen. Das Papier mit dem Test ruhte in der Jackentasche des Prinzen. Eine Information, von der sie nicht wusste, ob sie wollte, dass sie an die Öffentlichkeit geriet. Sie war sowieso schon eine Zielscheibe. Wenn die Menschen, besonders die Solasia, wussten, dass sie nun auch noch eine Verbindung zum Königshaus Baistars hatte, konnte sie sich direkt ihr nächstes Grab schaufeln.

Es wäre ein Grund, wegzulaufen oder stärker zu werden, um ihren Feinden die Stirn zu bieten. Ihre Zukunft kam ihr nie ungewisser vor.

„Gerne. Zum Trainingsplatz geht es hier entlang", sagte sie und zeigte auf die Straße zwischen zwei Häusern.

Die beiden Männer folgten ihr still durch den Regen. Es war der Leibwächter, der schließlich die Stille durchbrach: „Ihr wisst schon, dass die Höhe Eures Gartenzauns lächerlich klein ist? Was soll der aufhalten? Ameisen?"

Kalea schmunzelte.

KAPITEL 12

Das Gras zwischen ihren Fingerspitzen war im Vergleich zu dem Stoff unter ihrem Körper kühl. Ihre Augen waren geschlossen, während sie dem Zirpen der Grillen lauschte und sie sich auf ihre Atmung konzentrierte. Sie hatte beinahe vergessen, wie es war, im Gras zu liegen und nicht vollends vom Regen durchnässt zu werden. Die Nacht war über ihr, was sie anhand der Stille des Dorfes wusste.

„Ich vermisse dich", hauchte eine warme, tiefe Stimme neben ihrem Ohr. Eine Gänsehaut breitete sich auf ihrer Haut aus. Ihr Körper erkannte ihn. „Schau mich an, armaas."

Ihre Augenlider zitterten beim Öffnen. Zunächst blickte sie in den leuchtenden Sternenhimmel über ihr, ehe sie sich zu ihm wandte. Er lag auf dem Rücken und hatte nur seinen Kopf zu ihr gedreht. Sein pechschwarzes Haar war länger als in ihrer Erinnerung. Doch seine Augen waren so atemberaubend wie immer.

„Faun", hauchte sie erstickt und biss sich auf die Lippe. Sein Lächeln wurde umso trauriger, bei ihrer Reaktion. „Ich vermisse dich auch. So sehr."

„Es tut mir so leid", murmelte er und strich mit seiner Hand durch ihr Haar, während er sich auf seine Ellenbogen stützte. „Ich wollte dir nie wehtun."

Nun schluchzte sie. „Ich weiß doch. Bitte komm zurück", bettelte sie und klammerte sich mit einer Hand an seine, die nun ihre Tränen behutsam wegwischte. Nur schwach konnte sie seinen unverkennbaren Geruch riechen. Die Erinnerungen verblassten immer mehr. Doch sie wusste, dass er immer nach Wald und Freiheit roch.

„Ich kann nicht, Liebes", antwortete er mit belegter Stimme. Langsam lehnte er sich vor, um seine Stirn an ihre zu legen. „Ich wünschte, dass ich dich noch spüren könnte. Es ist so einsam in meinem Kopf."

Sie lachte schniefend, was diesem ganzen Moment die Romantik nahm.

Faun grinste.

„Warum bist du nicht hier?"

Die Funken seiner Augen tanzten umher. „Ich kann nicht. Noch nicht. Nicht, nachdem ich dich getötet habe", gestand er monoton. Seine Gesichtszüge verdunkelten sich.

„Ich bin nicht tot, Faun", erwiderte sie direkt und nahm sein Gesicht in ihre Hände, da er sich von ihr entfernte. „Hörst du mir zu?" Doch seine Augen waren zugekniffen und er löste sich harsch aus ihrem Griff.

„Es tut mir so leid, armaas."

An diesem Morgen wachte Kalea mit Kopfschmerzen auf. Bei jedem Schritt durchfuhr sie ein stechender Schmerz und zwang sie dazu, ihre Augen zu schließen. Wie nach jeder Nacht, in der sie von Faun träumte, waren die ersten Stunden des Tages grau und betrübt. Die Wolken wirkten dichter und bedrückender. Es fühlte sich an, als hätte sie Steine geschluckt, die sie nach unten zogen. Erst nachdem sie die Phiole der Königin getrunken und beruhigende Atemübungen gemacht hatte, verbesserte sich ihre Stimmung und das Wetter. Es fiel ihr auch immer leichter, die Erinnerungen an ihre Träume unter der Welle aus zähem Honig wegspülen zu lassen. Denn es waren nur Träume.

Bisher war es ihr für eine Stunde gelungen, dass der Regen stoppte, während sie noch wach war. Als sich die ersten Sonnenstrahlen ihren Weg durch die Wolkendecke bahnten und die letzten Tropfen auf die Erde gefunden hatten, brach eine Euphorie in Viredis aus. Ihre Freunde waren beinahe zeitgleich bei ihr angekommen und sahen sichtlich erleichtert aus, als es ihr gut ging. Sie saß unter der neuen Überdachung ihrer Hütte und blätterte gelassen in ,Die Reise in den Süden'. Für eine Stunde schien ein Fest in Viredis auszubrechen. Kinder tobten in den Pfützen umher und selbst Henri und Amrin ließen sich von diesem kindischen Verhalten anstecken. Es erinnerte sie daran, wie jung die beiden eigentlich noch waren. Die Kneipen holten einige Flaschen Wein heraus und verteilten ihn an die umher gehenden Menschen. Selbst die Königin, Esmal und der Rat kamen auf den Marktplatz, um die Pause von dem Regen zu genießen. Lächelnd hatte sich Kalea umgesehen und entdeckte Sephers Leibwächter, der sich neben dem Prinzen in einem

Sonnenstrahl sonnte. Bodan lächelte sie seit Wochen zum ersten Mal richtig an und hob Aurum in die Luft. Das Lachen ihrer Freunde beglückte sie, doch kam sie nicht drumherum, sich eine Stunde später vorzustellen, dass Faun hier wäre. Wie sehr er diese Euphorie in Viredis genießen würde. Vielleicht würde auch er mit den Kindern in den Pfützen spielen und bestimmt würde er sie wieder mit Schlamm besudeln, wie es Henri gerade mit Amrin und Baria tat. Die Prinzessin schrie aufgebracht, ehe sie sich auf den Wachmann und den Gelehrten stürzte. Wenige Augenblicke später begann es wieder zu nieseln und alle flüchteten zurück ins Trockene. Kaleas schlechtes Gewissen verflüchtigte sich, als Amrin rief: „Sehr gut, Kalea. Du schaffst das schon!"

Das Pochen ihres Kopfes war mittags so gut wie weg, weswegen sie sich, wie geplant, auf den Weg zum Training machte. Verständlicherweise hatte Henri nicht immer Zeit, um sie zu trainieren und sie wollte auch nicht, dass er seine gesamte Freizeit an sie verschwendete. Nicht, wenn ihr klar war, mit wem er sie lieber verbrachte. An den Tagen, an denen sie allein trainierte, ging sie einfach die Trainingseinheiten durch, die Faun mit ihr gemacht hatte. Dies bedeutete, dass sie ihren Körper so lange strapazierte, bis sie Stunden später erschöpft auf dem Boden lag.

„Macht es dir etwas aus, wenn ich dich begleite?", gesellte sich plötzlich Sepher neben sie. Sie war gerade dabei, sich aufzuwärmen, um mehrere Runden um den See zu rennen, der hinter dem Schloss war. Die Fläche in der Nähe der Terrasse war mittlerweile nicht immer belegt, da die Wachen nun ebenfalls im Regen trainierten. Schließlich waren die Gefahren dort draußen und sie mussten sich der gegebenen Witterung anpassen.

„Natürlich nicht", antwortete sie lächelnd und schielte an ihm vorbei zu seinem Leibwächter, der sie unverhohlen anblickte. „Kommst du auch mit?" Sepher drehte sich zu ihm um und wartete ebenfalls auf seine Antwort.

„Ich bleibe lieber hier und beobachte die Umgebung", antwortete er ruhig.

Kalea schmunzelte. „Weil es hier so viele Gefahren gibt?", hinterfragte sie seine Ausrede.

„Für den Thronfolger Baistars? Ja", entgegnete er und hob herausfordernd die Augenbraue.

„Niemand weiß, wer er ist", stellte Kalea klar und deutete auf Sepher, der amüsiert zuhörte.

„Und das soll auch so bleiben. Trotzdem bin ich gerne wachsam."

„Ist gut, Jar. Bleib hier und ruhe dich aus, du fauler Hund", grätschte nun der Prinz dazwischen und gab dem jungen Mann einen spielerischen Schlag gegen den Hinterkopf. Kalea stutzte bei seiner Wortwahl und biss sich auf die Lippe, um ihr Grinsen zu verstecken. Seine Aussage unterstreichend, lief Sepher an ihm vorbei in Richtung des Pfades, den sie gleich entlanglaufen würden.

„Als Leibwächter hätte ich dich für sportlicher gehalten", setzte sie ihm nach und ging langsam an ihm vorbei.

„Keine Sorge, wenn du mich brauchst, bin ich schneller da, als du denkst", erwiderte er schelmisch und lachte, als sie stumm an ihm vorbeilief. „Ruf einfach nach mir!"

„Lass dich nicht von Jar ärgern", riet Sepher ihr nach zwei Runden. Sie saßen auf einem Stein und rangen nach Atem.

„Ihr seid auch Freunde, oder?", fragte Kalea hechelnd und band sich den Zopf neu, der sich bei den letzten Metern gelockert hatte.

Der Prinz nickte und sah zu seinem Leibwächter, der etwas weiter weg auf einer Bank saß. „Wir sind zusammen aufgewachsen und eigentlich war er schon immer mein Leibwächter. Sei es offiziell oder inoffiziell. Ich ertrage ihn mittlerweile seit 27 Jahren und kann dir versichern, dass er nur die Hälfte der Sachen, die er sagt, ernst meint", erklärte er ihr.

Sie nickte schmunzelnd. Kurzerhand drehte sie sich ebenfalls in die Richtung des Mannes, der nun zu ihnen sah und ihnen mit einer Handbewegung zu verstehen gab, endlich weiterzulaufen.

Wirklich schlau wurde sie aus den beiden nicht. Doch ehe sie sich weiter Gedanken machen konnte, forderte der Prinz sie zu einem Wettrennen auf, was sie natürlich nicht ausschlagen konnte.

KAPITEL 13

Wahre Freundschaft zwischen Frauen war etwas ganz Besonderes. Etwas schier Gesundes, was sie manchmal erschrak. Die Liebe zwischen ihr und ihren Freundinnen war unerbittlich und beinahe gefährlich. In einem Moment redeten sie über neues Puder, welches Aurum bekommen hatte, ehe sie im Nächsten einen Mann anfauchten, der Baria zu nahegekommen war. Die Freundschaft zwischen Frauen konnte so rein, echt und liebevoll sein, dass sie jedes andere Problem in ihrem Leben überdauerte. Hier im Kreise ihrer Freundinnen, kamen Kalea ihre inneren Wunden nicht mehr so unüberwindbar vor, wie zuvor. Es ließ sich kaum mit Worten beschreiben, wie wohl sie sich in dieser Gesellschaft fühlte. Sie liebte ihre Freundschaft zu Amrin, Henri und Bo. Doch es war etwas gänzlich anderes, mit ihren Freundinnen zusammen auf den Sofas ihrer Hütte zu sitzen und nach einem ausgiebigen Essen zu lachen und zu reden. Evalin kraulte gerade über Aurums Kopfhaut und löste die Zöpfe, die den Tag über das blonde Haar in Stellung gehalten hatten.

„Aber ich verstehe es nicht ganz", begann Baria verwirrt und schob sich zeitgleich ein Stück Brot in den Mund. „Ist er jetzt dein Bruder oder dein Cousin?"

Aurum lachte über die Prinzessin, die in der Vertrautheit dieser Hütte, all ihre königlichen Etiketten abgelegt hatte.

„Also zunächst einmal, Eure Hoheit", neckte Kalea sie und schnappte ihr das restliche Brot aus der Hand. „Spricht man nicht mit vollem Mund." Baria schmollte, als sie sich das Brot in den Mund schob. Die Prinzessin saß auf dem weichen Teppich und lehnte sich gegen Kaleas Bein, welches hinunterhing. „Und zweitens, weder noch. Sepher ist weder mein Bruder noch mein Cousin. Wir sind lediglich entfernte Verwandte. Es bedeutet nur, dass wir eine Familie sind, wenn wir das wollen." Sie hatte ihnen beim Essen von der neuen Erkenntnis erzählt, nachdem Amrin ihr geraten hatte, auch die anderen einzuweihen. Der junge Gelehrte hatte recht gehabt. Denn wie sollte sie so etwas nur allein entscheiden?

„Aber diese entfernte Familie ist nicht irgendwer", stellte Aurum klar und nippte an ihrem Glas. „Er ist der Kronprinz von Baistar und möchte dich mitnehmen, um euer Land zurückzuverlangen."

„Es ist sein Land", widersprach Kalea.

„Und du hast vergessen, dass er wirklich gut aussieht", nuschelte Evalin nun in ihr Glas hinein und riss erschrocken die Augen auf, als die drei sie anstarrten. Baria und Aurum schmunzelten vergnügt, während Kalea den Mund verzog. Ja, Sepher war sehr gut aussehend. Aber seitdem sie wusste, dass sie mit ihm verwandt war, stellten sich ihr die Zehen- und Fingernägel auf, sobald sie auch nur daran dachte.

„Ich tue mal so, als hätte ich das nicht gehört", sagte sie an die rotwangige Evalin gewandt und grinste. „Aber ja. So schön es ist, jemanden zu haben, den ich Familie nennen kann, desto schwieriger ist die ganze Situation. Ich will ihn nicht hängen lassen, aber ich will hier auch nicht weg. Um ehrlich zu sein, will ich nichts mehr mit solchen Sachen zu tun haben." Ihre Freundinnen schwiegen nachdenklich.

„Das verstehe ich", sagte schließlich die Jüngste, „Familie bedeutet immer eine Verantwortung, ob man sie will oder nicht."

„Das stimmt", bekräftigte Evalin Barias Aussage. „Ich befürchte, dass wir dir diese Entscheidung mal wieder nicht abnehmen können."

Kalea nickte bekümmert und sah auf, als Aurum ihre Hände nahm. Ihre grünen Augen sahen sie wissend an.

„Egal, wie du dich entscheidest, Kalea. Viredis bleibt dein Zuhause und wir alle deine Freunde. Daran wird die Entfernung nichts ändern", bemühte sie sich ihrer Freundin gut zuzureden. Damit traf sie den Nagel auf den Kopf, der Kalea diese Entscheidung am meisten erschwerte. Denn sie befürchtete, das, was sie in Viredis gefunden hatte, zu verlieren, sobald sie den Prinzen begleitete. Sie hatte schon Faun verloren und wusste nicht, was sie tun würde, wenn auch der Rest verschwand. Wenn sie diese kleine Blase namens *Zuhause* verließ.

„Kalea, wir brechen morgen früh auf. Ich werde zurück in die Hauptstadt reisen und vertraue darauf, dass du die Phiolen weiterhin nimmst, bis du diese Kraft unter Kontrolle hast", richtete die Königin ihr Wort an sie. Sie befanden sich wieder im Beratungszimmer, wobei es dieses Mal voller war als beim letzten Mal. Der Erntemond war mittlerweile mehr als einen Monat her und Kalea schaffte es immer öfter, den Regen für eine oder mehrere Stunden aufhören zu lassen. Sie nickte auf die Aussage der Königin hin, die ihr so prächtig wie eh und je gegenübersaß. Überraschenderweise war Sepher dieses Mal von Anfang an dabei gewesen und hatte sich trotz des Flüsterns der Anwesenden direkt neben Kalea gesetzt. Falls er aufgrund des Verhaltens der Leute unsicher war, ließ er es sich nicht anmerken. Jarrel lehnte mit seinem Schwert nur wenige Schritte hinter ihm an einem Pfosten und starrte alle abschätzend an.

„Hast du dich denn auch wegen meiner anderen Frage entschieden?" Trotz des drumherum Redens, wusste Kalea, dass sie von Sephers Bitte sprach. Dieser hatte sich bisher noch nicht vor den anderen als Kronprinz Baistars zu erkennen gegeben, was wahrscheinlich auch gut war.

Kalea nickte erneut und sah aus dem Augenwinkel, wie sich der Prinz verspannte. Sein Blick war jedoch noch immer gespielt gelassen auf die Mitte des Tisches gerichtet.

„Ich werde mitgehen, Eure Bitte erfüllen und dann nach Viredis zurückkehren", sagte sie mit fester Stimme. „Jedoch bitte ich darum, einige meiner Freunde mitzunehmen."

Die Königin sah kaum merkbar zu Sepher, ehe sie nickte und lächelte. „Habt ihr euch schon entschieden, wer mitkommen soll?"

„Ja, Eure Majestät. Amrin Golding und Baria Withleigh werden mich begleiten." Beim zweiten Namen sah die Königin sichtlich überrascht aus. Esmal jedoch wirkte kaum überrascht, als er zu der genannten Prinzessin sah. Diese trug das erste Mal seit Tagen ein richtiges Kleid und hatte ihre Haare ordentlich nach oben gesteckt. Ihr weiß leuchtendes Haar sorgte dafür, dass sie schnell jegliche Aufmerksamkeit auf sich zog. Eine Aufmerksamkeit, mit der Kalea sich früher herumschlagen musste. Nun war ihre Strähne so weit herausgewachsen, dass sie diese gekonnt hinter ihr Ohr stecken konnte. Wenn ihre langen Haare richtig lagen, war kaum noch etwas von ihr zu sehen.

„Prinzessin Baria, Ihr wisst, dass das Ziel der Reise Euer Königreich ist? Wenn Ihr aus meinem Reich geht, kann ich Eure Sicherheit nicht mehr gewährleisten", wandte sich die Königin an die junge Frau.

„Ich weiß, Eure Majestät", erwiderte sie mit melodischer Stimme. „Ich danke Euch für Eure bisherige Güte. Aber ich will mich nicht länger verstecken. Ich möchte nach Hause, um meinem Vater die letzte Ehre zu erweisen und mit meinem Bruder sprechen."

Verstehend nickte die Königin. „Ihr seid keine Gefangene, also kann ich Euch nicht hierbehalten. Obwohl ich denke, dass es besser wäre, wenn Ihr nicht mitgeht. Lasst mich wenigstens die Wachen für diese Reise erhöhen." Gerade als sie die Hand hob, um eine Bedienstete herbeizurufen, räusperte sich Sepher.

„Entschuldigt, Eure Majestät. Aber als Verantwortlicher dieser Reise, denke ich tatsächlich, dass es besser wäre, mit so wenig Leuten wie möglich unterwegs zu sein. Ansonsten könnten wir zu viel Aufmerksamkeit erregen. Mein Freund und ich werden auf die Prinzessin und Kalea achten." Für einen Moment schienen die Königin und der Prinz eine stumme Unterhaltung zu führen, bis sie nickte und ihr Einverständnis gab.

„Verzeiht, Eure Hoheit", sprach ein Mann des Rates von Viredis, „aber worum geht es hier? Auf welche Reise soll die Eine gehen?"

Kaleas Nasenflügel zuckten bei diesem Spitznamen.

„Kalea soll als Botschafterin mit dem nächsten König Solas Frieden aushandeln. Sie kennt ihn und ist mit ihm aufgewachsen. Sobald er bereit ist, eine Verhandlung einzugehen, kommen wir nach", log sie den unwissenden Menschen im Raum ins Gesicht. Zwar war es eines der Ziele, Emil zu einer Verhandlung zu bringen, doch das eigentliche Ziel war die Rückeroberung Baistars.

„Bevor wir die Versammlung beenden und ich mich morgen wieder auf den Weg in die Hauptstadt mache. Gibt es noch weitere Besprechungspunkte?", wandte sie sich nun an Esmal.

Der Älteste von Viredis nickte und blickte abwartend zu Bo. Dieser hatte anscheinend nur auf seinen Einsatz gewartet, weswegen er beinahe nach vorn stürmte. Knapp verneigte er sich, ehe er sein Anliegen darlegte.

„Ich bitte um die Freistellung meiner Dienste für die nächsten Wochen, Eure Majestät. Wir müssen nach meinem Bruder suchen. Ich kann immer nur einzelne Tage lang weg sein und das reicht nicht", bat er eindringlich.

Kalea betrachtete ihn dabei und sah ihm wie immer den Schmerz an, den Fauns Verschwinden hinterlassen hatte.

„Wen würde das alles betreffen?", erwiderte die Königin nachdenklich.

„Mich, meine Partnerin Aurum Golding, Evalin Shiere und Henri Mills."

„Eure Majestät, ich war so frei und habe schon vorausgedacht. Ich hätte für die Stellungen der vier Ersatz", setzte Esmal nach, was ihm einen dankbaren Blick von Bo einbrachte. Kalea baute darauf, dass der Königin Fauns Heimkehr ebenso wichtig war, wie ihnen. Die Gefahr, dass der Königsmörder zu der Königin zurückzuverfolgen wäre, war zu hoch.

„Es scheint mir, dass dieses Anliegen schon gut geregelt ist und ich sehe keinen Grund, Eurer Bitte nicht zu entsprechen", begann die Königin und blickte Bo entschlossen entgegen. „Falls Ihr Euren Bruder jedoch nicht bis zum Rebenmond gefunden habt, wird die Suche beendet und diese Sache ist vorerst vom Tisch." Der Kiefer des älteren Bruders verkrampfte sich, während er nickte. Der Rebenmond war nach dem Herbstmond, der in wenigen Tagen scheinen würde, der nächste. Sie hätten also knapp vier Wochen Zeit, um Faun zu finden. Es juckte ihr in den Fingern, mit ihnen zu gehen. Doch sie musste auf ihre Freunde vertrauen. Ihnen war Fauns Wohlbefinden ebenso wichtig, wie ihr. Das war ihr mittlerweile bewusst.

Erleichtert lächelnd erhob sich die Königin und blickte noch einmal in die Runde: „Also dann. Ich beende hiermit die Versammlung und wünsche allen auf ihrer Reise oder ihrer Suche nur das Beste."

KAPITEL 14

„Weißt du, wo Sepher ist?", fragte sie Jarrel einige Zeit nach dem Mittagessen. Der Leibwächter saß gerade auf einem Stein am Flussbett vor dem Schloss und schliff sein Schwert, als Kalea ihn gesehen hatte.

Überrascht blickte er zu ihr auf. „Was?" Seine Gesichtszüge entspannten sich und ein verspieltes Lächeln zeichnete sich auf seinem Gesicht ab: „Er hat mir zwar erzählt, was bei eurem Test herausgekommen ist, aber zu hören, wie schnell du die höfliche Anrede weglässt, ist überraschend."

„Er hat es dir erzählt? Er hat versprochen, dass es niemand wissen muss", erwiderte sie und verschränkte die Armen vor dem Oberkörper, als Jarrel aufstand.

„Es wird außer mir auch niemand erfahren, wenn du das nicht willst. Aber du musst wissen, dass Sepher mir alles erzählt. Bestimmt hat er dir das nicht böswillig vorenthalten", erklärte der junge Mann und steckte sein Schwert zurück an seinen Platz. „Komm' ich bringe dich in die Küche."

„Die Küche?", hinterfragte sie überrascht und folgte ihm, als er vorausging.

Jarrel kicherte leise. „Ja, dort verbringt er gerne seine Zeit."

„Er kocht?" Skeptisch sah sie ihn von der Seite her an. Jarrel nickte, während sie die ersten Stufen hinaufgingen.

„Schon immer. Frag mich nicht warum. Er musste nicht kochen, aber irgendwie tut er es, seitdem ich denken kann." Unbekümmerte zuckte er mit den Schultern. „Er meinte, dass er dabei gut abschalten kann." Kalea nickte verstehend und folgte ihm dann stumm zu der Küche.

Sobald der Leibwächter die Tür aufdrückte, kam ihnen eine süß riechende Hitzewelle entgegen. Es war erstaunlich ruhig in dem großen Raum. Wahrscheinlich machten die meisten Angestellten eine kleine Pause, bis das Abendessen dran war. Ein kleiner, dickbäuchiger Mann begrüßte sie freundlich und legte den Spritzbeutel in seiner Hand zur Seite. Jarrel fragte ihn, wo Sepher wäre und als der Mann in eine Ecke deutete, sah Kalea, warum der Prinz wohl so viel Zeit in der Küche verbrachte. Für einen Moment starrte sie die beiden einfach nur an, während ihr Begleiter noch kurz mit dem Mann redete.

Sepher trug eine weiße Schürze über seinem Hemd und knetete breit grinsend einen Teig. Die Tischplatte war mit Mehl bestäubt, welches ebenfalls in seinem Gesicht klebte. Was Kalea jedoch überraschte, war ihre Freundin, die neben dem Prinzen stand und ebenfalls einen Teig knetete. Ihre Haare waren in einen Dutt gebunden. Schüchtern redete sie mit ihm und versuchte dann mit ihrem Arm eine Strähne aus ihrem Gesicht zu streichen. Sepher stoppte kurz in seiner Bewegung, wischte schnell eine Hand an der Schürze sauber, ehe er sanft Evalins braune Strähne hinter ihr Ohr schob. Kalea biss sich auf die Lippe, um ihr Grinsen zu unterdrücken. Beide waren bei dieser Geste errötet und sahen sich stumm an.

„Seph!", sagte Jarrel hinter ihr und ließ die beiden aus ihrer Welt schrecken. Kalea seufzte und schielte zu dem Leibwächter, der diesen Moment zerstört hatte. Dann folgte sie ihm zu den beiden. Evalin begrüßte sie knapp und knetete ihren Teig schnell weiter.

„Hallo, Kalea", sagte Sepher und räusperte sich.

„Hallo", erwiderte sie grinsend. „Ich wusste nicht, dass du gerne kochst." Der Prinz kratzte sich verlegen im Nacken und war sich der Sauerei nicht bewusst, die nun in seinem Haaransatz klebte.

„Ja, es ist eine Leidenschaft von mir."

„Das habe ich gesehen." Evalin schielte zu ihr und errötete noch mehr, als Kalea neckend die Augenbrauen hochzog.

„Was macht ihr?", fragte Jarrel und wischte seinem Prinzen das Mehl aus dem Nacken.

„Wir wollten Brötchen für das Abendessen vorbereiten", erklärte Sepher und deutete auf den Teig vor ihnen. „Und danach noch die Vorräte für die Wachen auffüllen. Ich hoffe darauf, dass wir etwas von dem magischen Gebäck für unsere Reise mitnehmen können."

„Natürlich könnt Ihr das", erwiderte Evalin und lächelte zaghaft.

Stolz reckte Kalea das Kinn. „Evalin ist die beste Kraftmagierin. Und die beste Köchin sowieso." Ihre Freundin sah sie überrascht an.

„Den Eindruck habe ich auch", stimmte Sepher ihr zu und blickte die Köchin an.

Überrascht blickte die Köchin den Prinzen an. „Danke schön, Eure Hoheit."

Kurz herrschte Stille, in der sich die beiden peinlich berührt anblickten. Jarrel räusperte sich.

Sepher riss den Blick von Evalin los und sah zu Kalea. „Wolltet ihr etwas Bestimmtes?"

„Ich hatte dich nur gesucht, um etwas Zeit mit dir zu verbringen", sagte Kalea schulterzuckend. Eigentlich wollte sie die letzten Sachen für die Reise mit ihm abklären. Aber sie brachte es nicht übers Herz, ihn von Evalin wegzulotsen.

„Wenn ihr Lust habt, könnt ihr helfen, die Brötchen zu formen. Das Schwierigste ist schon erledigt", sagte Evalin erfreut und deutete auf die Tischplatte.

„Gerne." Zwei Schürzen von einem Haken holend, wandte sie sich an den Leibwächter, der sich gerade einen Platz neben dem Prinzen freiräumte. Dieser Mann hatte wirklich kein Gefühl für solche Momente. „Jarrel, komm. Wir gehen an den anderen Tisch. Das wird zu eng."

Gerade wollte er etwas erwidern, als sie sah, wie Sepher ihn mit dem Ellenbogen anstieß. Evalin stand mit dem Rücken zu ihnen, um die Teigschaber zu holen. Jarrel sah ihn fragend an. Stumm gab der Prinz ihm zu verstehen, dass er mit Kalea mitgehen sollte.

„Ist ja gut", flüsterte er und kam zu ihr herüber. Sie grinste bei seinem Gesichtsausdruck.

„Du erkennst auch kein Pferd in der Stube, oder?", neckte sie ihn und band sich die Schürze um.

Verwirrt nahm er die andere Schürze in die Hand. „Was soll das denn bedeuten?"

97

„Dass du etwas ganz Offensichtliches nicht wahrnimmst", erklärte sie schulterzuckend und widmete sich dem Teig vor ihr.

„Wovon redest du?"

Kalea lachte. „Das musst du deinen Prinzen selbst fragen." Überlegend drehte er sich zu diesem um, schüttelte verwirrt den Kopf und tat es dann Kalea gleich, die Brötchen zu formen.

Mit warmen Wangen gingen die drei nach einer Stunde aus der Küche hinaus, um den Angestellten genug Platz zum Arbeiten zu geben. Evalin hatte sich erfreut bei ihnen für die Hilfe bedankt, ehe sie sich mit ihren Kollegen an die Arbeit machte.

„Das hat erstaunlich viel Spaß gemacht", meinte Jarrel und ging sich durchs Haar.

„Ich habe dir schon immer gesagt, dass es Spaß macht", erwiderte Sepher lachend und schlug ihm locker auf die Schulter.

„Vor allem in dieser Küche", fügte Kalea dazu. Sepher sah sie kurz überrascht an, dann lächelte er und sagte: „Vor allem in dieser."

KAPITEL 15

In der vorletzten Nacht, bevor sie mit Sepher und den anderen aufbrechen wollte, schrak Kalea aus dem Schlaf.

Wovon hatte sie geträumt? Sich an die letzten Bilder klammernd, schloss sie die Augen und versuchte sich an irgendetwas zu erinnern. Doch sie spürte, wie der Traum ihr entglitt. Das Einzige, woran sie sich noch erinnerte, war das Licht von unzähligen grünen Kristallen, die sich über ihr befanden. Und die Kälte, die sich in ihre Gliedmaßen gestohlen hatte. Eine Kälte, die sich ebenso im Bett befand. In Gedanken versunken lauschte sie den Regengeräuschen. Dies und das bedrückende Gefühl in ihrer Brust waren der Beweis dafür, dass der Traum sie aufgewühlt hatte. Doch wollte sie in diesem Moment keine Phiole aus der Kiste unter ihrem Bett kramen.

Nein.

Sie wollte raus.

Raus in den Regen, der in gleichmäßigem Rhythmus gegen die Scheibe fiel. Ohne groß zu überlegen, warf sie Decke zurück und scherte sich nicht darum, dass sie nur ein weites Nachtkleid trug. Ihr Körper vibrierte vor Aufregung. Sie sehnte sich nach dem Sturm, der vor dem Haus tobte. Ruckartig schlug sie die Haustür auf und blickte in das Unwetter. Es war nicht mehr Nacht, soweit konnte sie es erkennen. Doch schliefen die Bewohner Viredis noch tief und fest.

Zaghaft setzte sie einen Fuß aus dem Haus und spürte im selben Moment die Nässe. Ihre Atmung beschleunigte sich.

Dann rannte sie los.

Die Bäume des Waldrandes verschwammen vor ihren Augen, während sie an ihnen vorbeisauste. So schnell ihre Beine sie trugen, rannte sie durch die Natur und ließ Viredis hinter sich. Das Gras der großen Wiese hinter dem Dorf kitzelte ihre nackten Fußsohlen. Das bedrängende Gefühl auf ihrer Brust wurde immer schwerer, bis sie kurz vor einem Pfad stoppte und sich hechelnd an einem Baum abstützte. Ihre Augen brannten und ihre Haut rebellierte gegen den peitschenden Wind, der ihr den Regen ins Gesicht trieb. Ohne einen klaren Gedanken fassen zu können, holte sie tief Luft und schrie.

Sobald die Luft aus war, holte sie erneut Luft und schrie.

Und schrie. Bis sie nicht mehr konnte und ihre Lunge brannte. Doch das bedrängende Gefühl, das ihr seit Wochen auf der Brust lag, hatte sich gelegt. Langsam nahm sie Anlauf, bis sie wieder losrannte und auf die Blumenwiese vor ihr zusteuerte. Solange, bis sie im Schlamm ausrutschte und bäuchlings auf dem Boden aufschlug. Für einen Moment bekam sie aufgrund des Aufpralls keine Luft. Dann aber begann sie über sich selbst zu lachen. Über den Irrsinn, den sie Leben nannte und ihre eigene Blödheit, weil sie nass und voller Schlamm in der Wiese lag und lachte.

Noch immer lachend drehte sie sich auf den Rücken und schloss ihren Augen. Sie spürte die Kühle des Schlammes an ihrer kompletten Rückseite. Spürte, wie er sich in ihr offenes Haar setzte. Erneut holte sie Luft und schrie sich den Frust aus dem Körper. Bis ihre Stimme nachgab und sie stumm im Schlamm lag. Erst als sie merkte, dass der Regen nachließ, öffnete sie die Augen. Gerade rechtzeitig, um zu sehen, wie sich die ersten Sonnenstrahlen hinter den Wolken hervor kämpften. Die Wärme, die sich mit der Sonne auf ihre Haut legte, verschlug ihr den Atem. Sie hatte vergessen, was es für eine Wohltat war, sie auf sich zu spüren. Langsam setzte sie sich auf und sonnte sich in dem schwachen Licht. Es war ein kleiner Moment, in dem sie sich am Leben fühlte.

Vielleicht würde sie in Ordnung sein.

Langsam und breit lächelnd stieg sie über den kleinen Zaun vor dem Haus und bemerkte erst dann, dass sie die Tür offengelassen hatte. Sie lachte leise und strich sich das nasse Haar aus dem Gesicht. An der Tür legte sie ihre Hand an den Rahmen, um das Haus zu begrüßen. Ein Schnurren wich durch die alten Holzdielen.

„Wie siehst du denn aus?", kam ihr Aurum geschockt entgegen. Ihre Mitbewohnerin war gerade dabei, sich für den Tag fertig zu machen, was Kalea an der halb fertigen Frisur erkannte.

„Ich war draußen."

„Im Nachtkleid? So früh am Morgen?", meinte Bo, der am Küchentisch saß und an seinem Kaffee nippte. Skeptisch hob er eine

Augenbraue und sah Kalea genauer an. Ihr war bewusst, dass sie voller Schlamm war. Diese Tatsache ließ sie aber umso breiter grinsen.

„Ja. Das solltest du auch mal probieren", meinte sie grinsend und stahl ihm die warme Tasse aus der Hand.

„Das ist mein Kaffee", sagte er schmollend und sah ihr sehnsüchtig hinterher.

„Ich bin bis auf die Knochen durchgefroren und habe den nötiger als du."

Am Kaffee nippend, ging sie ins Badezimmer, um sich den Schlamm von der Haut zu schrubben. Gerade als sie die leere Tasse auf der Fensterbank abstellte, kam Aurum zaghaft herein.

„Alles gut, Kalea?", fragte sie und zog ihre Unterlippe zwischen die Zähne.

Sie verharrte in ihrer Bewegung und blickte ihre Freundin an. Sorge, die sie in letzter Zeit allzu oft gesehen hatte, spiegelte sich in ihren Augen.

Schluckend ging sie auf ihre Freundin zu und strich ihr über die Schultern. „Nein." Aurums Augen weiteten sich. „Aber ich habe das Gefühl, dass ich auf dem besten Weg bin."

Ihre Freundin nickte und nahm sie daraufhin fest in die Arme. „Du stinkst wie ein nasser Hund." Mit gerümpfter Nase sah sie Kalea an.

Die beiden lachten laut.

„Deswegen wollte ich mich auch waschen!", erwiderte sie verteidigend und scheuchte die Frau aus dem Badezimmer, sobald diese ihre Haare fertig frisiert hatte.

Gelassen tränkte sie ihren Schwamm in den Eimer mit lauwarmem sauberem Wasser und begann sich den Schlamm von der Haut zu schrubben. Durch das kleine Fenster kamen die Sonnenstrahlen ins Bad hinein.

Sie wusste nicht, wie lange es dauern würde. Aber an diesem Morgen war sich Kalea sicher, dass sie in Ordnung sein würde.

KAPITEL 16

FAUN

Die Tage schienen durch seine geschundenen Finger zu gleiten. Es brachte ihm nichts, sich den Wachwechsel zu merken. Seine Konzentration war nahezu unbrauchbar. Das Licht der Kristalle, die ihn umgaben, war die einzige Lichtquelle in dieser Höhle. Ihr hellgrünes Licht spiegelte sich auf der Oberfläche des seichten Wassers, das ihn umgab. Die Ketten um seine Handgelenke klirrten, wann immer er sich bewegte. Aufgrund der Haltung, in die seine Arme gezwungen wurden, brannten seine Schultern. Doch nach einigen Tagen wich das Brennen einer Taubheit. Zwischen den zwei Ketten gespannt, hing er schlaff und ließ seinen Kopf erschöpft nach unten hängen.

„Nun schau nicht so betrübt", erklang ihre Stimme in der Stille der Miene, die als Gefängnis diente. Sobald er sie erblickte, seufzte er genervt und schloss die Augen. Neben ihm wimmerten die anderen Gefangen auf. Sie waren alle durch Ketten an ihren Armen dazu gezwungen, auf dem Boden zu knien. Faun befand sich ganz unten, sodass seine Hose ständig im Wasser hing. Mit auf seiner Ebene waren drei andere Männer, wovon einer an diesem Morgen verstorben war. Durch die Kristalle erstreckte sich das Gefängnis stufenweise nach oben.

Sie schritt ins Wasser und kam langsam auf ihn zu. Kurz vor ihm hockte sie sich auf ihre Fersen, sodass sie ihm ihn Gesicht schauen konnte. Ihre aschblonden Haare waren so lang, dass die Spitzen im Wasser hingen. Die ausdruckslosen Augen musterten ihn.

„Schau mich an", befahl sie ihm kalt und hob sein Kinn mit einem Finger an. Dabei kratzte ihr langer Fingernagel über seine Haut. Es nutzte nichts, sich gegen sie zu wehren, weswegen er nachgab und die Augen öffnete. Die Funken sprangen wild hin und her.

Veras roten Iriden blickten ihm abwartend entgegen. „Ich verstehe nicht, warum du mich mit deinem Schweigen bestrafst", sagte sie beinahe gelangweilt und ließ sein Kinn wieder los. „Es gefällt mir nicht, dich hier einzusperren. Aber du hast mir keine andere Wahl gelassen, falls ich dich daran erinnern soll."

Das musste sie nicht. Ihm war bewusst, dass er dafür gesorgt hatte, hier zu landen. An ihrem Kopf vorbei erblickte er die zwei schwarzen Hunde, die ihr bei jedem Schritt folgten. Sie waren beinahe so groß, wie die geerdeten Wölfe in Talams Wäldern.

„Was willst du, Vera?", fragte er kratzig. „Kann ein Mann nicht in Ruhe in Gefangenschaft leben?"

Ein diabolisches Grinsen bildete sich auf ihren Lippen. „Ein Mann? Gewiss. Ein Halbelf mit deiner Macht, der eigentlich in meinen Diensten steht? Nein", antwortete sie und stellte sich seufzend hin, um auf ihn hinabzublicken. „Wenn du nur aufhören würdest, mein Gefolge zu töten, könnten wir dich jederzeit wieder freilassen."

„Wird nicht passieren", antwortete er ihr kalt und lächelte schief, was ihr Grinsen ersterben ließ.

Veras Auge zuckte. „Du bist so stur wie sie." Unbeeindruckt strich sie sich das Haar aus dem Gesicht. „Ich weiß, dass dich dieser Rückschlag getroffen hat. Aber das ist kein Grund, dein Talent zu verschwenden." Bei der Erwähnung seines *Rückschlages* zuckte er zusammen.

„Mein Talent? Du meinst wohl meinen Fluch!", fauchte er und riss an den Ketten, um näher an sie heranzukommen.

Vera zuckte nicht einmal mit der Wimper. „In jedem Fluch liegt eine unentdeckte Macht, Einar."

„Hör auf, mich so zu nennen", keifte er nun. Für einen Moment beobachtete sie ihn weiter. Dann drehte sie sich auf dem Absatz herum.

„Wir reden morgen weiter, wenn du deine Gefühle unter Kontrolle hast", rief sie ihm über die Schulter hinweg zu.

„Bleib weg!", schrie er ihr nach, obwohl er wusste, dass sie trotzdem kommen würde. So wie die Tage zuvor. Er hatte all seine Hoffnung in Vera gesteckt. Seine Hoffnung, seinem Bruder und seinen Freunden wieder unter die Augen treten zu können. Damit er nicht mehr das Monster war, welches Kalea getötet hatte. Nun blieb ihm nichts Anderes übrig, als sich hier drin festketten zu lassen, um keine Gefahr zu sein. Um die Schuld in seinem Herzen loszuwerden.

Bilder der Nacht, die er versuchte zu unterdrücken, holten ihn wieder ein. Der Geruch ihres Blutes. Der letzte Atemzug, der über ihre

Lippen wich. Der Moment, in dem er merkte, dass er sie nicht mehr in seinem Kopf spürte. Als er sich sicher war, dass sie tot war.

Geplagt von seinen Schuldgefühlen riss er immer wieder an den Ketten, bis seine Haut darunter brannte und er vor Frustration laut schrie.

Sein Schrei hallte an den steinernen Wänden der Höhle entlang und folgte Vera auf den Weg nach draußen.

KAPITEL 17

KALEA

Noch immer den Nachgeschmack der Phiole schmeckend, wickelte sie die restlichen Flaschen sorgsam in Leinentücher. Dann verteilte sie diese in ihrer und in Amrins Tasche. Der junge Gelehrte hielt dabei zwei Bücher in seinen Händen und versuchte sich für eines zu entscheiden. Kalea schmunzelte bei seinem Dilemma. Sie musste kaum darüber nachdenken. Ganz unten, zwischen ihren Oberteilen, lag ‚Die Reise in den Süden' und ein kurzer Bleistift.

Nach einer weiteren Stunde klopfte Jarrel an der Tür, um die beiden abzuholen. Der Regen hatte vor ein paar Minuten aufgehört. Die Pfützen auf den Straßen glänzten in der Morgensonne. Der Großteil von Viredis schlief noch immer und ließ den Ort ungewöhnlich ruhig wirken. Kalea schlurfte hinter den beiden her, die sich entspannt miteinander unterhielten. Ihre Augen wanderten zum großen Baum empor und die Straßen entlang, als würde sie sich noch mal alles einprägen wollen. Sie war noch nicht mal von Viredis weg und hatte schon Heimweh. Doch sie bereute ihre Entscheidung nicht, denn sie wusste, wie wichtig diese Reise war.

An den Stallungen warteten schon Baria und Sepher mit den anderen.

„Habt ihr alles?" Aurum kam auf die beiden zu und strich ihrem Cousin über die Oberarme. „Ich weiß nicht, wann ich das letzte Mal mehrere Wochen von dir getrennt war. Wahrscheinlich noch nie."

Amrin sah sie entgeistert an. „Wehe, du heulst jetzt", sagte er trocken, sodass alle anderen lachten und Aurum ihm gegen die Schulter schlug.

Kaleas Truppe würde zu Fuß reisen. Die anderen, die nach Faun suchten, sattelten jedoch ihre Pferde und würden nur wenige Stunden nach ihnen aufbrechen.

Während Amrin auf Henri und Bo zuging, kam Sepher ihr entgegen. „Ich habe noch etwas für dich", erklärte er ihr und holte aus seiner Jackentasche eine Kette heraus. Sie war sehr schlicht und Silber. Einen Anhänger besaß sie nicht. Überrascht blickte sie zu ihm auf und nahm etwas überrumpelt das Geschenk entgegen.

„Als ich damals aus Baistar fliehen musste, hat sie mir das Leben gerettet."

„Inwiefern?", fragte sie direkt nach und sah ihn dankend an, als er ihr half, den kleinen Verschluss der Kette zu schließen.

„Es ist ein Familienerbstück." Kaleas Herz begann schneller zu klopfen. „Frag mich nicht wie, aber sie verändert das Aussehen des Trägers."

Verwirrt blickte sie an sich herab. Zunächst sah sie keinerlei Veränderung, bis sich plötzlich die Spitzen ihrer langen Haare veränderten. Die dunkelbraune Farbe wurde allmählich heller, ehe sie eine kupferfarbene Strähne zwischen ihren Fingern hielt.

„O wow!", sagte Aurum schockiert und kam näher an sie heran. „Das ist echt komisch."

„Ist es so schlimm?", fragte sie nervös und strich sich durchs Haar, um den Rest ihrer weißen Strähne zu finden. Doch egal, wie oft sie sich die Haare vor ihr Gesicht hielt, sie war nicht zu finden.

„Nein, nein. Nur ungewohnt", versicherte ihr ihre Freundin und lächelte sie an. Sepher neben ihr starrte Kalea zwar ebenso überrascht an, nickte aber zustimmend.

„Deine Augen sind jetzt braun", erklärte er ihr, wobei seine grauen Augen über ihr Gesicht wanderten. „Außerdem sind deine Lippen voller und deine Wangenknochen weniger markant."

Tastend ging sie mit ihren Fingern über ihr Gesicht. „Du musst sie nicht ständig tragen, aber es ist sicherer, wenn fremde Leute dich nicht direkt erkennen. So kannst du selbst entscheiden, ob sie wissen sollen, dass die Eine lebt oder nicht."

„Danke, Sepher", sagte sie ehrlich und hielt das silberne Band zwischen den Fingern. Als auch die anderen sahen, wie sie nun aussah, fielen sie fast aus allen Wolken. Deshalb nahm sie die Kette zunächst wieder ab, um sich mit ihrem wahren Gesicht von Viredis und ihren Freunden zu verabschieden.

„Passt auf euch auf", sagte sie an ihre Freunde gewandt und nahm jeden Einzelnen fest in die Arme. Aurum und Evalin, die noch vor wenigen Minuten dazu gestoßen waren, erwiderten die Geste ebenso fest. Den dreien standen die Tränen sichtlich in den Augen, als sie sich voneinander lösten.

„Passt auf, dass er keinen Unsinn macht", meinte Kalea schmunzelnd und blickte vor allem zu Henri, der sich etwas abseits von Amrin verabschiedete. Er flüsterte ihm gerade etwas ins Ohr, was den jungen Gelehrten erröten und dann nicken ließ. Wenig später drückte Henris Umarmung ihr die Luft aus den Lungen.

„Ich bring' ihn heim", flüsterte Bo ihr bei der Umarmung ins Ohr und löste sich dann von ihr. Ihre Augen tränten, als sie seine Entschlossenheit sah.

Sie nickte. „Da bin ich mir sicher." Bevor sie sich umdrehte, hörte sie Schritte hinter sich.

„Da bin ich ja gerade noch rechtzeitig gekommen", brummte Esmal vergnügt und schlenderte ohne Begleitung auf die Gruppe zu. Kaleas Herz schwoll vor Freude an. „Komm noch mal kurz zur Seite."

Ohne Widerrede folgte sie dem Ältesten und entfernte sich von der Gruppe. Vorsichtig legte er einen Arm um ihre Schulter.

„Ich bin sehr stolz auf dich, Kalea", begann er mit ruhiger und warmer Stimme. „Du schuldest Sepher Lomaret und Caldo nichts, begibst dich aber auf diese Reise."

„Du weißt, dass ich das gewiss nicht für Caldo mache", widersprach sie ihm mit hochgezogenen Augenbrauen. Esmal sah sie wissend an und nickte.

„Aber für den Prinzen?" Gleichzeitig sahen sie zu Sepher, der sich gerade den Nacken kratzte und schmunzelnd mit Evalin redete. Seine grauen Augen, die ihren glichen, schimmerten im Licht.

Kalea schwieg. Esmal beobachtete sie nachdenklich.

„Wie dem auch sei. Ich freue mich schon darauf, wenn ihr wieder zurück seid", gestand er und lächelte traurig. „Es wird gewiss langweilig werden. Und sehr ruhig in meinem Arbeitszimmer."

„Ich freue mich auch darauf."

„Eine Sache noch: wir kennen die beiden nicht. Ich will dem Prinzen und seinem Leibwächter nichts unterstellen, aber bleibt immer auf der Hut", meinte er zum Schluss etwas ernster. Sie sah noch immer zu Sepher. „Wir wissen meistens erst zum Schluss, wer wirklich auf unsere Seite ist."

Ihr Blick wandte sich wieder zu Esmals warmen Augen. „Werden wir. Aber ich denke, dass man ihnen vertrauen kann."

Kalea hasste Abschiede. Sie waren schmerzlich, unangenehm und nie wusste einer, was es zu sagen gab. Ebenfalls wollte keiner der Erste sein, der geht. So wie in diesem Moment, in dem sie alle in einem komischen Kreis standen und mit den Füßen scharrten.

Jarrel räusperte sich. Seine Hände waren ungeduldig. Sepher wiederum beobachtete die Gruppe mit verschränkten Armen.

„Bei allen Göttern. Das ist unangenehmer als jeder Ball, an dem mich irgendwelche alte Säcke umwerben!", meinte Baria plötzlich laut und ließ ihren Kopf in den Nacken fallen.

Evalin grunzte amüsiert.

„Wir sehen uns alle bald wieder, also kein Grund für Tränen. Los geht's!" Verdattert sahen ihr alle nach, während sie in Richtung des Waldes stampfte.

„Ihr ist schon bewusst, dass sie in die falsche Richtung läuft, oder?",

murmelte Kalea Amrin zu. Der junge Gelehrte schüttelte lachend den

Kopf. Mit einem Lächeln auf den Lippen verabschiedeten sich alle

kurzerhand, ehe Kaleas Gruppe Baria zurückholte.

„Mögen wir uns am nächsten Tag wiedersehen!", riefen Aurum und

Henri ihnen laut hinterher. Evalin winkte ihnen noch lange hinterher.

KAPITEL 18

Im Schatten der ersten Bäume am Waldesrand blieben sie kurz stehen. Kaleas Wangen taten schon weh vom vielen Lächeln. Ihr Körper vibrierte vor Aufregung, während sie die silberne Kette anlegte und spürte, wie sich ihr Aussehen veränderte. Sie konnte es kaum erwarten, endlich wieder die Landschaften von Caldo zu sehen. Die Schönheit ihres Landes und die verschiedenen Eigenheiten der Reiche. Für einen Moment überstieg diese Aufregung das Heimweh, welches sie schön in ihrem Hinterkopf verstaute.

„Warum grinst sie so?", fragte Jarrel kritisch und sah sie an, als wäre sie verrückt. Dabei band er die Schnur um seinen Beutel fester zusammen und lehnte sich leicht zu Amrin hinüber.

Dieser belächelte Kaleas Verhalten. Zu lange war ihr letztes, großes Lächeln her. „Sie freut sich auf die Reise", beantwortete er kopfschüttelnd die Frage und überprüfte die Halterung seines Schwertes.

„Was? Wieso?", fragte Jarrel entgeistert und wirbelte zu ihm herum. Kalea, die ihr Gespräch natürlich mitbekommen hatte, sah die beiden genervt an. Ihr Lächeln war beinahe verschwunden.

„Wieso sollte ich mich nicht darüber freuen?", erwiderte sie und schnalzte mit der Zunge.

Mit einer großen Geste deutete er auf den Wald neben sich. „Ohne unhöflich zu werden, aber hast du hinter dem Mond gelebt? Wer freut sich denn darüber, in den Wäldern von Caldo umherzuirren?", spottete der Leibwächter. Fassungslos suchte er Hilfe bei seinem Prinzen, der das Ganze nur stumm grinsend beobachtete. Baria war nach seinen letzten Worten versteinert.

„Sie ist nicht oft rausgekommen", verteidigte Amrin sie direkt, wofür sie ihn am liebsten fest in den Arm nehmen würde. Doch war seine Verteidigung die Untertreibung des Jahrhunderts.

„Wenn man so die Tatsache verschönern will, dass ich nie aus dem Schloss gekommen bin und in der Öffentlichkeit nur in einem goldenen Käfig gestanden habe. Dann ja. Ich bin nicht oft rausgekommen." Sie ergötzte sich an den Gesichtsausdrücken der beiden Männer. Ihr Freund sah sie stolz an. Langsam wandte sich Sephers Blick Baria zu. Der Prinzessin von Solas. Diese schnaubte jedoch nur bei seinem Blick und warf ihre Haare über die Schulter.

„Schau mich nicht so an. Ich habe sie nicht da reingesteckt und mein Bestes getan", merkte sie an und drückte Kalea von sich, die augenblicklich zu ihr kam und sie fest an sich drückte.

„O ja, das hast du", quietschte sie glücklich und ließ danach die Prinzessin wieder in Ruhe. „Also, da das geklärt ist. Kann mir jemand sagen, warum ich mich nicht auf die wunderschönen Wälder Caldos freuen sollte?"

Amrin schulterte seine Tasche und sagte: „Wurden du und Faun nicht von geerdeten Wölfen verfolgt?"

Kalea nickte bestätigend.

„Na ja, die geerdeten Tiere sind das kleinste Übel in Caldo. Was glaubst du, warum wir fast immer mit Faun reisen? Es ist zwar am schnellsten, aber auch am sichersten." Mit seinem Blick versuchte er ihr zu verdeutlichen, was er meinte. Redete er von den Raumsprüngen oder von der Tatsache, dass Faun von den Waldelfen abstammte?

„Wie bitte?", hinterfragte sie und spürte, wie sich die Aufregung in Panik verwandelte. Sepher schulterte ebenfalls seine Tasche und kam auf sie zu, um ihr einen beruhigenden Arm umzulegen. Sein Parfüm brannte in ihrer Nase.

„Leider ja. Aber keine Angst. Jarrel und ich sind schon oft genug zu Fuß gereist und haben unsere Erfahrungen gemacht", sagte er ruhig und musterte ihr verkrampftes Gesicht. Der Leibwächter spottete im Hintergrund weiterhin über ihre Naivität. „Das Wichtigste in den Wäldern ist, dass du auf den Pfaden bleibst. Fass nichts an, was wir oder Amrin nicht freigeben und folge keinen Stimmen."

Ihre Augen weiteten sich. „Stimmen?"

„Der Wald beherbergt Erinnerungen und Ängste", meinte Baria unberührt neben ihr. „Er versucht dich anzulocken, damit man die Orientierung verliert."

„Du weißt über diese Dinge Bescheid?", stutzte sie verwirrt.

„Natürlich. Das wird uns allen als Kinder beigebracht." Aber anscheinend nicht allen. Mal wieder war sie die Einzige, die sich unwissend in etwas hineinstürzen musste.

„Emil hat mir nie etwas von solchen Gefahren erzählt. Es ging immer nur um die schönen Dinge in Caldo", gestand sie verwirrt. „Warum reiten wir dann nicht einfach schnell durch den Wald? Ich könnte mit Amrin oder Sepher reiten."

Sepher schüttelte den Kopf. „Weil wir nicht auf den Hauptpfaden reisen werden. Wir werden uns auf dieser Reise mit Verbündeten treffen. Den Ort können wir nur durch die Pfade erreichen. Und auf den kleinen Wegen drehen die Pferde durch."

Danach tat sie es den anderen endlich nach, band ihre Tasche fester zu und kontrollierte den Halt des Gurtes. Ihr war deren Anspannung gar nicht aufgefallen, doch alle vier hatten ihre Ausrüstung gesichert. Nun musste sie schnell ihren Mantel fester zuschnüren und die Hosenbeine in ihre Schuhe stecken. Währenddessen erklärten ihr die vier grob die Regeln für die Reise.

„Wie Seph schon meinte: Verlasse nie die Pfade, außer du musst vor etwas weglaufen", begann Jarrel, wobei seine grünen Augen sie ernst fixierten. „Iss nichts, was wir oder das kleine Genie nicht abgesegnet haben."

„Jeder Hügel beherbergt ein Zuhause. Also versuche sie zu vermeiden. Wir schlafen nur auf Lichtungen oder an den Stümpfen von Bäumen", zählte Sepher weiter auf. Sie bezweifelte, dass sie sich all das merken konnte.

„Wenn du denkst, dass du beobachtet wirst, sei dir sicher, dass es so ist", ergänzte die Prinzessin und hielt ihr eine Schnur hin, um die Haare zusammenzubinden. „Und wenn dieses Gefühl stärker wird, drehe dich in diese Richtung und starr so wütend du kannst dorthin. Dann verschwinden sie."

„Wer verschwindet?", fragte sie nach und konnte die Unruhe in ihrer Stimme nicht unterdrücken.

„Das ist egal. Tue es und du musst es nicht rausfinden", beendete Jarrel die kurze Unterrichtsstunde und kam auf sie zu. Kurz vor ihr blieb er stehen und zog den Gurt ihrer Tasche noch fester. Ebenso kontrollierte er das Seil, welches das Fell zum Schlafen an Ort und Stelle hielt. Seine grünen Augen sahen tief in ihre, ehe sich sein linker Mundwinkel neckend hob. „Wenn du Angst hast, kannst du dich gerne an mich richten. Ich beschütze dich", flüsterte er und zwinkerte ihr charmant zu.

Beschämt errötete sie und ging stocksteif einen Schritt zurück. „Danke, aber das wird nicht nötig sein", wehrte sie sein Angebot ab, was sein Lächeln umso vergrößerte.

Als alles saß, führte Sepher die Gruppe in den Wald hinein. Kurz bevor die ersten Bäume ihre Sicht auf Viredis versperrten, blickte sie zurück. Langsam kletterte das Licht der aufgehenden Sonne über die Wurzeln des riesigen Baumes und tränkte Viredis in ein träumerisches Bild. Das Leuchten der Blätter wurde allmählich von der Sonne geschluckt. Die Stallungen waren längst aus ihrer Sicht verschwunden und ihre Freunde nirgends zu sehen. Ein letztes Mal atmete sie tief ein und prägte sich ihr Zuhause ein.

Bis bald, dachte sie und ließ Viredis hinter sich.

KAPITEL 19

Ungefähr zehn Minuten gingen sie auf dem Hauptpfad entlang, bis Sepher und Jarrel einen kleineren Weg zu ihrer Linken auswählten. In seiner Hand hielt der Prinz eine Karte, worauf er ihre Reise vorausgeplant hatte. Sein breiter Rücken war direkt vor Kaleas Gesicht, als sie ihm mit mulmigem Gefühl tiefer in den Wald hinein folgte. Immer wieder blickte er zu ihr zurück und schenkte ihr ein versicherndes Lächeln, was sie beruhigen sollte. Überraschenderweise tat das seine Anwesenheit auch. Sie kannte diesen Mann, der ihre Familie sein sollte, noch nicht lange. Selbst Esmal riet ihr dazu, ihm nicht vollends zu vertrauen. Doch konnte sie nicht leugnen, dass Sepher ihr ein Gefühl der Sicherheit schenkte.

Das Erbstück seiner Familie - nein, ihrer Familie - ruhte auf ihrer Haut. Ab und an kamen ihr die kupferroten Strähnen vor das Gesicht, wodurch sie erinnert wurde, dass sie nicht mehr so aussah wie sonst.

Irgendwo zu ihrer Rechten hörte sie einen Vogel und sah in diese Richtung. Für den Bruchteil einer Sekunde waren ihr die Gefahren egal. Denn das Morgenlicht durchbrach das Blätterkleid der Bäume im richtigen Moment und verwandelte den Wald in ein idyllisches Bild.

Der herbstliche Wald hatte durch den vielen Regen einige Blätter verloren. Nur wenige waren schon mit einer grünen Farbe zurück gewachsen.

Die Begeisterung für das Wunder der Natur verflog jedoch, sobald sie im Augenwinkel eine kleine, schwarze Gestalt sah. Erschrocken zuckte sie zusammen, sprang einen Schritt nach vorn und klammerte sich in Sephers Hemd.

„Was ist los?", fragte der Prinz ebenso erschrocken und suchte den Wald nach möglichen Gefahren ab. Auch die anderen waren nun in höchster Alarmbereitschaft. Waren sie schon der ersten Hürde ausgesetzt, obwohl sie kaum eine halbe Stunde unterwegs waren?

„D-da ist was!", stammelte Kalea ängstlich und zeigte zitternd auf die schwarze Gestalt, die noch immer am Fuße eines Baumstammes stand und sich nicht bewegte. Es war kaum so lang wie ihr Unterarm und hatte kurze Beine und Arme. Doch anstelle eines Gesichtes besaß es nur zwei kleine, leuchtende Punkte, die wild hin und her surrten.

Sepher stellte sich vor sie und sah angestrengt auf die Stelle. Sobald er die schwarze Kreatur sah, sanken seine Schultern und verloren die vorherige Anspannung. Beruhigt drehte er sich zu ihr herum. „Davor brauchst du keine Angst zu haben", sagte er schmunzelnd und klopfte ihr auf den Kopf. „Das ist ein Anino. Ein treudoofes Wesen aus den Schatten der Blätter. Die machen nichts."

„Aber die sind ziemlich nervig, wenn sie einen Narren an dir gefressen haben", meckerte Jarrel, der sein erhobenes Schwert genervt zurücksteckte.

„Ich finde sie ganz süß", meinte Baria und sah interessiert zu dem Wesen, das sich unter ihrem Blick im Schatten des Baumes versteckte. „Es heißt, dass sie die Beschützer der Verlorenen sind."

Amrin schnaubte lachend. „Was ein Quatsch", wandte er ein und sorgte mit einer ungeduldigen Handgeste dafür, dass sie endlich weitergingen. „Sie sollen aus der Stille der Schatten entstanden sein und haben keinerlei Funktion." Während die beiden Jüngsten stur miteinander über die Funktion des kleinen Aninos diskutierten, folgte Kalea dicht Sephers Schritten. Dabei entging ihr aber nicht, dass in gewissem Abstand ein kleines schwarzes Wesen der Gruppe folgte.

Es mussten Stunden vergangen sein, als sie endlich die erste Lichtung auf ihrem Weg fanden und eine Pause einlegten. Es war nur eine kleine Fläche, auf der sie sich ausruhen konnten. Ihre Beine waren durch das lange Laufen müde und glühten unter dem Stoff ihrer Hose. Ebenso spannten die Riemen ihrer Schuhe und versicherten ihr, dass ihre Füße geschwollen waren. Sie hatte kaum den ersten Tag geschafft und merkte schon die Erschöpfung ihres Körpers. Zum Glück war sie die vorherigen Tage regelmäßig Laufen gewesen. Sie wollte sich nicht vorstellen, wie unvorbereitet sie sonst gewesen wäre.

Über sie zogen die grauen Wolken langsam weiter. Nach dem Anino waren sie leider in einen kleinen Schauer gekommen, der erst stoppte, als sich Kalea stur auf den losen Faden konzentriert hatte, der aus Sephers Hemd herausguckte. Ebendieses Wesen hockte gerade auf einer Wurzel und beobachtete die Gruppe in ihrer Pause. Bisher war es nicht nähergekommen. Folgte ihnen aber schon den gesamten Tag.

Noch immer überkam sie ein Schauer, wenn sie zu dem gesichtslosen Wesen sah.

„Wisst ihr schon, wo wir die Nacht verbringen?", hörte sie Amrin die beiden Männer fragen, die sich zusammen über die Karte gelehnt hatten, die über einem Stein ausgebreitet war.

Jarrel blickte zu ihm auf und sah Amrin für einen Moment einfach nur an, ehe er den Kopf schüttelte.

„Knapp vor der Grenze zu Gaofar müsste eine größere Lichtung liegen, auf der wir das Lager aufbauen können", grübelte Sepher laut und zeigte auf eine Stelle auf der Karte.

Amrin bewegte sich zu ihnen hinüber, um mit ihnen auf die Karte zu sehen. Der Leibwächter trat zur Seite, sodass er zwischen ihnen stehen konnte.

„Irgendwie kann ich ihn nicht einschätzen", murmelte Baria neben ihr. Abschätzend musterte die Prinzessin die drei und sah dann zu Kalea hinüber. Diese erwiderte ihren Blick fragend. „Jarrel. Er wirkt nett und Sepher gegenüber ebenso treudoof wie dieses Anino." Gleichzeitig blickten die beiden zu dem schwarzen Wesen, das beinahe fragend den Kopf schief legte. „Aber zu dir ist er fast schon spöttisch und zu mir viel zu respektvoll. Amrin wiederum behandelt er ganz anders."

„Dir ist bewusst, dass du eine Prinzessin bist? Er sollte dich mit Respekt behandeln."

Baria kniff die Augen zusammen. „Ach ja? Und warum tust du das nicht?"

„Diese Etikette haben wir verworfen, als du für mich deinen Vater verraten hast. Als etwas anderes als meine Freundin, kann ich dich nicht mehr sehen", erklärte Kalea grinsend und stieß mit ihrer Schulter gegen Barias.

Ein Lächeln zupfte an ihrem geschwungenen Mund.

„Da hast du recht", stimmte sie zu und streckte ihre müden Arme gen Himmel. „Wie dem auch sei. Wenn sich jemand bei jeder Person komplett anders verhält, wirft das eine Frage auf."

„Und welche?"

„Wie ist seine wahre Persönlichkeit?"

KAPITEL 20

„Als ein erfahrener Reisender und Leibwächter habe ich die Angewohnheit, vorauszublicken. Gefahren abzuschätzen und sie zu verhindern, bevor sie geschehen. Ich habe keine Angst vor dem Unbekannten, nein, ich begrüße es sogar!"

„Außer den Treibsand. Den hast du nicht kommen sehen", meinte Amrin trocken und stellte sich neben sie. Belustigt sahen sie zu Jarrel, der Knietief im Treibsand steckte. Er hatte eine essbare Pflanze gesehen und wollte einige Beeren pflücken. Dafür ging er kurz vom Pfad ab. Das Ergebnis seines Eifers, war das Problem, dem sie nun gegenüberstanden. Sepher und Baria lachten seit mehreren Minuten.

„Halt die Klappe", murrte Jarrel und sah ihn beleidigt an. „Seph, hör endlich auf zu lachen und hilf mir!"

„Ich komme, mein Held und Beschützer", meinte der Prinz und lachte bellend, was dafür sorgte, dass nun auch Kalea und Amrin ins Lachen verfielen. Der Bauch schmerzte ihr. Dann gingen sie aber vorsichtig vom Pfad hinunter, um ihnen zu helfen. Der Prinz versicherte ihr, dass nichts passieren würde, wenn sie kurz den Pfad verlassen würden.

„Du musst dich mehr strecken!", rief Baria und hielt ihm das Schwert in der Scheide entgegen.

„Das versuche ich doch! Nehmt doch bitte einfach das Seil aus meiner Tasche!", jammerte der Leibwächter erneut.

Amrin schmunzelte. „Das wäre doch viel zu leicht. Sonst lernst du es nicht."

Jarrel warf ihm einen bösen Blick zu. „Warte, bis ich hier raus bin, du Besserwisser!"

Sepher schüttelte amüsiert den Kopf und ging zu Jarrels Tasche, die neben dem Pfad lag. So lustig es auch war, versank der Leibwächter immer tiefer. Die Hälfte seiner Oberschenkel war bereits im Treibsand versunken.

„Hier Kalea", sagte Sepher zu ihr. „Binde das andere Ende an den Ast dort hinten. Pass auf, dass du nur auf den Wurzeln gehst."

Sie nickte und sah zu dem langen Ast, der direkt gegenüber von ihnen war. Durch Jarrels kleine Bewegungen konnte sie sehen, wie groß der Bereich des Treibsandes war.

Vorsichtig balancierte sie auf den Wurzeln hinüber. Sobald sie ankam, band sie das dicke Seil fest drumherum. Sepher tat es ihr auf der anderen Seite gleich. Nun konnte Jarrel mit seinen Händen nach oben packen und sich an dem Seil hinausziehen.

„Danke, Seph. Deswegen bist du mein bester Freund!"

„Ja, ja. Komm schon raus!", erwiderte der Prinz.

Jarrel kam jedoch nur langsam voran, weswegen sich Kalea an die Baumrinde lehnte und ihn beobachtete. Schließlich musste sie das Seil auch wieder vom Baum lösen. Belustigt hörte sie Baria und Amrin zu, wie sie den Leibwächter aufzogen und ihn halbherzig anfeuerten.

„Komm schon! Du schaffst das", sagte Baria und gähnte im nächsten Moment. Neben ihr stand das Anino und hüpfte auf und ab.

„Sieh dich an, du großer Reisender", neckte Amrin ihn schelmisch.

Kaleas Blick wanderte ohne einen bestimmen Grund zur Seite. Die Stimmen der anderen verschwammen. Ihre Augen waren auf das fokussiert, was sie in der Mitte einer sehr kleinen Lichtung sah. Unwillkürlich ging sie einen Schritt in diese Richtung.

„Nicht!" Starke Arme rissen sie zurück. Ihr Kopf schleuderte nach vorn und ihr Rücken fiel auf jemanden, der schmerzhaft aufstöhnte. Kopflos krabbelte sie herunter und löste die Arme um ihren Bauch.

„Was sollte das?" Sepher sah sie wütend an.

„Was sollte was? Du hast mich umgeworfen!", meckerte sie zurück und strich sich über den Bauch, wo er sie gepackt hatte.

„Weil du fast dort reingelaufen wärst!", brüllte er sie an und zeigte zur Seite. Zornig folgte sie seinem Arm und erschrak. Wie war sie hierhergekommen? Sie drehte sich herum und sah, wie die anderen drei zwischen den Bäumen auf sie zukamen. Sie lagen auf der sehr kleinen Lichtung. Dann blickte sie wieder zurück. Vor ihnen stand ein Torbogen aus Wurzeln. Es wirkte, als wäre es aus dem Boden gewachsen. Darin schwamm ein weißer Nebel umher.

„Alles gut bei euch?", fragte Baria und half ihnen auf die Füße.

Sepher mahlte mit den Zähnen und sah sie an.

„Es tut mir leid. Ich kann mich nicht darin erinnern, hierhergelaufen zu sein", sagte sie ehrlich und sah wieder zum Torbogen. Am obersten Teil des Bogens schien eine Inschrift zu sein.

„Komm her, du Mensch, der sich nach dem Tod sehnt", las Amrin laut vor. Seine Augen huschten zu ihr. Die Tragweite seines Blickes war ihr bewusst.

„Warum wurdest du davon angezogen?", fragte Sepher und wirkte etwas ruhiger. „Du warst fast mit einem Fuß drin. Wenn du da durch gehst, bist du tot!"

„Ich wusste es nicht. Es tut mir leid", murmelte sie und sah beschämt zur Seite. Eine unangenehme Stille legte sich über die Gruppe.

„Wir sollten auf den Pfad zurück und weiter gehen", unterbrach Jarrel die Stille. Seine Hose war ab der Leiste abwärts mit Schlamm besudelt. Dann griff er nach Sephers Arm und schob ihn in die richtige Richtung.

„Komm, Kalea", meinte Baria und zog sie hinter sich her. Amrin ging vor ihnen und vergrub seine Hände in seinen Hosentaschen. Einmal sah sie zurück. Kurz bevor die Baumreihen den Blick auf den anziehenden Torbogen versperrten, sah sie, wie er langsam in der Erde versank.

„Diese Torbögen sind Überbleibsel der Waldelfen", erklärte der Prinz ihr schließlich, nachdem sie sich stumm vertragen hatten. „Die Waldelfen sind sehr hilfsbereite Wesen gewesen. Damals sind die Menschen mit jedem Problem zu ihnen gekommen. Doch mit einem Wunsch haben sie sich schwergetan. Wenn sie es auf dieser Welt nicht mehr ertragen haben oder krank gewesen sind, haben sie die Elfen darum gebeten, ihnen das Leben zu nehmen. Deswegen haben sie diese Torbögen erschaffen. Sie sollen vor jedem Menschen auftauchen, der einen inneren Wunsch nach dem Tod hat. Er muss dann nicht hindurchgehen. Aber die Waldelfen haben ihnen damit selbst die Wahl gegeben." Kalea hörte ihm zu. Seinen Blick spürte sie an ihrer Gesichtsseite. Sie war dankbar, als er nicht weiter auf das Thema einging. Amrin jedoch schenkte ihr den restlichen Tag prüfende Blicke oder berührte sanft ihren Arm. Seine Sorge rührte sie, doch spürte sie immer eine Scham in ihr, wenn er sie fragend anblickte. Eigentlich war es ihr Ziel, ihm keine Sorgen zu bereiten. Das fing ja gut an.

KAPITEL 21

„Hast du einen Moment?", fragte Sepher sie in der nächsten Nacht. Sie saß in diesem Moment am Lagerfeuer und warf kleine Äste und Blätter hinein, um die Wärmequelle am Leben zu halten. Dabei entflammte das Feuer in den verschiedensten Farben. In ihrem Schoß lag Fauns Ausgabe von ‚Die Reise in den Süden'. Sie hatte die ersten zwei Kapitel gelesen und neben Fauns Anmerkungen eigene gekritzelt.

Wieso hinterfragen sie nicht die Freundlichkeit der fremden Frau?

Sie sehnen sich nach dieser Freundlichkeit. Außerdem würde die Geschichte ohne die Fremde nicht beginnen.

Ihre Schrift war neben seiner geschwungenen eine reine Katastrophe. Während sie die Worte reinschrieb und vor sich hin schmunzelte, konnte sie sich vorstellen, wie Faun über ihre Schulter hinweg ins Buch blickte. Dadurch fühlte sie sich ihm ein Stück näher.

Es war nicht lange her, dass sie die Lichtung erreicht hatten. Schnell möglichst schlugen sie ihr kleines Lager auf. Es bestand aus einer Feuerstelle, einer Plane, die zwischen Pfählen gespannt war und ihren

Schlafplätzen. Jeder hatte dafür ein dickes Fell und eine Decke mitgenommen.

„Natürlich", antwortete sie leise, um die anderen nicht zu wecken, die wenige Meter von ihnen entfernt schliefen. Es hatte lange gedauert, bis sie Jarrel dazu überreden konnten, sich bei der Wache abzuwechseln. Doch sobald er schließlich auf seinem Platz lag, dauerte es keine Minute, bis er zu schnarchen begann. Das kleine Anino war mittlerweile näher an sie herangekommen und lehnte seit einer Stunde regungslos an einem Stein, der zwei Schritte von Kalea entfernt war. Ob diese Kreaturen schlafen mussten?

Erfreut nahm Sepher neben ihr Platz und lehnte sich ebenfalls gegen den Stein, auf dem Kalea ihr Fell ausgebreitet hatte. Dankend sah sie ihn an, nachdem er seine Decke herausholte und über ihnen ausbreitete. Die Wärme, die er ausstrahlte, war angenehm. Fühlte sich so die Anwesenheit eines Familienmitglieds an? Kalea hatte sich schon immer Geschwister oder Ähnliches gewünscht. Deswegen war es auch kein Wunder, dass sie sich als Kind in der Geschichte der zwei Geschwister verlor, die zusammen durch Caldo reisten.

Ein unerschütterlicher Zusammenhalt.

Suchend blickte er sie von der Seite an. Für einen Moment schien er zu überlegen, ehe er etwas kompliziert um sie herumgriff. Nicht wissend, was er von ihr wollte, lehnte sie sich etwas nach vorn. Plötzlich löste er die Kette um ihren Hals und ließ sie auf das Fell fallen.

„Es ist komisch, dich nicht zu sehen", informierte er sie, wobei sich seine Gesichtszüge entspannten. In wenigen Sekunden sah sie wieder aus, wie sie selbst. Das kupferrote Haar und die braunen Augen verschwanden und änderten sich in ihre zurück. Ihre grauen Augen blickten in seine. Die Flammen des Lagerfeuers tanzten in den gleich aussehenden Augen. „So ist es besser."

Kalea schnaubte amüsiert. „Also, Eure Hoheit, was gibt es zu bereden?", zog sie ihn auf. Beim Hören seines Titels gingen seine Augenbrauen nach oben, weshalb sie verspielt grinste.

„Ich wollte mit dir über die Magie unseres Landes reden", erklärte er und blickte gen Nachthimmel. Die dunklen Wolken schwebten noch über ihnen und ließen den Mond und die Sterne nur bedingt hindurchscheinen.

„Ist es nicht etwas spät für eine Unterrichtseinheit?", witzelte sie und sah, wie seine Mundwinkel nach oben zuckten.

„Es ist nie zu spät. Und endlich haben wir etwas Ruhe und können darüber reden", begann Sepher. „Ich will, dass du diese Macht beherrschen kannst, ohne die Phiolen. Ich bin froh, dass wir sie haben, aber es sollte keine Dauerlösung sein." Kalea sah auf die Kette in ihrem Schoß und überlegte. Sie fühlte sich unter Kontrolle mit den Phiolen. Diese Kontrolle wollte sie nur ungern aufgeben. Jetzt, wo sie das Gefühl hatte, kaum etwas kontrollieren zu können.

Aber sie wusste, dass er recht hatte. „Ich weiß", murmelte sie leise. „Aber egal, was ich probiere, es will mir nicht gelingen, die Magie zu spüren. Geschweige denn, sie zu kontrollieren. Fauns Atemtechniken helfen mir dabei, nicht in Panik auszubrechen, aber leider nicht bei der Magie."

Der Prinz nickte verstehend und biss sich grübelnd auf die Lippe. „Faun versteht unsere Magie nicht", behauptete er kühn. „Obwohl ich

131

als ein Leerer aufgewachsen bin, wurde mir von meinen Beratern viel über unsere Geschichte und Magie beigebracht. Damals verstand ich die Theorien. Aber erst seitdem ich die Magie spüren kann, verstehe ich es wirklich." Langsam streckte er seine Beine unter der Decke. „Die Magie unterscheidet sich unter den Reichen. Nicht viel, aber genug, dass gewisse Techniken nicht bei jedem Reich gleich funktionieren. Natürlich ist das Ausmaß deiner momentanen Macht so viel größer als der Funke, den ich verspüre." In sich gekehrt, blickte sie auf das Lagerfeuer. Wie musste es sich für ihn anfühlen, als Thronfolger nicht diese Verbindung zu der Magie seines Reiches zu haben? Wieso wurde ihr diese Last auferlegt, wo er doch so viel über all das wusste?

„Wie soll ich sie ohne die Phiolen kontrollieren? Wie soll ich *mich* kontrollieren?", sprach sie ihre Gedanken laut aus und lehnte ihren Kopf nach hinten gegen den Stein. Dabei musterte sie ihn abwartend aus dem Augenwinkel. Ihr war längst aufgefallen, dass er die Angewohnheit hatte, auf seine Lippe oder seine Innenwange zu beißen, wenn er überlegte. Deswegen waren auch seine Lippen an einzelnen Stellen offen.

„Solas Magie ist das Licht, das von außen auf sie trifft. Gaofars durchströmt sie mit jedem Atemzug." Er stoppte und zog nach Worte suchend die Stirn in Falten. „Talams Magie kommt aus ihrem Inneren. Von ihrer Verbundenheit zur Natur." Es fiel ihr leicht, ihm ihre komplette Aufmerksamkeit zu schenken, wenn seine beruhigende Stimme so gut mit dem Knistern des Feuers und den Geräuschen der Natur harmonierte. Nickend gab sie ihm zu verstehen, dass er weiterreden konnte: „Hidrigs Magie ist ähnlich zu Solas. Das Wasser, das sie umgibt, stärkt sie. Aber wir, Baistar, ähneln eher Talam. Unsere Magie kommt auch von unserem Inneren. Aber von unseren Emotionen. Jedes Gefühl, welches unser Blut in Wallung bringt oder unsere Herzen schneller schlagen lässt, ist unsere Kraft. Unsere Magie sind wir selbst. Alles, was uns menschlich macht. Sie ist elektrisierend, kraftvoll und lebendig."

Sephers graue Augen ruhten auf ihren. Die Haare auf ihren Unterarmen standen kerzengerade, denn seine Worte hallten noch immer in ihr nach und ketteten sich an ihre Seele. Für den Bruchteil einer Sekunde meinte sie, einen Sturm in dem Grau seiner Iris zu sehen.

Unsere Magie sind wir selbst.

„Aber alles, was ich spüre, ist Wut, Traurigkeit oder Leere. Wie soll mich das stärken? Wie soll ich es kontrollieren?", japste sie und merkte kaum die Tränen, die sich voller Frustration in ihren Augen sammelten. Sie war es leid, sich so zu fühlen. So hilflos in dieser Angelegenheit zu sein. Warum war es zu viel verlangt, einmal in ihrem Dasein die Macht über ihr eigenes Leben zu haben?

Mitfühlend beäugte er sie. „Die Wut macht uns blind, aber sie kann uns auch mutig machen. Deine Traurigkeit hilft dir dabei, das zu schätzen, was du verloren hast." Kalea schluchzte, weswegen er seinen Arm um sie legte und ihr feuchtes Gesicht gegen seine Schulter drückte. „Und deine Leere zeichnet dich nicht aus, Kleines. Sie ist nur der Platzhalter für den Ort, an dem all deine Freude und deine Liebe eigentlich wohnen sollte. Du kannst sie momentan nur nicht wahrnehmen. Aber sie ist immer noch da. Unterdrückt von all den negativen Gefühlen." Ein weiteres Schluchzen, gemischt mit einem leisen Lacher, entfloh ihr. Wirr sah er zu ihr hinunter.

„Du solltest das auf ein Kissen sticken", meinte sie und zog die Nase laut hoch.

Der Prinz schüttelte grinsend den Kopf und schnipste ihr locker gegen die Stirn. „Sehr lustig. Was ich damit sagen will, ist, dass du keine Verschwendung dieser Kraft bist, nur, weil deine Gefühle momentan sehr durcheinander sind. Das passiert nicht nur dir. Aber außer dir ist niemand sonst mit dem Sturm verbunden. Du musst nicht lernen, deine Gefühle zu unterdrücken", sagte er nun ernst. „Du musst nur lernen, eine Mauer zwischen deinen Gefühlen und deiner Magie zu bauen."

„Und wie?" Ihr Gesicht klebte von den Tränen.

„Ich helfe dir dabei", erwiderte er zuversichtlich und reichte ihr danach ein mit Magie versetztes Brötchen, welches er aus seiner Manteltasche herausholte. Es war in ein weißes Taschentuch gewickelt, worauf sie die Krümmel auffingen, die beim Teilen des Gebäcks hinunterfielen. Eine angenehme Wärme legte sich beim Kauen über ihren Körper und ließ die Kühle der Nacht milder wirken.

KAPITEL 22

Zur Mittagszeit am nächsten Tag, bei ihr ersten Pause, liefen sie und Sepher einige Schritte von den anderen weg. Sie waren noch immer nah genug, dass die anderen sie hörten, hatten aber ein paar Minuten in Ruhe, um an Kaleas Kontrolle zu arbeiten. Der Prinz war sich sicher, dass sie abends die Grenze nach Hidrig überwinden würden. Auf der halben Strecke dorthin würden sie jedoch zwei Bekannte von Sepher aus Gaofar treffen.

„Wie schaffst du es, die Magie zu kontrollieren?" Stampfend liefen sie über die größere Lichtung. Nach einem morgendlichen Regenschauer, bis Kaleas Phiole gewirkt hatte, strahlte die Sonne ohne Gnade auf sie herab. Obwohl der Wind recht kühl geworden war, verlor die Sonne nicht an Intensität. Deswegen trug der Prinz seinen Mantel auch lässig über der Schulter.

Sepher lachte trocken. Sein Haar wirkte im Sonnenschein heller. „Die Magie, die ich seit dem Erntemond spüre, ist kaum nennenswert. Sie hat sich nicht manifestiert und vielleicht wird sie das auch nie", gestand er schulterzuckend und blieb ihr gegenüberstehen. „Ich habe trotzdem eine Mauer dazwischen errichtet. Einfach zur Sicherheit."

Sie betrachtete ihn. „Wie soll ich mir das Vorstellen mit der dieser Mauer? Wie soll ich meine Gefühle von meiner Magie abschirmen?"

„Ich stelle mir schlichtweg eine richtige Mauer vor. Ich habe sie im Geiste Stein für Stein zwischen meinen Gefühlen und der Magie errichtet", begann er. „Aber es ist eigentlich egal, ob du dir eine richtige Mauer vorstellst oder was anderes. Ich schlage vor, dass du erst mal trainierst, dir so etwas vorzustellen. Dann können wir anfangen, die Phiolen an einem Tag wegzulassen."

Kalea nickte entschlossen und schloss konzentriert die Augen. „Woher weiß ich, wo meine Magie ist?", fragte sie unsicher.

„Du solltest sie spüren. Wie einen Sog, der dich erdet." Dabei erinnerte sie sich an Fauns ersten Versuch mit ihr und musste unwillkürlich schmunzeln, als sie an seinen genervten Blick dachte.

„Was ist so lustig?"

„Nichts, nichts", murmelte sie und unterdrückte das Lächeln. Konzentriert blendete sie die Stimmen der anderen aus, die über irgendetwas redeten. Die Geräusche des Waldes wurden immer leiser. Ihre eigene Atmung ruhiger. Bedachter. Bis sie nur noch den Wind und die Sonne auf ihrer Haut spürte und das rhythmische Klopfen ihres Herzens. Zum ersten Mal seit dem Erntemond durchfuhr sie keine Panik, während sie ihrem Herzschlag horchte. Im Gegenteil. Sie begrüßte es sogar und ließ das Pochen durch ihren gesamten Körper fließen.

Da war etwas.

Es war kein direkter Sog, sondern ein friedlicher Ruf nach ihr. Sie folgte ihm, ließ das Pochen ihres Herzens in den Hintergrund wandern und hatte geistig einen dunkelgrauen Nebel vor sich. Er schien zu zittern und wurde von Sternen ähnlichen Formen und Blitzen durchzogen.

„Ich habe sie", hauchte sie atemlos, ohne ihre Augen zu öffnen. Sie hörte nicht, ob Sepher antwortete. Zu angezogen von dieser Wärme fiel es ihr nicht schwer, alles andere auszublenden. Wenn sie sich nach dem Punkt, der ihre Magie kennzeichnete, ausstreckte, durchfuhr sie ein elektrisierender Stoß. Es war unbeschreiblich. Ihre Magie zu spüren, und sogar zu sehen, war besser als alles, was sie je gespürt hatte. Besser als die Ruhe, die sie am Erntemond gefunden hatte.

Es war so viel besser und es lebte in ihr.

„Stell dir die Mauer vor", kam Sephers Stimme dumpf zu ihr durch. Für einen Moment ergötzte sie sich noch an dem Gefühl, ehe sie sich vorstellte, eine Mauer aufzubauen. Stein für Stein legte sich vor den Nebel. Doch egal, wie sehr sie sich anstrengte, schien es, als würde sich der Nebel durch jede Lücke quetschen. Nach einigen Minuten stöhnte sie gereizt auf und öffnete die Augen. Sepher stand verstört vor ihr.

„Hier nimm das", sagte er rasch und hielt ihr ein Tuch vor die Nase. Sie hatte angefangen zu bluten. Fluchend legte sie das Tuch an die Nase und wischte die wenigen Bluttropfen weg.

„Es klappt einfach nicht. Egal, wie sehr ich mich anstrenge, sie kommt durch jede Ritze. Die Mauer hält nicht." Entrüstet drehte sie sich von ihm weg. Kalea wollte unbedingt, dass es beim ersten Mal gelang. Sie wollte Sepher beweisen, dass sie die Macht Baistars wenigstens kontrollieren konnte. Dass sie auf diese Macht achten konnte.

Seine Hand griff nach ihrer Schulter. „Das wird schon", tröstete er sie. „Übe einfach weiter."

Das tat sie. In jeder ruhigen Minute schloss Kalea ihre Augen, horchte nach ihrem Herzschlag und ließ sich von dem friedlichen Ruf zu ihrer Magie leiten. Einmal stolperte sie dabei über eine Stelle in ihrem Geiste, die sich taub anfühlte. Als würde dort etwas ruhen, was auf Eis gelegt war. Doch sie ignorierte es und machte sich wieder daran, die Mauer zu bauen. Aber egal, wie oft sie es probierte. Es funktionierte einfach nicht.

Einen halben Tagesmarsch entfernt von Hidrigs Grenzen, trafen sie endlich auf die Bekannten aus Gaofar. Was eine erfreuliche Ablenkung zu ihrem Scheitern war.

Die Kleinere der Frauen hatte ihre Haare so kurz geschnitten, dass Kalea auf die Entfernung nicht erkennen konnte, welche Haarfarbe sie hatte. Auf Kaleas Haut ruhte Sephers Kette, wodurch sie für die fremden Frauen, wie jede andere Frau aussah. Denn ihre weiße Strähne war noch immer nicht gänzlich verschwunden. Mittlerweile hatte der braune Ansatz der Strähne jedoch ihre Ohrmuschel erreicht. Baria neben ihr zog ihre Kapuze zurecht und trat einen Schritt hinter Amrin.

„Ihr seid spät", begrüßte Jarrel die beiden Frauen, die ihnen auf dem Pfad entgegenkamen. Kalea sah zu ihrer Rechten, dass sich das Anino wieder im Schatten der Bäume versteckte.

Kleiner Schisser.

„Hab Respekt vor Älteren, du Rotzbengel!", keifte die groß gewachsene Frau mit einem kräftigen Akzent zurück und zog den

Mund genervt zur Seite. Für einen Moment hielt Kalea die Luft an. Die Atmosphäre schien ihr angespannt. Absichernd blickte sie zu Sepher. Dieser stand einen Schritt vor ihr, sodass sie sein Gesicht leider nicht sehen konnte.

„Wen nennst du Rotzbengel, du alte Schachtel?", erwiderte Jarrel mürrisch, weswegen Amrin alarmiert nach seinem Ärmel griff. Doch der Leibwächter, der dumme Hitzkopf, ging auf die Frau zu. Diese blickte ihn unbeeindruckt an. Für einen Moment herrschte Stille. Im nächsten Moment strahlte die Frau Jarrel an und zog ihn in eine feste Umarmung, die der junge Mann ebenso begeistert erwiderte. Die zweite Frau winkte Sepher zu, der sie freundlich begrüßte, bis sich die größere Frau auf ihn stürzte. Der Prinz lachte erfreut, weswegen sich die anderen drei endlich entspannten.

Nasim und Lyra waren zwei beeindruckende Frauen, die, bevor sie ein Wort gesagt hatten, Barias und Kaleas Aufmerksamkeit hatten. Nasim war eine groß gewachsene Frau mit starken Armen und schön geformten Schultern. Im Vergleich zu ihrer Begleitung war sie recht sommerlich gekleidet. Neben ihrem Top aus braunem Leder trug sie einen kurzen Rock, unter dem eine längere Hose genäht war. Ihr lässiger Schritt, mit dem sie auf die Gruppe zulief, passte kaum zu ihrer geraden Haltung. Ihre langen Locken steckten in einem verwuschelten Dutt auf ihrem Kopf.

Lyra hingegen war ungefähr so groß wie Kalea. Schien nicht so oft zu lächeln und schwang ihre schönen Kurven elegant bei jedem Schritt zur Seite. Sie trug ebenfalls ein ledriges Top, hatte darüber jedoch einen Mantel und eine lange Hose an. An Nasims Armen sah sie

Tätowierungen, die sich an ihrem gesamten linken Arm entlang zogen. Viele kleine Punkte und Striche, die keine wirkliche Form ergaben.

Nachdem Sepher Amrin vorgestellt hatte, stellte er Baria und Kalea, als zwei Freundinnen mit ausgedachten Namen vor. Kalea machte sich nicht mal die Mühe, sich diesen Namen zu merken. Zusammen gingen sie mit den beiden Frauen ihren Weg weiter entlang. Wobei sich Sepher und Jarrel mit ihnen unterhielten.

„Weißt du, warum wir die beiden treffen sollten?", fragte Amrin sie, nachdem sie eine weite Strecke zurückgelassen hatten.

Kalea schüttelte unwissend den Kopf.

„Vielleicht sollen sie uns begleiten?", rätselte Baria auf ihrer anderen Seite und beäugte die Damen sorgfältig.

„Ich denke nicht", behauptete Kalea, „Seph meinte, dass wir sie nur treffen. Nicht, dass sie uns begleiten. Aber ich werde ihn fragen, sobald ich kann." Interessiert blickte sie auf die Stöcke, welche die Frauen an ihrem Rücken gespannt hatten. Sie hatte noch nie Bewohner aus Gaofar getroffen, weswegen die Neugier in ihr heranwuchs. Gaofars Bewohner waren, soweit sie wusste, gerne für sich und feierten laut Amrin noch mehr als die Talamer. Was sie nur schwer glauben konnte. Schließlich verging in Viredis kaum eine Woche ohne eine Feier.

Es stellte sich schließlich heraus, dass die beiden einen Briefumschlag für Sepher hatten, den er dankend annahm und direkt in seiner Brusttasche verstaute. Für einen kurzen Moment sah sie ein beigefarbenes Siegel auf dem Umschlag, ehe er in der Tasche verschwand.

„Was ist das für ein Stock?" Sie befanden sich auf einer kleinen Lichtung und würden sich nach der Pause von den beiden Frauen trennen. Weswegen die Prinzessin die letzte Chance nutzte, um ihre Frage loszuwerden. Lyra sah sie überrascht an. Dann nahm sie den Stock vom Rücken und hielt ihn dem neugierigen Mädchen vor die Nase. Kalea nutzte ebenso diese Chance, um sich das Teil genauer anzusehen. Es waren verschiedene Worte und Formen in den Stab hineingeritzt.

„Es ist die Hauptwaffe unserer königlichen Garde", erklärte Lyra mit ihrem kräftigen Akzent und der heiseren Stimme. Kalea war ungeheuer froh darüber, dass die beiden die Hauptsprache Caldos sprechen konnten. Denn laut Emil war der Akzent in Gaofars Städten kräftiger als in anderen Gebieten. Die Dialekte ähnelten sich zwar in Caldo, doch erschwerten sie oft die Kommunikation.

„Ihr gehört zur königlichen Garde?", fragte Kalea respektvoll nach. Lyra nickte.

„Wow!" Baria war ganz aus dem Häuschen.

„Könnt ihr kämpfen?", fragte Lyra und musterte die beiden skeptisch. Sie schüttelten direkt die Köpfe. „Wenigstens verteidigen?"

„Mir wurden Sachen beigebracht. Aber als ich es gebraucht hätte, konnte ich nichts von dem anwenden, was er mir beigebracht hat", gestand Kalea und sah unbewusst zu Amrin hinüber, der sich angeregt mit Nasim und Sepher unterhielt.

„Er?" Lyra stoppte mit hochgezogenen Augenbrauen. „Natürlich konntest du es nicht anwenden."

141

„Wie meinst du das?", fragte Baria nach und gab ihr den Stab zurück.

„Kaum ein Mann weiß, wie sich eine Frau ohne Kampfausbildung zu verteidigen hat", begann sie und stand vom Boden auf. Kalea und Baria taten es ihr nach. „Hört zu." Ihr Akzent kratzte über das erste Wort. „Männer sind von der Geburt an stärker als wir. Das ist ein Fakt. Eine Frau in unserer Größe kann keinen Mann auf übliche Weise überwältigen. Manchmal muss man anders denken, damit es klappt."

„Wie dann?", hakte Kalea nach.

Ein Grinsen zupfte an Lyras Mund. „Bringt sie auf die Knie", herrschte sie die beiden an und zeigte mit ihrem Zeigefinger auf den Boden. „Egal, wie. Und sorgt dafür, dass ihr nicht unter ihnen liegt. Wir sind ihnen vielleicht in der Kraft unterlegen, aber niemals in unserem Verstand. Kratzt, beißt, schlagt, tretet oder spuckt. Völlig egal. Benutzt, was in eurer Nähe ist. Erde, Äste, Steine oder Feuer. Scheiße, verbrennt ihnen die Haut!", knurrte sie dunkel. Die beiden horchten ihr gespannt zu und versuchten jedes Wort in sich aufzunehmen. „Merkt euch diese wichtigen Sachen, dann habt ihr einen Vorteil: Greift die Augen an, um ihnen die Sicht zu nehmen. Schlagt mit beiden Handflächen gegen die Ohren, damit sie die Orientierung verlieren. Tretet zwischen die Beine und auf die Zehen. Bringt sie auf die Knie. Dann reicht ein guter Stich mit einem Dolch und ihr habt gewonnen."

Bei Lyra hörte sich das so leicht an. Barias Augen funkelten vor Faszination, wobei Kalea eher etwas überrumpelt aussah.

„Jar!", rief sie den Leibwächter zu sich, der direkt angelaufen kam. „Die beiden sollen an dir üben."

142

„Was sollen sie üben?", fragte er etwas misstrauisch nach und guckte in Barias euphorisches Gesicht.

„Selbstverteidigung."

„Ich weiß ja-" Lyras Blick ließ ihn verstummen. „Wird gemacht."

KAPITEL 23

Weitere zwei Tage vergingen, in denen sie die Grenze zu Hidrig überwunden hatten. Bisher konnte Kalea die Angst vor den Gefahren im Wald vergessen. Obwohl eine mysteriöse Atmosphäre in den Wäldern Caldos lag, die sie zuvor nie wirklich wahrgenommen hatte. Amrin hatte die Theorie, dass das an dem Erwachen ihrer Magie lag. Denn er, als Leerer, fühlte nichts.

Die Landschaften hatten sich bisher noch nicht stark von Talam unterschieden, was sich laut Jarrel aber ändern würde, sobald sie tiefer im Reich des Wassers waren. Das Anino folgte ihnen immer noch und hatte sich, nachdem die beiden Frauen aus Gaofar verschwunden waren, näher an sie herangetraut.

„Willst du etwas essen?", fragte Kalea die Kreatur, die im Gras neben ihr saß. Die weißen Punkte sahen in ihre Richtung. Vorsichtig streckte sie ihr ein Stück des Apfels entgegen.

„Mach das nicht. Es ist schon anhänglich genug", behauptete Jarrel und beobachtete sie.

„Hör nicht auf ihn", sagte sie, und das Anino legte interessiert den Kopf schief. Doch den Apfel ergriff es nicht. Enttäuscht zog sie ihn wieder zurück und biss selbst in das Obst hinein.

Amrin kicherte neben ihr. „Aninos essen nichts", erklärte er ihr. „Sie bestehen aus Schatten. Sie benötigen keine Nahrung."

Beschämt nickte sie und ignorierte sein spöttisches Lachen.

Mit ihrer Mauer war sie mittlerweile etwas besser geworden. Der Nebel fand jedoch noch immer Lücken zwischen den Steinen. Egal, wie nah sie diese aneinander rückte. Dabei gab es leider ein Problem, weswegen Sepher ihr riet, es langsamer anzugehen. Aufgrund der hohen Konzentration, die sie dabei benötigte, hatte sie immer öfter Nasenbluten. Am Vortag war sie dabei umgekippt und wurde erst nach mehreren Minuten wach. Sie hasste es, solch eine Niete in der Magie-Kontrolle zu sein. Dank der Tränke kamen sie zwar immer seltener in einen Platzregen hinein. Doch mussten sie einen halben Tag im Schutze ihrer Plane verbringen, als ein Sturm über sie hineinbrach. Diesen konnte Kalea nicht beenden oder beeinflussen, egal, wie sehr sie sich dabei anstrengte.

Baria hingegen wurde immer besser dabei, mit Jarrel an der Selbstverteidigung zu trainieren. Amrin übte mit der Prinzessin ebenso die Schwertführung, wobei er stolz erzählte, dass er es von Henri gelernt hatte.

„Was ist das mit dir und Henri?", fragte Kalea ihren Freund in einer ruhigen Minute. Die grünen Augen des jungen Gelehrten ruhten auf dem

Lederarmband, welches Henri gehörte. Sanft lächelnd löste er den Blick und sah zu den anderen hinüber.

Er biss sich auf die Lippe. „Es ist kompliziert." Ruhig wartete Kalea und überließ Amrin die Entscheidung, ob er weiteren reden wollte oder nicht. Bisher hatte er immer sehr abwehrend reagiert, wenn sie die Situation zwischen den beiden ansprach. „Ich war sehr jung, als ich einen Schwarm für Henri entwickelt hatte. Nach seiner Abfuhr verpflichtete ich mich den Gelehrten und zog ins Schloss."

„Wie alt warst du?"

„Zwölf oder so", antwortete er ihr.

Verstehend nickte Kalea. „Und Henri war schon fünfzehn. In diesem Alter ist man unterschiedlich entwickelt. Aber jetzt seid ihr beiden Älter."

„Das stimmt, aber das war damals nicht Hauptgrund für seine Abfuhr." Verlegen strich er sich durch Haar und kniff die Augen zusammen. „Henri war damals in einer Beziehung."

Überrascht musterte Kalea ihn. Davon hatte sie noch nie etwas gehört. „Mit wem?"

Amrin zögerte. „Otis." Der Name sagte ihr nichts. „Er war ein wirklich netter Junge in Henris Alter. Ich bin mir ziemlich sicher, dass er von meinen Gefühlen wusste und war trotzdem immer freundlich zu mir." Ein schweres Gefühl legte sich in Kaleas Magen.

„War?"

Amrin schluckte hart. „Als die beiden sechzehn waren, starb Otis an einer Lungenentzündung." Kaleas Herz brach für Henri. Es musste schwer sein, so jung einen geliebten Menschen zu verlieren. „Das ist mittlerweile alles lange her. Aber als Henri mir seine Gefühle gestand, kamen Zweifel in mir auf. Ich

146

hatte ein schlechtes Gewissen Otis gegenüber." Mitfühlend nahm sie Amrins
Hand in ihre und redete noch lange mit ihm über dieses Thema.

Als er einmal Kaleas wissenden Blick gesehen hatte, drehte er sich mit einem hochroten Kopf von ihr weg.

Er vermisste ihn. Selbst Kalea vermisste den jungen Wachmann. Genauso wie die anderen Drei. Sie vermisste Aurums schallendes Lachen, Bodans lockere Art und Evalins warmen Umarmungen. Zum Glück hatte sie Amrin und Baria an ihrer Seite, welche die Sehnsucht nach ihren anderen Freunden minderten.

Es machte sie aber verrückt, nicht zu wissen, ob sie mit ihrer Suche nach Faun weiterkamen. Sie musste sich gedulden, bis sie wieder zueinander fanden.

„Konzentriere dich", befahl Jarrel später und pustete sich eine braune Strähne aus den Augen. Er hatte sie zur Seite genommen, um mit ihr zu trainieren. Bisher war es ihr nicht gelungen, ihn auch nur ansatzweise auf die Knie zu bringen. „Auf welche Körperteile zielst du?"

„Augen, Kehlkopf, zwischen die Beine und die Ohren", zählte sie auf und konnte nicht verhindern, dass ihre Augen auf jeden Körperteil sahen. Sobald sie jedoch auf den Punkt zwischen seinen Beinen sah, stieg Hitze in ihrem Körper auf. Schnell riss sie den Blick los und sah auf seine Ohren.

Jarrel lachte dunkel. „Also noch mal", begann er und kam mit zwei großen Schritten auf sie zu. Es gelang ihm leicht, seine Arme um ihre

Schultern zu legen und sie in dieser Position festzuhalten. Ihr Gesicht war auf der Höhe seines Schlüsselbeins. Sein Körper war warm und hart an ihrem. „Los, schüttele mich ab!"

Stöhnend klemmte sie ihre Arme zwischen ihre Oberkörper und versuchte, seinen Fuß mit ihrem zu treffen. Einmal gelang es ihr, was ihn nicht einmal zucken ließ.

„Fester!"

Und das tat sie. Mit voller Kraft schleuderte sie ihren Fuß hinab und ergötze sich an dem schmerzerfüllten Ausdruck in seinem Gesicht. Den Moment nutzte sie rechtzeitig, um mit ihren Händen so stark es ging gegen seine Brust zu drücken. Als dies nichts bewirkte, löste sie ihre Hände von seiner Brust und schlug mit ihrer rechten Handkante gegen seinen Kehlkopf. Endlich ließ er sie los, um sich den Hals zu halten.

„Mach ihn fertig!", rief Baria von der Seite.

Jarrel taumelte leicht zurück und hustete.

Bring sie auf die Knie.

Ehe der Leibwächter reagieren konnte, trat Kalea ihm mit voller Wucht in die Kniekehlen. Überrascht knickte er nach vorn um und konnte sich noch rechtzeitig mit den Händen auffangen. Endlich war er auf den Knien!

Triumphal überbrückte sie den Abstand und griff locker in sein braunes Haar, um seinen Kopf zu ihr zu drehen. Dabei glitten ihre Fingerkuppen über seine warme Kopfhaut.

„Und? Fest genug?", fragte sie diabolisch grinsend und sah, wie die Sonne sich in seinen Augen widerspiegelte. Sein Hals war nach hinten gestreckt, sodass sie sah, wie der Kehlkopf hüpfte.

Ein Lächeln zupfte an seinen Mundwinkel. „Perfekt. Wobei es immer fester geht", erwiderte er zwinkernd. Augenblicklich verstärkte Kalea ihren Griff und sah ihn herausfordernd an. Nun lächelte er wirklich. „Wenn du mich nächstes Mal auf den Knien sehen willst, musst du nur lieb fragen."

Überrumpelt ließ sie von ihm ab und räusperte sich verlegen. Ihr waren seine Flirtversuche schon zuvor aufgefallen, aber sie konnte einfach nicht damit umgehen. Außerdem legte sich dabei immer ein ekliges Gefühl in ihren Magen, wenn sie spürte, wie schnell ihr Herz dabei schlug.

Verräterisches Ding.

„Jar, hör auf mit ihr zu flirten." Sepher kam näher auf die beiden zu und sah seinen besten Freund missbilligend an. Seine Arme hatte er vor der Brust verschränkt.

„Eifersüchtig?"

Sepher grunzte amüsiert und schlug ihm locker gegen den Hinterkopf. Brummend raffte sich Jarrel auf die Füße.

„Eher angewidert, weil du versuchst, bei jemandem zu landen, mit dem ich verwandt bin."

„Danke, Seph. Bitte sag deinem Leibwächter, dass ich nicht interessiert bin", verkündete sie und fixierte Jarrel mit einem möglichst ernsten Blick.

Dieser zog skeptisch die Brauen nach oben. „Sag das mal deinem Gesicht", zog er sie neckend auf.

„Es reicht", beendete der Prinz das Ganze und schlug seinem besten Freund nun etwas fester auf den Hinterkopf.

Die Gruppe merkte kaum, dass die Tage immer kürzer wurden und die Nächte kühler. Weswegen sie sich enger an das Feuer legten und die Felle enger zusammenschoben. Baria, die die erste Wache schob, lehnte an einem Baumstamm und sah müde zu den Schlafenden. Sepher und Jarrel lagen auf der linken Seite des Feuers und Amrin und Kalea auf der anderen. Das Anino nahm neben der Prinzessin Platz und sah mit ihr in den Nachthimmel. Kalea schlief zu der flüsternden Stimme der jungen Frau ein, die dem Wesen etwas über die Sternenbilder erzählte.

Ein Geräusch weckte sie aus ihrem Traum, worin sie fest Fauns Hand umgriff. Vor ihren Augen verschwammen die Erinnerungen an ihn, egal, wie sehr sie sich daran klammerte. Es dauerte einen Moment, bis sie gänzlich wach war. Wahrscheinlich war ihr Wachdienst dran.

Gähnend setzte sie sich auf und versuchte Amrin nicht zu wecken. Aber sobald sie saß, blitzte etwas vor ihren Augen. Das Licht des fast heruntergebrannten Feuers spiegelte sich in dem Schwert, das ihr vor das Gesicht gehalten wurde. Sie erstarrte und hielt vor Angst die Luft an. Hinter dem fremden Mann, der sie von oben herab angrinste, sah sie Baria auf den Knien sitzen. Ihr leuchtendes weißes Haar befand sich in der Hand eines anderen Mannes. Ihre großen Augen waren vor Angst weit aufgerissen und sahen sie an. In ihrem Mund erkannte sie einen Knebel. Kalter Schweiß breitete sich von ihren Füßen ausgehend auf Kaleas Körper aus. Reflexartig trat sie aus und traf zum Glück die rechte Kniescheibe des Mannes. Dieser stöhnte laut auf und ließ das Schwert minimal sinken. Den Moment nutzte Kalea, um sich vor Amrin zu stürzen, der nun aus seinem Schlaf wach wurde. Verwirrt setzte er sich auf und lehnte sich gegen ihren Rücken, der sich vor ihm aufbaute. Sobald er sah, was los war, rief er laut nach den anderen beiden Männern und griff nach seinem Schwert.

Doch hatte sie die anderen Männer noch nicht bemerkt, die hinter ihnen waren. Einer trat Amrin auf die Hand und nahm ihm vor der Nase das Schwert weg. Danach schlug er ihm fest ins Gesicht.

„Amrin!", kreischte Kalea und lehnte sich schützend über ihn, als er sich vor Schmerzen das Gesicht hielt. Besorgt umgriff sie seine Wangen. Seine Lippe war aufgeplatzt. Ein Tropfen Blut quoll aus der Wunde. Amrin ließ ihre Geste über sich ergehen, fixierte aber mit seinen Augen die Angreifer über ihre Schulter hinweg. Brüllend riss er Kalea herum, als einer der Männer auf sie zukam. Endlich regten sich Sepher und Jarrel. Sie wurden ebenfalls von den Fremden überrascht. Für einen Moment besah sich Kalea die Angreifer genauer und bemerkte kleine Gemeinsamkeiten mit den Männern, die am Erntefest versucht hatten, sie zu entführen. Ihre Klamotten waren ähnlich. Sie war sich sicher, dass diese auch zu diesen unbekannten Männern gehörten.

Dann ging plötzlich alles ganz schnell.

KAPITEL 24

Kalea verlor vor Panik den Überblick.

Ein Mann zerrte sie trotz ihrer Gegenwehr von Amrin weg. Seine Hand griff ihr ins Haar und zerrte mit solch einer Kraft an ihr, dass ihre Kopfhaut brannte. Tränen schossen ihr in die Augen. Verschwommen sah sie, wie Baria gegen den Griff in ihrem Haar ankämpfte und der junge Gelehrte wehrte sich gegen einen anderen Angreifer. Jarrel stürzte sich auf die Männer, bevor sie überhaupt in Sephers Nähe kamen. Der Prinz packte währenddessen sein Schwert und half seinem besten Freund. Trotz ihrer Sorge um Sepher, konnte Kalea nicht aufhören, nach Amrin zu sehen.

Wieso musste es immer er sein?

Er japste, als ein Schlag genau in seinem Magen landete. Kalea kniff die Augen zusammen und versuchte sich daran zu erinnern, wie sie ihm beim letzten Mal geholfen hatte. Aber das hatte sie nicht. Es war Faun gewesen, der sie da rausgeholt hatte. Sie hatte sich immer auf ihn verlassen.

Dies konnte sie dieses Mal nicht tun.

Sie musste selbst handeln.

Die kratzende Hand in ihrem Haar löste sich und hielt nun ihren Oberarm fest. Noch immer spürte sie die Finger im Ansatz. Mit einer Kraft, die sie vorher nicht von sich selbst kannte, stemmte sie sich gegen den Mann. Zum ersten Mal fiel es ihr leicht, das Gelernte anzuwenden. Denn immer und immer wieder ging ihr ein Mantra durch den Kopf:

Bringt sie auf die Knie!

Sie brauchte keine genaue Technik und keinen durchdachten Plan. Sie brauchte nur ihr Adrenalin, ihren Instinkt und das Ziel, diese Arschlöcher auf die Knie zu zwingen. Voller Wucht trat sie ihm mit dem Knie zwischen die Beine. Sobald er vor ihr kauerte, musste sie nicht lange überlegen und schleuderte ihr Knie gegen seinen Kopf. Der Aufprall mit seinem Schädel schmerzte an ihrer Kniescheibe. Ein dämpfender Schmerz blieb zurück.

Stöhnend krachte er zu Boden. Schnell wirbelte sie herum und rannte auf den Mann zu, der Amrin am Boden fixierte. Ohne zu wissen, was sie da tat, warf sie sich auf ihn. Die Überraschung war ihm ins Gesicht geschrieben, als er sah, wer auf ihm drauf saß. Wütend schlug sie auf ihn ein. Kratzte über sein Gesicht, wobei ihr egal war, ob sie überhaupt immer ihr Ziel traf. Ein Nagel an ihrer linken Hand riss ein. Doch der Mann bekam ihre Hände zu packen und warf sie zur Seite. Die Luft entwich ihren Lungen. Ihr Kopf pulsierte. Anscheinend war sie auf einem Stein oder ähnlichem gelandet. Denn für mehrere Sekunden fiel es ihr schwer, klar zu sehen. Sobald sie wieder scharf sah, fokussierte sie zunächst den Himmel. Über ihnen türmten sich schwarze Wolken.

Im Hintergrund hörte sie Geräusche des Angriffs.

„Hört auf!", schrie einer der Angreifer und sobald sie alle zu ihm sahen, stoppten sie in ihrer Bewegung. Jarrels Brust hob und senkte sich wütend und spannte sein Hemd. In seiner Hand hielt er ein blutverschmiertes Schwert, das noch immer im Körper eines Mannes steckte. Sepher stand mit dem Rücken zu ihr und schien ebenfalls außer Atem zu sein. Vorsichtig rappelte sich Kalea auf. Amrin hing in den Armen eines Mannes, der ihn zusätzlich am Schopf griff. Der Grund, warum sie alle stoppten, war Baria.

Der Mann hielt noch immer ihr leuchtendes Haar zwischen den Fingern, doch nun prangte eine verschmutzte Klinge an ihrem Hals. Ein Tropfen Blut floss an ihrer Haut entlang. Ihre rot angelaufenen Augen sprühten Funken. Der Knebel war jedoch fast aus ihrem Mund heraus. Kalea bemerkte, dass sie mit ihrer Zunge immer wieder dagegen drückte, um den Knebel aus ihrem Mund zu bekommen.

„Scheiße, ich hätte nicht gedacht, dass das so kompliziert wird", begann der Mann und sah beinahe genervt auf die Gruppe. „Legt eure Schwerter nieder oder wollte ihr, dass ich dieser Schönheit die Kehle aufschneide?"

Sepher und Jarrel sahen sich stumm für einen Moment an, bis der Prinz nickte und beide ihre Waffen in diese Wiese warfen. Sogleich wurden sie von zwei Männern gepackt. Ein weiterer kam auf sie zu, zog sie nach oben und schleppte sie mit den anderen zu Baria und ihrem Geiselnehmer. Anscheinend war dieser der Anführer.

Einer seiner Männer löste ihn ab, sodass er gelassen vor ihnen herumstolzieren konnte. Kalea kniete zwischen Jarrel und Sepher.

Amrin war außerhalb ihres Blickes, da er neben dem Leibwächter hockte.

In einer Reihe knieten sie vor dem Anführer ihrer Angreifer und überlegten, wie sie aus dieser Situation hinauskommen sollten. Jarrel brummte wütend und schien kurz vor einem Ausbruch zu sein.

„Nehmt das Geld und geht", versuchte Sepher die Situation zu lösen und zeigte auf ihre Taschen, die in der Nähe des Lagerfeuers lagen. Kalea ließ den Anführer nicht aus den Augen. Angst hallte durch jeden Knochen ihres Körpers, als dieser plötzlich lachte.

„Geld? Bursche, wir wollen kein Geld", antwortete er kühl und zwirbelte die langen Haare seines Bartes zwischen zwei Fingern. „Wir sind hier wegen *der Einen*"

„Die Eine ist tot", sagte Amrin mit fester Stimme.

„Da sagen unsere Quellen aber etwas anderes, Kleiner", erwiderte der Anführer trocken und blieb vor dem jungen Gelehrten stehen. Er kniete sich auf seine Höhe und sah ihn interessiert an. „Wo ist sie?" Eine knorpelige Hand strich über Amrins Wange, der sich angeekelt wegdrehte.

„Fass ihn nicht an", knurrte Jarrel an seiner Seite und wollte schon aufstehen, ehe ein Mann ihn an seiner Schulter wieder nach unten drückte.

Der Anführer sah ihn unbeeindruckt an. Dabei fiel jedoch sein Blick auf Kalea, die ihn noch immer beobachtete. „Du, Rotschopf", sprach er sie an und kam nun auf sie zu. „Du kannst mir doch bestimmt sagen, wo sie ist, oder? Braunhaarig, mit einer weißen Strähne, die genauso schön leuchtet wie ihres." Mit dem Daumen zeigte er hinter sich auf Baria.

„Ich habe niemanden gesehen, der so aussieht", log sie mit zitternder Stimme.

„Niemanden? Ich glaube, dass so jemand kaum zu übersehen ist", entgegnete er gelangweilt und stand wieder auf, um auf Baria zuzugehen. Locker nahm er eine lange Strähne in die Hand und hielt sie nach oben. „Dieses Haar ist auf dem Schwarzmarkt ein Vermögen wert und die Eine das Doppelte. Wir werden also nicht gehen, bevor wir nicht haben, was wir wollen."

„Wie kommt ihr darauf, dass sie hier wäre? Sie ist beim Erntemond geopfert worden", behauptete Sepher und reckte sein Kinn. Es war nahezu unmöglich, dass diese Männer wussten, dass Kalea lebte und vor allem, dass sie in diesen Wäldern war.

Der Anführer ließ die Strähne los und knackte seinen Nacken, ehe er entrüstet brüllte: „Hört auf zu lügen!"

„Wir lügen nicht!", brüllte Jarrel ihm ebenfalls zu, was den Mann umso wütender machte. Er wandte den Blick von ihnen ab und sah zu seinen Männern.

„Nehmt den Jungen und den Rotschopf", befahl er trocken. Hektik brach aus, als Sepher sich vor Kalea auftürmte und Jarrel sich zu Amrin drehte. Doch es dauerte nicht lange, da saß sie mit ihrem Freund den beiden gegenüber. Sepher wurde von einem bäuchlings auf den Boden gedrückt. Seine grauen Augen fixierten Kaleas verschleierte Gestalt.

„Wir lügen nicht!", sagte er immer und immer wieder und kämpfte gegen den Mann auf seinem Rücken an. „Bitte!"

Kalea zitterte wie Espenlaub und spürte die Enge in ihrer Brust immer stärker. Ihr Blut pulsierte in ihren Adern.

„Ach ja? Das werden wir ja sehen", sagte der Anführer mit skeptischem Blick und nickte seinem Gefolge zu. „Uns wurde gesagt, dass sie mit euch im Wald ist." Niemand erwiderte etwas. Dann blickte er zu Kalea. „Fangt mit ihr an."

„Nein!", schrie Sepher über ihr Schluchzen hinweg, als sie auf den Rücken gezogen wurde.

Das Pulsieren wurde heftiger.

Ihre Kopfhaut brannte von dem Zug an ihrem Haar. Der Boden scheuerte an ihrem Rücken. Amrin versuchte zu ihr zu kommen. Der Schweißgeruch des Mannes hing in ihrer Nase. Sephers Schreien wurde immer krächzender und hilfloser.

Ein Blitz durchbrach die Nacht.

Kurz danach folgte ein Donner. Dann brach der Regen über sie herein. Doch der Druck auf ihrem Körper wurde stärker. Instinktiv konzentrierte sie sich auf das Pulsieren in ihrem Körper und folgte ihm bis zu ihrer Magie. Mit ihren Händen stemmte sie sich gegen die Brust des Mannes und öffnete die zusammengekniffenen Augen. Im nächsten Moment sah sie ein helles Licht und der Mann flog mehrere Meter nach hinten. Diesen Moment der Überraschung, der alle aus der Bahn warf, nutzte die Prinzessin. Endlich hatte sie den Knebel gelöst und schlug mit ihrem Ellenbogen in die Magengrube des Mannes, der ihr ein Messer an die Kehle hielt.

Im nächsten Moment war sie verschwunden.

KAPITEL 25

Verwirrt starrte Kalea auf die Stelle, an der eben noch Solas Prinzessin gekniet hatte. Die Angreifer wirbelten ebenso verwirrt herum und suchten nach ihr. Zum Glück war Jarrel so geistesgegenwärtig und nutzte diese zweite Überraschung dazu, einem Mann das Schwert abzunehmen und ihn augenblicklich umzubringen. Sepher tat es ihm gleich und überwältigte seinen Angreifer, ehe er ihn am Nacken packte und solange zudrückte, bis der Mann bewusstlos zu Boden krachte. Etwas Warmes umgriff Kaleas Schulter, sodass sie verängstigt davon krabbelte. Der Regen überzog die Wiese und Blitze schossen durch die Wolken.

„Ich bin es", flüsterte ihr eine vertraute Stimme zu, doch sah Kalea niemanden. Vor ihr erstreckte sich nur der dunkle Wald. Doch dann spürte sie erneut den warmen Griff. „Kalea, hoch mit dir!"

„Baria?", fragte sie überrascht in die Leere hinein und ließ sich von dem Griff zu Amrin führen, der sich ebenfalls losreißen konnte.

„Ja, ich erkläre es später. Denke an unser Mantra: Bring sie auf die Knie!" Kalea nickte entschlossen und stellte sich einem Mann, der sich die verwundete Seite hielt. Mit einer ungewohnten Leichtigkeit gelang es ihr, den Mann zu überwältigen. Als sie jedoch sah, wie das Gesicht des Mannes ohne ersichtlichen Schlag zur Seite flog, wurde ihr klar, dass sie Hilfe hatte. Voller Adrenalin schaute sie nach den anderen. Jarrel metzelte gnadenlos jeden nieder, der vor seine Klinge lief. Amrin tat es ihm gleich, wobei er eher darauf bedacht war, Kaleas Rücken freizuhalten. Kurz stockte der junge Gelehrte, als er sah, dass Jarrels Gegner sich abgelenkt zur Seite drehte. Dann rammte der Leibwächter ihm das Schwert in die Brust.

Zum Schluss war nur noch der Anführer übrig, der nun bibbernd vor ihnen kniete und bettelnd die Hände aneinander rieb. Sepher baute sich vor ihm auf und starrte ihn kalt an. Der Platzregen war nur noch ein Nieseln. Doch ab und an hörten sie noch einen Donner, der den Blitzen und dem Sturm von ihnen weg folgte. Baria war wieder sichtbar und stand hinter Kalea.

„Wer hat dich zu uns geschickt?", fragte er mit solch einer ruhigen Stimme, dass Kalea erschauderte. Der Prinz hatte in diesem Moment etwas unglaublich Angsteinflößendes an sich.

„I-Ich kenne den Namen nicht", stammelte der Anführer und sah ihnen allen abwechselnd ins Gesicht. Sephers Mund zuckte. Dann hockte er sich auf seine Höhe und legte den Kopf schief. Ein Blitz spiegelte sich in dem Grau seiner Augen.

„Warum lügst du?" Langsam lehnte er sich vor, sodass sein Gesicht direkt vor seinem war. „Du hast meine Familie bedroht und Menschen angegriffen, die mir wichtig sind. Glaube ja nicht, dass du ungestraft davonkommst. Letzte Chance: Wer hat dich geschickt?"

„Erinnere mich daran, Sephers niemals zu verärgern", flüsterte Amrin ihr hinter vorgehaltener Hand zu. Kalea nickte ebenso ehrfürchtig. Doch fokussierte sie dabei den hellblonden Kopf des Prinzen. Er war eiskalt. Der Prinz drohte diesem Mann, weil er sie bedroht hatte.

Seine Familie.

Die Augen des Anführers huschten über Sephers Gesicht. Sie wusste nicht, was er sah, doch im nächsten Moment ließ er den Kopf hängen. „Vera. Sie heißt Vera."

„Dann sag dieser Vera, dass *die Eine* tot ist. Sie braucht nicht nach ihr zu suchen oder noch mehr Männer zu schicken. Sie ist *tot*. Und wenn du uns folgst, wirst du es ebenso sein", herrschte Sepher ihn an. Danach wies er alle an, ihre Sachen zu holen. Nur wenige Minuten später verließen sie die Lichtung und hinterließen den Anführer mit seinen teils bewusstlosen und teils verstorbenen Männern. Es fiel ihr schwer, Mitleid für die Gefallenen aufzubringen. Denn sie wusste, wenn sie nicht gekämpft hätten, würden sie dort im nassen Schlamm liegen.

Stumm und so schnell es ging, liefen sie in der Nacht den Pfad entlang. Es fiel ihr schwer, mit Sepher Schritt zu halten, der sie am Unterarm festhielt und hinter sich herzog. Jarrel bildete den Schluss ihrer Kette und hatte das Schwert noch immer einsatzbereit in seiner Hand. Sie wusste nicht, wie lange sie liefen. Es vergingen Minuten, in denen sie nur ihre Atemgeräusche und Schritte hörte. Der Regen verging. Auf einer Kreuzung blieb der Prinz endlich stehen. Sie hatten nicht viel Platz, konnten sich aber wenigstens in einen Kreis stellen. Sobald sie aber zum Stehen kamen, warf Amrin seine Tasche auf den Boden und zog sein Schwert. Bevor einer reagieren konnte, hielt er Jarrel das Metall gegen die Kehle und drückte ihn gegen den nächsten Baum. Der junge Gelehrte war zwar kleiner als der Leibwächter, besaß aber genug Kraft, um den Mann am Stamm zu fixieren.

„Amrin, was soll das?", fragte Sepher aufgebracht. Die Kälte seiner Augen war noch immer vorhanden.

„Du kommst nicht aus Talam", behauptete der junge Gelehrte und verstärkte seinen Griff.

Der Leibwächter starrte ihn überrascht an.

„Wovon redest du?", mischte sich Kalea ein und riss sich von dem Prinzen los, der noch immer ihren Arm festgehalten hatte. Sie wollte ihren Freund beruhigen. Jeder war noch zu aufgewühlt von dem Angriff. Sie konnten nicht richtig denken.

„Ich habe es gesehen", erklärte Amrin, ohne den Älteren aus den Augen zu lassen. „Er kommt aus Gaofar."

Jarrels Augenbrauen schossen nach oben.

„Amrin", warnte Sepher ihn knurrend, woraufhin Kalea ihn böse ansah. Doch der Prinz ließ sich nicht von ihr beirren.

„Er hat durch den Wind geredet. Er hat es im Kampf benutzt, um seinen Gegner zu verwirren."

„Und wenn es so war?", forderte Jarrel ihn auf und stemmte sich gegen ihn. Kaleas Hand zuckte unwillkürlich.

„Dann hast du uns angelogen", sagte Amrin und runzelte erbost die Stirn. Kalea trat endlich einen Schritt auf ihn zu und legte eine Hand auf seine Schulter, um ihn von dem Leibwächter wegzuziehen.

„Amrin, lass ihn los. So lässt es sich nicht reden", versuchte sie es sanft, wobei sie über die neue Tatsache stolperte. Baria hatte eine Art Misstrauen am Anfang der Reise kundgetan. Und nun das? Es wäre nicht schlimm, wenn er wirklich aus Gaofar stammte. Doch diese Lüge erschwerte das Ganze.

„Wusstest du das?", wandte sie sich an Sepher, nachdem Amrin den Mann endlich losgelassen hatte. Dieser ging direkt zu seinem besten Freund hinüber, der sich mit dem jungen Gelehrten ein Blickduell lieferte. Kalea wiederum ließ den Prinzen nicht aus den Augen.

Grau und Grau starrten sich entgegen.

Er nickte. „Ich bin mit ihm aufgewachsen. Natürlich wusste ich es." Scheinbar unbekümmert zuckte er mit den Schultern.

„Warum habt ihr es dann verheimlicht?", fragte nun die Prinzessin hinter ihr entgeistert.

Jarrel lachte ungläubig auf. „Wie du uns dein kleines Kunststück verheimlicht hast?"

„Wechsel nicht das Thema", rügte Kalea den Leibwächter. Dieser schnalzte mit der Zunge. „Warum habt ihr gelogen?"

„Wir haben nicht gelogen. Es kam nur nie zur Sprache", erklärte Sepher nun ruhiger und atmete tief ein, „Jarrels Eltern kamen als Botschafter nach Talam. Im Schloss verpflichteten sie Jarrel der Treue mir gegenüber. Der Rest ist Geschichte. Wir haben euch nicht angelogen", betonte er seine letzten Worte und sie sah, wie die Kälte seine Augen verließ. Ihm war wichtig, dass sie ihm glaubte. Dass ihre bisherige, so zerbrechliche Beziehung nicht daran kaputtging. Und das wollte sie auch. Doch konnte sie den minimalen Riss nicht ignorieren, welcher sich in ihrem Vertrauen seinen Weg bahnte.

„Gibt es sonst etwas, was wir wissen müssten?", fragte sie nach und verschränkte ihre Armen vor der Brust. Der Prinz schüttelte den Kopf. Für einen Moment sah sie die beiden an und spürte neben sich, dass Amrin noch immer angespannt war. Doch sie war müde, verschwitzt und komplett durchnässt. Wo sie überall Schlamm hatte, wollte sie nicht einmal wissen. Außerdem pochte eine Stelle an ihrem Hinterkopf noch immer von ihrem Sturz. Den anderen konnte es nicht besser gehen. Während sich Sepher zu Jarrel wandte, drehte sie sich zu Amrin. Mit einer sanften Handbewegung lenkte sie seine Aufmerksamkeit auf sich und betrachtete besorgt die Wunden in seinem Gesicht. Neben ihr stand Baria, die ebenso besorgt blickte.

„Wie geht's dir?", fragte sie den jungen Gelehrten eindringlich.

Mit zusammengepressten Lippen lächelte er und drückte Kaleas Hand an seiner Wange. „Alles gut", murmelte er und zeigte dann auf seine geplatzte Lippe. „Nichts, was ich nicht schon kenne."

Kalea legte den Kopf schief und zog ihn dann in eine feste Umarmung, die er direkt erwiderte. „Nie wieder."

Amrin lachte leise. „Versprich nichts, was du nicht halten kannst." Er drückte sie von sich und sah ihr in die grauen Augen. „Es wird wieder passieren und es wird nicht deine Schuld sein, Kalea. Ich kann einiges einstecken."

Das solltest du aber nicht, dachte sie sich und wandte sich dann zu den anderen.

„Wir sollten weitergehen. Ich weiß auch, wohin wir gehen könnten, wenn Amrin den Standort der Höhle weiß." Ihr Freund verstand direkt und nickte zustimmend. „Dort können wir uns etwas ausruhen und waschen. Und Baria kann uns mehr von ihrer Magie erzählen." Die Prinzessin sah sie verlegen an. Hinter ihr sah sie, wie sich das Anino aus den Baumreihen hervor schlich und wieder näher an sie herankam. Der kleine Schisser hatte sich beim Angriff versteckt.

„Welche Höhle?", fragte Baria neugierig. Amrin schulterte wieder seine Tasche und antworte dann noch immer zerknirscht:

„Fauns Höhle."

KAPITEL 26

Sie benötigten die restliche Nacht, um den letzten Weg zu Fauns Höhle zu überbrücken. Es würde nicht mehr lange dauern, bis der Tag anbrach. Hohe, schier endlose Bäume türmten sich neben dem Pfad auf und verschluckten die ersten Sonnenstrahlen. Nur durch die Lücken zwischen den Ästen traten sie hervor und erhellten ihnen den Weg.

„Wir sind da", sagte Amrin vor ihr und deutete auf die Öffnung der Höhle. Beinahe zeitgleich traten Baria und Jarrel nach vorn, um auf den Unterschlupf zuzugehen. Sie wollten bestimmt ihr Lager aufschlagen und die Füße hochlegen. Müde schlurften sie nebeneinanderher. Kalea blieb für einen Moment stehen und sah einfach zur Höhle hinüber. Ihre Hand ruhte an einem Baum mit hellgrauer Rinde. Unter ihren Fingerkuppen spürte sie eine Erhebung. Es sah so aus, als hätte jemand ein Messer oder einen Dolch in den Baum gerammt. Dadurch hatte sich dort braungelber Harz angesammelt und verhärtet. Mit ihrem Fingernagel kratzte sie daran und sah dabei zu, wie es bröckelnd hinunterfiel. Unwillkürlich musste sie an Faun denken und an ihre Nacht an diesem Ort. In Erinnerung hörte sie die Wölfe heulen. Spürte wieder das Adrenalin in ihren Adern und seine Wärme, nachdem sie in den Fluss gesprungen waren und sich zur Wasseroberfläche hinauf gekämpft hatten.

„Kommst du?", riss Sepher sie in die Gegenwart zurück und musterte sie. „Alles in Ordnung?"

„Ja", erwiderte sie und räusperte sich. Den restlichen Harz wischte sie an dem Stoff ihrer Hose ab und ging dann mit ihm die wenigen Meter zur Höhle.

Im Inneren hatten die anderen schon angefangen, das Lager aufzubauen. Jarrel machte sich auf den Weg, um Holz für ein Feuer zu holen, während Amrin ihre Vorräte zählte. Ihr Magen knurrte, als sie Evalins Gebäck sah, welches ihnen eine ruhige Nacht schenken konnte. Doch mussten sie zunächst etwas von dem Brot essen, das ihre Bäuche schon nach wenigen Bissen füllte. Automatisch ging Kalea zu der freien Stelle hinüber, auf der sie schon einmal eine Nacht verbracht hatte. Sepher sah sich unterdessen in der kleinen Höhle um. Sobald er einen großen Felsen umgangen war, hörte sie ihn scharf einatmen. Verwirrt blickte sie in die Richtung.

„Amrin?", rief er mit belegter Stimme. „Kommst du bitte?" Die unterschwellige Panik in seinen Worten ließ Kalea aufhorchen. Keine Sekunde später folgte sie ihrem Freund zum Felsen. Dahinter stand der Prinz mit bleichem Gesicht und hielt einen zerrissenen schwarzen Mantel in der Hand. Sie erstarrte, sobald sie ihn erkannte. Amrin stockte ebenfalls in seinem Schritt, ehe er sich fing und auf Sepher zuging. Fast schon grob riss er ihm den Mantel aus der Hand und drehte ihn nach links und rechts. Hektisch drehte er ihn in alle Richtungen, als suche er nach etwas. Aufgrund des mickrigen Lichts in dieser Ecke schien er aber nichts zuerkennen. Panisch rannte er zum Ausgang der Höhle und hielt den zerrissenen Stoff in die aufgehende Sonne. Kalea stand noch immer in der Höhle und blickte ihm nur langsam hinterher. Sephers warme Hand schob sie am Rücken sanft nach vorn.

„Ist das Blut?", fragte Baria erschrocken und ging auf Amrin zu. Zeitgleich kam Jarrel mit einem Stapel an Ästen zurück. Plötzlich stoppte Amrin dabei, den Mantel in jegliche Richtungen zu drehen und starrte auf einen Fleck auf der Innenseite. Seine Augen richteten sich vorsichtig auf Kalea. Doch war ihre Aufmerksamkeit längst auf den Fetzen in seiner Hand gerichtet. Denn im Sonnenlicht sah sie, dass kaum etwas von dem bekannten Mantel übrig war.

Es war lediglich ein Fetzen, der zwischen Amrins zitternden Finger hing. Kaleas Finger flogen an ihren Hals, da sie das Gefühl hatte, als würde ihr jemand die Kehle zudrücken. Ihre Sicht verschwamm. Vor ihr sah sie das weiße Zeichen im schwarzen Nichts des Fetzens. Auf der Innenseite des Mantels war ein weiß gestickter Stern. Ein mit Blut besudelter weißer Stern.

„Was machst du da?" Die Nacht war am Höhepunkt ihres Daseins, als sich Kalea seinen Mantel aus einer Idee heraus vom Stuhl schnappte. Es war die zweite Nacht nach seiner schweren Verletzung, in der sie sich ins Krankenzimmer geschlichen hatte. Sie wandte sich ihm zu und musste bei seinem Anblick schlucken. Verlegen knabberte sie an ihrer Unterlippe. Faun war noch immer sehr erschöpft, lag auf dem Rücken und hatte seinen Arm

über die Stirn gelegt. Durch die Fransen seiner nachtschwarzen Haare beobachtete er sie. Ihr Stuhl stand knapp neben ihm.

„Ich sticke dir was auf den Mantel", sagte sie schmunzelnd und genoss seinen schockierten Gesichtsausdruck.

„Bitte nicht! Warum?", sagte er aufgebracht und war drauf und dran, ihr den Mantel aus der Hand zu nehmen. Dabei verrutschte die Decke und legte seine Brust frei, die durch das halbgeöffnete Hemd hindurch blitzte. Die Verbände spannten sich um die darunterliegenden Bauchmuskeln an, als er sich weiter aufrichtete.

„Ich will, dass du was von mir dabeihast, falls du wieder weggehen solltest. Und wie ich dich kenne, wirst du das, oder?", gestand sie mit rotem Gesicht und biss in ihre Wange hinein.

Faun schwieg, wobei sein Blick auf ihrer Haut brannte. „Du weißt, warum ich bald wieder ein paar Tage weggehen muss." Kalea nickte. Er schnaufte genervt und legte sich wieder zurück auf den Rücken. „Ein Stern."

„Was?", fragte sie überrascht und sah zu ihm. Nun lag sein Arm über seinen geschlossenen Augen und versteckte die Hälfte seines Gesichtes.

„Sticke einen Stern."

„Warum einen Stern?"

„Wenn ich nicht hier bin", er räusperte sich, „dann erzähle ich den Sternen von dir. Also akzeptiere ich nur einen Stern."

Wärme durchflutete ihren Körper, als sie sah, wie sich seine Ohrenspitzen röteten. Kerzengrade sitzend, krallte sie sich in den Stoff hinein und starrte auf den Mann vor ihr. „Also gut. Ein Stern", murmelte sie nickend und zog die weiße Schnur durch eine Nadel. Ein großes Grinsen bildete sich auf ihren Lippen, als sie Faun beim Zusehen erwischte.

„Aber nur auf der Innentasche!"

Natürlich kannte Amrin diese Geschichte. Er hatte die beiden oft genug damit aufgezogen. Noch immer schockiert sah er zu ihr und hielt mit zitternden Händen den blutverschmierten Mantel seines Freundes und Mentors fest. Bevor jemand etwas sagen konnte, wirbelte Kalea herum und rannte zum Felsen. Sie hatte ihn dabei gesehen, wie er Ersatzklamotten aus einem Versteck geholt hatte. Nur weil dieser Mantel hier in diesem Zustand lag, musste das nichts bedeuten. Angst beschleunigte jede Bewegung und verlangsamte sie zeitgleich. Ihr war übel.

Speiübel.

Am liebsten hätte sie sich in die nächste Ecke gelehnt und all diese Angst aus sich herausgebrochen. Doch sie musste es wissen. Ächzend schob sie die Steinplatte zur Seite.

Es war leer.

Das Versteck war leer.

Ausatmend fiel sie rückwärts auf ihre Hände und dankte jeder göttlichen Kreatur im Himmel dafür. Es gab Hoffnung.

„Er hat sich umgezogen", sagte sie laut genug, dass es die anderen hören konnten. Hinter ihr spürte sie Amrins Anwesenheit. „Wenn ihm was passiert wäre, wären seine Wechselklamotten nicht weg. Ich habe gesehen, wie er einen zweiten Mantel hier hineingetan hat, bevor wir nach Viredis aufgebrochen sind." Der junge Gelehrte packte von hinten ihre Schultern und legte sein Kopf auf ihre Schulter. Auch seine

Erleichterung war greifbar. Beruhigend legte sie eine Hand auf seine und schloss für einen Moment die Augen.

„Dann ist ja gut", durchbrach Jarrel ihre Zweisamkeit. „Kommt, wir machen das Feuer an und essen etwas. Essen ist das beste nach solch einem Schock." Obwohl ihr noch immer nicht zum Essen zumute war, folgte sie den beiden zu den anderen. Gerade sah sie noch, wie Baria ein kleines Messer zurück in ihren Gürtel steckte, ehe sie Kalea ein handgroßes Stoffteil gab. Sobald sie es umdrehte, sah sie, dass die Prinzessin ihr den gestickten Stern aus dem zerfetzten Mantel geschnitten hatte.

„Danke", hauchte sie und verstaute den Stern direkt in ihrer Hosentasche. Nachdem sie einen Moment durchgeatmet hatte, würde sie zum Wasser hinausgehen und das Blut von dieser Erinnerung waschen. Dadurch fühlte sie sich Faun ein Stück näher und ihr Herz schwoll sehnsüchtig an. Ob ihre Freunde ihn mittlerweile gefunden hatten? Wussten sie, warum er die Wechselklamotten benötigt hatte?

„Seph?", hörte sie Jarrel besorgt sagen und drehte sich zu ihm herum. Ihre nassen Hände wischte sie an der Hose ab und verstaute den nun saubereren Stern in ihrer Tasche. Das Blut war nicht gänzlich hinausgegangen. Langsam ging sie auf die beiden Männer zu, die nahe der Öffnung der Höhle standen. Der Leibwächter stand vor dem Prinzen und hielt ihn an den Schultern aufrecht. Seine breiten Schultern bewegten sich rasch auf und ab. Zügig ging sie um Jarrel herum, um sich Sepher anzuschauen. Blass versuchte er zu lächeln, als er Kalea sah.

„Was ist los?", fragte sie besorgt und stützte ihn an seinem Arm. Er spannte seinen Kiefer an und blickte kurz zu seinem besten Freund, ehe er sich wieder ihr zuwandte.

„Mich hat einer am Rücken erwischt", gestand er mit schwacher Stimme, wobei ihm zeitgleich die Knie wegsackten. Erschrocken verstärkten sie ihren Griff um ihn. Zusammen halfen sie ihm in die Höhle hinein und auf den Boden. Sein Körper bebte. Sobald er auf dem Boden saß, sahen sie sich seinen Rücken an. Und tatsächlich. Ein roter Fleck war am unteren Saum seines Hemdes zu sehen. Vorsichtig hoben sie das Stück Stoff an. Sepher zischte vor Schmerzen und lehnte seine Stirn gegen Jarrels Oberarm, der ihn noch immer stützte, und versuchte, die Wunde zu sehen. Mit großen Augen sah sie zu dem Leibwächter und dann zu Amrin, der dazu gekommen war. Es war zum Glück keine große Wunde, doch sie blutete noch immer. Ihre Flucht war nicht zum Vorteil von Sephers Verletzung gewesen.

„Warum hast du nicht früher was gesagt?", meckerte der Leibwächter und sah den Prinzen wütend an.

„Es gab keinen guten Augenblick", murmelte Sepher.

Jarrel biss die Zähne zusammen. Der junge Gelehrte war nach draußen gerannt. „Keinen guten Augenblick?", wiederholte er bissig. „Ein Einfaches: Hey Leute, ich bin übrigens verletzt! - hätte genügt." Kalea versuchte mit ihrer Hand den Blutverlust zu stoppen, der durch Sephers Haltung stärker wurde. Die nach vorn gebeugte Haltung schien den Grind der Wunde erneut aufzureißen. Missbilligend sah sie den aufgebrachten Leibwächter an, der den Prinzen noch immer entrüstet ansah.

„Wie kannst du einfach", er holte erstickt Luft und kniff die Augen zusammen, „nichts sagen." Sobald Baria mit einem sauberen Tuch auf sie zukam, übernahm diese den Druck auf der Wunde.

„Jarrel lass es", sagte Kalea und hockte sich neben Sepher. Seine Stirn war kühl und feucht. Besorgt legte sie ihre Hand auf sein Gesicht. Zum Glück hatte er kein Fieber. Aber er zitterte noch immer stark. „Kommt, wir ziehen ihm das Hemd aus. Dann kommen wir besser an die Wunde heran."

Der Leibwächter war noch immer sauer, half ihr aber dabei, dem Prinzen vorsichtig das Hemd abzustreifen.

Sepher atmete schwer. „Tut mir leid, Jar", murmelte er währenddessen und sah seinen besten Freund entschuldigend an. Erschöpft lehnte er seinen Kopf gegen Jarrells Schulter und blickte durch halbgeöffnete Lider zu ihm auf.

„Das hoffe ich doch. Wenn du nämlich abkratzt, ist das meine Schuld." Sepher lachte trocken und nickte dann. Kurz danach kam Amrin mit einem gefüllten Wasserbeutel und einer der leeren Phiolen zurück. Diese war jedoch nicht mehr leer. Als Kalea genauer hinsah, sah sie, dass etwas Braungelbes darin war. Zügig kam er auf den Verletzten zu und nahm Barias Tuch von der Wunde.

„Das wird kurz wehtun", warnte er rasch. Dann kippte er das Wasser auf die Wunde, um sie zu säubern. Der Dreck, der sich höchstwahrscheinlich beim Kampf darin gesammelt hatte, verschwand langsam. Doch einzelne kleine Steine musste er vorsichtig mit den Fingern entfernen. Sepher biss tapfer die Zähne zusammen und vergrub sein Gesicht tiefer in die Schulter des Mannes, der ihn noch immer stützte. Kalea beobachtete, wie sich Amrin schnell, aber gewissenhaft um die Wunde kümmerte. Danach bestrich er diese mit dem braungelben Harz, den sie schon selbst auf ihrer Haut gespürt hatte. Sobald das Ganze geschafft war, halfen sie dem Prinzen auf eines der Felle, damit er sich ausruhen konnte. Sorge erfüllte sie, weswegen sie sich neben ihn setzte und beobachtete. Ab und an kniff er im Schlaf seine Augenbrauen zusammen. Nach einer Weile zog sie seine Decke etwas höher und hoffte damit, sein Zittern zu lindern. Die anderen hatten sich auf ihren Plätzen verteilt. Jarrel saß zwei Meter von ihnen entfernt und ließ seinen Prinzen keinen Augenblick aus den Augen. Stunden später half er ihr dabei, das Harz auf Sephers Wunde zu erneuern. Sorge triefte ihnen aus jeder Pore, während der Verletzte schwer atmete. Wann hatte sie angefangen, sich um ihn zu sorgen? Und wann hatte er damit begonnen? Er hatte sich für sie eingesetzt, als die Söldner sie angegriffen hatten. Der Prinz hatte beinahe gebettelt, damit sie ihr nichts antaten. Noch immer erinnerte sie sich an das Krächzen seiner Stimme. Die Hilflosigkeit seines Blickes. Obwohl sie sich kaum kannten, spürte sie eine gewisse Zugehörigkeit Sepher gegenüber. Ihre Magie pulsierte durch ihre Adern bei der Erkenntnis. Als würde der Kern ihres Inneren ihn anerkennen. Ihre Magie erkannte ihn. Ihren Prinzen.

Sepher Lomaret war ihre Familie. Und sie würde ihre Familie beschützen, wie er es für sie tat.

Ihre Familie, ihre Verantwortung.

KAPITEL 27

Manchmal musste man anders denken, damit es funktionierte. Mit Lyras Worten in ihrem Kopf wachte sie am späten Nachmittag auf. Neben ihr atmete Sepher in einem ruhigeren Tempo und schien sich gut zu erholen. Leise, damit die anderen weiterschlafen konnten, schnappte sie sich ihren Mantel und ging aus der Höhle hinaus. Sie waren alle zu erschöpft gewesen, um Wache zu halten. Selbst sie und Jarrel waren nach der letzten Wundversorgung langsam eingedöst. Ihre Plane hatten sie, soweit es ging, vor den Eingang der Höhle gespannt, um das Tageslicht abzuschirmen. Umso intensiver wurde sie nun von der Sonne geblendet. Schritt für Schritt ging sie zum Wasser hinüber und wusch sich das Gesicht. Die roten Strähnen, die ihr immer wieder einen kurzen Schreck einjagten, sobald sie vor ihren Augen hingen, band sie in einen strammen Zopf. Vielleicht konnte sie Lyras Rat nicht nur beim Kampf anwenden, sondern auch auf ihr Problem mit der Mauer und ihrer Magie. Normalerweise hatte sie keinerlei Probleme damit, sich Sachen in ihrem Kopf vorzustellen. Durch das Lesen und die Einsamkeit in ihrem vorherigen Leben war sie quasi ein Naturtalent im Tagträumen. Sie sah es nicht ein, nun an etwas zu scheitern, was ihre reine Vorstellungskraft benötigte. Die Phiole für diesen Tag ruhte ungeöffnet in ihrer Manteltasche. Unbewusst strich sie mit dem Daumen über den Korken. Überlegend blickte sie auf die Spiegelung der Wasseroberfläche und dachte kurz an Barias Erklärung zurück, die sie ihnen vor dem Schlafengehen gegeben hatte. Sie hatte die Fähigkeit, unsichtbar zu werden. Durch das Abwehren der Reflexion von Lichtstrahlen schaffte sie es, ihren Körper vor dem bloßen Auge zu verstecken. Was das genau bedeutete, verstand Kalea nicht. Nur Amrin und Sepher hatten verstehend genickt. Jarrel hatte zum Glück genauso planlos ausgesehen wie sie. Sie hatten nur verstanden, dass Baria unsichtbar werden konnte, wenn sie ein bestimmtes Wort sagte, welches sie für sich behielt. Sie konnte es aber nicht allzu oft machen, da es sie stark erschöpfte. Die junge Prinzessin hoffte aber darauf, dass ihr Durchhaltevermögen größer werden würde, wenn sie die Volljährigkeit erreicht hatte. Denn dann wäre das magische Potenzial vollends gereift.

„Schon ausgeschlafen?", ertönt hinter ihr die heisere Stimme des Leibwächters, der auf sie zukam. Kalea blickte nur kurz nach hinten. Mit rot angelaufenen Wangen sah sie wieder auf das Wasser. Denn sein Hemd war nicht zugeknöpft und ließ keinerlei Fantasie offen. Die Sonnenstrahlen küssten seinen trainierten Körper, während er gähnend auf sie zukam. Erst als er neben ihr stehen blieb, knöpfte er langsam das Hemd zu.

„Ich wollte die Ruhe nutzen, um an dieser Mauer zu arbeiten", erklärte sie ihm und deutete kurz auf ihren Kopf. Obwohl sie nicht mit Sepher direkt darüber geredet hatte, rechnete sie eigentlich damit, dass der Prinz seinem besten Freund von ihrem Problem erzählt hatte. Sie hatte mittlerweile gelernt, dass sich die beiden alles erzählten.

„Und kommst du weiter?", fragte er interessiert und wandte seinen Blick kurz zu dem Felsen, auf dem sie ihre gestrige Garnitur an Klamotten zum Trocknen gelegt hatten. Dann sah er wieder zu ihr. Sie wandte sich ihm zu und schluckte. Die Sonne glitt an seinen Gesichtszügen entlang und der Wind strich langsam durch sein braunes Haar. Er sah gut aus. Das konnte sie nicht leugnen. Der sanfte Schwung seiner Lippen war ein Hingucker. Steine legten sich in ihren Magen, sodass sie sich wieder von ihm abwandte und diese Gedanken verdrängte.

„Nicht wirklich. Ich habe an Lyras Worte gedacht." Jarrels Augenbrauen schossen fragend nach oben. „Manchmal muss man anders denken, damit es klappt. Vielleicht funktioniert Sephers Steinmauer nicht bei mir. Vielleicht sollte ich mir etwas Anderes vorstellen."

„Das hört sich vernünftig an", meinte er nachdenkend und steckte seine Hände in seine Hosentaschen. Stumm blickten sie auf das Wasser und hingen ihren eigenen Gedanken nach. Als sie Sephers fragende Stimme hörten, drehte sich Jarrel ohne Wort herum und verschwand durch die Plane in die Höhle hinein.

Um es sich einfacher zu machen, setzte sie sich auf den Boden und schloss die Augen. Die kleinen Kieselsteine piksten durch den Stoff ihrer Hose. Was sollte sie sich vorstellen? Eine Tür? Nein, die einzige Tür, die ihr in den Sinn kam, war die aus ihrem alten Gemach. Schwarzes Holz, welches sie in ihrem früheren Leben eingesperrt hatte.

Einen Fluss, den sie nicht überwinden konnte? Ebenfalls nicht. Das war zu kompliziert.

Angestrengt dachte sie weiter und merkte kaum, wie sie abdriftete. Denn der Fluss lenkte ihre Gedanken zu dem Moment, in dem sie sich an Faun geklammert hatte und er mit ihr ins Wasser gesprungen war. Bevor er sie mit einem Raumsprung zur Höhle gebracht hatte. So waren sie damals den geerdeten Wölfen entkommen.

Sie verlor die Konzentration, weshalb sie sich zwang, diese Erinnerung unter der Welle aus Honig verschwinden zu lassen. Darauf konnte sie sich immer verlassen. Die Wel-...

Manchmal war sie echt eine Idiotin.

Genervt öffnete sie die Augen und schnalzte mit der Zunge. Dann schloss sie diese wieder und konzentrierte sich abermals auf die Mauer, die ihre Magie kontrollieren sollte. Nur bestand die Mauer dieses Mal nicht aus Steinen, sondern aus dickflüssigem, goldenem Honig. Vor ihrem inneren Auge sah sie, wie sich die zähe Substanz vor dem Nebel auftürmte. Langsam und undurchdringbar türmte sie sich vor ihrer Magie auf und ließ keine Lücke offen. Kein Nebel trat durch die Masse hindurch. Versuchend legte sie ihre Hand an die Mauer und stellte überrascht fest, dass sie angenehm warm war. Die Beschaffenheit ähnelte dem angetrockneten Harz des Baumes. Aber trotzdem spürte sie auch ihre Magie dahinter pulsieren. Durch die goldene Substanz hindurch sah sie noch immer die Blitze und die Sternen ähnlichen Formen. Zufrieden öffnete sie wieder Augen.

Das musste funktionieren.

Am Abend saß sie mit Jarrel am Lagerfeuer und teilte sich die zweite Wache. Sepher schlief mit den anderen beiden in der Höhle und schnarchte mit Baria um die Wette. Die Wunde heilte dank des Harzes sehr gut. Um auf Nummer sicher zu gehen, dass sie nicht wieder aufriss, brauchte es aber noch eine weitere ruhige Nacht. Normalerweise war nur Jarrel mit der Wache dran. Als sie jedoch nach mehreren hin- und herdrehen immer noch nicht einschlafen konnte, beschloss sie, hinauszugehen. Er hatte sie erfreut begrüßt und war auf dem Fell zur Seite gerutscht, damit sie sich neben ihn setzen konnte. Für einen Moment überlegte sie, sich nicht neben ihn zu setzen, als ein kalter nächtlicher Wind über ihren Körper strich. Jarrel blickte sie abwartend an, nachdem sie zitternd zusammengefahren war. Nun saß sie mit ihm unter der warmen Decke am Lagerfeuer und starrte nach oben in den Sternenhimmel.

„Was hältst du von Seph?", fragte er und durchbrach die nächtliche Geräuschkulisse. Sie spürte seinen Blick auf ihrem Gesicht. Die Wärme seines Körpers strahlte durch ihre Klamotten hindurch und legte sich auf ihre gekühlte Haut.

„Er ist nett", antwortete sie simpel und drehte den Kopf zu ihm.

Er musterte sie grübelnd. „Nur nett?"

„Nein, nicht nur nett. Er ist sehr aufmerksam und kümmert sich gut um uns alle", ergänzte sie ihre erste Aussage, sah aber, dass es dem Leibwächter noch immer nicht reichte. „Was willst du von mir hören?"

„Seph ist der beste Mensch, den ich kenne. Er ist unglaublich großzügig und wird den besten König abgeben, den Caldo je gesehen hat! So was zum Beispiel. Ach, und dass er der beste Bruder ist, den du dir vorstellen konntest." Jarrel gestikulierte groß und strahlte sie bei seiner Ausführung an. Er hatte ein großartiges Lächeln.

Kalea kicherte. „Aber er ist doch gar nicht mein Bruder", konterte sie und zog eine Augenbraue nach oben.

„Das ist doch egal. Wie betitelst du ihn sonst in deinem schönen Kopf?"

„Als Sepher." Augenverdrehend wandte sie sich wieder von ihm ab.

„Warum verdrehst du die Augen?"

„Wegen deiner Flirterei", antwortete sie ihm seufzend.

Er legte den Kopf schief. „Gefällt es dir nicht, wenn ich dir Komplimente mache?"

Sie schüttele den Kopf. „Ich mag keine gestellten Komplimente, nur um mich oder Seph auf die Palme zu bringen."

Jarrel lehnte sich vor, um ihr ins Gesicht zu blicken. „Die sind nicht gestellt."

Skeptisch sah sie ihm ins Gesicht. Seine Augen musterten sie eindringlich. Der Wind strich ihr eine rote Strähne vor die Augen. Er sah sie immer nur mit diesem Scheingesicht. Wie lange war es her, dass er ihr wahres Aussehen gesehen hatte? Ihre grauen, trüben Augen.

Mit einer gekonnten Handbewegung nahm sie ihre Kette ab und sah ihn herausfordernd an: „Bleibst du bei deiner Aussage?"

„Jetzt umso mehr, Kalea", flüsterte er. Sie zuckte unwillkürlich zusammen, als er ihr eine Strähne hinter das Ohr strich und seine Hand dann an ihre Wange legte. Sie vergaß, wie man atmete und blickte ihm in die Augen, die sie musterten. Die Flammen des Feuers spiegelten sich in seinen dunkelgrünen Augen. Sie erinnerten Kalea an das Moos unter ihnen. Sein Daumen strich sanft über ihre Wangenknochen. Was tat sie hier nur?

„Jar", begann sie schüchtern und entzog sich langsam seiner Hand.

Ein trauriges Lächeln bildete sich auf seinen vollen Lippen, ehe er seine Hand auf seinen Schoß legte. „Ich weiß, dass es da jemanden gibt", meinte er und blickte gen Sternenhimmel. Seine Schulter war ein konstanter Druck gegen ihre. „Aber, wenn du doch Interesse hast oder dein mysteriöser Freund es nicht für nötig hält, zu dir zurückzukommen, bin ich da."

Abschätzend betrachtete sie sein ansehnliches Profil. „Danke", sagt sie leise und blickte dann ebenfalls gen Himmel. Die Wärme seiner Hand spürte sie noch immer an ihrer Wange. „Aber falls Faun nicht zurückkommt, denke ich nicht, dass ich mich so schnell auf jemanden einlassen kann."

Jarrel brummte verstehend und drückte dann ihre Hand, die zwischen ihnen auf der Decke lag. Im Augenwinkel musterte er sie wieder, sodass sie sich ebenfalls zu ihm drehte.

„Ich habe Zeit", flüsterte er ihr zwinkernd zu. Kalea musste grinsen. Dabei blieb seine Hand auf ihrer ruhen.

KAPITEL 28

Hidrig war wunderschön. So anders als Solas und Talam in seiner ganzen Natur. Wo es in Talam Bäume und Wälder im Überschuss gab, schien Hidrig von Bächen und Flüssen durchzogen zu sein. Große, kristallklare Seen kamen ihnen immer wieder über den Weg. Einen Tag war es her, seitdem sie weitergegangen waren. Sepher hatte sie erfreut hochgehoben und erschreckenderweise herumgewirbelt, nachdem sie ihm von der Mauer aus Honig und Wärme erzählt hatte. Kurz danach musste sich der Prinz eine Belehrung von allen anhören, da seine Wunde nicht viel später wieder begann zu bluten. Entschuldigend ließ er sich von Amrin erneut den heilenden Harz auf die Wunde schmieren. Der junge Gelehrte sammelte danach noch etwas des Harzes in einer leeren Phiole, um einen Vorrat mitzunehmen. Diese ließ Kalea seit ihrem Erfolg weg, um zu sehen, ob die Mauer vor ihrer Magie auch standhielt. Es vergingen zwei weitere Tage, bis alle wieder fit und ihre Vorräte aufgefüllt waren.

Je mehr sie sich von den Bergen entfernten, desto mehr kamen die charakteristischen Züge des Reiches zum Vorschein. Emil hatte ihr immer von den Ländern erzählt, doch merkte sie nun, dass ihre

Vorstellungskraft nicht mal annähernd an die Wirklichkeit herankam. Obwohl sie noch immer die Warnung vor Gefahren im Hinterkopf und die Nacht mit den Söldnern sie sehr ausgelaugt hatte, blickte sie mit großen Augen umher. Hier war es definitiv wärmer als in Talam, obwohl es noch immer nicht an die schwülen Temperaturen von Solas herankam, merkten sie den wärmeren Wind. Wenigstens konnten sie die Mäntel ausziehen, sobald die Sonne herauskam.

Die Bäume schienen ungewöhnlich zur Seite zu wachsen und drehte sich des Öfteren um die eigene Achse. Bei vielen Bächen dienten sie zur Stütze beim Überqueren.

Gerade gingen sie an dem zweiten Wasserfall ihres Weges vorbei. Das Plätschern des hinab rauschenden Wassers erfüllte den ruhigen Tag. Ringsherum standen hohe Bäume, die die Sonne abschirmten. Von dort aus mussten sie einen Pfad entlanggehen, der schmal war und durch mehrere Flussbetten führte. Das Anino ging im Schritt neben Kalea her und wedelte mit seinen Armen umher. Sie sah belustigt zu ihm hinunter, obwohl sie nicht verstand, was die kleine Kreatur tat.

„Ich glaube, dass es Jar nachäfft", meldete sich Sepher neben ihr zu Wort und zeigte auf seinen besten Freund, der vor ihnen herlief. Als Kalea sah, wie er bei jedem Schritt seine Arme weit schwang, lachte sie amüsiert.

„Du hast recht", bestätigte sie seine Ahnung und strahlte Sepher an.

„Wartet! Ich fülle mir schnell meine Wasserflasche auf", rief Amrin von weiter hinten, weshalb die Gruppe kurz vor dem Pfad stehen blieb. Die Zeit nutzten die Damen, um sich im Wasser das Gesicht zu waschen. Sepher las grübelnd die Karte in seinen Händen, während

Jarrel ebenfalls einen Schluck trank und zu Amrin ging. Der Wasserfall wirbelte die Oberfläche des Sees auf.

Erschöpft streckte Kalea ihre Arme über den Kopf und blickte zum jungen Gelehrten, der am Rande des Sees hockte und seine Flasche in das saubere Wasser senkte.

„Wo sind wir jetzt?", fragte Baria den Prinzen und ging zu ihm hinüber. Sie schien sich immer wohler mit den zwei Männern zu fühlen. Vor allem mit Jarrel schien sich durch das Training eine gute Freundschaft aufzubauen.

„Wir müssten bald bei der Seebringbucht sein. Von dort aus ist es nicht mehr weit zur Hauptstadt", antwortete Sepher und zeigte auf ihren Standort auf der Karte. Kalea rückte dabei den Gurt ihrer Tasche zurecht. Sie konnte es kaum abwarten, endlich in Wells anzukommen. In der Hauptstadt angekommen, würde sie sich zunächst richtig waschen und sich dann auf irgendein weiches Bett schmeißen. Die Blasen an ihren Füßen müsste sie behandeln lassen. Bei Sephers Worten hielt sie für einen Moment inne und überlegte. Die Seebringbucht?

Aufmerksamer sah sie auf das Wasser vor ihnen und versuchte die Geräusche des Wasserfalls auszublenden. Es konnte nicht sein, oder? Schließlich war es nur eine Geschichte. Aber Faun meinte mal zu ihr, dass viel Wahres in ‚*Die Reise in den Süden*' steckte.

„Amrin, komm vom Wasser weg", rief sie vorsichtig und wank ihn zu sich. Verwirrt stellte sich der junge Gelehrte gerade hin und schraubte den Deckel seiner Flasche zu. Jarrel sah ebenfalls in ihre Richtung. Das Anino trat langsam einen Schritt zurück, ehe es im Schatten verschwand.

„Wieso?"

Da hörten sie es. Eine leise, rhythmische Melodie und wenig später mehrere wunderschöne Gesangsstimmen. Kalea riss die Augen auf und starrte auf das Wasser. Die Zeit schien stillzustehen. Ihre Atmung wurde flacher, bis sie gänzlich stoppte. Ihre weit aufgerissenen Augen wanderten zu Amrin und Jarrel, die noch immer am Wasser standen. Erst als sie ihren Blick sahen, wandten sie sich herum und erstarrten ebenfalls. Zwei - nein, drei Köpfe durchbrachen die Wasseroberfläche. Zunächst sahen sie nur ihre großen, schwarzen Augen. Dann ihr gesamtes Gesicht. Hinter ihnen tauchten noch mehr Köpfe aus dem See auf. Die Melodie wurde lauter. Neben ihr trat Baria auf einen Ast, was Kaleas Starre löste. Ihr Herz hämmerte in der nächsten Sekunde im doppelten Tempo in ihrer Brust und ihre Nackenhaare stellten sich auf.

Es war nur eine Geschichte. Aber es war auch etwas Wahres dran. Hier in der Seebringbucht in Hidrig, standen sie der nächsten Gefahr gegenüber.

Sirenen.

KAPITEL 29

„Scheiße!", rief Jarrel, packte Amrin am Arm und schleppte ihn zu den anderen. „Los rennt!" So schnell es ging, fassten alle nach ihren Sachen und rannten hinter Sepher den Pfad entlang. Hinter ihnen wurde der Gesang immer lauter. Doch je lauter er wurde, desto mehr kratzte er in Kaleas Ohren. Es fühlte sich wie viele kleine Fingernägel an, die das Innere ihres Gehörs beschädigten. Gerade drehte sie sich nach hinten, um nach den zwei anderen zu sehen, da krachte sie in Barias Rücken hinein. Diese war gegen Sephers Brust gelaufen. Stocksteif stand er zu ihnen gedreht.

„Seph!", rief Kalea, ging um die Prinzessin herum und sah ihm ins Gesicht. Doch schaute er durch sie hindurch. Das Grau seiner Augen wirkte heller als sonst. Beinahe vernebelt. Seine Lippen waren leicht geöffnet.

„Kalea, die anderen", stammelte Baria hinter ihr und zog an ihrem Ärmel. Jarrel und Amrin standen mit den Füßen am Rande des Pfades und blickten in Trance nach unten. Am Rand des Pfades, der in das Flussbett führte, lehnten zwei Sirenen, die ihnen verführerisch entgegenblickten. Es musste eine unterirdische Verbindung zwischen

185

den Gewässern geben. Einen Weg, der den See des Wasserfalls mit den Flussbetten verband. Wahrscheinlich waren diese Flussbetten tiefer als sie von außen wirkten. Hektisch überlegte Kalea und reagierte einfach, als Amrin einen Schritt ins Wasser ging und ein beschützender Instinkt sie überrollte. Bilder, in denen ihr Freund weinend an einem Baum lehnte und sie anbettelte, fortzulaufen, suchten sie heim.

„Halt ihn fest!", befahl sie der Prinzessin und deutete auf Sepher, der ebenfalls näherkommen wollte. Schnell überbrückte sie die wenigen Schritte zu den anderen beiden und zog sie an ihren Hemden zurück auf den Pfad. Jarrel stolperte und fiel auf sein Gesäß.

Nun sah sie die Sirenen vom Nahen. Schwarze, vom Wasser platt gedrückte Haare lagen an ihren kleinen Köpfen und schwammen um sie herum im Wasser. Ihre schwarzen Augen waren doppelt so groß wie normale und starrten Kalea wütend an. In ihnen drehte sich eine weiße Spirale. Die dünnen Augenbrauen waren zusammengekniffen. Als sie los fauchten, sah sie spitze, kleine Zähne hervorblitzen.

Reiß dich zusammen, sagte sie zu sich selbst und versuchte die aufkommende Angst abzuschütteln, die versuchte, ihren Körper zu lähmen. Der Gesang der Sirenen stoppte kurz, da sie mit ihren schleimigen Händen nach ihr griffen. Schnell zückte sie den Dolch, der an ihrem Gürtel hing und stieß ihn der nächsten Sirene blind ins Gesicht. Sie spürte, wie die Klinge die viel zu weiche Haut durchbrach und dann in ihr versank.

Die Sirene kreischte laut. Mit einem Ruck riss Kalea den Dolch wieder aus dem Gewebe heraus und sah, dass sie eines der Augen getroffen hatte. Schwarzes, dickflüssiges Blut quoll aus der Wunde und besudelte ihren Unterarm. Die zwei Sirenen fauchten und schrien, ehe sie unter der Wasseroberfläche verschwanden.

„Sind sie weg?", sagte Baria und hielt Sepher noch immer an seiner Taille zurück. Ihre Arme spannten sich um seinen Körper herum an, während sie ihre Fersen in den Untergrund drückte, damit er keinen Schritt vorwärtsgehen konnte.

„Ich denke nicht. Sie werden bestimmt wiederkommen", erklärte Kalea und wischte das schwarze Blut der Sirene an ihrer Hose ab. „Die Flussbetten gehen den ganzen Pfad entlang. Wir müssen uns beeilen, bevor die drei ihnen komplett verfallen." Das Adrenalin pumpte neue Energie in ihren Körper. Hinter ihr schüttelte Jarrel benommen den Kopf. Keine Sekunde später löste sich der Schleier aus den Augen der Männer.

„Was ist passiert?", fragte Amrin verwirrt und sah zu Kalea, die ihren Dolch zurücksteckte. Das schwarze Blut tropfte dabei an ihrer Hose hinunter.

„Sirenen. Sie sind nur kurz weg und anscheinend sind nur wir Frauen immun gegen ihren Gesang", erklärte Kalea und kramte in Jarrels Tasche herum, die neben ihm in der Erde lag.

„Sirenen?", hinterfragte der Leibwächter. „Ich dachte, die gibt es nur in Geschichten?"

„Tja, offensichtlich nicht!", merkte Baria verstört an und ließ den Prinzen los, nachdem er endlich zu sich gekommen war. „Ihr wolltet den ekeligen Dingern ins Wasser folgen!"

Amrin verzog angewidert das Gesicht. „Ich erinnere mich gar nicht daran." Leise fing wieder die Melodie an, die das Wiederkehren der

Sirenen ankündigte. Die Männer sahen sich nervös um und Sepher ging auf Kalea zu. Er schien noch immer neben sich zu stehen. Etwas verloren sah er sie an.

„Schnell verstaut eure Sachen sicher in euren Taschen", übernahm Kalea die Führung und traf Sepher auf halbem Weg zueinander. In ihrer Hand war das Seil, welches Jarrel eingepackt hatte. „Ihr drei bindet euch das Seil so fest es geht um eure Taillen. Baria, du kommst nach vorn." Die Prinzessin kam direkt an die Spitze und zuckte nicht mit der Wimper, als Kalea ihr Sephers Schwert in die Hand drückte und das Seil auch um ihre Taille band. „Du bist schneller als ich. Egal, was passiert, hör nicht auf zu laufen. Solange bis du am Ende dieses Scheißpfades bist und das Wasser weit entfernt ist." Baria nickte entschlossen und verstärkte den Griff um den Knauf des Schwertes. Ohne viel zu sagen, schob Jarrel Amrin zwischen sich und den Prinzen und band das Seil mit einem doppelten Knoten um seinen Körper.

„Hier steckt euch das in die Ohren", sagte Amrin rasch, zerriss eines seiner Taschentücher und steckte sich die Fetzen ins Ohr. Die zwei Männer taten es ihm nach. Der junge Gelehrte zog danach den Gurt seiner Tasche enger und überprüfte dessen Verschluss. Der Gesang trat genau dann ein, als Kalea den letzten Knoten gezogen hatte und ihren Dolch zog. Ihre Tasche hing quer über Jarrels Brust. Bevor die ersten kleinen Köpfe aus der Wasseroberfläche kamen, rannten sie zusammen los.

Gehetzt rannten sie im Gleichschritt den Pfad aus Erde und Steinen entlang, was definitiv anstrengender war als gedacht. Immer wieder traten sie einander in die Hacken hinein. Hektisch sahen sie zur Seite.

Die Sirenen flitzten neben ihnen im Wasser umher. Vor ihnen saß eine Sirene am Pfad und sang aus voller Kehle die tödliche Melodie. Diese wurde immer lauter und wirkte trotz ihrer Schönheit wütender als zuvor. Sepher stockte in seinem Schritt.

Bevor er jedoch vollends stehen blieb, schwang Baria ohne zu zögern das Schwert durch die Luft und köpfte die Sirene in einer flüssigen Bewegung.

Kalea zog scharf die Luft ein. Der kleine Kopf kullerte ins Wasser und der Körper der Sirene fiel zur Seite. Schnell rannte die Prinzessin weiter und zog die anderen hinter sich her. Es war eine gute Idee gewesen, sie an die Spitze zu stellen. Baria neigte dazu, impulsiv zu handeln, weswegen sie nicht lange überlegen musste, wenn eine Sirene ihnen im Weg war. Und bevor einer der drei Männer in seinem Schritt stockte, wurde er durch den Zug des Seils weitergezogen. Ungefähr ab der Hälfte des Pfades waren Sephers Augen vollkommen vernebelt. Nur durch das Seil und Amrins Armen, die ihn nach vorn schoben, blieb er nicht stehen. Wie ferngesteuert rannte er mit der Gruppe mit, obwohl er zur Seite auf die Sirenen blickte. Ein verträumtes Lächeln zierte seine offenstehenden Lippen.

„Verdammt, er wird immer schwerer", stöhnte Amrin, dessen Augen nur leicht vernebelt waren. Der Prinz war stehen geblieben, während Baria erneut das Schwert schwang. Jarrel presste die Augen zusammen und griff um Amrin herum. Zusammen schoben sie den Prinzen weiter, der sehnsüchtig zu den Sirenen im Wasser blickte. Kalea, die das Ende der Kette bildete, trat einer Sirene mitten ins Gesicht, als diese nach Jarrels Knöchel greifen wollte. Unter ihrem

Schuh spürte sie, wie das Gesicht nachgab und zur Seite gedrängt wurde. Neben ihrer hypnotischen Kraft schienen diese Kreaturen nicht sonderlich stark zu sein. Bis auf die Reißzähne, die immer wieder hervorblitzten. Die Sirenen fauchten und schrien. Sie wurden ungeduldiger. Es gefiel ihnen nicht, dass die drei Männer noch immer nicht im Wasser waren. Ihr Gesang wurde gefühlt immer lauter und kratzte an dem Inneren der Ohren. Baria hielt sich vor Schmerz die Ohren zu und lehnte sich mit dem Oberkörper nach vorn.

„Sie gehören uns", fauchte eine Sirene mit einem kräftigen Akzent und zog sich auf den Händen aus dem Wasser hinaus. Die Flussbetten waren deutlich schlammiger als das kristallklare Wasser des Wasserfalls.

„Baria! Wir müssen weiter!", schrie Kalea von hinten. Doch die Prinzessin reagierte nicht. Zu sehr schmerzte der Schrei der Sirenen in ihren Ohren. Der Schmerz durchflutete langsam auch Kaleas Körper, sodass sie schnell ihre freie Hand auf die Ohren presste.

„Kalea", wandte sich Jarrel zu ihr um. Hilflos sah sie dabei zu, wie auch seine moosgrünen Augen vollends vernebelten, bevor er weiterreden konnte.

„Finger weg!", knurrte sie und trat einer dieser Kreaturen gegen den Kopf. Wimmernd zog die Sirene die Hand wieder von Jarrel weg. Der Zug um ihre Taille zeigte Kalea, dass Baria weiter gerannt war. Sie wusste zwar nicht, wie sie die Kraft dazu aufgebracht hatte, doch sie war ihr dafür dankbar. Obwohl sie nun langsamer als zuvor waren. Die drei Männer hingen wie nasse Säcke zwischen den beiden Frauen und erschwerten jeden Schritt. Mit ausgestreckten Armen schob Kalea sie so gut es ging weiter. Verzweifelt vergrub sie ihre Finger in Jarrells Hemd. Es war ein Wunder, dass dieser noch immer einen festen Griff um Amrin hatte und den jungen Gelehrten vor sich her drängte.

Eine Sirene war mittlerweile fast aus dem Wasser herausgekrochen. Übelkeit stieg in Kaleas Hals hoch. Von der Taille abwärts hing eine große, dunkle Fischflosse an ihr hinab. Doch das Ekelerregende waren die Knochen, die wie eine Kette darum gewickelt waren. Kleine und große Knochen baumelten an einer Kette und klapperten gegeneinander.

Es waren Trophäen. Überreste ihrer Opfer.

KAPITEL 30

Was sollte sie nur tun? Hinter ihnen sah sie, wie noch weitere Sirenen auf sie zu schwammen. Baria schwang das Schwert immer weiter und Kalea trat und stach auf jede Sirene ein, die in die Nähe der Männer kam. Aber es waren einfach zu viele. Sie sah schon das Ende des Pfades. Überfordert blickte sie auf Sephers hellblonden Haarschopf und wünschte sich, dass er bei Verstand wäre. Damit er ihr sagen konnte, was sie tun sollten. Seine vernebelten Augen schauten ziellos in ihre Richtung.

Unsere Magie sind wir selbst.

Unwissend darüber, was sie überhaupt tat, griff sie innerlich nach ihrer Magie. Baria schrie auf, als eine Sirene ihren Knöchel packte und ihre langen Fingernägel in ihre Haut bohrte.

„Kalea!", rief sie Hilfe suchend, und schlug der Kreatur die Hand ab. Konzentriert versuchte Kalea, die honigfarbene Wand in ihrem Kopf zu finden. Bildlich suchte sie jeden Winkel in ihrem Inneren ab und ignorierte die pulsierende Ecke, die nach ihr schrie. Nach einem weiteren Ruf aus Barias Richtung fand sie endlich ihr Ziel.

Die Mauer aus Honig und Wärme.

Begrüßend zuckte die Magie gegen ihr Inneres, während Kalea sich nach ihr ausstreckte. Die dickflüssige Wand wich ihren Fingerspitzen, sodass sie hindurch packen konnte und die Kühle der Magie spürte. In wenigen Sekunden spürte Kalea sie in jeder Faser ihres Körpers.

Ihre Haare am gesamten Körper stellten sich auf. Für den Moment konzentrierte sie sich auf dieses Gefühl und die Energie, die sie durchströmte. Sobald sie ihre Augen öffnete, tobte ein Sturm in dem Grau ihrer Iris. Wolken verdichteten sich. Zu ihrer Linken streckte eine Sirene ihren Arm nach Amrin aus. Entschlossen griff Kalea um den dünnen Unterarm der Kreatur und ignorierte den Ekel, der in ihr hochkam. Denn diese Kreaturen waren eingehüllt in eine schleimige Substanz. So leicht wie ein Atemzug ließ sie die Magie frei und beobachtete, wie aus ihren Fingerspitzen ein heller Blitz erschien und an dem Arm der Sirene hinaufzog, bevor sie diese überhaupt erreicht hatte. Diese fauchte, riss ihre Augen auf und fiel in sich zusammen auf den Boden.

Ob sie tot oder bewusstlos war, wusste Kalea nicht. Aber sie wusste nun, wie sie ihre Freunde hier rausbekam. Schnell packte sie nach den nächsten zwei Sirenen. Erneut fielen sie nach vorn um und blieben regungslos liegen. Am Seil spürte sie, wie Baria weiterging und sah danach, dass die Prinzessin die Männer an den Händen weiterzog. Sie versuchte alles, damit sie weiterkamen, und Kalea setzte alles daran, die Hindernisse zu überwältigen. Hektisch rannte sie von der einen zur

193

anderen Seite des Pfades und streckte sich nach den Kreaturen aus, die es wagten, ihnen nahezukommen. Am liebsten hätte sie ihre Hände im Wasser versenkt und jede Kreatur darin mit ihrer Magie gegrillt. Doch waren die Hosenbeine der Männer nass und der Weg ebenso. Es wäre zu riskant. Sie wollte nicht die anderen und sich selbst mitgrillen.

„Bleibt weg oder wir bringen noch mehr von euch um", schrie sie den Angreifern entgegen. Der Gesang wurde leiser, verschwand jedoch nicht gänzlich. Ihren Standpunkt untermauernd, packte sie die nächste Sirene und ließ ihrer Magie freien Lauf. Dabei ließ sie diese aber nicht los, sondern umklammerte ihren Arm weiter. Der Körper zuckte unter ihren Fingern. „Ich wiederhole mich nicht."

Aber diese Kreaturen hatten nur ein Ziel und Baria und Kalea waren ihnen im Weg. Nach einem lauten Fauchen, das beinahe wie ein Wort klang, wurde der Gesang wieder lauter. Zeitgleich schoben sie die drei Männer weiter, die noch immer vernebelt neben sich standen. Baria kämpfte wie eine Löwin an der Spitze und schwang das Schwert, als hätte sie noch nie etwas anderes getan. Kalea hingegen rammte den Dolch immer wieder in die Köpfe der Sirenen oder ließ ihrer Magie freien Lauf. Doch mit jeder weiteren Sirene spürte sie die Erschöpfung in ihrem Körper. Sie konnte dies nicht mehr lange durchhalten.

Mit einem Ruck versenkte sie die Spitze des Dolches in einer Sirene und zog ihn wieder hinaus. Da sah sie es.

Das Anino stand an einem Weg wenige Meter von ihr entfernt und hüpfte auf und ab, um ihre Aufmerksamkeit zu bekommen. Der Weg führte von den Flussbetten und den Sirenen weg. Aber auch von dem Pfad. Es war eher ein Trampelweg, der in den Wald hineinführte.

Ratlos sah sie sich um, blickte zu ihren Freunden und auf die Sirenen, die sie noch immer umkreisten. Ihr Herz pochte wild in ihrer Brust. Auf dem Pfad hatten sie noch mindestens fünfzig Meter vor sich. Wobei sie schon jetzt Schwierigkeiten dabei hatte, die Männer beisammen zu halten. Sie musste einen Entschluss fassen. Ihr Blick wanderte zu Sepher und dann wieder zum Anino, das immer hektischer auf- und absprang. Das kleine schwarze Wesen aus Schatten versuchte ihnen zu helfen.

„Baria!", schrie sie über den Gesang hinweg und deutete mit ihrem ausgestreckten Arm zum Trampelpfad, als die Prinzessin zu ihr sah. Das schöne Gesicht des Mädchens war voller Sirenenblut. Eine schwarze Blutspur ging quer über ihr Gesicht. Skeptisch sah sie zum Anino hin, ehe sie Kalea zunickte.

Zusammen schoben sie die drei vom Hauptpfad hinunter und stellten sich den Sirenen, die ihnen dabei den Weg erschwerten. Auf einmal rutschte Baria an einer feuchten Stelle aus und landete mit dem Rücken auf dem Boden. Kalea, die ihr schnellstmöglich helfen wollte, wurde zeitgleich von einer Sirene an der Wade gepackt. Es war ein Wunder, dass Sepher durch Barias Sturz nicht ebenfalls zu Boden ging. Schnell entlud Kalea die restliche Magie in ihren Adern und wurde die Sirenen los, um ihrer Freundin aufzuhelfen.

Plötzlich durchfuhr sie ein markerschütternder Schrei. Panisch wirbelte sie herum und sah, dass sich eine Sirene über Baria beugte.

Wutentbrannt stürzte sich Kalea auf die Kreatur und riss sie an den feuchten Haaren von ihrer Freundin herunter. Im nächsten Moment steckte ihr Dolch von unten im Kinn der Sirene. Sie zappelte in Kaleas

Griff, ehe sie starb. Jedoch ließ sie deswegen die Männer hinter sich, die das eigentliche Ziel der Kreaturen waren. Baria schrie noch immer und hielt ihre blutverschmierten Hände vor ihr Gesicht.

Da dachte sich Kalea, dass es vorbei war. Wie sollten sie es nun hier rausschaffen? Ihr Blick huschte zum Trampelpfad, um nach dem Anino zu suchen. Doch es war nirgends zu sehen. Geschlagen wollte sie die Augen schließen, als etwas Schwarzes an ihr vorbeizischte. Fassungslos blickte sie in die Richtung der Männer und fiel auf ihr Knie.

Vor den Dreien hatte sich ein zwei Mann großes Wesen aufgetürmt und griff die Sirenen an. Es brüllte und schlug mit seinen Pranken ins Wasser. Der Gesang der Sirenen stoppte augenblicklich. Kalea wusste nicht, was sie zu Verstand kommen ließ, aber keine Sekunde später half sie Baria auf die Füße und zog allesamt aus der Gefahrenzone hinaus.

Schnell schob sie alle mehrere Meter in den Trampelpfad hinein und half dann ihrer Freundin, sich gegen einen Baum zu lehnen. Vorsichtig nahm sie die Hände des wimmernden Mädchens von ihrem Gesicht. Sie musste sich stark zusammenreißen, um nicht nach Luft zu schnappen. Drei große Kratzspuren gingen senkrecht über Barias linkes Auge. Sie begannen eine fingerbreite über der Augenbraue, rissen sich durch die Iris und endeten kurz unter dem Auge. Es blutete und begann anzuschwellen.

„Alles wird gut", versuchte sie die Prinzessin zu beruhigen. „Amrin hat das Harz mitgenommen." Überfordert drehte sie sich zu den Männern um, die im Gras neben ihnen hockten und noch immer in Trance vor sich her blickten. Schnell schnitt sie das Seil um ihre Taille los, um nach Amrins Tasche zu greifen. Bevor sie aber an ihn drankam, hörte sie laute, dumpfe Schritte. Verängstigt blickte sie nach oben und starrte dem riesigen Wesen ins Gesicht, das die Sirenen in die Flucht geschlagen hatte. Ohne den Blick von dem Wesen zu nehmen, suchte sie hinter sich nach einem Schwert. Denn ihre Magie war gänzlich erschöpft und ihr Dolch würde sicherlich nichts gegen dieses bärenähnliche Wesen ausrichten können. Sobald sie den Griff eines Schwertes spürte, umgriff sie es zitternd und hielt es vor sich. Überraschenderweise kam das Wesen nicht näher auf sie zu. Es starrte sie stumm an und legte sogar den Kopf schief. Im nächsten Moment schrumpfte es in wenigen Sekunden zu einem kleineren, schwarzen Wesen zusammen.

„Anino", hauchte Kalea außer sich und starrte auf den ungeplanten Begleiter ihrer Reise. Es hatte wieder seine kurzen Arme und Beine, bestand aus schwarzem Schatten und sah sie mit seinen weißen Punkten surrend an. „So viel zum Thema, dass du keine Funktion hättest." Erleichtert ließ sie das Schwert zu Boden gleiten und strahlte das Schattenwesen an. Behutsam lehnte sie sich vor und verneigte sich auf den Knien, vor dem unscheinbaren Ding, das ihr Leben gerettet hatte.

„Danke."

KAPITEL 31

Es dauerte keine zehn Minuten, bis die Männer wieder bei vollem Bewusstsein waren. Amrin und Jarrel reagierten schnell, als Kalea sie auf Baria hinwies. In diesem Moment schmierte der junge Gelehrte der Prinzessin das heilende Harz in einer dicken Schicht auf die Wunden. Doch für das Innere ihres Auges konnten sie momentan nichts tun. Sie konnten nur hoffen, dass es sich nicht entzündete, bis sie in der Hauptstadt von Hidrig waren. Vorsichtig banden sie danach einen sauberen, zerrissenen Ärmel über das verletzte Auge. Als sie ihnen von der Verwandlung des Anino erzählte, starrten allesamt das friedliche Wesen an, welches neben Baria im Gras hockte.

„Das habe ich nun wirklich nicht erwartet", meinte Jarrel leise und lachte überrascht.

„Dir geht es gut?", fragte Sepher sie, während sich die anderen um Baria kümmerten und suchte ihren gesamten Körper nach Verletzungen ab. Besorgt kniff er seine Augenbrauen zusammen.

„Ja, alles gut. Nur Kleinigkeiten, die nicht der Rede wert sind", versicherte sie und zeigte ihm einen der Kratzer an ihrem Unterarm.

„Danke, dass ihr uns da rausgeholt habt. Ich hatte das nicht bedacht", entschuldigte sich der Prinz bei ihnen und sah schuldbewusst zu Baria rüber. Die junge Prinzessin lehnte erschöpft an einem Baum.

„Wie solltest du auch?", sagte Kalea und sah ihn verständnislos an.

„Ich hätte euch nicht solch einer Gefahr aussetzen sollen. Ich habe die Kontrolle über die Situation verloren."

„Seph, das war nicht deine Schuld. Du kannst nicht alles kontrollieren", tröstete sie ihn und legte ihre Hand auf seine Schulter. „Und wenn du mal die Kontrolle verlierst, hast du mich. Ich stärke dir den Rücken." Für einen Moment schwieg er. Seine grauen Augen wurden weicher, ehe er nickte und seine Hand auf ihre legte.

„Danke, Kalea", sagte er dann, was ihr ein Lächeln ins Gesicht zauberte. Zusammen gingen sie zu den anderen hinüber. Sobald sie bei ihnen ankamen, nahm Jarrel etwas Harz aus der Phiole in die Hand und kam auf Kalea zu.

„Mir geht es gut", versicherte sie ihm und wollte ihm die Hand entziehen. Stur hielt er sie fest und sah sie bittend an.

„Nur den einen Kratzer", meinte er beinahe flehend und deutete auf einen tieferen, der auf der Rückseite ihres Unterarmes entlangging. Bisher hatte sie ihn nicht bemerkt. Als sie jedoch das Blut sah, wehrte sie sich nicht mehr. Vorsichtig umfasste er ihren Unterarm und begann langsam, den heilenden Harz auf die Verletzung zu schmieren. Dabei beobachtete sie ihn. Seine dichten Wimpern verhinderten den Blick in seine grünen Augen, die sich konzentriert zusammenkniffen. Sanft flogen seine Finger über die verletzte Haut. Sobald er fertig war, sah er ihr ins Gesicht. Ein Grinsen zupfte an seinem rechten Mundwinkel. Ihm gefiel es sichtlich, dass er ihr so nah war. Und auch Kalea war die Nähe nicht unangenehm. Ihr Magen drehte sich, als sie in das Grün seiner Augen sah.

„Danke", sagte sie und entzog sich langsam seinem Griff. Sie sah zu den anderen und bemerkte gerade noch Amrins nachdenklichen Blick, ehe er sich wieder zur verletzten Prinzessin drehte.

„Immer." Seine Hand strich flüchtig ihren unteren Rücken entlang.

„Wir müssen uns überlegen, wo wir langgehen", begann Sepher wenige Minuten später und kramte die Karte aus seiner Tasche heraus. „Wir sollten den schnellsten Weg zu den Pfaden finden, ohne erneut auf die Sirenen zu treffen. Es ist zu gefährlich, Querbeet zu laufen."

„Warum sollten wir eigentlich nicht die Pfade verlassen?", fragte Kalea neugierig und stellte sich neben ihn, um mit dem Prinzen auf die Karte zu blicken. Laut seiner Zeichnung war es nicht mehr weit, bis sie Wells erreichten. Zum Glück hatten sie schon weit über die Hälfte geschafft. Wenn sie gut durchkamen, wären es vielleicht nur noch ein oder zwei Tagesmärsche.

„Erinnerst du dich daran, dass wir dir erzählt haben, dass der Wald Erinnerungen und Ängste beherbergt?" Kalea nickte, wonach sich Sepher durch das Haar strich. „Wenn man von den Pfaden geht, wird man eher damit konfrontiert. Bisher hatten wir Glück. Da wir auf den Pfaden waren und so gut wie immer miteinander geredet haben, hatte der Wald keinen richtigen Einfluss auf uns."

„Außer beim Treibsand", schlussfolgerte sie. Da waren sie ebenfalls kurz vom Pfad abgekommen. Der Prinz nickte und seine Mimik verhärtete sich für einen Moment. Auch Kalea verkrampfte sich kurzzeitig, als sie wieder an den Torbogen dachte.

„Genau. Da waren es aber nur ein paar Minuten." Überlegend blickte er wieder auf die Karte und presste seine Lippen zusammen. „Nun befürchte ich, dass wir den restlichen Weg hierbleiben müssen. Erst kurz vor Wells könnten wir wieder auf einen Pfad gelangen, wo es keine Flussbetten oder Ähnliches gibt."

„Das ist zu gefährlich", kam Amrin dazu und schüttelte nachdenkend den Kopf. Seine Augen huschten über die Karte.

„Hast du eine bessere Idee? Immer her damit", erwiderte der Prinz schnaubend. Missbilligend sah Kalea ihn an. Sie wusste zwar, dass er sich die Schuld für den Vorfall mit den Sirenen gab, aber das war kein Grund dafür, sich so zu benehmen. Kalea konnte sich denken, warum Amrin ungern mit Erinnerungen konfrontiert werden wollten.

„Seph", sagte Jarrel hinter ihr warnend. Kurz sahen sich die beiden stumm an, ehe Sepher die Augen schloss und tief durchatmete. Dann öffnete er sie wieder und sah den jungen Gelehrten an, der ihn mit hochgezogenen Augenbrauen ansah.

„Tut mir leid, Amrin", begann er und lächelte schief. „Wir könnten ein Stück zurückgehen und einen Umweg machen, aber Baria muss schnellstmöglich nach Wells. Und Querbeet ist da leider am schnellsten." Stumm sahen sie alle zu Baria, die am Baum lehnte. Ihr eines Auge war geschlossen. Das Anino stand neben ihr und sah sie einfach nur an. Als wollte es nach ihr sehen.

„Ist in Ordnung", sagte Amrin schließlich und stimmte dem Plan zu. Dann legte sich ein kräftiger Arm um seine Schultern. Jarrel grinste ihn von der Seite her an.

„Außerdem habt ihr mich und Seph", sagte er euphorisch, „Wir kennen uns aus. Verlasst euch auf uns."

Amrin schnalzte mit der Zunge. „Ich verlasse mich eher auf dieses Wesen, das sich in eine Waffe, so groß wie ein Bär verwandeln kann", erwiderte er und Kalea sah ein spitzbübisches Funkeln in seinen Augen, als Jarrel ihn gespielt verletzt ansah.

„Dann los", meinte Kalea und klatschte auffordernd in die Hände. „Ich will eine Lichtung finden, bevor es dunkel wird."

Jarrel und Sepher halfen Baria auf die Beine und die anderen zwei nahmen ihre Sachen. Langsamer als zuvor gingen sie in einer dichten Traube zwischen den Bäumen entlang. Mit Amrin zusammen bildete Kalea das Schlusslicht. Sepher hielt die Karte in der Hand und führte sie durch den Wald. Das Anino war in Barias Nähe, die sich an Jarrels Oberarm klammerte. Sorge triefte in Kaleas Magen. Die Prinzessin war sehr blass. Die Schmerzen schienen ihr sehr zuzusetzen. Sobald sie die erste Lichtung fanden, mussten sie definitiv das Lager aufschlagen. Egal, ob es Nacht oder Tag war.

Es dauerte beinahe zwei Stunden, bis sie eine Lichtung fanden. Sie war nicht besonders groß, doch sie grenzte an keinen Hügel. Um sie herum standen die Bäume und schützten sie vor der Sonne oder möglichem Regen. Obwohl Kalea die Mauer vor ihrer Magie nun gut unter Kontrolle hatte, hatte sie leider keinen Einfluss auf die

Regenschauer, die sie der Natur verdankten. Geübt bauten sie das Lager auf. Sepher ging mit Amrin zusammen Holz für das Lagerfeuer holen, als sich Baria auf ihrem Fell niederließ und augenblicklich einschlief.

„Das war wirklich großartig", murmelte Jarrel neben ihr und sah sie von der Seite an. Zusammen saßen sie auf einer Baumwurzel und sahen zur Prinzessin hinüber.

„Was meinst du?", antwortete sie verwirrt und erwiderte seinen eindringlichen Blick.

„Du oder besser gesagt ihr. Bei den Sirenen."

„Du kannst dich erinnern?", fragte sie überrascht.

Er nickte und biss sich von innen in die Wange. „Nicht komplett. Aber mit jeder Stunde, die vergeht, scheinen mehr Erinnerungen zurückzukommen. Nur Bruchstücke und teils vernebelt, aber es wird", erklärte er ihr ruhig, dann griff er nach ihrer Hand und drückte sie locker. „Danke, Kalea."

Plötzlich neigte er sich vor und küsste ihre Wange. Einen Moment länger als nötig verweilten seine rauen Lippen auf ihrer Haut. Sie vergaß zu atmen und erstarrte. Dann löste er sich und blieb unmittelbar vor ihrem Gesicht.

Sie war nicht blöd. Kalea wusste, was er wollte. Es war an seinen Augen zu erkennen, die sie fragend musterten und zwischen ihren Augen und ihren Lippen hin- und hersprangen. Wollte sie, dass er sie küsste? Jarrel war nett und hilfsbereit. Er sah gut aus und schenkte ihr ein gutes Gefühl, obwohl sie seine Anmachversuche nicht ernst nehmen konnte. Eine Frage hing zwischen ihnen in der aufgeladenen

Luft und raubte Kalea den Atem. Aber bevor sie zustimmen oder ablehnen konnte, knackte ein Ast. Sephers und Amrins Stimmen drangen zu ihnen durch, die sich extra laut miteinander unterhielten, um die Wirkung des Waldes abzuwimmeln. Jarrel war zusammengezuckt und sah noch mal kurz auf ihre Lippen, ehe er sich von ihr löste. Etwas bedrückt ließ er den Kopf hängen und lächelte ihr dann kaum merklich zu. Als sie ihren Kopf drehte, sah sie, wie Sepher mit einer fragenden Miene zu seinem besten Freund sah und dann zu ihr.

Ihre Wangen erröteten vor Scham.

Hätte sie es zugelassen?

Egal, wie sehr sie sich dafür schämte, musste sie zugeben, dass sie sich fast zu ihm gebeugt hätte.

Aber nur fast.

KAPITEL 32

Die Nacht legte sich über ihre Lichtung. Sie erfüllte die Lücken zwischen den Blättern und Gräsern. Die Welt tränkte sich in eine beruhigende Ruhe und erholte sich von dem geschehenen Tag. Es brauchte nicht viel bis alle anderen einschliefen. Nur noch Kalea war wach und hielt die erste Wache. Sie lagen alle in einem Kreis. In ihrer Mitte brannte das kleine Lagerfeuer und wärmte ihre müden Glieder. Mit dem nächsten Windstoß wurde selbst das letzte Glühen der Glut gelöscht. Das Anino lag neben Baria. Ob es überhaupt schlafen musst, wusste sie nicht.

Kalea genoss diese völlige Stille. So gern sie sie auch alle hatte, vermisste sie ihre ruhigen Stunden in ihrem Zimmer. Dort konnte sie sich jederzeit zurückziehen, wenn ihr das Leben und die ganzen Reize zu viel wurden. Hier draußen hatten sie nur die Stunden der Nacht. Über ihr zog eine Wolke weg und ließ das Mondlicht der abnehmenden Sichel hindurchscheinen. Fast zwei Wochen war es her, dass sie in Viredis aufgebrochen waren.

Nachdem sie wiedererwacht war, hasste sie es, den Mond anzublicken. Zu oft sah sie *diese Nacht* wieder vor sich. Spürte wieder das kühle Metall auf ihrer Haut und sah den vollen Mond über sich, der wartend über ihr hing. Noch jetzt erinnerte sie sich an das Gefühl, als der Dolch ihre Haut durchbrochen hatte. Ihre Hand wanderte zu ihrer Narbe. Ihre Fingerspitzen strichen über die vernarbte Haut. Sie hatte das Gefühl gehabt, als würde der Mond sie daran erinnern wollen, dass sie nicht zu den Lebenden gehörte. Und für eine Zeit hatte sie ihm geglaubt. Doch durch diese Reise und die neue Kraft in ihrem Inneren fühlte sie sich langsam wieder lebendig. Nicht so, wie vor dem Erntemond. Sondern anders. Die Magie pulsierte durch ihre Adern und Sepher schlief zu ihrer Linken. Das erste Mal seit einer sehr langen Zeit fühlte sie sich in sich angekommen. Als hätte sie sich zuvor nicht wirklich gekannt und nun sah sie sich selbst mit offenen Augen.

Nur eine Sache trübte diese ganze Erfahrung.

Es war beinahe Halbzeit für die anderen. Die Königin hatte ihnen ungefähr vier Wochen gegeben, um nach Faun zu suchen. Erst in Wells würden sie erfahren, ob es etwas Neues gab. Vor dem Aufbruch hatten Amrin und sie mit Aurum besprochen, dass diese alle Neuigkeiten über Faun an das Schloss in Hidrig schicken sollten. Diese erwarteten sie sowieso und würden die Briefe bis dahin aufbewahren. Bis dahin musste sie sich gedulden und die Hoffnung in ihrem Herzen sicher aufbewahren.

Es knackte neben ihr. Kurz riss sie ihren Blick vom Nachthimmel weg und wandte sich den Baumreihen zu. Doch konnte sie durch die Dunkelheit nichts erkennen.

Seufzend legte sie sich wieder zurück.

Ein erneutes Knacken.

Dann hörte sie Schritte, die auf Äste und Blätter traten. Angespannt setzte sie auf und starrte in die Dunkelheit hinein. Vorsichtig fasste sie an ihren Gürtel und suchte nach dem Dolch. Der Wind pustete ihr ins Gesicht und im nächsten Moment hörte sie *ihn*.

„Kalea!" Sie erstarrte und riss die Augen auf. „Wo bist du?" Die Atemluft hing in ihrer Lunge und schien für immer dort zu verweilen. Irgendwo hinter ihr murmelte Jarrel im Schlaf. Doch ihre gesamte Aufmerksamkeit lag in der Dunkelheit.

„Kalea!"

Schnell und ungeschickt rappelte sie sich auf und warf die Decke von sich. Stolpernd kam sie zum Stehen und rannte in die Richtung, in der sie eben Faun gehört hatte. Konnte er es sein? Seine Stimme hallte noch immer durch die Nacht.

„Faun?", rief sie laut und durchbrach die Baumreihen zu ihrer Lichtung. „Faun! Ich bin hier!"

Ein erneutes Knacken zu ihrer Rechten, weswegen sie sich schnell umwandte, und diese Richtung ansteuerte. Äste peitschten in ihr Gesicht und hinterließen dünne Kratzer an ihren Wangen. Die kalte Nachtluft brannte in ihrer Lunge und ihre noch immer erschöpften Beine protestierten gegen jeden weiteren Schritt. Aber wie sollte sie nun stehen bleiben? Ihr Herz schrie sie an weiter zu rennen. Und das tat sie auch, obwohl sie nicht mehr wusste wohin, weswegen sie sich suchend umblickte.

„Kalea", sagte er plötzlich vor ihr. Ruckartig blieb sie stehen und starrte ihn mit weit aufgerissen Augen an. Der Mond erleuchtete ihre braunen Augen. Unter dem Schein des Sichelmondes stand ihr der

Halbelf gegenüber. Lässig lehnte er an einem Baumstamm und hatte einen Fuß vor dem anderen gekreuzt. Seine Kapuze hing tief in seinem Gesicht und zeigte ihr nur seine vollen Lippen, die sich um die Laute ihres Namens formten.

„Da bist du ja", sagte er freudig, was ihr die Tränen in die Augen trieb. Langsam ging sie auf ihn zu.

„Faun, wo warst du nur?", flüsterte sie und schluchzte nun erstickt. Wenige Schritte vor ihm blieb sie stehen. Sie müsste nur den Arm ausstrecken, um ihn zu spüren. „Ich habe dich so vermisst."

Tiefenentspannt stieß er sich vom Baum ab und stellte sich gerade hin. Danach packte er die Kapuze und streifte sie von seinem Kopf. Ihr Herz pochte bei seinem Anblick wild in ihrer Brust. Sie hatte ganz vergessen, wie schön seine Augen waren. Was sein Blick in ihr auslöste.

„Ich habe dich auch vermisst", säuselte er und grinste schief, wobei sich ein Grübchen zeigte. Sie lachte schniefend. Die blau-türkisen Funken in seinen violettfarbenen Iriden schwammen langsam hin und her.

Das Mondlicht wanderte über seine ansehnlichen Gesichtszüge. Schmeichelte seiner hellen Haut und seinem pechschwarzen Haar. „Aber du hast ja schnell einen Ersatz für mich gefunden." Sein Grinsen verschwand. Seine Mimik verzog sich in eine hässliche Grimasse, die sie so nicht von ihm kannte.

„Was?", fragte sie verwirrt und strich sich die Tränen aus den Augen. Faun spannte seine Hände an und überkreuzte dann seine Arme vor der Brust.

„Der Leibwächter?", erwiderte er und spuckte ihr das Wort beinahe ins Gesicht. Seine Nasenflügel blähten sich, während er sein Kinn reckte. Purer Zorn durchzuckte seine Mimik.

„Du verstehst das falsch, Faun", verteidigte sie sich kopfschüttelnd. „Es ist nichts zwischen uns gelaufen."

„Denkst du, ich habe keine Augen im Kopf?" Kalea zuckte zusammen, als er sie anschrie. Vorsichtig ging sie einen Schritt zurück. Unter ihrem Fuß knackte ein Ast. „Denkst du, ich habe nicht gemerkt, wie du ihn verteidigt hast, als ihn die Sirenen angegriffen haben? Wie du ihn ansiehst?"

„Was redest du da bitte? Natürlich habe ich ihn verteidigt", wehrte sie sich wütend. Das war nicht richtig. So hatte sie sich ihr Wiedersehen nicht vorgestellt. Sie dachte, dass sie sich in die Arme fallen würden. Ihr naives Gehirn hoffte, dass sie sich küssen würden, bevor sie miteinander sprachen, weil die Sehnsucht zu groß gewesen war. Sie hatte sich vorgestellt, wie er seine Hand in ihrem Haar vergrub und sie nicht mehr loslassen würde. Vielleicht hatte sie sogar auf mehr gehofft.

Aber nicht darauf.

Faun sah sie noch immer wütend an und redete von Jarrel und ihrem Verrat an ihm. Immer wieder schüttelte sie den Kopf und verneinte seine Anschuldigung. So wollte sie es nicht. Sie wollte ihm von ihrer Magie erzählen. Dass sie es endlich geschafft hatte und sie hoffte, dass ihre Verbindung wiederauflebte.

Moment mal. Ihre Verbindung.

Kalea schwieg und sah ihn einfach nur an. Seine Stimme durchbrach die Nacht. Sein Gesicht war von Wut verzerrt und sein

Körper bebte. Sie kannte diese Szene. Sie hatte von ihr geträumt. Vor genau dieser Situation hatte sie Angst gehabt. Das zu viel Zeit zwischen ihnen vergangen war. Dass zu viel geschehen war.

Ihre Verbindung war noch immer stumm.

Ihre Finger griffen an die Kette, die um ihren Hals hing. Da überkam sie die Realität. Sie sah nicht mal aus, wie Kalea.

„Wie hast du mich erkannt?", unterbrach sie ihn skeptisch.

Verwirrung spiegelte sich in seinem Gesicht. „Wieso sollte ich dich nicht erkennen?", zischte er und ballte die Hände zu Fäusten. Da erkannte sie es endlich. Ernüchtert drehte sie sich von ihm weg und atmete tief durch. Sie musste ihre Gedanken sortieren.

Faun konnte nicht hier sein. Er würde sie nicht so giftig angehen. Ja, mit ihr streiten und diskutieren. Aber nicht so. Nein, Faun war nicht so.

Außerdem trug sie noch die Kette. Er wäre nicht in der Lage, sie zu erkennen. Ebenso reagierte ihr Körper nicht auf ihn. Ihr Herz pochte zwar, aber nun merkte sie, dass es nicht das bekannte Pochen war. Ihr Körper schien nicht zu kribbeln und ihr Kopf war verdächtig still.

Das war nicht *ihr* Faun.

Dies war ein Trugbild des Waldes, der sich durch ihre Erinnerungen an ihren Ängsten verging und nährte.

Er war nicht echt.

„Kalea", hauchte seine Stimme neben ihrem Ohr und wie sehr sie sich wünschte, dass er es war. „Schau mich an."

Sie kniff die Augen zusammen. Eine einzelne Träne rollte ihre Wange hinunter. „Ich kann nicht."

„Wieso nicht?"

„Du bist nicht hier", sagte sie mit fester Stimme und atmete tief ein und aus. Dann strich der Wind durch ihr Haar. Eine Gänsehaut legte sich auf ihren Körper. Sobald sie sich wieder herumdrehte, war Faun verschwunden. Erleichterung überkam sie und im selben Moment brach ihr Herz. Luft ringend fiel sie auf ihre Knie und krallte sich in das Laub auf dem Boden. Die Hoffnung schien ihr ein Messer in den Rücken gerammt zuhaben, sodass sie laut anfing zu weinen, bis keine Träne mehr floss. Aufgelöst wollte sie wieder zurück zum Lager gehen, als ihr eines bewusst wurde.

Sie wusste nicht, wo sie war.

Kalea hatte sich verlaufen.

KAPITEL 33

So schnell ihre Beine sie trugen, rannte sie im Wald umher. Sie war sich nicht zu hundert Prozent sicher, ob sie in die richtige Richtung lief.

„Scheiße", fluchte sie. Wie konnte sie sich nur von dem Wald und diesem Trugbild täuschen lassen? Nun lagen die anderen schlafend und ohne Wache irgendwo im Wald.

Es war kalt um sie herum und der Mond schien gerade so hell, dass sie die einzelnen herausstehenden Wurzeln rechtzeitig sah. „Amrin!", rief sie in die Dunkelheit hinein und hoffte, dass ihre Freunde sie hören würden.

„Sepher!" Mit angehaltenem Atem horchte sie. Doch hörte sie nur die Tiere und Wesen im Wald.

Und ihn.

„Kalea", flüsterte es mit seiner tiefen Stimme. Es war viel leiser als zuvor, sodass es ihr gelang, den Ruf zu ignorieren. Aber es war trotzdem eine Art der Folter.

Er war es nicht, musste sie sich immer wieder in Erinnerung rufen.

„Baria! Jarrel!"

Keine Antwort.

Furcht kämpfte sich in jeden Muskel ihres Körpers und sagte ihr, weiter zu rennen. Aber wenn sie noch weiter rannte, dann wäre die Gefahr höher, noch tiefer in den Wald zu laufen. Sie musste sich etwas Anderes überlegen.

Bange hockte sie sich an Ort und Stelle hin.

„Kalea." Das Flüstern wurde langsam lauter. Stur drückte sie die Hände auf ihre Ohren und presste sie Augen zusammen. Ihr musste was einfallen, bevor der Wald wieder Besitz von ihr ergriff. Warum war sie so blöd gewesen und der Stimme hinterhergerannt?

„Kalea."

Der Wind ließ sie erschaudern. Bibbernd blickte sie durch die Blätter hindurch zum Nachthimmel. Wenige Wolken zeichneten sich in der Schwärze des Himmels ab. Würde es nur regnen. Dann wäre sie sich wenigstens sicher, dass die anderen wach wurden. Als hätten sie ihre Gedanken gehört, spürte sie, wie sich ihre Magie gegen die Wand aus Honig und Wärme lehnte. Sie sah sie buchstäblich vor sich und spürte ihre elektrisierende Macht. Ehrfürchtig wanderten ihre Finger über die dickflüssige Substanz. Die Magie reagierte auf sie. Die Blitze und sternenförmigen Symbole erhellten sich schlagartig. Als wollten sie von Kalea genutzt werden und ihr helfen.

Dann riss sie die Mauer nieder und befreite ihre Magie.

Entschlossen öffnete sie die Augen und starrte gen Himmel. Zwar wusste sie mittlerweile, wie sie diese Macht verschlossen halten und bedingt benutzen konnte, doch war das ein meilenweiter Unterschied zu der Macht, den Sturm zu kontrollieren. Und wenn sie ihn beschwören konnte, konnte sie ihn beherrschen?

Was hatte Seph über die Magie ihres Reiches gesagt?

Unsere Magie sind wir selbst.

All das, was uns ausmacht. Konzentriert schloss sie ihre Augen und versuchte sich auf ein Gefühl zu konzentrieren. Zu viele schwirrten in ihr herum. Angst, Traurigkeit und Wut. Immer war da diese Wut. Aber diese war die stärkste Empfindung, also lenkte sie ihre Magie auf diese und meinte zu spüren, wie ihr Blut in Wallung geriet. Als sie die Augen öffnete, sah sie kleine Blitze über ihre Unterarme springen. Ihr Herz schlug fest und lebendig in ihrer Brust. Ohne zu wissen, was sie tat, hob sie die Hände gen Himmel und dachte an einen Sturm.

Nichts geschah.

Nicht einmal eine Wolke tauchte auf, geschweige ein Regentropfen. Der Mond lachte sie beinahe aus. Frustriert ließ sie die Arme wieder sinken und richtete sie erneut nach oben.

Wieder nichts.

Die kleinen Blitze hüpften hübsch über ihre Arme, halfen ihr aber nicht.

„Na super!", meckerte sie laut und starrte den Mond wütend an. „Was bringt meine Verbindung zum Sturm, wenn ich ihn nicht kontrollieren kann?" Kurz schrie sie laut, zog ihren Mantel aus und warf ihn auf den Boden. Ihr Körper brannte vor Zorn. Hitze baute sich in ihrem Magen auf.

„Warum das alles!", schrie sie nun und spürte das Kratzen in ihrem Hals. „Warum musste ich sterben! Warum musste ich auf diese Reise gehen, wenn ihr mir da oben nichts Gutes schenkt!" Sie wusste kaum, wem ihre Wut galt. Den Göttern? Solas oder einfach ihr selbst?

„Warum musste er das durchmachen? Warum müssen sie sich alle mit mir rumschlagen, wenn ich ihnen nicht helfen kann!" Die Tränen flossen wieder an ihren heißen Wangen hinab. Schluchzend fiel sie auf die Knie und schob ihr Gesicht in den Stoff ihres Mantels. Aus ihrer Hosentasche kramte sie den Stern, den ihr Baria aus Fauns zerrissenen Mantel geschnitten hatte. Sie presste ihn an ihren Mund und versuchte, einen Hauch seines Duftes zu erhaschen. Dieser hatte sie immer beruhigt. Doch war nichts von ihm an diesem Fetzen übrig, an das sie sich halten könnte.

Schreiend vergrub sie sich noch mehr im Stoff und presste ihre Augen zu. Was sollte sie nun tun? Bei ihrem nächsten Schrei hörte sie einen Donner. Ruckartig setzte sie sich auf und sah gerade noch die letzten Augenblicke eines Blitzes, ehe es erneut donnerte. Ungläubig starrte sie nach oben. Über ihr hingen schwarze Wolken, die beinahe den Mond verdeckten.

Sobald der erste Regentropfen auf ihr Gesicht fiel, begann sie zu lachen. Aus vollem Herzen lachte sie und streckte die Arme über den Kopf. Dabei hielt sie den Stern fest zwischen ihren Fingern und spürte, wie sich der immer stärker werdende Regen ihre Tränen wegwischte.

„Ha!", rief sie, hielt dann den Mittelfinger gen Himmel und richtete ihn auf den Mond. Dann verschwand er endlich hinter einer dicken Wolkenschicht. Als es in Strömen regnete, zog sie den Mantel an und verstaute den Stern in ihrer Hosentasche. Sie wartete einige Minuten und war sich dann sicher, dass die anderen wach sein mussten.

215

Mitten im Sturm stand sie regungslos da, wobei der Wind ihre Haare umherfliegen ließ. Sie atmete tief ein und aus, schloss die Augen und tastete nach ihrer Magie. Langsam lächelte sie, denn es fühlte sich so an, als würde ihre Magie vor Freude vibrieren. Für einen Atemzug beobachtete Kalea sie, ehe sie wieder die Wand aus Honig und Wärme aufbaute. Selbst mit geschlossenen Augen spürte sie, dass der Sturm abklang. Bis schließlich Ruhe herrschte.

Das Lächeln versuchte sie nicht einmal zu unterdrücken, denn sie hatte es wirklich geschafft. „Amrin! Seph!", schrie sie wieder aus vollem Halse und spürte Adrenalin durch ihren Körper pumpen. Denn hinter sich hörte sie ihre Freunde laut nach ihr rufen.

Schnell lief sie in die Richtung der Rufe. Nach mehreren Metern fiel ihr aber auf, dass die anderen aus verschiedenen Richtungen riefen. Instinktiv folgte sie Amrins Stimme und landete schlussendlich auf der Lichtung. Ihr Freund drehte sich schnell zu ihr um.

„Wo warst du?", fragte er und kam zornig, aber besorgt auf sie zu.

„Erkläre ich später. Wo sind die anderen?", fragte sie stattdessen und suchte die Lichtung nach ihren Freunden ab.

„Sie sind plötzlich losgelaufen, um dich zu suchen. Der Regen hat uns geweckt und dann haben wir gesehen, dass du nicht da warst. Ich wollte auch gerade losgehen, aber das Anino hat mich nicht durchgelassen." Hinter ihm hüpfte das schwarze Wesen aufgeregt auf und ab. Sie konnte nicht riskieren, dass Amrin dem Wald verfiel. Ihr war bewusst, dass er zu viele Ängste und zu viele schlechte Erinnerungen hatte.

„Ist gut. Bleib hier und rufe immer wieder unsere Namen. Das Holz ist leider nass, sonst hättest du ein Feuer machen können", sagte sie ernüchtert. Darüber hatte sie vorher nicht nachgedacht. „Egal, was du hörst. Komm uns nicht nach." Amrin nickte. Dann wandte sich Kalea an das Anino. „Lass ihn nicht von der Lichtung weggehen!"

Zielstrebig folgte sie Barias Stimme und ihrem Schreien. Sie hoffte, dass die anderen zwei nicht gelogen hatten und sich wirklich im Wald auskannten. Vielleicht gelang es ihnen ebenfalls, dem Bann des Waldes zu entkommen. Doch Baria war verletzt und kannte es nicht.

„Baria!", rief sie immer wieder und kämpfte sich an Büschen, Bäumen und Wurzeln vorbei. Von Weitem sah sie schon das weiß leuchtende lange Haar in der Dunkelheit schimmern.

„Kalea, hilf mir!", rief die Prinzessin ängstlich. So schnell es ging, überbrückte sie die letzten Meter und kam schließlich vor der jungen Prinzessin zum Stehen. Kreischend kniete sie vor ihr und krallte sich so fest in ihr Haar, dass einzelne Büschel neben ihr lagen. „Er hat mich, Kalea. Hilf mir!"

„Baria, hör mir zu. Da ist niemand", versuchte sie die Prinzessin aus dem Bann heraus zu reden, starrte aber selbst ängstlich auf die langen leuchtenden Haarsträhnen, die über Barias Kopf schwebten.

„Mein Vater", begann sie weinend und stoppte, als ihr Kopf ruckartig nach hinten schlug und sie mit dem Rücken auf dem Boden lag. Kalea zuckte erschrocken zusammen. Besorgt kniete sie sich neben die Prinzessin und versuchte ihr Gesicht in ihre Richtung zu lenken. Panik wuchs in Kaleas Körper heran. Sie hatte nicht gewusst, dass der

Wald jemanden psychisch angreifen konnte, wenn man ihm verfallen war.

„Baria, da ist niemand. Hörst du mich? Das ist der Wald!" Aber die Prinzessin war zu sehr in ihre Hysterie vertieft, um auf das zu achten, was Kalea zu ihr sagte.

„Bitte!", schluchzte sie. Sie sah ihr in das gesunde Auge, welches sie verstört anstarrte. Für einen Moment erinnerte sie sich an die kleine Prinzessin, die lachend hinter ihrem großen Bruder durch die Schlossgänge gerannt war.

„Was soll ich tun?", fragte Kalea hilflos.

„Schneid es ab!", sagte Baria entschlossen und riss an ihrem Haar. „Schneid es ab! Schneid es ab!" Erneut wurde sie an ihrem Haar über den Waldboden geschliffen.

„Ist gut!", erwiderte Kalea lauter und packte ihre Hände, damit sie sich nicht noch mehr verletzen konnte. Dann packte sie das weiß leuchtende Haar mit einer Hand und zückte ihren Dolch.

„Schneid es ab!", kreischte Baria und das tat sie dann.

KAPITEL 34

Die Luft war wärmer. Zu ihrer Linken war ein kleiner Bach, dessen Geplätscher den Morgen friedlich wirken ließ. Tau bedeckte die Erde, worin sich die wenigen Sonnenstrahlen spiegelten. Die Harmonie dieses Morgens schien im völligen Kontrast zu der Laune der Gruppe zu sein. Erschöpft und völlig übermüdet erreichten sie einen Tag später endlich den Hauptpfad, der direkt nach Wells führte. In der Ferne konnte sie die Hauptstadt von Hidrig schon sehen. Stumm schlurften sie am Weg entlang. Als die beiden Frauen endlich zurück zur Lichtung gekommen waren, hatten sich die drei Männer auf sie gestürzt.

Sepher hatte sie in eine feste Umarmung gezogen und hielt ihren Kopf in einer beschützenden Position. Danach folgten Amrin und Jarrel, die sich davor Baria gewidmet hatten. Diese hatte seit dieser Nacht kein Wort mit ihnen geredet. Ihre weißen Haare reichten bis zu ihrem Kiefer, was die Männer zum Glück nicht kommentierten. Fragend sahen sie Kalea an, die nur stumm den Kopf schüttelte. Noch am selben Abend schnitt sie die Haare der Prinzessin in eine Linie.

Zum Glück hatte sie recht mit Sepher und Jarrel behalten. Die beiden waren in der Lage, den Bann zu erkennen, sobald sie im Wald

219

waren. Der Prinz erzählte ihr, dass er sie vor Schmerzen schreien gehört hatte und deswegen losgerannt war. Was Jarrel gehört und gesehen hatte, wusste sie nicht.

Seitdem hatten sie beschlossen, den restlichen Weg in einem Zug durchzugehen. Deswegen waren sie nun alle unglaublich müde. Bis sie den Pfad erreichten, redeten sie nur dummen Stuss, um dem Bann des Waldes entgegenzuwirken. Kalea war so müde, dass sie längst vergessen hatte, worüber sie mit Amrin geschwatzt hatte.

Auf der halben Strecke sahen sie, dass ihnen zwei Reiter entgegenkamen. Vor ihr ging Jarrell in die Knie und öffnete die Lasche seiner Tasche, sodass das Anino hineinklettern konnte. Sepher richtete sich merklich auf und streckte die Brust ein Stück nach vorn. Die anderen spiegelten seine Haltung und versuchten, sich ihre Erschöpfung nicht anmerken zu lassen. Kalea kam neben dem Prinzen zu stehen, der ganz vorn stand, als die Reiter anhielten. Ihre Gesichter waren von der Sonne geküsst.

„Sepher Lomaret?", fragte einer der Reiter und sah den Prinzen abwartend an. Sepher zögerte, ehe er nickte. „Wir haben Euch erwartet. Eure Freunde warten schon auf Euch."

„Unsere Freunde?", sagte Amrin verwundert.

Die Straßen von Wells waren nicht, wie in Viredis, gepflastert, sondern von einer glatten Oberfläche überzogen. Sepher erklärte ihr, dass es sich um geschliffene Steine handelte. Der gesamte Ort war von künstlich erschaffenen Wasserbögen und Flüssen durchzogen. Die

Reiter versicherten ihnen, dass keine Sirene in das Innere von Wells gelangen konnte. Unterirdische Netze verhinderten deren Eindringen. Nur Fische, die das Hauptnahrungsmittel in Hidrig waren, konnten diese passieren. Erstaunt beobachtete sie zwei Männer, die am Rande eines Flusses standen und mit ihrer Magie fischten. Mit großen flüssigen Bewegungen kreierte einer der beiden einen großen Wasserbogen, während der andere die Tiere aus diesem herausholte. Viele Bewohner trugen als Schmuck verschiedenfarbige Muscheln im Haar, als Kette oder als Ohrringe. Auf ihrem Weg zum blauen Schloss kamen sie an einem kleinen Markt vorbei. Nur schwer konnten sich Baria und Kalea von einem Stand trennen, an dem es wunderschöne Schmuckstücke gab. Das Schloss selbst lag etwas abseits vom Rest des Ortes. Ein breiter Fluss trennte sie von ihrem Ziel. Gerade als sich Kalea wunderte, wie sie diesen überwinden sollten, hob einer der Reiter seinen Arm. Wenige Sekunden später begann das Wasser sich zu bewegen und die Gruppe staunte nicht schlecht, als sich vor ihren Augen im Fluss ein Weg bahnte. Mit großen Augen folgten sie ihren Begleitern. Unter ihnen war der Weg mit Steinplatten ausgelegt.

„Passt auf. Es kann rutschig sein", warnte einer der Männer und führte sie dann vorsichtig zum Torbogen. Dort sah sie, wie vier Männer in einer starren Position standen. Jeweils links und rechts des Weges hielten sie zu zweit ihre Arme nach außen.

„*Das* ist die Magie der Schlosswachen von Wells", sagte der andere Reiter voller Stolz, als er Kaleas beeindruckten Gesichtsausdruck sah. Sie grinste ihn an und drehte sich gerade rechtzeitig um. Die vier Männer stellten sich gleichzeitig in eine aufrechte Position und im selben Moment schoss das Wasser wieder in seine ursprüngliche Position zurück. Der Weg, den sie zuvor beschritten hatten, war verschwunden. Vor ihren Augen sah sie wieder den unüberwindbaren Fluss.

Im Hof des Schlosses glaubten Kalea ihren Augen kaum, als Aurum, Bo, Henri und Evalin durch die Tore auf sie zukamen. Augenblicklich rannte Aurum los und nahm ihren Cousin in eine dicke Umarmung, der diese erwiderte. Auch alle anderen fielen sich in die Arme und freuten sich sichtlich über das Wiedersehen. Dabei konnte Kalea es nicht lassen und suchte den Hof nach einer gewissen Person ab. Bo, der sie dabei gesehen hatte, fing ihren Blick auf und schüttelte den Kopf.

„Wir reden drinnen miteinander", flüsterte er ihr bei der Umarmung ins Ohr. Sie konnte es kaum abwarten, zu erfahren, wo sie überall waren und ob sie eine Spur gefunden hatten. Aber das mussten sie, sonst wäre die Gruppe nicht persönlich in Wells. Sonst hätte sie nur Aurums Briefe, die ihnen den aktuellen Stand ihrer Suche verraten sollten. Diese quietschte gerade hinter ihnen laut auf, sodass sie sich von Bo löste und zu ihrer Freundin sah. In dem Moment, in dem sie sahen, warum sie so außer sich war, grinsten die beiden breit vor sich hin.

Kalea hielt die Luft an. Das Tageslicht erhellte den Schlosshof und eine leichte Brise strich durch sein blondes Haar, als Amrin Henris Gesicht fest zwischen seine Hände nahm und den überraschten Wachmann zur Begrüßung küsste. Sie freute sich ungemein für die beiden. Henri schmolz sichtlich dahin und erwiderte den Kuss, als wäre Amrin seine Luft zum Atmen. Anscheinend hatten sie den Abstand benötigt, um sich endlich näherzukommen und bestehende Zweifel zu vergessen. Sobald sie sich lösten, starrten sie sich mit roten Wangen an, bis die Gruppe sie jubelnd auseinanderriss. Kalea lachte über Amrins Gesichtsausdruck und sah zu Sepher und Jarrel hinüber. Der Prinz schmunzelte amüsiert und sein Leibwächter lächelte sichtlich gezwungen. Sein Kiefermuskel trat deutlich hervor. Bevor sie sich aber mehr Gedanken darum machen konnte, wurde sie von Evalin attackiert.

Die Gruppe war im Gästeflügel des Schlosses untergekommen. Zusammen teilten sie sich ein Abteil mit mehreren Zimmern, welche durch einen großen Wohnraum miteinander verbunden waren. Zusammen lümmelten sie sich auf die Sofalandschaft, die den größten Teil des Raumes ausfüllte. Außerdem gab es in dem hellblauen Raum einen hellen Kamin und einen massiven runden Tisch mit genügend Stühlen. Erschöpft ließ sich Kalea auf eines der Sofas nieder. Zum Glück brauchte Sepher sie zunächst nicht und stellte sich mit Jarrel zusammen dem König vor. Entspannt legte sie ihren Kopf auf Evalins Schoß. Die Köchin massierte ihr gerade die Kopfhaut, während Amrin begann, von den Sirenen zu erzählen. Zum Glück war Baria in dem Moment bei den Heilern, um ihr Auge versorgen zu lassen, sodass sie diesen Angriff nicht erneut durchleben musste.

„Richtige Sirenen?", fragte Henri nach und riss die Augen auf. Sein Arm ruhte um Amrins Schultern. Dabei zogen seine Finger kleine Kreise.

„Wirklich! Eklige und angsteinflößende Dinger!", mischte sich Kalea ein, wobei ihr ein Schauer über den Körper rann.

Aurum musterte interessiert das Anino, welches schüchtern aus Jarrels Tasche herausguckte. „Und das kleine Ding hat euch gerettet?" Amrin und sie nickten auf ihre Frage hin.

„Eure Reise war spannender als unsere", sagte die Köchin ehrfürchtig und strich Kaleas Haar glatt.

„Spannender, aber auch viel zu gefährlich", brummte sie und streckte ihre Beine.

Amrin lachte. „O ja, vor allem, wenn ein heißer Leibwächter einem die ganze Zeit schöne Augen macht", haute der junge Gelehrte sie plötzlich in die Pfanne. Kalea warf ihm einen finsteren Blick zu, den er spitzbübisch erwiderte.

„Du findest ihn heiß?", nuschelte Henri fragend, wurde aber von Amrin überhört. Bos Blick bohrte sich währenddessen in ihr Gesicht.

Seufzend setzte sie sich auf und fixierte ihn. „Schau mich nicht so an. Es ist nichts passiert", wehrte sie sich und zeigte mahnend mit dem Finger auf ihn.

Amrin, der kleine Verräter, nickte bestätigend. „Aber es war schon lustig, dabei zuzusehen, wie du jeden Anmachspruch hast abblitzen lassen", sagte er nun lachend, wobei seine Augen tränten. Ein Kissen traf sein Gesicht, wodurch er umso lauter lachte.

„So viele waren es auch wieder nicht", sagte sie und bemühte sich, nicht ebenfalls zu lachen. Was kläglich scheiterte, als der junge Gelehrte ihr das Kissen ebenso ins Gesicht warf. Kalea grunzte amüsiert, was die anderen zum Lachen brachte. Nachdem sie sich beruhigt hatten, erzählten sie den anderen, was alles passiert war. Kalea erklärte außerdem, dass sie die Phiolen nicht mehr brauchte und die Magie kontrollieren konnte. Was ihr beglückwünschende Worte einbrachte.

„Habt ihr eine Spur zu Faun gefunden?", fragte sie endlich die Frage, die schon lange auf ihrer Zunge tanzte.

Bo lehnte sich auf seine Knie und nickte. „Hat er je mit dir über Measin geredet?" Kalea sah ihn verwirrt an und verneinte. „Oder hat er eine Frau namens Vera erwähnt?"

Vera? Der Name kam ihr bekannt vor, sagte ihr aber nichts. Erneut verneinte sie. Auch Amrin schien der Name bekannt vorzukommen. Als hätten sie ihn schon einmal gehört.

„Wir denken, dass er bei ihr ist. Wir sind einer Spur gefolgt und trafen auf einen Mann, der Faun gut beschreiben konnte. Ebenso die Männer, die mit ihm unterwegs waren. Sie gehören zu Veras Truppen. Eine Tatsache, die Bo auch nur wusste, weil Faun es ihm mal betrunken erzählt hat", erklärte Aurum und sah ernst zu ihrem Freund. Faun hatte sich einer Frau angeschlossen? Wieso?

„Und wer ist diese Vera?", fragte nun Amrin, der sich interessiert vorlehnte. Evalin verspannte sich neben ihr und verharrte in ihrer Bewegung.

„Sagen wir es so", versuchte Bo es ihnen verständlich zu machen. „Wenn der König von Solas das Böse war, dann ist Vera der Untergang."

KAPITEL 35

Nach seiner Vorstellung beim König holte Sepher sie am späten Nachmittag ab. Leise war er in ihr Zimmer gekommen und hatte sie aus einem erholsamen Schlaf geweckt. Ebenso schleichend folgte sie ihm aus dem Flügel, um den anderen etwas Schlaf zu gönnen.

Zusammen spazierten sie in die schönen Gärten des Schlosses, die sich hinter dem Anwesen befanden. Auch diese waren von vielen Bächen und vereinzelten Seen durchzogen. Interessiert beobachteten sie die bunten Fische und Libellen. Ihr Weg führte sie über einige Brücken. Auf einer kleineren setzten sie sich hin und ließen ihre Füße ins kalte Wasser hängen, während Sepher ihr von dem Treffen mit dem König erzählte. Der König glaubte nach kurzen Zweifeln Sephers Geschichte rund um seine Herkunft. Ausschlaggebend dafür war sein Siegelring sowie eine Stellungnahme der Königin von Talam und den Herrschern von Gaofar, welche Lyra und Nasim ihm gebracht hatten. Jedoch hatte sich der König von Hidrig nicht zu Sephers Bitte geäußert. Ob er auf Hidrig bei seinem Plan zählen könnte, wussten sie also nicht. Womit Kalea insgeheim gerechnet hatte. Hidrig hatte sich die letzten Jahre auf keine Seite geschlagen. Warum sollten sie es nun tun?

Die Brücke, auf der sie saßen, war relativ abgelegen. Bäume versperrten den direkten Blick auf sie. Die angenehm warme Luft fuhr ihr durchs rote Haar. Zufrieden genoss sie die Sonne in ihrem Gesicht und lauschte den Klängen des Baches und dem Gezwitscher der Vögel. Dann stieß Sepher sie an. Sie blickte zur Seite und sah einen Mann und eine Frau auf sie zukommen. Schnell standen sie auf, wobei der Prinz eleganter aussah, als sie. Sobald die beiden vor ihnen stehen blieben, lächelten sie Kalea und Sepher begrüßend an. Sie waren beide gleich groß und hatten eine glatte, ebene Haut. Ihre Haare waren in viele kleine Zöpfe geflochten, die viele kleine goldene Klammern trugen. Ihre Klamotten wirkten luftig und leicht.

„Das, Kalea, sind die Königlichen Hoheiten Kronprinz Ihaka und seine Zwillingsschwester Prinzessin Manaia", stellte Sepher die beiden vor. Daraufhin nahm sie die Kette ab und knickste tief, was Manaia ein Lächeln ins Gesicht zauberte. Es war atemberaubend. Ihaka hatte eine ähnliche Ausstrahlung wie Sepher und nickte ihr freundlich zu. Sobald sie wieder geradestand, sah sie aus, wie sie selbst.

„Es freut uns, dich kennenzulernen, Kalea. Und wir danken dir für dein Vertrauen. Uns ist bewusst, wie gefährlich es sein könnte, deine wahre Gestalt zu zeigen", begann der Kronprinz von Hidrig und sah sie anerkennend an.

„Vor allem unser Volk ist dir dankbar für den Regen", meinte Manaia und faltete die Hände vor sich. „Er entlastet unsere Außenposten sehr."

Stolz flackerte in Sephers Augen. Dann wandte sich Ihaka zu Baistars Thronfolger und sah ihn ernst an.

„Also, ihr zwei, warum wolltet ihr uns sprechen? Was ist es, was unsere Eltern nicht hören sollten?"

Nachdem sie den Hauptgrund ihres geheimen Treffens erledigt hatten, redeten sie erfreut weiter miteinander. Es war gut verlaufen und die Zwillinge hatten sich kurz stumm angesehen, ehe sie ihrem Vorschlag zustimmten und ihn mit einem Handschlag besiegelten. Ihre Brust wurde warm bei der Geste. Niemand außer Sepher und ihr wusste von ihrem Vorhaben und sie hatten stark auf die Zusage der beiden gehofft.

Kalea stand mit Manaia am Bach und sah ihr begeistert dabei zu, wie sie ihre Magie einsetzte. In einer tänzerischen Bewegung ließ sie das Wasser um ihren und Kaleas Körper kreisen. Ihre Kette hing wieder an Ort und Stelle. Die Prinzen lehnten an der Reling der Brücke und unterhielten sich ruhig, wobei ihr Gelächter des Öfteren zu ihnen herüberkam.

„Sie war wirklich ein dummes Kind", hörte sie plötzlich Ihaka zu Sepher sagen. Manaia stoppte in ihrer Bewegung und warf ihrem Bruder einen bösen Blick zu. Bevor dieser reagieren konnte, schleuderte sie ihm mit voller Wucht einen Schwall Wasser ins Gesicht. Sepher konnte gerade rechtzeitig ausweichen und sah dann überrascht zu Ihaka. Schockiert wischte sich der Kronprinz übers Gesicht und blickte zu seiner Zwillingsschwester, die ihn selbstgefällig ansah. Ihre Hände waren in ihre Hüften gestemmt.

„Hör auf, über mich zu reden!", rief sie ihm zu, was Kalea zum Lachen brachte. Bis sie und Manaia plötzlich von einer Welle überrannt wurden. Beide Frauen kamen wenige Meter weiter weg zum Liegen und atmeten wie Fische an Land. Das schallende Gelächter der zwei Herren hallte zu ihnen.

Manaia richtete sich auf, strich sich eine nasse Strähne hinters Ohr und blickte zu Kalea, die vergebens versuchte aufzustehen.

„Machen wir sie fertig."

So kam es, dass ein königliches Zwillingspaar, ein Prinz und eine rothaarige Frau, klitschnass und zitternd vor dem König standen. Wobei dieser nicht wirklich überrascht aussah. Kalea meinte sogar ein kleines Lächeln an seinem Mundwinkel zupfen zu sehen.

„Die Zwei, die nicht meine *erwachsenen* Kinder sind, können sich gerne frisch machen", sagte er, „Sepher, wir erwarten dich heute Abend beim Essen mit unserer Familie, damit wir dein Anliegen weiter besprechen können." Dann scheuchte er die beiden weg.

Noch immer zitternd und schmunzelnd lief sie rasch mit Sepher die Gänge entlang.

„Das war klasse", flüsterte er. Sie nickte ihm zustimmend zu. „Und es hat geklappt, wie wir es wollten."

Von unten hörten sie, wie der König seine Kinder belehrte. Schnell huschten sie weiter und unterdrückten ihr Lachen, als sie hörten, wie die Zwillinge zu streiten anfingen. Königliche Abstammung hin oder her, jeder hatte etwas Glückseligkeit nötig.

KAPITEL 36

„Hey Seph, wie lief es?", fragte sie, sobald der Prinz nach dem Abendessen hineinkam.

Sepher strahlte und kam mit einem lockeren Schritt auf sie zu. Dabei schnappte er sich einen der gefüllten Becher. „Sehr gut, Kleines! Ihaka war eine Hilfe beim Abendessen."

„Das freut mich. Und hast du ihre Unterstützung in Solas?" Automatisch rutschte sie zur Seite, als er sich neben sie setzen wollte. Zusammen saßen sie auf einem der Sofas. Die anderen waren im Raum verteilt. Bo, Henri und Aurum schienen irgendein Kartenspiel zu spielen, das sie nicht verstand. Evalin und Amrin standen mit Jarrel am Balkon und unterhielten sich.

„Noch nicht. Der König und die Königin waren noch sehr unentschlossen und wollten sich noch mal miteinander beraten." Er seufzte laut. „Aber ich bin guter Dinge!"

„Das wäre vielleicht ein Grund zum Feiern", rief der Leibwächter plötzlich in den Raum hinein.

Sepher grinste. „Jar, noch gibt es nichts zu feiern."

Enttäuscht ging er zurück auf den Balkon. In Gedanken versunken sah sie dem Leibwächter nach und zog unbewusst die Augenbrauen zusammen. Sepher folgte ihrem Blick. Amrin schien etwas Lustiges gesagt zu haben, denn Jarrel und Evalin fingen plötzlich an, laut zu lachen. Die Köchin stützte sich grinsend am Rand des Balkons ab, während Jarrel seine Stirn an Amrins Schulter lehnte und weiter lachte. Erst dabei fiel Kalea auf, wie vertraut die beiden mittlerweile miteinander umgingen. Unbewusst schnellte ihr Blick zu Henri, der in der anderen Ecke des Raumes stand. Sie wusste nicht, was für einen Gesichtsausdruck sie dabei hatte, doch schien Sepher das Ganze falsch zu verstehen. Er räusperte sich.

„Er wirkt zwar sehr locker, wenn es ums Flirten geht, aber er ist ein guter Mann. Der Beste, wenn du mich fragst. Wenn er sich für einen entscheidet, ist er treu und ein wahrer Gentleman", sagte er plötzlich. Kalea erstarrte und erwiderte seinen Blick. Dabei schüttelte sie leicht den Kopf.

„Es ist nicht das, was du denkst", begann sie, doch lächelte Sepher nur knapp und sah dann wieder zum Balkon hinüber. Während er seinen besten Freund ansah, lag ein gewisser Funken in seinem Blick, der sie stutzig werden ließ. Für einen Moment betrachtete sie den Mann vor sich.

„Du und Jarrel? Wart ihr ein Paar?", fragte sie verwundert.

Grinsend nickte der Prinz und wandte seinen Kopf wieder zu ihr.

„Das ist schon lange her", erzählte er ihr verschmitzt. „Wir waren jung und hatten nur uns. Er war immer mein bester Freund und irgendwann wurde daraus mehr." Das konnte sie sich gut vorstellen.

Zwei Menschen, die miteinander aufwuchsen und ein unglaubliches Vertrauen zueinander besaßen. Wenn sie nun an die bisherigen Interaktionen der beiden dachte, verstand sie die Beziehung der beiden umso besser.

„Warum hat es nicht gehalten?", fragte sie neugierig und schätzte seine Ehrlichkeit. Als Prinz eine Beziehung zu einem Mann zuzugeben, war nichts Gewöhnliches. Doch Sepher erzählte ihr von Jarrel, ohne sich zu schämen. Im Gegenteil, er schien dabei größer zu werden und dämpfte seine Lautstärke bei keinem Wort. Es schien ihm gleich zu sein, ob die anderen von seiner Vergangenheit mit Jarrel erfuhren oder nicht. Er seufzte bei ihrer Frage und sah wieder zum Balkon.

„Wir sind uns zu ähnlich. Es gab Wochen, in denen wir nur gestritten haben. Zwar wegen Kleinigkeiten, aber wir wussten beide, welche Knöpfe wir bei dem anderen drücken mussten, um die gewünschte Reaktion zu bekommen. Auf Dauer hat die Leidenschaft nicht mehr gereicht. Unsere Beziehung hielt knapp vier Jahre, bis wir uns vor drei Jahren eingestanden haben, dass wir nicht mehr glücklich waren. Seitdem ist unsere Freundschaft aber noch inniger geworden", erklärte er ruhig und schwelgte sichtlich in Erinnerungen. Endlich riss er den Blick von ihm los und sah zu Kalea, die grübelnd zum Balkon blickte.

„Aber, wenn er Männer bevorzugt, warum flirtet er dann mit mir?"

Sepher lachte dunkel. „Weil er mit allem und jedem flirtet. Vor allem, wenn er weiß, dass ich was dagegen habe." Er schüttelte den Kopf. „Jar bevorzugt weder Mann noch Frau. Er hat es mir mal so erklärt, dass es ihm um die Person geht. Was sie in ihm auslösen. Herkunft, Geschlecht oder Ähnliches ist ihm egal."

Sie hatte noch nie von solch einer Empfindung gehört. Doch musste das nicht bedeuten, dass niemand so empfinden konnte. Jarrel war der beste Beweis dafür. Kalea nickte verstehend: „Geht es dir genauso?"

„Nein, ich bevorzuge Frauen." Sie biss sich auf die Lippe, um ein fettes Lächeln zu unterdrücken, als sie bemerkte, wie seine Augen kurz zu Evalin huschten. Sie strich sich gerade die braunen Haare nach hinten und lehnte sich lachend nach vorn, um Amrin gegen die Schulter zu klopfen. Mit hochgezogener Augenbraue fixierte sie den Prinzen.

Als Sepher ihren stechenden Blick bemerkte, fügte er schulterzuckend hinzu: „Na ja und Jar."

Erheitert stieg sie in sein Lachen ein und bemerkte, wie sich kleine Lachfalten an seinen Augen bildeten. Er wirkte in diesem Moment sehr jung auf sie. Bisher hatte sie ihn noch nie gelassener gesehen. Entspannt lehnte er sich zurück und atmete tief aus.

„Was ist mit dir? Hast du jemanden?", fragte er interessiert und blickte sie von der Seite her an.

Kalea zuckte nachdenklich mit den Schultern. „Ich denke schon? Oder auch nicht? Ich weiß es nicht. Er ist momentan nicht hier. Bevor wir richtig darüber reden konnten, was das zwischen uns ist, kam etwas dazwischen", erklärte sie und zupfte an ihrer Nagelhaut. Warum sie ihm die Tatsache verschwieg, dass Faun derjenige gewesen war, der sie am Erntemond geopfert hatte, wusste sie nicht.

Sepher schwieg. „Ist es der Mann, von dem die anderen geredet haben? Der verschwunden ist?"

Kalea nickte. „Sein Name ist Faun."

Sephers Augenbrauen zogen sich zusammen, ehe sich die Falte verflüchtigte und sein Blick weicher wurde. „Ich hoffe, dass ihr ihn findet."

„Danke", antwortete sie ihm. Sie beobachtete ihn, wie er an seinem Becher nippte und stellte sich ihn als König vor. Sie dachte an seinen Mut und seine Entschlossenheit. Sepher Lomaret würde einen guten König abgeben, da war sie sich sicher. Und sie freute sich darauf, ihm dabei zuzusehen.

„Es gibt eine Sache, über die ich mit dir reden wollte", sagte er nach einer Weile und zerknüllte angespannt eine Serviette zwischen seinen Händen. „Ich möchte gerne, dass du unseren Namen annimmst."

„Unseren? Du meinst Lomaret? Aber, das würde mich ja", sie stoppte im Satz und erstarrte. Ihre Lippen waren minimal geöffnet, was ihre Ungläubigkeit unterstrich. Das konnte er nicht ernst meinen.

Nein, schrie eine Stimme in ihrem Kopf. *Ich will das nicht!*

Doch der Prinz zuckte nur unbekümmert mit den Schultern. „Ja, unseren Namen - Lomaret. Du hast keinen Familiennamen und obwohl es über Ecken und Generationen ist und wir nicht zusammen aufgewachsen sind, bist du ein Teil meiner Familie. Die Einzige, die ich noch habe", erklärte er seine Gedanken und schwafelte augenblicklich weiter. „Seit dem Angriff der Sirenen überlege ich, wie ich dich zu einem Teil meiner Familie machen kann. Evalin hatte schließlich diese Idee und ich fand sie direkt großartig. Und ja, das würde dich offiziell zu einem Teil der Königsfamilie machen. Aber du wärst nur dann ein Teil der Thronfolge, wenn du diese separat annimmst. Falls mir etwas zustoßen sollte und ich keine Kinder habe, würdest du unser Land regieren. Aber das ist erst mal nicht wichtig. Es geht mir um den Namen, Kalea. Ich will, dass jeder weiß, dass du eine Lomaret bist. Das hast du verdient."

Überrumpelt wandte sie den Blick von seinen tiefen, fragenden Augen ab und starrte auf die Tischplatte vor ihnen. Die vorherige Panik, die seine Idee in ihr ausgelöst hatte, verebbte bei seiner Erklärung. Sie war überraschend gerührt davon und spürte, wie sich Wärme in ihren Körper breitmachte. Einen Nachnamen, gar ein Familienmitglied zu haben, welches sie nicht verstoßen hatte, war wie ein wahr gewordener Traum. Doch die damit verbundene Verantwortung trübte das Ganze. Sie hatte sich insgeheim geschworen, nie wieder hinter den Türen eines Schlosses eingesperrt zu werden. Nie wieder solch eine Last auf den Schultern zu tragen, wenn sie die Wahl hatte. Erst war sie immer nur *die Eine*, dann *das Regenmädchen* und nun sollte sie eine Thronfolgerin werden? Ihr Magen überschlug sie bei dem Gedanken. Wann konnte sie einfach nur *Kalea* sein?

Wann?

„Seph, ich freue mich über deine Bitte", begann sie, leckte sich über die trockenen Lippen und blickte ihn wieder an. „Ich würde sehr gerne deinen oder unseren Familiennamen annehmen, aber ein Teil der Thronfolge zu sein, ist etwas ganz Anderes. Ich werde dich auf deinem Weg begleiten und dir den Rücken stärken, wenn du mich brauchst. Aber das werde ich vom Rand aus machen. Ich möchte nicht mehr im

Zentrum des Ganzen sein. Tut mir leid, aber ich werde die Thronfolge nicht annehmen."

Sepher nickte und sah sie nachdenklich an. Enttäuschung blitze für eine Sekunde in dem Grau seiner Iris auf, ehe sie verschwand. Ein kleines Lächeln stahl sich auf seine Lippen. „Das verstehe ich. Aber ich freue mich sehr darüber, dass du unseren Namen annimmst. Ich werde alles Nötige in die Wege leiten. Falls du dich bezüglich der Thronfolge umentscheiden solltest, sag mir einfach Bescheid", erwiderte er, griff ihre Hand und drückte diese. „Und dasselbe gilt natürlich auch für dich. Wir sind eine Familie und ich werde auf dich achten."

Eine Träne entkam ihr bei seinen Worten. Schnell wischte sie diese weg und blickte zur Seite, was ihn zum Lachen brachte. Anerkennend drückte sie seine Hand zurück.

Kalea Lomaret.

An diesen Klang konnte sie sich gewöhnen.

KAPITEL 37

„Müssen wir dich jetzt Eure Hoheit nennen?", fragte Henri schmatzend und schluckte dann den Bissen seines Muffins hinunter. In dem Moment, in dem sie ihren Freunden von der Sache mit dem Familiennamen erzählt hatte, bereute sie es. Sie waren ganz aus dem Häuschen.

„Quatsch", sagte sie augenverdrehend.

Er atmete erleichtert aus. „Das wäre auch sehr komisch."

„Außer du, Henri. Du musst mich mit Prinzessin Kalea Lomaret ansprechen und immer einen Knicks machen", neckte sie ihn und schnipste ihm gegen die Stirn.

Der junge Mann schmollte. „Das ist unfair."

„Spaß beiseite. Ich nehme seinen, genauer gesagt unseren Namen an, aber ich werde nicht die Thronfolge annehmen", erklärte sie und legte sich auf das Sofa, das sie schon lange einladend ansah. Evalin verschluckte sich zeitgleich beim Trinken und hustete laut neben ihr.

„Wieso nicht? Wer träumt nicht davon, eine Prinzessin zu sein?", fragte Baria überrascht und sah Amrin zutiefst verwirrt an. Ihr verletztes Auge war mit einem sauberen Tuch abgedeckt und schien laut dem Heiler gut zu verheilen. Der junge Gelehrte lachte nur bei ihrer Aussage und ihrem Gesichtsausdruck.

Kalea seufzte. „Ich möchte nicht solch eine Verantwortung tragen. Außerdem will ich in Viredis bleiben."

„Nur, weil du die Thronfolge annimmst, heißt es nicht direkt, dass du umziehen musst. Wenn du Glück hast, bekommt Sepher schnell viele kleine Sturmkinder und du bist fein aus der Sache raus", behauptete Aurum und schob sich eine Weintraube in den Mund. Ihre langen Beine hingen über Bos Schoß und schaukelten hin und her.

Evalin räusperte sich. „Aber bis dahin würde es seine Position sichern. Niemand sieht gerne einen König ohne eine Versicherung. Außerdem kennst du doch solch eine Verantwortung."

Sie schielte zu ihrer Freundin hinüber. „*Die Eine* zu sein habe ich mir nicht ausgesucht. Das hier kann ich mir aussuchen."

„Ich stimme Kalea zu. Es hat nicht nur Vorteile", kam ihr Bo zu Hilfe, was Baria ein leises, aber zustimmendes Geräusch entlockte.

„Danke." Er salutierte gespielt vor Kalea.

„Wie kommt es, dass du dir solche Sorgen um den Prinzen machst?", wechselte Aurum schmunzelnd das Thema und sah die Köchin mit wissendem Blick an.

„Mache ich nicht. Mir geht es um Kalea und diese Chance", wehrte sie mit roten Wangen ab. Henri grunzte ungläubig und zog dabei Amrin näher an seine Brust heran.

„Ich danke dir, Evalin. Ich weiß, dass Seph die Idee von dir hatte, und ich freue mich wirklich darüber. Ob ich aber die Thronfolge annehme, muss ich selbst entscheiden", versuchte sie das Gespräch zu beenden.

Evalin schwieg. „Ist gut", sagte sie schließlich und schien sich dann in ihrer eigenen Gedankenwelt zu verlieren.

Dann klatschte Kalea in die Hände und schwang sich auf die Beine. „Andere gute Neuigkeiten: das Königshaus veranstaltet einen Maskenball zu Sephers Ehren!"

„Was? Wann?", fragten Aurum und Evalin zeitgleich.

Kalea grinste. Denn es gab eine Sache, bei der sie sich immer sicher sein konnte: Diese Gruppe liebte es zu feiern. „In zwei Tagen und er möchte, dass ihr alle dabei seid." Die Gruppe strahlte und Henri jubelte laut:

„Ein Hoch auf die Königliche Hoheit!"

Zwei Tage später wuselten sie alle im Gemeinschaftsraum herum und suchten ihre Sachen zusammen. Durch das offene Fenster hörten sie, dass die ersten Gäste des Maskenballs eintrafen. In dreißigminütigen Abständen wurde der Weg zum Schloss freigelegt, um einen Schwall an Kutschen durch den Fluss hindurchzulassen. Danach brauchten die Schlosswachen eine kleine Pause, in der die Gäste gemütlich aus den Kutschen steigen konnten.

„Lini, hast du meine Schuhe gesehen?", rief Aurum aus ihrem Zimmer der Köchin zu, die als Einzige schon komplett fertig war und neugierig aus dem Fenster sah. Die vier Frauen waren Prinzessin Manaia beinahe um den Hals gefallen, als sie am vorherigen Morgen zu ihnen gekommen war und ihnen mit der Garderobe für den Ball half. Schließlich hatte keiner, nicht einmal die Prinzessin unter ihnen, für ein Fest taugliche Kleider in ihren Taschen verstaut. Es war komisch für Kalea gewesen, nach einem Kleid für ihre falsche Gestalt zu suchen. Das stechende Rot ihrer Haare ließ die verschiedensten Farben der Kleider ganz anders wirken als ihr sonst braunes Haar. Doch so fremd ihr das Ganze auch war, so hatte sie sich mittlerweile an diese Gestalt gewöhnt. Sie erschrak kaum noch, wenn sie im Augenwinkel eine rote Strähne sah und auch die veränderte Stimmfarbe klang nun in ihren Ohren vertraut.

Durch den Spiegel sah sie Aurums Schuhe unter einem Sofa liegen. Bevor sie ihrer Freundin aber helfen konnte, kniete sich Amrin auf den Boden und holte die Schuhe seiner Cousine hervor.

„Du bist mein Held", bedankte sich diese und küsste ihn schnell auf die Wange. Schmunzelnd sah er ihr nach und kam dann auf Kalea zu, die ihr Kleid im Spiegel richtete.

„Das Hemd steht dir gut", sagte sie ihm, als er hinter ihr stand und sie das schwarze gut sitzende Oberteil an ihm betrachtete. Verlegen ging er sich durch das dunkelblonde Haar. „Es macht dich aber älter."

„Ist das gut oder schlecht?", meinte er unsicher. Bevor sie ihm versichern konnte, dass es gut war, kam ihr jemand zuvor.

„Es ist sogar sehr gut", kam Jarrel lächelnd dazu und sah beide durch den Spiegel hinweg an. Sie drehten sich zu dem Leibwächter herum, der einen dunkelblauen Festanzug trug. Seine Haare waren ungewohnt nach hinten gelegt.

Amrin errötete noch mehr. „Danke."

„Du kannst dich aber auch sehen lassen", meinte Kalea und lachte, als sich Jarrel einmal im Kreis drehte, um ihnen eine gute Sicht zu bieten.

„Ich würde ja das Kompliment zurückgeben, aber wir beide wissen, dass du in dieser Gestalt kein Kompliment annimmst", erwiderte er schließlich, wobei sein wissender Blick eine Gänsehaut bei ihr auslöste. Kurz dachte sie an das Lagerfeuer und Jarrels Nähe zurück. Sie nickte zustimmend.

„Ich denke, dass ich so weit ich bin", kam Aurum gehetzt aus ihrem Zimmer und legte ihre Maske über ihre Augen. Sie sah unbeschreiblich aus. Ihre kurzen, blonden Haare lagen glatt an ihrem Gesicht und waren mit verschiedenen Muscheln und Perlen geschmückt. Ein hellblaues, enges Kleid zierte ihren Körper.

„Wow, heute sehen wohl alle blendend aus", sagte Jarrel und sah Aurum anerkennend an.

„Ich danke dem werten Herrn", meinte sie erfreut und knickste spielerisch, was der Leibwächter mit einer übertriebenen Verbeugung erwiderte. Bodan kam hinter ihr aus dem Zimmer heraus, zupfte seine Ärmel zurecht und legte dann seinen Arm um die Taille seiner Freundin.

Er sah sich im Raum um. „Wo ist Henri?"

„Er holt noch unsere Masken", antwortete Amrin direkt. Genau in diesem Moment kam der Gesuchte in den Raum, in jeder Hand eine Maske.

„Amrin, ich habe zwei verschiedene geholt", begann er und blickte auf seine Hände. „Welche möchtest du haben?" Er hob den Kopf und verharrte. Kalea sah, wie rot Amrin wurde, als Henri ihn schamlos ansah und anscheinend keine Worte fand. Langsam kam der junge Wachmann auf ihn zu und Kalea hätte schwören können, dass seine Pupillen mit jedem Schritt größer wurden. Um den beiden etwas Privatsphäre zu geben, entfernte sie sich und zog Jarrel an seinem Arm mit sich zur Seite.

„Du siehst umwerfend aus", stammelte Henri und senkte endlich seine Arme. Die Masken in seinen Händen waren längst vergessen. Amrin biss sich auf die Lippe und schmunzelte.

„Du auch, Henri", erwiderte er liebevoll, umschloss sein Gesicht mit einer Hand und küsste ihn. Henri schmolz sichtlich dahin.

Bodan und Jarrel räusperten sich fast zeitgleich, was die beiden auseinanderfahren ließ.

„Wir sollten zum Ball gehen, sonst kommen wir zu spät", sagte der Leibwächter entschuldigend, was sich die Gruppe nicht zweimal sagen ließ. Kalea nahm ihre Maske vom Tisch und legte sie mit einem letzten Blick in den Spiegel über ihre andersfarbigen Augen.

Zwei Masken schützten ihr wahres Aussehen. Was sollte ihr damit den Abend verderben können?

Nacheinander verließen sie die Räumlichkeiten. Als sie sich herumdrehte, um ihren Freunden zu folgen, stoppte sie eine sanfte Berührung. Sein Atem war warm. Jedes kleine Haar an ihrem Körper stellte sich auf. Jarrel hatte den Moment genutzt und lehnte sich nun so weit vor, dass sein Atem ihre Ohrmuschel streifte. Kalea hielt den Atem an.

„Ich weiß, dass du es in dieser Gestalt nicht hören willst. Aber ich kann nicht anders, Kalea. Du siehst atemberaubend aus", flüsterte er ihr zu, schnappte sich dann lässig seine Maske vom Tisch, setzte sie auf und ging aus dem Raum. Perplex sah sie ihm nach. Stumm legte sie ihre Hand auf ihr wild schlagendes Herz und atmete einmal tief durch. Egal, wie sehr sie versuchte, es zu ignorieren. Das strahlende Lächeln, mit dem sie wenig später den Gang zum Ballsaal entlanglief, verriet sie.

KAPITEL 38

FAUN

Tropfend fiel sein Blut von seiner Unterlippe auf den steinigen Boden unter ihm. Die harten Kanten des Untergrundes stachen in seine Knie, als die Männer ihn endlich losließen. Kraftlos stürzte er hinab und fing sich gerade rechtzeitig mit einer Hand ab, bevor sein Gesicht mit dem harten Boden Bekanntschaft machen konnte. Seine Hände ballten sich zu Fäusten. Dann setzte er sich auf seine Füße zurück, blickte zur Seite und spuckte einem der Männer vor die Füße. Sein blutroter Speichel blieb unmittelbar vor den schwarzen Stiefeln des grimmig blickenden Mannes liegen. Faun grinste provozierend. Doch nun, in Veras Anwesenheit, wagte es der Mann nicht, seine Faust erneut in sein Gesicht zu schleudern. Und das wussten beide. Die Nasenflügel des Mannes bebten und seine Hand verkrampfte sich um den Griff seiner Axt, die an seinem Gürtel befestigt war. Zufrieden wandte sich der Halbelf wieder nach vorn und blickte der Frau entgegen, die ihn aus dem Kristallgefängnis geholt hatte.

„Faun", sagte Vera und betrachtete ihn. Sie saß auf ihrem imposanten Thron und streichelte den riesigen Kopf ihres Hundes. Wo die zweite Kreatur war, wusste er nicht. Doch ein pechschwarzer Hund, der bei seinem Anblick mit den Zähnen fletschte, genügte ihm.

„Wieso bin ich hier, Vera?", fragte er, wobei seine Stimme gewollt gelangweilt klang. Angestrengt versuchte er seine Gesichtszüge zu kontrollieren. Ihm war es völlig schleierhaft, warum sie ihn plötzlich zu sich in den Saal holen sollte. Ihre täglichen Besuche waren weniger geworden, bis sie gar nicht mehr kam und eine dreckig lächelnde Wache ihm sagte: „Wir haben die Erlaubnis dazu, dich wie alle anderen Gefangenen zu behandeln. Du wirst dir wünschen, dich anders entschieden zu haben."

Die darauffolgenden Tage versuchte Faun mit Würde zu tragen. Schnell wurde ihm klar, dass Veras Anhänger ihn nicht wie alle anderen behandelten. Nein. Sie behandelten ihn schlechter. Zwei Tage bekam er jegliche Nahrung verweigert. Beinahe täglich ließen sie ihre Wut an ihm aus, denn schließlich hatte er ihre Freunde getötet und sich gegen Vera gestellt. Von Anfang an hatte er eine höhere Stellung in Veras Reihen genossen, was ihm neben Respekt auch Neid einbrachte. Als er sich dann gegen ihre Anführerin gestellt hatte, unterschrieb er eigentlich sein Todesurteil. Hätte Vera nicht verboten, dass ihm ein Leid geschieht. Dadurch hatte sich aber umso mehr Rachelust in ihnen gestaut. Eine Rachelust, die sie nun ausleben konnten, ohne sich Gedanken um Konsequenzen machen zu müssen. Was Vera damit bezwecken wollte, war ihm klar.

Sie wollte ihn brechen. Ihn wieder gefügig machen.

„Warum blutet er?", ignorierte sie seine Frage und starrte die Männer an, die ihn dorthin gebracht hatten. Die Männer schwiegen

245

und sahen zu Boden. Veras Finger tippten ungeduldig auf die Thronlehne. Sie stoppte damit, als Faun plötzlich lachte.

„Das fragst du noch?", erwiderte er bissig und lächelte breit, was Veras Gesichtsausdruck verhärtete. Faun konnte sich denken, was sie für ein Bild von ihm hatte. Das Blut, das sich in seinem Mund gesammelt hatte, überzog seine Zähne. Er war halb nackt und zitterte von der Kälte, die vom Steinboden in seine nasse Hose kroch. Sein Oberkörper war von blau-violetten Flecken übersät und seine Haare standen in alle Richtungen ab.

Vera schwieg. Erneut ging sie nicht auf seine Aussage ein, stattdessen überraschte sie ihn mit ihren nächsten Worten: „Ich will dir ein Angebot machen, Faun. Ein letzter Auftrag gegen deine Freiheit."

Drei Tage später sah er zu den hohen Türmen des blauen Schlosses hinauf und spürte dabei nur ein leichtes Ziehen in seinen oberen Rückenmuskeln. Nachdem er Veras Angebot angenommen hatte, durfte er bis zu diesem Abend in seine vorherigen Gemächer zurück und ihre Anhänger hatten ihn, bis auf ein paar böse Blicke, in Ruhe gelassen. Doch war er von der Zeit im Kristallgefängnis noch immer sehr ausgelaugt. Musste es denn unbedingt ein Maskenball sein? Genervt seufzte Faun unter der schwarzen Kapuze, die sein Gesicht vor neugierigen Blicken schützte. Die Lichter des Ballsaals erhellten beinahe den gesamten Schlossgarten. Er selbst saß im Schatten eines Brunnens und beobachtete das ein und aus gehen der Gäste. Es waren verschiedene Leute nach Hidrig gereist. Hoffentlich stimmten Veras Quellen und an diesem Abend wäre seine Chance, um direkt zwei Ziele auszulöschen. Dass er dafür aber auf diesen Maskenball gehen musste, ging ihm deutlich gegen den Strich. Er wusste nicht mal, warum dieser Ball stattfand. Es war irgendein Prinz angereist, zu dessen Begrüßung dieser Ball organisiert wurde.

Stefan? Seth? Er wusste es nicht. Aber er wusste, wie seine Ziele gekleidet waren und was ihm das Erfüllen dieses letzten Auftrages brachte.

Die Freiheit aus seinem Schwur gegenüber Vera. Wie es dazu kam, dass sie ihm plötzlich dieses Angebot unterbreitet hatte, wusste er nicht. Als er sie zuvor um die Entbindung des Schwurs gebeten hatte, hatte sie seine Bitte verneint. Ihm war nichts anderes übrig geblieben, als sich gefangen nehmen zu lassen, um Veras Aufträgen auszuweichen und keine Gefahr für Andere zu sein. Doch nun war seine Chance. Er sollte zwei Ziele auslöschen, dann würde sie ihn von dem Schwur befreien, der ihn dazu verpflichtete, bei ihr zu bleiben.

Faun hatte zwar noch keine Lösung für sein eigentliches Problem gefunden, wäre aber wenigstens Vera los, die ihm doch nicht helfen konnte. Er hatte Unaussprechliches für sie getan, um Informationen über den Namensfluch zu bekommen. Dass all dies umsonst sein würde, hatte er nicht gewusst.

Da es sowieso nichts brachte, rappelte er sich auf und kramte aus seiner Manteltasche eine Maske heraus. Kurz blickte er sie an und erinnerte sich an seine alte zurück. Für einen Moment war er zurück in Viredis, spürte die Kühle der Wiese unter sich und sah in ihr überraschtes und wunderschönes Gesicht. Im nächsten Augenblick war er sich wieder bewusst, wo er war und welche Maske er in seinen

Händen hielt. Diese war weiß und passte zu dem Rest seiner Kleidung, die sich unter dem Mantel befand. Er trug ein schickes Gewand, mit dem er mit Leichtigkeit in der Menge untertauchen konnte. Sobald die Maske seine Haut berührte, spürte er eine vertraute Kühle über seinen Körper weichen. Um auf Nummer sicher zu gehen, tastete er über seine Ohrmuscheln und stellte beruhigt fest, dass sie menschlich waren. Diese Maske wirkte zwar nicht annähernd so gut wie seine alte, doch erfüllte sie ihren Zweck. Seine Spitzohren sahen menschlich aus, seine bunten Augen waren ein intensives Blau und sein nachtschwarzes Haar ein dunkelbrauner Ton. Wenn jemand jedoch genau darauf achtete, würde man ihm die Magie anmerken, die in ihm schlummerte. Eine Tatsache, die seine alte Maske gut unterdrückt hatte. Er räusperte sich und stellte erstaunt fest, dass seine Stimme eine Oktave höher klang. Seinen Mantel versteckte er hinter einem Busch. Im Innenfutter seines Ärmels überprüfte er den Sitz der versteckten Dolche, während er auf den Eingang des Schlosses zulief. Nett lächelnd reichte er der Wache die gefälschte Einladung, die ihm Vera gegeben hatte, und bedankte sich, sobald er durchgewunken wurde. Am Eingang nahm er sich einen Moment Zeit, um seine Gedanken zu sortieren. Seine Atmung ging flach. Seine Sinne waren aufs Äußerste geschärft. Gespielt freundlich ging er lächelnd durch die Menge und steuerte den Tisch mit den Getränken an, um seine Nerven zu beruhigen. Von außen wirkte er gekonnt ruhig, wobei er von innen hektisch alle möglichen Szenarien durchging. Er hatte in wenigen Minuten mindestens zwei Fluchtwege geplant, falls etwas schiefging. Niemand achtete auf ihn. Die Menschenmenge sah zur Bühne, auf welcher der König mit seiner

Familie stand, und das Fest eröffnete. Die Musik setzte nach der Ansprache des Königs ein und lud die ersten Paare auf die Tanzfläche ein. Im Vorbeigehen betrachtete Faun die einzigartigen Masken und teilweise Kostüme, die im Ballsaal zu sehen waren. Keine Maske glich einer anderen. Wobei er immer nach zwei ganz bestimmten Ausschau hielt. Konzentriert überflog er jeden Kopf im Saal. Plötzlich stieß ihn jemand an und holte ihn aus seiner Arbeit heraus.

„O entschuldigt", sagte eine junge Frau, die ihn beim Vorbeigehen aus Versehen angerempelt hatte. Ihr roter Wein war auf seinen Ärmel getropft und hinterließ einen hellroten Fleck. Schockiert blickte sie auf das Ungeschick und dann in sein maskiertes Gesicht.

„Kein Problem", erwiderte er lächelnd und nahm die Servierte eines Bediensteten an, der das ganze Debakel gesehen hatte. Schnell tupfte er den Wein von seinem Ärmel und hörte der Entschuldigungsrede der rothaarigen Frau zu, die hektisch mit einer anderen Serviette ebenfalls auf dem Stoff rum tupfte.

„Ich habe nicht geguckt, wohin ich laufe", redete sie beschämt weiter. Ihre Wangen unter der Maske waren beinahe genauso rot wie das Kupfer in ihrem Haar. Leicht amüsiert musterte er sie.

„Ich versichere Euch, dass es kein Problem ist", sagte er erneut, um die Frau zu beruhigen. Diese strich sich erleichtert durchs Haar und lächelte ihn etwas scheu an. In diesem Moment sah er hinter ihr auf der Tanzfläche eines seiner Ziele umher tanzen. Die rothaarige Frau vor ihm redete weiter, worauf er nicht reagierte.

„Wollt Ihr tanzen?", unterbrach er sie und blickte von seinem Ziel zu ihr hinunter, „als Entschuldigung?"

Sie grinste. Sah ihn abschätzend an und nickte dann. Zusammen gingen sie in Richtung der Tanzfläche und stellten sich beim nächsten Lied gegenüber. Fauns Aufmerksamkeit lag auf seinem Ziel, das wenige Meter von ihnen entfernt stand. Dieser Unfall mit dem Wein war gerade rechtzeitig passiert. So musste er niemanden ansprechen, um zu tanzen.

Reflexartig griff er nach den kleinen Händen der Frau, als er die ersten Töne hörte. Sein Körper reagierte instinktiv, sobald die Musik erklang. Als hätten sich sämtliche Tänze in seinen Muskeln verewigt. Dabei fühlte sich ihre Hand ungewöhnlich vertraut an. Seine Augen suchten sein Ziel zwischen den Tanzenden.

„Sucht Ihr jemanden?", fragte seine Tanzpartnerin und hob unbeeindruckt eine Augenbraue nach oben. Abgelenkt riss er seinen Blick von den Leuten und sah wieder zu ihr. Der Dame schien es nicht zu passen, dass sie nicht seine volle Aufmerksamkeit hatte.

„Nicht wirklich", antwortete er gewollt charmant und schwang sie in die nächste Drehung. Sobald sie wieder vor ihm stand, sah er, dass sie ihm nicht glaubte. Ihre Stirn, die nicht von der Maske verdeckt wurde, warf zweifelnde Falten auf. Ohne darüber nachzudenken, zog er sie näher an sich heran, um einem anderen Tanzpaar auszuweichen. Ihr warmer Körper drückte sich dabei an seinen und sein Herz begann fest zu schlagen. Wie lange war es eigentlich her, dass er jemandem so nahegekommen war? Augenblicklich dachte er an *sie* zurück. Sein Herz schmerzte bei der Erinnerung, weswegen er sich wieder auf die Gegenwart konzentrierte. Sein Blick fiel auf die dünne, unscheinbare Kette, die an ihrem schmalen Hals hin und her schwang. Ihre Hände ruhten in seinen und ihre braunen Augen ließen ihn für diesen einen Tanz sein Ziel vergessen. Sie wirkten wie tiefe, alte Augen, die schon mehr erlebt hatten, als man ihr zutrauen würde. Die Wärme zog durch den Stoff seiner Kleider und legte sich auf seine Haut. Eine Gänsehaut breitete sich aus. Kurz pochte sein Hinterkopf. Wahrscheinlich stresste ihn dieser Auftrag mehr, als er zugeben wollte. Ihre langen, kupferroten Haare strichen ab und an über seinen Handrücken, der an ihrem Rücken lag und sie führte. Faun schien in diesem Moment seit Langem das erste Mal seine Probleme vergessen zu können. In der Weichheit ihrer Gesichtszüge, der Tiefe ihrer Augen und der Wärme ihrer Haut. Es wirkte beinahe natürlich, als sie nach dem Lied einen weiteren Tanz tanzten.

Und noch einen.

Und noch einen …

KAPITEL 39

KALEA

Ihr Blick hing an seinem Lächeln. Ihre Wangen waren heiß, wie ihr gesamter Körper. Einerseits wegen des Weines und den vielen Tänzen. Aber anderseits wegen dieses Mannes, dessen Blick ihr beim Tanzen in die Seele zu blicken schien. Er war ein guter Tänzer und hatte sie geschickt über die Fläche geführt. Wo die anderen waren, wusste sie nicht. Sobald sie erschöpft waren, gingen sie gemeinsam zu den Getränken. Der fremde Mann war charmant und brachte Kalea mehr als einmal zum Lachen. Sie fühlte sich entspannt und konnte die Sorgen vergessen, die ihr sonst so schwer auf den Schultern ruhten. Sei es wegen des Alkohols oder des Mannes vor ihr. Sie konnte ihren Blick nicht von ihm abwenden.

O bitte, mögen ihr alle Götter verzeihen.

Der Mann lachte, wobei sich ein kleines Grübchen an der linken Wange zeigte. Sein Kopf neigte sich minimal nach unten, während sich um seine Augen kleine Lachfalten bildeten. Es war tief und kehlig und so ähnlich zu *seinem* Lachen. Wärme stieg in ihr auf, während sie ihn weiter beobachtete und nicht einmal merkte, wie ihre eigenen

Mundwinkel immer wieder nach oben wichen. Als er weiterredete, blendete sie seine Worte aus und konzentrierte sich allein auf sein Lachen und die Ähnlichkeiten, die ihr so schmerzhaft bewusst wurden. Seine Stimmfarbe war heller als seine, doch genauso melodisch. Sie vibrierte nicht in ihren Ohren und sie könnte ihm nicht auf ewig zuhören, doch es genügte. Es genügte, um die endlose Sehnsucht in ihr für einen Abend zu dämpfen. Er nahm einen großen Schluck und wirkte ebenfalls entspannter als zuvor. Wahrscheinlich spürte auch er die Freude des Weines, welcher durch ihre Adern schoss.

„Auf jeden Fall war mir nicht bewusst, wie schnell er rennen kann", beendete er glucksend eine Geschichte und für einen Moment spürte sie, wie ihr Herzschlag aussetzte. Sein amüsiertes Glucksen ähnelte seinem so stark, dass sie ihn für einen Moment vor sich gesehen hatte. Wie Fauns Haare über seine Stirn fielen, wenn er sich beim Lachen vorbeugte. Dann sah sie wieder den fremden Mann vor sich. Sie fühlte sich zu ihm hingezogen. Ehe sie wusste, was geschah, hob sie ihre Hand an seinen Arm, was ihm einen überraschten, aber neugierigen Blick entlockte. Fragend sah er sie an.

„Wollen wir in den Garten gehen?", nuschelte sie nervös und sah zu der offenen Terrassentür. „Mir ist von dem vielen Tanzen ganz warm."

Seine Augen huschten über ihr Gesicht, als wolle er herausfinden, was sie vorhatte. Obwohl sie selbst nicht wusste, was das war. Der Mann nickte schließlich, sodass Erleichterung sie durchflutete. Dicht gefolgt von der Schwere ihres schlechten Gewissens. Ihre Ohren rauschten vor Aufregung.

Seine braunen Haare waren glatter als seine. Nur schwer konnte sie diese zwischen ihren Finger fassen, als er sie sanft gegen eine Mauer drückte, die tief im Schatten des Gartens lag. Zaghaft hatte er sie geküsst, bis sie ihm ins Haar griff und seine Unsicherheit verflog. Mittlerweile hielt er sie an ihrer Taille nah an seinem Körper und presste seine Lippen rhythmisch gegen ihre. Er küsste sehr gut und es fühlte sich an, als wüsste er genau, wie sie es mochte. Sein Griff um ihre Taille war genau richtig. Der Rhythmus des Kusses eine perfekte Mischung zwischen sanft und fordernd. Doch trotz dieser Leichtigkeit des Kusses, merkte sie, wie sich das schlechte Gewissen immer tiefer in ihre Knochen setzte. Er roch und schmeckte nach dem Wein, den sie getrunken hatten.

Es war nicht das Richtige.

Er war nicht der Richtige.

Trotzdem vertiefte sie den Kuss und strich ihm durchs Haar.

„Wir …" Er stoppte kurz, um sich zu besinnen. Dann lehnte er seine Stirn an die Ihrige, um ihren Blick zu finden. „Wir sollten zurückgehen." Er zog die Augenbrauen zusammen und biss sich auf die Lippe. Für den Bruchteil einer Sekunde wollte sie ihm widersprechen und ihn weiter küssen, um nicht wieder in den Ballsaal zurückgehen zu müssen. Bis ihr etwas durch das schwache Licht bewusst wurde.

Seine Augen waren nur blau.

Tief und aufrichtig.

Er war unmittelbar vor ihr. Sein warmer Atem strich über ihre Lippen. Sie sah ihm an, dass er versuchte, sich von ihr zu lösen. Große Hände fassten ihr ins Haar und an ihre Wange. Für einen Atemzug hielt er inne und suchte ihren Blick. Obwohl ihr Kopf wollte, dass sie das Ganze beendete, schien sich ihr Inneres an diesen Moment zu klammern.

„Nur noch einen", hauchte er, kniff seine Augen fest zu und legte seine weichen Lippen auf ihre. Und Kalea war nur ein Mensch. Ein Mensch, der sich nach Nähe sehnte und diesem Kuss genauso verfiel wie dem vorherigen. Sie vergaß die Zeit, konnte sich auch kurz selbst belügen und stellte sich jemand anders vor.

Jemanden, den sie viel lieber küssen wollte. Nach dem sich ihr ganzes Inneres sehnte.

Ihr Hinterkopf pochte ruhig im gleichen Rhythmus, wie ihr vermissendes Herz.

KAPITEL 40

FAUN

Sie roch nach Regen. Nicht, als wäre sie gerade durch den Regen gelaufen und besäße nasse Haare.

Nein.

Sie roch wie der Moment vor dem Regen. Wenn man ihn riechen konnte, kurz bevor die ersten Tropfen herunterfielen. Dieser elektrisierende Moment, wenn die Luft auf höchster Spannung steht und jeder nur darauf wartete, dass die Wolken brachen.

Sie roch wie der Regen. Doch sie schmeckte, wie sich Raumsprünge anfühlten. Berauschend. Unkontrollierbar, aber befreiend.

In seinen Gedanken versunken vertiefte Faun den Kuss. Sehnsüchtig leckte er ihr über die Unterlippe und nahm die Wärme ihres Mundes direkt in Beschlag, sobald sie ihm die Erlaubnis gab. Er hörte nur ihre Atmung und das wilde Rauschen seines Blutes. Außer dem Pochen in seinem Hinterkopf schienen seine Gedanken endlich stillzustehen.

Verlangend wanderte eine Hand an ihren Nacken. Dort hielt er sie sanft, aber bestimmend, während er sie immer wieder küsste. Ein leises

Geräusch, das kaum einem Stöhnen ähnelte, gelang in sein Ohr. Angetrieben von ihrer Euphorie verstärkte er den Griff in ihrem Nacken.

Ihre Freude war der Funken seiner Lust.

Langsam strich seine Hand nach oben in ihr Haar. Dabei blieb er an ihrer Kette hängen. Nicht ganz bei der Sache merkte er nicht, dass einer seiner Ringe im Verschluss hing. Als er sie dann näher an sich heranzog, ihre Hände seine Oberarme umgriffen und seine Hände ihr Haar erreichten, riss die Kette. Doch keiner der beiden schenkte dem Ganzen seine Aufmerksamkeit. Die Frau in seinem Arm schien kurz die Luft anzuhalten, ehe ihre Hände zu seinem Nacken fuhren.

Für einen Moment fühlte sich Faun wieder zurück in Viredis. Er stellte sich vor, den vertrauten Geruch ihres Zimmers zu riechen und Kalea in den Armen zu halten.

Er blinzelte.

Augenblicklich fuhr er zurück und drückte sie von sich weg. Seine Augen waren unter der Maske weit geöffnet. Sie war wegen seiner Reaktion verwirrt und lehnte noch immer an der Wand. Ihre Brust hob und senkte sich schnell, während sie sich durch ihr kupfer- nein, braunes Haar strich. An ihrem linken Ohr meinte er etwas Weißes hervorblitzen zu sehen.

Ihn überlief es eiskalt.

Vor ihm an der Wand gelehnt, starrte ihn seine verstorbene Freundin an. Kalea leckte sich über die Lippen und sah ihn noch immer verwirrt an.

Ihre grauen Augen - verdammt, diese Augen - musterten ihn durch die Maske beinahe besorgt. Schmerzlich schloss er die Augen und rang um Kontrolle. Er war kurz davor, auf die Knie zu fallen und in sich zusammenzubrechen.

Er vermisste sie so sehr, dass sein Kopf ihm einen Streich spielte. Sie stand nicht vor ihm. Sie war tot und er hatte eine andere geküsst. Nicht mal zwei Monate nach ihrem Tod.

„Alles in Ordnung?", fragte die Frau, deren Stimme nun ebenfalls ihrer ähnelte. Faun hatte eindeutig zu viel getrunken. Ohne sie noch mal anzublicken, drehte er sich um.

„Es tut mir leid. Ich muss gehen", sagte er laut genug, dass sie ihn gewiss hören konnte. Dann rannte er beinahe zum Brunnen zurück.

Seine Augen brannten. Er schien keine Luft zu bekommen. Sobald er den Brunnen erreichte und mit Sicherheit aus dem Sichtfeld anderer Menschen war, brach er zusammen. Er war umgeben von der völligen Freiheit des Schlossgartens, doch fühlte es sich alles zu klein an. Sein Körper war zu eng für die Gefühle, die über ihn hineinbrachen.

„O Kalea. Es tut mir so leid", flüsterte er schluchzend und wusste nicht, wofür er sich entschuldigte. Für ihren Tod? Dafür, dass er jemand anderes geküsst hatte? Oder dafür, dass er sie für einen Moment vergessen hatte.

Wahrscheinlich für alles auf einmal und mehr. Frustriert riss er die Maske von seinem Gesicht und blickte gen Himmel. Die Tränen liefen seitlich an seinen Augen hinab. Da wurde ihm bewusst, dass er zum ersten Mal die Trauer seit ihrem Tod zuließ. Die ganze Wut, die er in den vergangenen Wochen gespürt hatte, war seine versteckte Trauer gewesen. Seine Hand fand den Weg zu seiner Brust. Zu der Stelle seines Herzens, die immer und immer wieder brach. In kreisenden Bewegungen versuchte er es zu beruhigen. Er hatte noch immer einen Auftrag zu erledigen. In diesem Zustand konnte er nicht zurückgehen.

Atme, atme, atme ...

KAPITEL 41

KALEA

Die Abendluft strich ihr über die erhitzte Haut und holte sie allmählich zurück in die Wirklichkeit. Raus aus dem Rausch des Kusses des Fremden. Sie starrte ihm noch lange hinterher, bis er hinter einer Reihe von Rosenbüschen verschwand. Ihr Mund war noch immer schockiert geöffnet und ihre Atmung beruhigte sich nur langsam. Verwirrt legte sie den Kopf schief.

War er gerade wirklich abgehauen? Fassungslos lachte sie, strich sich durchs Haar und richtete wieder ihr Kleid. Noch immer spürte sie seine Hände an ihrem Körper. Mit der Zunge an ihren Lippen jagte sie seinem Geschmack hinterher und schloss für einen Moment die Augen. Schritte zu ihrer Linken ließen sie hochschauen. Durch die Dunkelheit fiel ihr das leuchtende Haar direkt auf.

„O Baria", begrüßte sie ihre Freundin, die auf sie zukam. Ihre kurzen Haare waren in einen kleinen, tiefen Dutt gesteckt. Das Auge noch immer abgedeckt.

„*O Baria* mich nicht", sagte die Prinzessin, sobald sie bei ihr ankam, „was war das?"

Kalea schluckte und spürte, wie ihr die Scham ins Gesicht flog.

„Ähm, das war nichts", versuchte sie beiläufig zu klingen und drückte sich endlich von der Wand ab, an die sie noch eben gedrückt wurde.

„*Das* sah aber nicht nach *nichts* aus!", sagte Baria skandalös und grinste breit. „Und wo ist überhaupt deine Kette?" Suchend sah die Prinzessin zu Boden. Da bemerkte Kalea erst, dass sie abgegangen war. Ihre Finger strichen über die nackte Haut ihres Halses. Das müsste den fremden Mann überrascht haben. Kein Wunder, dass er abgehauen war.

„Der Arme hat bestimmt einen Schock bekommen", sagte ihre Freundin frech schmunzelnd und half ihr dabei, die Kette zu finden.

Kalea grunzte. „Ach Quatsch, ist doch völlig normal, dass man mit einer Frau rum knutscht und plötzlich steht jemand anderes vor einem", erwiderte sie sarkastisch. Sie verharrten in einer gebeugten Position und sahen sich stumm an. Kaleas Mundwinkeln zuckten. Dann verfielen sie in ein schallendes Gelächter.

„Bei allen Göttern! Er sah aus, als würde er verrückt werden!", sagte Baria außer Atem und hielt sich die Seite.

„Ich dachte schon, dass ich so schlecht im Küssen wäre", meinte Kalea und lehnte sich vor, sobald sie die Kette gefunden hatte.

„Das muss ich Amrin erzählen!", sagte die Prinzessin plötzlich und hielt sich mittlerweile vor Lachen den Bauch. Langsam verstummte Kaleas Lachen. Ihr Hals schnürte sich bei der Vorstellung zu, dass Amrin von dieser Sache erfuhr. Nicht, weil er sie dafür verurteilen würde, sondern weil Faun ein wichtiger Mensch in dem Leben des jungen Gelehrten war. Und Amrin wusste, dass diese Sache zwischen ihr und dem Halbelfen noch ungeklärt war.

„Bitte nicht", meinte sie und biss sich auf die Lippe.

Das gesunde Auge ihrer Freundin musterte sie. „Wieso nicht?" Dann seufzte sie. „Ich bitte dich. Wegen Faun? Der Mann hat sich fast zwei Monate nicht blicken lassen. Du konntest mir nicht mal sagen, ob ihr zusammen seid."

Kalea verzog das Gesicht und untersuchte den Verschluss der Kette. Er war leicht verbogen. „Das ist doch irrelevant. Ich hätte das nicht machen sollen", erwiderte sie leise. Zweifelnd zog sie die Augenbrauen zusammen. Baria betrachtete sie kurz und kam dann auf sie zu. Sanft nahm sie ihr die Kette aus der Hand und stellte sich hinter sie. In Gedanken versunken nahm Kalea ihre Haare nach oben. Geschickt bog Baria den Verschluss gerade und legt ihr die Kette wieder um.

„Kalea, jetzt sei nicht so hart zu dir selbst. Meiner Meinung nach hast du nichts falsch gemacht. Aber ich verspreche, dass ich Amrin nichts sagen werde."

Dankbar lächelnd drehte sie sich zu ihr um und nahm Barias Hände in ihre. „Danke dir", sagte sie ernst und begleitete dann ihre Freundin zurück zum Ball, wo sie hoffte, nicht mehr auf den Mann zu treffen. Den Mann, mit diesem einnehmenden Lächeln und den tiefblauen Augen, die sich mit einem Blick in sie hineinbohrten. Das schlechte Gewissen wurde größer und größer. Anscheinend genügten etwas Wein und eine Ähnlichkeit zu Faun, damit sie mit einem fremden Mann knutschte. Ihr war das Ganze unglaublich peinlich. Zum Glück war es Baria, die sie gesehen hatte und niemand anderes. Die Prinzessin hatte schließlich keine engere Beziehung zu Faun und konnte ihr deswegen keine Vorwürfe machen.

Das war ein Fehler gewesen.

Ein Fehler, aber ein wunderschöner.

KAPITEL 42

FAUN

Die Maske ruhte in seinem Gesicht. Seine Atmung ging ruhig und flach. Die Gedanken kreisten nun einzig und allein um sein Ziel. Zuvor hatte er sich das erste Mal seit Langem von einem Auftrag ablenken lassen. Nun hatte er die Fassade des Spions aufgesetzt und musterte jedes Gesicht und jede Maske, die an ihm vorbeikam. Langsam, als wäre er ein Tier auf der Jagd, pirschte er sich zwischen den Menschen hindurch. Wie ein Schatten ging er dicht an der Wand entlang, von wo aus er die beste Aussicht auf die Menge hatte. Eines der Ziele war zum Glück noch immer auf der Tanzfläche. Das andere sah er nur wenige Meter vor sich mit einer kleinen Gruppe reden. Die junge Frau lachte laut über einen Witz, den ihre Freundinnen ihr erzählten. In seiner Hand beschwor er einen Funken seiner Magie. Das einzig Gute an der Zeit bei Vera war, dass sie ihn beinahe gezwungen hatte, seine Kraft gänzlich auszuschöpfen und zu benutzen. Das Geschenk, wie sie es nannte, wertzuschätzen. Er hasste und liebte es gleichermaßen. Der dunkle Nebel zuckte zwischen seinen Fingern und wartete. Der kleine Funken seiner Magie, der in seiner Handfläche umher tanzte, war gerade mal ein Sandkorn an einem Kilometer langen Strand. Wenn er sie mit diesem lang genug berühren würde, hatte er das erste Ziel geschafft. Zielstrebig ging er nah an die junge Frau heran, stolperte gespielt und fing sich locker an ihrem Arm an.

„Entschuldigt bitte", sagte er überrascht und riss seine tiefblauen Augen weit auf, um aufrichtig zu wirken. Die Dame hatte sich sichtlich erschrocken und war etwas zurückgewichen. Sobald sie aber Fauns ansehnliches Trugbild sah, lächelte sie schüchtern und legte ihre Hand auf seine, die noch immer an ihrem Arm ruhte. Danach versicherte er sich bei ihr, ob er sie verletzt hatte, was sie kichernd verneinte. Sie merkte nicht, wie die Windungen seiner Magie in ihre Haut eindrangen und den Schaden langsam anrichteten. Es würde Stunden dauern, bis sie es merken würde. Aber dann wäre Faun längst weg. Kurz nagte die Moral wieder an ihm, als er das freundliche Lächeln der jungen Frau sah. Doch bevor sie in ihm keimen konnten, drängte er die Zweifel zurück. Er musste es hinnehmen, ob es ihm gefiel oder nicht. Vera gab ihm keine andere Wahl.

Ihren Tod gegen seine Freiheit.

Charmant verabschiedete er sich bei ihr und ging dann weiter, um das zweite Ziel zu finden. Dabei bemerkte er den jungen Mann nicht, der sich durch die Menge quetschte und anscheinend vor jemanden flüchtete. Erst als dieser in ihn hineinlief, sah er ihn an. Die grünen Augen blickten ihn erschrocken durch den Spalt einer blauen Maske hindurch an. Faun erkannte ihn direkt. Die kleine Narbe, die er am Haaransatz hatte, würde Faun immer erkennen. Schließlich war es seine Schuld gewesen, dass er sie hatte. In Fauns ersten Trainingsjahren hatte es sich der Jüngere angewöhnt, ihn beim Training zu beobachten.

An einem Abend, kurz bevor das Training vorbei gewesen wäre, war er auf die Fläche gekommen und stellte sich hinter Faun. Tief in sein Training vertieft, hatte er den kleinen Jungen hinter sich nicht bemerkt. Schwungvoll hatte er ausgeholt und im nächsten Moment hatte er eine Stirn mit dem Metallknauf seines Schwertes getroffen.

„Amrin?", hauchte er überrascht und bevor ihm bewusstwurde, was er tat, packte er ihn am Arm und zog ihn zu sich. Amrin musterte ihn verwirrt. Neben seinem Freund kam ein braunhaariger Mann zum Stehen. Er war ungefähr so groß wie er, sah ihn skeptisch an und blickte dann finster zu Fauns Hand, die Amrins Arm noch immer festhielt.

„Kennst du ihn?", fragte der Mann Amrin und stellte sich fast zwischen sie, sodass sich Fauns Griff lockerte.

„Nicht dass ich wüsste?", grübelte der junge Gelehrte und musterte ihn. „Oder?" Die suchenden Augen des wohl schlauesten Menschen, den Faun kannte, huschten über sein Gesicht.

Panik kam ihn ihm hoch. Er durfte seine Tarnung nicht auffliegen lassen. Schließlich war er mit seinem Auftrag noch nicht fertig. Das war verdammt noch mal Amrin vor ihm! Was tat er hier?

„Wer sind Sie?", fragte der fremde Mann wieder und kam ein Schritt auf Faun zu. Dieser ging ein Stück zurück und schüttelte den Kopf. Das konnte nicht wahr sein. Warum war er hier? Waren die anderen auch hier? Hier, wo er zwei Ziele auslöschen musste? Sie durften ihn nicht dabei sehen. Es würde ihn zerstören, wenn seine liebsten Menschen dieses Monster sehen würden.

„Warten Sie!", rief Amrin ihm nach und folgte ihm durch die Menge. Sein Körper wurde immer heißer. Schweiß brach auf seiner

Stirn aus und ließ die braunen Strähnen unangenehm an seiner Haut kleben. Seine Augen huschten durch den Saal und suchten nach einem Ausgang. Ihm war das zweite Ziel völlig egal. Er musste hier weg, und zwar sofort.

Jetzt!

Das durfte ihm nicht passieren!

Bilder der Nacht des Erntemondes traten in sein Bewusstsein. Schmerzlich erinnerte er sich an die weinenden Gesichter seiner Freunde. Noch lange war er nicht dazu bereit ihnen unter die Augen zu treten. Ihren Schmerz und ihren Hass zu sehen. Seine Hand rieb wieder über die Stelle an seiner Brust. Das war alles zu viel in einem zu engen Raum. Stockend versuchte er einzuatmen. Der Saal schien sich zu drehen. Dummerweise stolperte er, weil er so neben sich stand. Ein anderer Mann hielt ihn rechtzeitig fest.

„Oh, langsam!" Faun erstarrte. Jeder Muskel verhärtete sich und sorgte dafür, dass er stocksteif dastand. Angsterfüllt blickte er dem Mann ins Gesicht. Das konnte nicht wahr sein. Wie viel Pech musste er an diesem Abend haben?

„Scheiße", fluchte er leise. Sein Bruder musterte ihn verwirrt, blickte dann auf die Hand an seiner Brust und wieder in sein Gesicht zurück. Sofort ließ Faun die Hand von seiner Brust fallen. Schließlich wusste er, dass es eine bekannte Geste für seinen Bruder war. Doch es war zu spät. Die dunkelbraunen Augen seines Bruders weiteten sich minimal.

„Faun?", hauchte er fragend und verstärkte den Griff um seine Schultern. Ruckartig versuchte Faun sich von ihm zu lösen.

Nein, nein, nein. Er durfte nicht in seiner Nähe sein.

267

„Warte. Faun, du bist es doch, oder?", fragte Bo eindringlicher und zog ihn an den Rand des Saales. Mit den Händen an seinem Körper konnte er keinen Raumsprung machen, ohne ihn mit sich zu nehmen. Aufgebend stoppte er seine Gegenwehr und kniff die Augen zusammen. Wie konnte er ihn überhaupt erkennen?

„Bo, was machst du hier?", flüsterte er mit dünner Stimme und sah auf den Boden zwischen ihren Füßen. Das Leder ihrer Schuhe glänzte im Schein der Kerzen. Während Fauns gesamter Plan in sich zusammenbrach und sein größter Albtraum wahr wurde, stimmte das Orchester das nächste Lied an.

„Ich?", erwiderte er aufgebracht, ehe er seine Stimme wieder zügelte. „Was machst du hier? Wo warst du?" Der Druck um Fauns Arme wurde fester. Dann lockerte sich der Griff leicht, ohne den Kontakt zu verlieren. Faun schwieg und mied seinen Blick.

„Rede mit mir, Bruder." Faun seufzte und sah ihn dann endlich an. Bo erkannte seine Hülle nicht, hatte ihn aber darin gesehen. Sein Bruder kannte ihn viel besser, als er es ihm zuschreiben wollte.

„I-Ich kann nicht. Du solltest dich von mir fernhalten", meinte er stockend, was Bo wieder zorniger machte. Die Falte zwischen seinen Augenbrauen wurde tiefer.

„Was redest du? Und warum siehst du so aus?"

„Bodan!", kam Amrin zu den beiden dazu. Das fehlte ihm noch. „Kennst du ihn?" Sein Bruder lachte trocken und deutete mit dem Kinn auf ihn.

„Das ist Faun."

Amrin hielt die Luft an und musterte ihn. Er konnte ihm ansehen, dass er ihn nicht erkannte. Verwirrt flüsterte er: „Faun?"

Um sie herum wurden die Gäste langsam auf sie aufmerksam. Der braunhaarige Mann neben Amrin räusperte sich und zeigte mit einer Hand auf eine Nebentür.

„Wir sollten mit ihm woanders hingehen", schlug dieser vor und erntete ein Nicken von den beiden. Bo sah ihn warnend an und umgriff seinen Arm wieder fester, bevor sie losmarschierten.

„Komm mit und wage es ja nicht zu verschwinden. Ich lass dich nicht wieder los."

Wenig später stand er mit den Dreien in einem ruhigeren Teil des Schlosses. Ab und an liefen betrunkene Gäste an ihnen vorbei, die sich kichernd weiterbewegten. Faun stand mit dem Rücken zur Wand. Bo stand neben ihm und wagte es nicht seinen Arm loszulassen. Direkt vor ihm sah Amrin ihn mit großen fragenden Augen an. Der Fremde stand neben ihm und sah sich ab und zu im Gang um.

„Was ist hier los Faun?", begann sein Bruder und zischte danach: „Nimm die Maske ab!"

Für einen Moment zögerte er. Schließlich kannte er den anderen Mann nicht. Konnte er ihm mit seiner Identität vertrauen? Mit hochgezogener Augenbraue sah er Amrin an, der seinen Blick zu dem Braunhaarigen gesehen hatte. Nachdem der junge Gelehrte entschlossen genickt hatte, packte er die weiße Maske und nahm sie von seinem Gesicht. Während er spürte, wie sich sein Aussehen veränderte, steckte er die Maske in seine Jackentasche. Das vertraute

269

Gewicht seines Kristalls ruhte wieder auf seiner Brust. Der blaue Stein, der um seinen Hals hing, war kühl auf seiner warmen Haut. Nun lächelte Amrin ihm endlich zu. Der Fremde starrte ihn mit offenem Mund an, sagte aber nichts zu seinen Ohren und seiner fragwürdigen Abstammung. Im nächsten Moment umgriffen Amrins Arme seinen Oberkörper und der Jüngere drückte sein Gesicht an seine Schulter.

„Wir haben dich überall gesucht", nuschelte er in sein Hemd hinein. Fauns Arme schlangen sich um ihn und drückten ihn für einen Moment an sich. Dann ließ er ihn los.

„Wir dachten, du wärst auf Measin", erklärte sein Bruder, der nun ebenfalls entspannter aussah, „Dort wollten wir in den nächsten Tagen hinreisen." Bei seinen Worten wirbelte Faun zu ihm herum.

„Das könnt ihr nicht", sagte er entrüstet und sah sie mit weit aufgerissen Augen auf. Das wäre das schlimmste Szenario, das sich Faun vorstellen könnte.

„Auch ohne dich sind wir in der Lage durch Caldo zu reisen." Bo schnalzte mit der Zunge und verdrehte die Augen. Störrischer Bock, dachte sich Faun.

„Nein! Ihr dürft nicht nach Measin!", meinte Faun nun eindringlicher und packte ihn an seiner Schulter. „Wenn sie euch in die Finger bekommt …" Er stoppte mitten im Satz. Bo und Amrin sahen ihn gebannt an. Nachdem sie einige Zeit nichts gesagt hatten, räusperte sich der Fremde wieder. Seine Arme waren vor seiner Brust verschränkt.

„Ich glaube, dass das alles etwas zu viel für ihn ist, Amrin", begann er und ignorierte Fauns fragenden Blick. Wer glaubte er zu sein, um zu wissen, wie es ihm ging? „Bringt ihn doch in eines der Zimmer und ich suche die anderen." Die Anderen? Waren sie etwas alle hier? Was für eine Katastrophe.

„Danke Jar", sagte Amrin lächelnd und führte ihn mit Bo zu den genannten Zimmern, wobei ihre Hände fest um seine Arme lagen. „Hier lang."

„Was ist passiert?"

„Wo warst du?"

„Was machst du hier?"

Ihre Fragen überfluteten ihn. Sein Kopf dröhnte vor Anstrengung. Das Zimmer, in dem sie sich befanden, war sehr schlicht gehalten und sah aus wie ein Wohnzimmer. Mehrere Türen schienen zu anderen Zimmern zu führen. Wie kam es, dass seine Freunde im Schloss untergekommen waren? Waren sie im Auftrag der Königin hier?

„Warst du wirklich bei Vera? Warum hast du dich nicht gemeldet?", sagte Bo und sah ihn abwartend an. Sein linker Fuß tippte ungeduldig. Langsam, aber sicher nervte Faun der ständige Griff um seinen Oberarm.

„Ich musste einen Ausweg finden. Ich kann euch solch einer Gefahr nicht aussetzen", gestand er und biss die Zähne aufeinander.

„Welcher Gefahr?", fragte Amrin alarmiert. Faun schnaubte. Sie wussten doch ganz genau, was er angerichtet hatte. Noch heute roch er ihr Blut, das aus der Wunde gequollen war. Manchmal konnte er spüren, wie es sich angefühlt hatte, den Dolch in ihren Körper zu rammen. Mehr als einmal hatte er sich danach übergeben.

„Ich!", brüllte er und sah, wie der Jüngste zusammenzuckte. Um Kontrolle ringend, atmete er durch, ehe er weiterredete. *„Ich* bin die Gefahr!"

„Wovon redest du? Etwa von diesem bescheuerten Namensfluch?", erwiderte Bo zerknirscht. Wenn er so wütend war, musste Faun unwillkürlich an ihre Kindheit zurückdenken. Schon immer zuckte dabei sein rechter Nasenflügel nach oben. Das erste Mal hatte er es gesehen, als sein Bruder ein paar Jungs verprügelt hatte. Diese hatten zuvor Faun wegen seiner Herkunft und seines Aussehens aufgezogen.

„Dieser bescheuerte Namensfluch hat dafür gesorgt, dass ich Kalea *getötet* habe", brummte Faun und riss an seinem Arm, um sich endlich zu lösen, „also lass mich los, Bodan." Der volle Name seines Bruders kam wie heiße Glut über seine Lippen. Er spürte, wie auch er immer wütender und frustrierter wurde. Er musste von ihnen weg und das zweite Ziel finden. Während seine Wut immer weiter wuchs, beobachtete er, wie sein Bruder sich urplötzlich entspannte. Seine Mimik wurde in wenigen Sekunden weicher. Seine braunen Augen wirkten urplötzlich traurig.

„Du weißt-. O Faun", hauchte Amrin und trat einen Schritt an ihn heran. Seine Hand strich über seinen Oberarm.

„Was?"

Amrin japste stumm und sah hilflos zu Bo.

„Sie -. Sie ist nicht tot. Kalea lebt", übernahm Bo das Reden. Faun stoppte für einen Augenblick mit jeder Bewegung und betrachtete die beiden. Dann schüttelte er immer wieder den Kopf.

„Das ist nicht lustig", murmelte er atemlos und fasste sich an die Brust. Seine Augen schlossen sich, wobei er direkt ihren leblosen Körper vor sich sah.

Bos Griff verstärkte sich an seinem Körper. „Das ist kein Scherz", wiederholte sein Bruder die Aussage.

„Ich habe es doch gesehen und habe es *gespürt*! Ich spüre es immer noch!", brüllte er nun außer sich und zeigte mit seiner anderen Hand auf seinen Kopf. Dieser war seit ihrem Ableben vollkommen still.

„Nein, Faun", vorsichtig kam Amrin auf ihn zu. Dabei sah er ihn an, wie ein wild gewordenes Tier, das gezähmt werden musste. „Bo sagt die Wahrheit. Sie lebt." Der Halbelf begann zu zittern.

„Hört auf, mich anzulügen!", meinte er laut und wechselte von einem Gesicht zum anderen. Doch sahen sie ihn ernst und aufrichtig an.

Sein Bruder seufzte. „Das tun wir nicht. Sie lebt. Der erste Regen hat ihre Wunde geheilt. Jarrel holt sie mit den anderen, dann siehst du es mit eigenen Augen", sagte Bo mit beruhigender Stimme und packte nun auch seinen zweiten Arm, um ihn zu sich zu drehen.

„D-das kann nicht sein", murmelte Faun überfordert und starrte ihn mit großen Augen an.

„Ist es, Bruder."

Faun schüttelte den Kopf. „Aber ich habe doch", stammelte er nun, stoppte sich selbst und hielt sich an den Kopf, sobald sich seine Augen mit Tränen füllten. „Dann habe ich es umsonst getan." Er brach ab.

„Was? Was hast du getan?", fragte Amrin nach und strich ihm über den Rücken.

„Nein, nein. Sie kann nicht leben. Sonst habe ich ganz umsonst -."

Plötzlich ging die Tür auf.

KAPITEL 43

Sein Ziel starrte ihm misstrauisch entgegen. Hinter ihm der braunhaarige Mann, der zuvor mit Amrin im Ballsaal gewesen war. Faun erwiderte den Blick, bis er einen kleinen Blondschopf sah, der sich durch die zwei nach vorn kämpfte. Aurum atmete erstaunt ein und hielt ihre Finger an ihre Lippen. In den nächsten Sekunden waren ihre Augen von Tränen erfüllt. Ächzend atmete Faun aus und fing sie gerade rechtzeitig auf, als sie sich auf ihn schmiss. Dann löste sie sich, um ihm fest gegen den Arm zu boxen.

Er rieb sich die Stelle. „Aua", jammerte er bestürzt.

„Das hast du verdient. Wo verdammt warst du?", verlangte sie wütend zu wissen und schniefte laut. Faun kam nicht dazu zu antworten, denn im nächsten Moment kam Henri angerannt und schmiss ihn buchstäblich zu Boden. Er verstand kaum, was er ihm in die Ohren schrie. Wärme wuchs in seinem Magen, wobei er unwillkürlich seinen besten Freund umarmte. Henri, roch nach Zuhause. Wie sie alle.

„Henri, du zerquetschst ihn!", hörte er Amrin meckern und dann wurde der Wachmann von ihm heruntergezogen. Dieser grinste breit und strahlte ihn an. Erst jetzt merkte er, wie sehr er diese Chaoten vermisst hatte. Und am liebsten würde er in ihrer Mitte bleiben und sich in ihrer Wärme und Vertrautheit suhlen. Aber das konnte er nicht. Denn die Erinnerung daran, was er zu tun hatte, stand noch immer in der Tür und beobachtete das ganze Spektakel mit einem sanften Lächeln.

Sein Schulterblatt brannte erinnernd. Veras Schwur hinderte ihn daran, das Ganze zu genießen. Erinnerte ihn an alles.

Sich aus den Armen seiner Freunde zwängend, ging er mit großen Schritten auf den Blondhaarigen zu. Beschwor einen Funken seiner Magie in seine Hand und wollte gerade nach ihm greifen, als der andere ihn urplötzlich am Handgelenk packte und stoppte. Jarrel, so hatte Amrin ihn genannt, sah ihn wütend an.

„Was soll das werden?", brachte er zwischen zusammengepressten Zähnen hervor. „Fass ihn nicht einfach an!" Der Druck um sein Handgelenk wurde stetig stärker.

Unbeeindruckt sah Faun ihn an. Der Blondhaarige drückte den Arm seines Freundes herunter. Sie schienen eine stumme Unterhaltung zu führen. Dann löste er endlich den Griff um sein Handgelenk und trat wieder einen Schritt zurück. Faun überlegte rasch. Hinter ihm standen seine liebsten Menschen und direkt vor ihm die einzige Chance, von Veras Schwur befreit zu werden. Er wäre zwar nicht von dem Namensfluch befreit, aber wenigstens einen Schritt näher an seinem Zuhause dran. Es musste getan werden. Mit zusammengepresstem Kiefer öffnete er sich seiner Magie.

Kurz geschah nichts. Stille herrschte in dem Raum.

Plötzlich ein Geräusch. Die Luft knackte.

Im nächsten Moment wurde der Braunhaarige von den Füßen gerissen und landete an der Wand auf der anderen Seite des Zimmers. Aurum schrie hinter ihm auf und sein Ziel reagierte zu spät. Denn Fauns Hand lag schon um seinen Hals und drückte ihn mit voller Kraft gegen die andere Wand. Panisch schlug dieser ihm gegen die Arme und sah an Fauns Kopf vorbei. Es brauchte nur ein paar Sekunden, damit seine Magie in ihn hineingreifen konnte. Hinter ihm hörte er seine Freunde protestieren und spürte kräftige Hände an ihm zerren.

Nur noch ein bisschen, dachte er. Kurz verlor er den Hautkontakt zu seinem Ziel, als Henri ihn um die Taille packte und nach hinten riss. Er wollte ihm nicht wehtun, presste aber eine Kraftwelle zwischen sich und seinem Freund. Er musste das hier tun.

Erschrocken stolperte Henri nach hinten und schlug dabei eine Lampe um. „Seph!", rief jemand von der Tür und rannte auf die beiden zu. Bevor er den Kopf zur Seite drehen konnte, wurde er mit irgendeinem Gegenstand verprügelt. Immer und immer wieder drosch die vor Wut schnaubende Frau auf ihn ein. Die Hände seiner Freunde waren fort. Nur noch diese Frau prügelte wild auf ihn ein. Mit voller Wucht traf sie sein Ohr, sodass er sein Ziel losließ und sich schützend den Kopf hielt. Scheiße, tat das weh!

„Lass ihn los!", keifte sie. Flink packte er ihre Hände und scherte sich nicht um den Blondhaarigen, der an der Wand zu Boden ging. Mit beiden Händen fixiert starrte er die Frau an. Rotes Haar stand in alle Richtungen ab. Ihr Blick war auf den Blondhaarigen gerichtet. Ihre

Wangen waren vor Wut rot angelaufen und in einer Hand hielt sie ein Buch.

Sie hatte ihn mit einem verdammten Buch verprügelt.

„Du", sagte er überrascht, wobei sie ihn ohne die Maske höchstwahrscheinlich nicht erkannte. Ihre Augen waren weit geöffnet, als hätte sie einen Geist gesehen. Sie hielt merklich die Luft an und schien erstarrt zu sein.

„Faun?", sagte jemand hinter ihr und da sah er Evalin.

„Lini", begrüßte er sie und sah dann dabei zu, wie sie ängstlich auf den Blondhaarigen zuging.

Verwirrt blickte die Köchin im Raum umher. „Was ist passiert?", fragte sie die anderen, die stumm zu Faun blickten. Ausdruckslos erwiderte er ihren Blick, wobei er bemerkte, dass ihre Augen zwischen ihm und der Frau hin und her huschten. Langsam ließ er sie los. Die rothaarige Frau japste nach Luft. Er wusste nicht, warum sie so neben sich stand, doch konnte sie sein kleinstes Problem bleiben.

„Das", er stoppte und zeigte mit seinem Daumen auf den Blondhaarigen, „ist, was ich meine."

Die Frau wollte gerade etwas sagen, da kam er ihr zuvor: „Haltet euch von mir und Measin fern", sagte er monoton und mit fester Stimme. Dabei versuchte er keine Regung in seinem Gesicht zuzulassen. Die regungslose Mimik eines Spions. Das hier war richtig. Sie hatten gesehen, zu was er imstande war. Sie mussten verstehen, dass er ein Monster war und sie ihn mit einer billigen Lüge nicht mehr zurückholen konnten.

Die Hoffnung für ihn war erloschen. Seitdem Vera ihn dazu gebracht hatte, seine wahre Macht zu entfesseln, war er sich sicher, dass der Rest Menschlichkeit in ihm gestorben war. Er war ein Monster. Ein Mann mit einer Kraft, die kein Sterblicher besitzen sollte.

Sein Blick legte sich noch einmal auf Bodan.

Dann verschwand er im nächsten Raumsprung und folgte dem Ruf des Symbols, welches auf seinem Schulterblatt brannte.

KAPITEL 44

KALEA

„Habe ich das gerade geträumt?", fragte Kalea voller Ernst und starrte auf den Fleck, an dem sie eben noch Faun gesehen hatte. Die Stellen, an denen er sich gepackt hatte, kribbelten noch immer. Sie war so blind vor Wut gewesen, dass sie zu spät erkannte, wer Sepher angriff. Aber warum hatte er den Prinzen angegriffen?

„Gewiss nicht", erwiderte Sepher stöhnend, der mit Evalins Hilfe auf die Beine kam und sich den Hals hielt. „Will mir einer erklären, was das sollte?" Seine grauen Augen funkelten vor Wut.

„Keine Ahnung", sagte Amrin und setzte sich auf einen der Sessel. Kalea blendete ihre Unterhaltung aus, in der sie Fauns Beweggründe hinterfragten, denn innerlich war sie völlig am Ausrasten.

Das war Faun gewesen.

Ihr Faun.

Er war in ihrer unmittelbaren Nähe gewesen und hatte sie berührt.

Ein Stechen durchfuhr ihren Kopf. Überrascht hielt sie sich den Mund zu und sank auf den Boden. Es war nur leicht und kein Vergleich zu früher, doch sie spürte ihre Verbindung im Hinterkopf. Wie das

Flackern einer Flamme. Immer und immer wieder. Als wollte sie ihr sagen: Ja, das war Faun und ich bin noch hier.

Ihre Verbindung bestand noch. Ob auch er das spürte?

Am anderen Ende des Zimmers half Henri Jarrel hoch, der wieder zu sich kam. Kalte Hände legte sich um ihre Schultern. Als sie ihren Kopf drehte, sah sie Baria, die ihr Halt gab. Zusammen standen sie auf und setzten sich zu den anderen, die sich auf den Sofas niedergelassen hatten. Eine längere Zeit über sagte niemand was. Jeder hing seinen Gedanken nach und versuchte, die letzten Minuten zu verarbeiten.

Kaleas Aufmerksamkeit ging zu Faun zurück. Seine Haare waren länger geworden und seine Wangen waren eingefallener als zuvor. Doch war es ihr Faun gewesen. Die blau-türkisen Funken schwammen durch das satte Violett seiner Iris und verschlugen ihr, wie beim ersten Mal, die Sprache. Sie war so überrumpelt von seinem Auftreten gewesen, dass sie kein Wort rausbringen konnte. Nun, wo er wieder weg war, wusste sie, was sie ihm sagen wollte. Jetzt fiel ihr alles wieder ein. Aber dieser Idiot war wieder abgehauen, bevor sie überhaupt dazu kam. Bei allen Göttern, machte er sie rasend.

Vor Wut und vor Sehnsucht.

Die Gruppe sah sie verstört an, als sie loslachte. Egal, wie sehr sie probierte, es zu unterdrücken, gelang es ihr nicht. Immer wieder kam ein leises Lachen über ihre Lippen. Dann verwandelte es sich allmählich zu einem Schluchzen.

„Dieser Arsch", fluchte sie lächelnd und sah ihre Freunde nur verschwommen. „Und wie wir ihm nachgehen." Ihre Freunde nickten zustimmend und standen beinahe gleichzeitig auf. „Bo, du meintest, dass du jemand kennst, der uns nach Measin bringt?"

„Ja, er schuldet mir was. Wir sollten aufbrechen können, sobald wir ihn finden", erwiderte der Mann mit entschlossener Stimme und öffnete dann die Tür zu seinem und Aurums Zimmer, um seine Tasche zu holen und sich umzuziehen. Dann ging sie in ihres, schnappte die Sachen von ihrem Stuhl und packte sie in ihre Tasche vom Bett. Dabei schreckte sie das Anino hoch, welches auf ihrem Kissen gelegen hatte. Neugierig folgte es ihr wieder hinaus. Trubel und Aufbruchsstimmung füllte den Raum. Außer bei Sepher und Jarrel, die das Ganze beobachteten. Mit verschränkten Armen kam der Prinz auf sie zu, als sie ihren Mantel überwarf.

„Ich kann nicht hierbleiben", sagte sie, bevor er es konnte. Kurz musterte er ihr verschleiertes Gesicht und strich dann eine rote Haarsträhne hinter ihr Ohr.

„Das hätte mich gewundert", antwortete er wissend. „Ich weiß nicht, was das eben war, aber bringt ihn zurück, damit ich ihm zeigen kann, dass man sich nicht mit einem Kronprinzen anlegen sollte." Kalea erwiderte sein Grinsen und nickte dann. „Ich werde euch aber nicht begleiten. Ich muss hierbleiben, um den König zu überreden, uns seine Unterstützung zuzusprechen."

„Das verstehe ich und ich verlange auch nicht, dass du mitkommst", sagte sie ehrlich und sah in seine grauen Augen. „Sobald wir ihn haben, komme ich wieder hier her."

Sepher schüttelte den Kopf. „Ihr werdet mehrere Tage nach Measin brauchen. Außerdem muss ich noch nach Gaofar, bevor wir nach Solas gehen können", erklärte er ihr.

„Wann sehen wir uns dann wieder?", fragte sie und spürte, dass sie ihn wirklich vermissen würde.

Sepher Lomaret, ihre Familie.

Er überlegte kurz und sagte dann sanft: „In knapp zwei Wochen, wenn der Rebenmond am Himmel steht, kommen wir nach Viredis zurück. Danach gehen wir zusammen nach Solas und holen uns unser Land zurück, Kleines."

Sie konnte nicht anders und fiel ihm um den Hals, wo sie ihn fest an sich drückte. Der Prinz erwiderte diese Geste ebenso intensiv.

„Denke an das, was wir besprochen haben", flüsterte sie ihm ins Ohr und drückte ihn noch mal, als er nickte. Dann lösten sich die Lomarets voneinander und sahen sich kurz an. Im Raum war es ruhiger geworden. Allesamt zogen sich ihre Mäntel über und schulterten ihre Taschen. Es war klar, dass Jarrel bei Sepher bleiben würde.

Schmunzelnd kam er auf sie zu, nahm ihre Hand und küsste sie dann zwinkernd. „Bis bald, meine Schöne", säuselte er und ignorierte Sephers angewiderten Blick. „Viel Glück." Kurz hielt er ihren Blick und Kalea konnte sehen, dass er die Worte ernst meinte. Egal, was er ihr gegenüber eventuell empfand, er hoffte für sie, dass sie Faun finden würden. Dann drehte er sich herum und tat dasselbe bei Baria, die ihn entzückt ansah. Amrin zog er in eine feste Umarmung und flüsterte ihm etwas in Ohr.

Abschätzend blickte sie im Raum umher und fand Evalin, die Sepher mit einem gewissen Blick betrachtete. Kurz tauschte Kalea einen Blick mit Aurum aus, die dasselbe gesehen hatte.

„Das Anino bleibt bei euch", meinte Amrin.

Jarrel protestierte laut, während das kleine Wesen auf ihn zukam. Neben ihm hüpfte es auf und ab und schien sich darüber zu freuen.

Kalea räusperte sich. „Und ich denke, dass auch einer von uns hierblieben sollte."

„Das denke ich auch", kam ihr Aurum zu Hilfe. „Wer weiß, ob die beiden den Weg nach Viredis finden." Abwartend blickten sie zu Evalin, die diesen Wink mit dem Zaunpfahl offensichtlich verstand und rot anlief.

„Dann begleite ich die beiden", stammelte sie nervös. „Wenn das für euch in Ordnung ist." Sepher nickte, wobei er ein Lächeln unterdrückte. Würden ihre Gedanken an Faun diesen Moment nicht trügen, hätte sie die beiden bestimmt aufgezogen. Aber so verabschiedeten sie sich und gingen auf direktem Wege zum Hafen.

Noch einmal würde sich nicht zulassen, dass Faun verschwinden konnte.

Das Glück schien auf ihrer Seite zu sein. Sobald sie den Hafen erreichten, dauerte es nicht lange, bis sie Bodans Bekannten fanden, der sogleich sein Schiff vorbereitete. Währenddessen besorgten sie Vorräte für die Überfahrt. Es war kein großes Schiff, doch reichte es für die sechsköpfige Gruppe plus Kapitän allemal.

Schon mittags am nächsten Tag hatten sie den Golf von Meda hinter sich gelassen und kamen im Seidea Strom an. Barias kurzes weißes Haar wehte neben ihr im Wind umher. Vorsichtig lösten sie am zweiten Tag auf der See den Verband um ihr Auge. Die Gruppe lächelte sie aufmunternd an. Die Wunde war gut verheilt, doch würde eine Narbe zurückbleiben. Ihr blaues Auge war jedoch hoffnungslos verloren. Kalea hatte ihr gegenüber den größten Respekt, dass sie nicht in Tränen ausbrach. Vielleicht hatte sie schon vorher geahnt, dass ihr Auge erblindet war. Für den restlichen Tag schien die Prinzessin stark in sich gekehrt. Kalea erwischte sie mehr als einmal dabei, wie sie ihr gesundes Auge mit einer Hand abdeckte. Nur um diese wenige Sekunden später enttäuscht zu senken.

Am dritten Tag, an dem Aurums Seekrankheit am schlimmsten war, schifften sie an der Salzwasser-Wüste vorbei. Die Sonne strahlte auf den weißen Sand hinab und blendete sie. Das Salz in der Luft und im Wasser hatte sich in ihre Haare gelegt. Nur Kalea und Baria, die Wärme gewöhnt waren, schienen sich nicht von der Sonne stören zu lassen, Henri und Amrin hatten beide einen Sonnenbrand am Rücken bekommen. Durch die Reflexion des Wassers war diese viel intensiver als an Land. Ebenfalls unterschätzen die Jungs die Intensität, da immer ein kühler und angenehmer Wind ging.

Am fünften Tag standen alle auf der Backbordseite des Schiffes und blickten auf die Umrisse der Insel, auf die sie zusteuerten. Sie war nicht besonders groß und hatte kaum bis gar keine Grünfläche. Nur am Rande erkannten sie die Umrisse von einigen Bäumen. Der Strand schien aus kleinen Kieselsteinen zu bestehen. Aus der Ferne sahen sie ein großes und mehrere kleine Schiffe, die an einer Anlegestelle lagen. In einem ausreichenden Abstand stoppten sie das Schiff hinter einem großen Felsen. Sie würden die Nacht abwarten, um Measin zu betreten. Zwar kannte Kalea diesen Ort und Vera nicht, glaubte aber Amrins knappen Erzählungen und Bos angespannter Haltung. Mitten in der Nacht ließ der Kapitän ein zweites kleines Boot ins Wasser hinunter, in dem die Gruppe saß. Der Mann, dem mehrere Zähne fehlten und sich die letzten Tage von der Gruppe abgesondert hatte, würde mit dem Schiff wieder zurücksegeln. Er weigerte sich, länger in der Nähe dieser Insel zu bleiben als notwendig. Und laut ihm hatte sich der Gefallen, den er Bo schuldete, mit der Hinreise erübrigt. Missmutig hatten sie seine Wahl hingenommen. Außerdem gingen sie alle fest davon aus, dass Faun sie zurück nach Hause bringen würde. Denn niemand hatte vor, ohne ihn zu gehen.

Stumm ruderten sie auf die Insel zu, die im Licht der Nacht vor ihnen lag. Der Schein des Mondes tanzte auf der schwarzen Wasseroberfläche. Von Weitem sahen sie vereinzelte Fackeln leuchten. Entschlossen starrte Kalea geradeaus und ließ durch ihre Magie dicke Wolken am Himmel auftauchen. Das hatte sie die letzten Tage lang geübt. Sie brauchten keinen Sturm, sondern Dunkelheit, um auf die Insel zu gelangen. Dafür benötigte sie nur einen Hauch ihrer Magie. Sie blickte gen Nachthimmel und ließ die Mauer aus Honig und Wärme langsam einstürzen. Nur die Wolken herbeizubeschwören, war tatsächlich anstrengender, als ihrer Magie einfach freien Lauf zu lassen. Sie musste den perfekten Moment abwarten und kurz bevor die Wolken brechen würden, musste sie die Magie zurückdrängen. So, als würde sie die Luft anhalten. Die Magie pochte in ihrem Körper. Schien sie fast anzubetteln, endlich freigelassen zu werden. Doch Kalea kannte nun dieses Gefühl. Es überschwemmte sie nicht, wie beim ersten Versuch, als sie fast das Schiff durch einen Sturm zum Kentern gebracht hatte. Die dunklen Wolken schoben sich vor den hellen Mond und schenkten ihnen die erwünschte Dunkelheit. Aurum grinste zufrieden, was Kalea mit einem stolzen Zwinkern beantwortete.

Wenige Minuten später band Aurum das Boot mithilfe ihrer Lianen an einem Felsen fest. Von dort aus hatten sie die Anlagestelle gut im Blick. Nur zwei Männer standen am Pier und schienen Wache zu halten. Leise gingen sie vom Schiff herunter und zogen ihre Waffen. Endlich taten sie die ersten Schritte auf das Land.

Kalea sah sich in der Landschaft um, die in der einhüllenden Nacht karg wirkte. Dann zog sie ihre Mauer vor der Magie wieder empor. Es dauerte wenige Minuten, bis die Wolken das Licht wieder freigaben und sie den Boden vor ihren Füßen richtig sahen. Hier waren sie also.

Auf Measin.

Entschlossen blickten sie einander an. Faun hatte sie immer wieder gerettet. Immer und immer wieder.

Nun würde sie ihn retten.

KAPITEL 45

Wie sie schon vom Schiff aus gesehen hatten, hatte das Land auf Measin kaum Grünflächen. Viele große Steinplatten durchzogen die Insel und boten der Gruppe kaum einen Rückzugsort. Die Wellen von Domhains Meer schlugen gegen die Klippen und tränkten den äußeren Rand der Insel. Sie wagten es nicht, auch nur einen Ton zu sagen. Denn seitdem sie auf der Insel waren, sahen sie die Fackeln nicht mehr. Barias weiß leuchtendes Haar befand sich gut versteckt unter ihrer Kapuze. Zusammen liefen sie dicht aneinander und leicht gedruckt einen Weg entlang. In die Richtung, in der sie zuvor die Lichtquelle gesehen hatten. Sie alle waren bewaffnet und diejenigen unter ihnen, die der Magie mächtig waren, waren vorbereitet. Henris und Aurums Augen leuchtenden grün und sie selbst war jederzeit bereit, die Mauer aus Honig und Wärme hinunterzuziehen.

Vorsichtig ging Bo voran und behielt ihre Umgebung im Auge. Doch beim nächsten Schritt sank unter Amrins Fuß eine kleine Platte geräuschvoll nach unten. Angsterfüllt blieben sie stehen und starrten auf den jungen Gelehrten, der wie eine Statue dastand und es nicht wagte sich zu bewegen. Henri neben ihm war ebenso versteinert und nahm seinen Blick keine Sekunde von seinem Freund, dessen Fuß noch immer auf der gesenkten Platte stand. Kalea hielt den Atem an, um die Geräusche um sie herum besser zu hören. Sie konnten nicht weit sehen.

„Vielleicht passiert nichts", sagte Baria leise, wobei sich ihr Griff um ihr Schwert verkrampfte. Bo sah sie mahnend an und hielt dann einen Finger an seine Lippen. Vorsichtig ging Kalea um Amrin herum, um dessen Rückseite abzudecken. Denn entweder sie begann sich Sachen vorzustellen oder dort hinten hatte sich etwas bewegt. Suchend kniff sie die Augen zusammen und versuchte etwas in der Dunkelheit zu erkennen. Für den Bruchteil einer Sekunde wurde der Mondschein von etwas reflektiert. Hinter sich hörte sie Amrins hektische Atemzüge. Sie waren definitiv nicht mehr allein.

Plötzlich schossen Pfeile aus jeder Richtung auf sie zu, welchen sie gerade noch rechtzeitig ausweichen konnten. Die anderen Pfeile wehrte Aurum reflexartig mit einer Wand aus sich windenden Lianen ab.

„Schnell! Rennt los!", rief die Blondhaarige ihnen zu. Rückwärts begann Kalea loszustolpern, wobei sie Amrin voraus schob. Mehrere Männer kamen hinter einer Reihe von Felsen hervor. Sie riss ihre Augen auf, drehte sich herum und umklammerte den Griff ihres Dolches. Einige Pfeilspitzen schlugen neben ihnen in den Boden ein. Ohne Aurums Lianenwand wären sie längst verletzt oder tot. Zügig rannten sie weiter. schweiß bildete sich auf ihrer Stirn und ihr Puls beschleunigte sich. Ihre Schritte knallten laut auf den Steinplatten. Bo und Henri kämpften sich durch ihre Angreifer, die von allen Seiten auf sie zukamen. Aurum ließ beim Rennen ihre Lianen wild ausschlagen

289

und warf damit einige von den Füßen. Sie rannten immer schneller durch die Nacht. Dann stoppten sie. Denn vor ihnen bauten sich sechs Männer auf. Hinter ihnen kamen zwei weitere zum Vorschein, die Pfeil und Bogen hielten.

„Das hat ja super funktioniert", zischte Henri, als sie Rücken an Rücken standen und die Fremden mit Argusaugen beobachteten. Bevor sie reagieren konnten, hörte Kalea, wie mehrere Pfeile die Luft durchschnitten. Im nächsten Moment spürte sie einen Einstich in ihrem Arm. Erschrocken starrte sie auf die kleine Pfeilspitze, die in ihrem Oberarm steckte. Einer ihrer Freunde fluchte neben ihr. Jemand krachte zu Boden. Als sie sich zu dem Geräusch umdrehen wollte, wurde ihr urplötzlich schwindlig.

„Was zum", begann sie zu murmeln, ehe der Schwindel schlimmer wurde und sie bemerkte, wie ihr schwarz vor Augen wurde. Die Pfeile waren vergiftet gewesen. Das Letzte, was sie sah, war Bos ohnmächtige Gestalt neben ihr, ehe die Dunkelheit über sie hereinbrach.

„Wir haben sie am äußersten Pfad aufgesammelt. Sie sind umhergeschlichen." Kaleas Kopf dröhnte, als sie langsam wieder zu sich kam und die Worte endlich klarer zu verstehen waren. Die Luft war stickig. Wo war sie? Panik stieg in ihr auf, als sie endlich bemerkte, dass ihr einen Leinensack übergezogen wurde. Hinter ihr stand jemand, der ihre Schulter fest umklammerte und sie aufrecht hielt. Seine oder ihre Finger bohrten sich unangenehm fest in ihr Fleisch hinein, was den Schmerz der Pfeilwunde im selben Arm vergrößerte. Mit zusammengebissenen Zähnen versuchte sie, die Orientierung zurückzuerlangen. Sie waren auf Measin, wurden angegriffen und betäubt. Nun wusste sie zwar nicht, wo genau sie sich befand, doch es war wärmer als zuvor. Sie waren nicht mehr draußen, wo der Wind des Meeres blies. Sie spürte die Fesseln an ihren Handgelenken. Das bekannte Reiben eines Seiles. Hektisch griff sie mit ihren Fingern an ihren Hals und stellte beruhigt fest, dass ihre Kette an ihrem Platz hing. Danach griffen ihre Hände in den Stoff ihrer Hose, um Kontrolle zu behalten. Es würde ihr nichts nutzen, die Nerven zu verlieren. Das Einzige, was sie momentan beruhigte, war das intensive Aftershave von Bodan. Er musste also im selben Raum wie sie sein. Und die anderen hoffentlich auch.

„Na, dann wollen wir doch unsere Gäste begrüßen", hörte sie plötzlich eine weibliche Stimme sagen. Kalea hielt die Luft an und im nächsten Moment wurde ihr der Leinensack vom Kopf gezogen. Helligkeit blendete sie die ersten Sekunden. Als sie sich an die Lichtverhältnisse gewöhnt hatte, sah sie sich um. Nun konnte sie nichts gegen die Panik tun, die sie einnahm.

In einer Reihe knieten ihre Freunde und sie in einer unterirdischen Höhle, die von Fackeln erleuchtet wurde. Die Männer, die sie gefangen genommen hatten, hielten sie mit Speeren und Schwertern in Schach. Ein Kichern, das die Haare an ihrem Körper dazu brachte, sich aufzurichten, zwang sie dazu, den Blick von ihren Freunden abzuwenden. Denn vor ihnen auf einer kleinen Erhöhung saß eine Frau mit bodenlangen, hellen Haaren auf einem steinernen Thron. Ihre Beine waren elegant überkreuzt, wobei der obere Fuß auf und ab wippte. Ihre Lippen waren rot bemalt und stellten einen eindrucksvollen Kontrast zu ihrem hellen Teint dar. Links und rechts von ihr hechelten zwei riesige, schwarze Hunde, die sie angriffslustig anknurrten. Entsetzt starrte Kalea auf die Wand hinter dem Thron. Sie war verkleidet mit weißen Schädeln, die alle in ihre Richtung starrten. Sie musste beinahe brechen, als sie auch kleinere dazwischen sah. Die ganze Aura der Frau versprühte Macht und Angst. Kalea musste nur einen Blick auf sie erhaschen, um zu wissen, wer vor ihnen saß.

Vera.

„Also", sagte die Frau abwartend und zwirbelte eine lange Strähne ihres Haares um einen Finger. Das weiße Fell ihres Mantels fiel über die Lehnen des Thrones. „Was verschafft uns die Ehre?"

„Wir suchen nach Faun", antwortete Bo mit fester Stimme und sah sie so an, als würde er sie jeden Moment angreifen. Und Kalea hoffte inständig, dass er das nicht tat. Obwohl sie nichts über Vera wusste, war ihr allein durch die Anzahl ihrer Anhänger bewusst, wie viel Macht diese Frau hatte und wie gering ihre Chancen waren. Ungefähr zwei Dutzend ihrer Anhänger befanden sich im Raum. Furchterregende Personen, die anscheinend nicht allzu viel Wert auf ihr Aussehen gaben.

„Faun? Woher kennt ihr ihn?" Eine dünne Augenbraue ging nach oben, was die einzige Regung in ihrem Gesicht war. Das Wippen ihres Fußes stoppte.

„Wir sind seine Familie und wir wollen ihn nach Hause holen. Bitte lasst ihn uns mitnehmen. Danach verschwinden wir", sagte nun Aurum, die trotz ihrer harten Stimme am ganzen Körper zitterte. Ihre Lippe blutete vom Schlag eines Angreifers.

„Nach Hause?", zog Vera das Wort lang. Dann verhärtete sich ihr Gesichtsausdruck, während sie ihre Arme zur Seite streckte. „Er ist zu Hause. Hier bei *mir*."

Um sie herum begannen Veras Anhänger mit ihren Speeren bestätigend auf den Boden zu klopfen. Verwirrung spiegelte sich in Kaleas Gesicht wider.

Bo knurrte. „Weil Ihr ihn dazu zwingt!", brüllte er wütend.

Das rührte etwas in Vera. Ruckartig knallte sie ihre Hände auf die Lehnen des Thrones, was das bestätigende Klopfen ihrer Anhänger stoppte. Dann stand sie auf, was die übernatürlich großen Hunde aufscheuchte. „Ich zwinge ihn zu nichts!", zischte sie und kam näher auf Bo zu. Dabei folgten ihr die Hunde zähnefletschend bei jedem Schritt. „Er ist freiwillig zu mir gekommen und hat sich mir angeschlossen! Er hat mich um Hilfe gebeten!"

„Nur, weil er dachte, dass er keine andere Wahl hätte!" Im nächsten Moment packte sie Bo an den Haaren und riss seinen Kopf nach oben, damit er ihr direkt ins Gesicht sah. Die Hunde bellten, als Aurum und Henri reflexartig aufspringen wollten. Bos Gesicht verzog sich vor Schmerz, doch er brach den Blickkontakt nicht mit ihr ab. Nun, wo Vera so nah bei ihnen war, bemerkte Kalea eine beunruhigende Tatsache.

Veras Augen waren rubinrot.

Passend zu ihren blutroten Lippen.

„Du elender Mensch sagst mir nichts über seine Wahl. Faun ist zu mir gekommen! Er gehört an *meine* Seite", sagte sie, wobei sich ihre Lippen wütend verzogen. Eine Ader pulsierte an ihrer Stirn.

Bo grinste tapfer. „Er gehört zu *uns*. Das weiß er", entgegnete er ihr entschlossen und versuchte sich gegen ihren Griff zu wehren. Doch war dies ein Fehler gewesen. Plötzlich holte Vera aus und schleuderte ihn mit dem Kopf voran zu Boden. Ehe er reagieren konnte, hob sie einen Fuß an und ließ diesen dann im nächsten Moment auf seine Seite heruntersausen. Reflexartig kniff Kalea die Augen zusammen und drehte ihren Kopf zur Seite. Das Geräusch des Knackens und Bos schmerzerfüllten Schrei würde sie wohl nie vergessen. Aurum schrie. Vera richtete sich auf und strich ihr Haar nach hinten. Unbeeindruckt ignorierte sie die aufgebrachten Rufe der Gruppe.

„Stülpt ihnen wieder den Sack über den Kopf und holt Faun her", keifte sie ihre Anhänger an, „er wollte sich erneut beweisen, jetzt bekommt er die Chance dazu." Abrupt wandte sie sich ab und mehrere Männer verließen den Saal. Während sie langsam die Treppen wieder hinaufstieg, und ihre Männer begannen, ihnen die Säcke über ihre Köpfe zu stülpen, sagte Vera: „Ihr werdet sehen, was er für eine Wahl bei mir haben wird."

Das Letzte, was Kalea sah, bevor erneut Dunkelheit herrschte, war das Bild von Vera auf einem Thron, vor einer Wand aus Schädeln.

Unter dem modrigen Stoff des Sacks wusste sie nicht, wie viel Zeit verging. Im Vergleich zu davor schien der Leinensack die Geräusche im Saal zu unterdrücken. Sie wusste nicht, was um sie herum geschah. Ihre hechelnde Atmung wirkte immer lauter und ihre Magie pulsierte in ihren Adern. An ihrer Seite spürte sie die Anwesenheit ihrer Freunde, die ebenso neben sich standen. Die Wärme ihres Atems knallte gegen den Stoff und legte sich auf ihre Haut. Dann ging alles recht schnell. Jemand zog den Sack von ihrem Kopf. Ihr Blut rauschte in ihren Ohren. Schnell blickte sie zu den anderen, um sich zu versichern, dass es ihnen gut ging. Bo atmete laut, kniete aber aufrecht. Amrin, der direkt neben ihr war, erwiderte ihren Blick. Dann sahen sie nach vorn. Für einen Moment schien sich alles in Zeitlupe zu bewegen. Kalea schluckte. Ihr Kopf schmerzte, als sie das pechschwarze Haar und den vertrauten Mantel sah. Ihr Herz und ihre Magie pulsierten aufgeregt.

„Was soll das, Vera?", fuhr Faun die Frau wutentbrannt an. Er stand unmittelbar vor ihrem Thron und ignorierte die knurrenden Hunde, die sich daneben aufbauten. Vera schien seinen Gesichtsausdruck abzuschätzen, wirkte aber kaum beeindruckt. Sie sah ihn an, als wäre er ein trotziges Kind. Fauns Arm war nach hinten gestreckt und deutete auf die Reihe seiner Freunde.

„Du schreist. Warum schreist du?", fragte Vera ihn und Kalea meinte einen Hauch Verwirrung herauszuhören. Wie konnte sie ihn das fragen?

Faun gab ein frustrierendes Geräusch von sich. „Siehst du das nicht?", meinte er, wirbelte herum und blickte kurz in alle Gesichter. Die Funken in seinen Augen sprangen wild hin und her. Dann drehte er sich wieder herum. Vera hatte ihre lässige Haltung verloren und lehnte sich leicht auf dem Thron nach vorn.

„Was ich sehe, ist eine Chance für dich, dich wieder zu beweisen. Nachdem du deine letzte Mission nicht zufriedenstellend beendet hast und ich mich nicht an unseren Deal halten konnte", erwiderte sie mit harter Stimme und stand auf. Sie war genauso groß wie er. Fauns Hände ballten sich zu Fäusten.

„Ich will mich nicht beweisen!", keifte er und gestikulierte mit seinen Händen zwischen ihnen. „Ich habe deinen letzten Auftrag trotz der Schwierigkeiten erfüllt. Du hast gesagt, dass du den Schwur lösen wirst, damit ich gehen kann."

„Du konntest mir nicht versichern, dass es zu hundertprozentig funktioniert hat. Ich akzeptiere keine schlampige Arbeit. Noch nicht mal von dir." Kühl blickte sie ihm ins Gesicht. „Außerdem dachte ich, dass du das nur wolltest, weil du nicht gedacht hättest, dass ich dir wieder vertrauen könnte", meinte Vera ruhig und blickte zu ihnen hinüber. „Damit zeige ich dir, dass ich dir vertrauen will."

„Indem ich meine Familie und Freunde töte?", fragte er entrüstet.

Veras rechtes Auge zuckte. „*Ich* bin deine Familie!", brüllte sie ihn an, wobei ihre Augen kleiner wurden und sie angeekelt zu ihnen blickte. „*Das* sind Menschen."

„Das ist meine Familie", erwiderte Faun und kam ihr hinterher, als Vera die Treppe herunterlief. Mit großen Schritten ging sie auf Henri zu, griff seinen Kopf und zerrte ihn nach hinten. Dann nahm sie das Schwert einer Wache und hielt es ihm an den Hals. Kalea, die fast neben ihm kniete, stand auf. Wurde aber von einer Wache festgehalten. Henris Puls schlug so stark, dass sie ihn an seinem Hals sehen konnte. Seine Augen waren auf Amrin gerichtet, der neben ihm kniete und ebenfalls gegen den Griff eines Wachmannes kämpfte.

„Sie sind nicht so wie du oder ich", säuselte Vera, legte ihre Wange an Henris und übte mehr Druck an seinem Hals aus, sodass die ersten

296

Bluttropfen über die Klinge liefen. Henri japste. „Sie sind schwach. Und sie machen *dich* schwach." Ihre Lippen strichen über Henris Haut und hinterließen eine rote Spur. „Alles, was sie können, ist einander zu zerstören."

„Hör auf, Vera", sagte Faun warnend und ließ sie nicht aus den Augen. Seine Schultern waren vor Anspannung nach oben gezogen. „Wenn du das tust, wirst du mich nie wiedersehen." Das schien zu wirken.

Vera stoppte dabei, ihr Gesicht an Henris Wange zu drücken und warf Faun einen Blick zu. Ihre roten Augen bohrten sich in seine. „Du drohst mir?", sagte sie monoton und kam wieder zum Stehen, wobei sie Henri losließ. Das Schwert baumelte in ihrer Hand. „Ich wollte deinen Freunden zeigen, dass du eine Wahl bei mir hast. Also Faun: Töte sie alle und bleibe an meiner Seite als Vertrauter. Zusammen konnten wir Welten zum Erschüttern bringen!" Ihre blutroten Lippen verzogen sich in ein diabolisches Lächeln. „Oder du weigerst dich und ich entlasse dich aus deinem Schwur." Sie stoppte kurz, ehe sie weiter redete. „Nachdem du zugesehen hast, wie ich sie alle langsam und schmerzvoll töte. Und mit Rotschopf fange ich an." Ihre Augen gingen zu Kalea, die daraufhin von einer unsichtbaren Kraft auf die Knie gezwungen wurde. Dann kam Vera auf sie zu. Kaleas Körper bebte vor Angst. Ihre Haare rissen an ihrer Kopfhaut, als sich Veras spitzen Fingernägel hinein krallten. Das Schwert tänzelte an ihrem Hals entlang. Faun ging einen Schritt auf sie zu.

„Ich rieche dich an ihr", murmelte Vera und zog ihren Kopf noch weiter in die Streckung. Kaleas Augen fixierten Faun, der nun auch sie anblickte. Er musste bestimmt an Wells denken, wo er ihre Handgelenke gepackt hatte, nachdem sie ihn mit einem Buch verprügelt hatte. Seine Nasenflügel bebten.

Vera wollte gerade erneut etwas sagen, als sie sich selbst stoppte und Kalea interessiert ansah. „Na, was haben wir denn da", sagte sie kühl. Dann klemmte sie das Schwert zwischen ihre Haut und der Kette, die um ihren Hals hing. „Das kleine Miststück trägt ein Schmuckstück der Imiset und ein überaus machtvolles." Ihr Blick schnellte zu Faun. „Wollen wir sehen, wer sich darunter versteckt?"

Kalea starrte noch immer den Halbelfen an, dessen Gesicht Verwirrung und Neugier zeigte. Dann zog Vera ihr Schwert durch die Kette hindurch. Kalea spürte, wie die Nieten platzten. Das bekannte Gefühl der Rückverwandlung legte sich über sie. Obwohl sie Veras Gesicht unmittelbar vor sich hatte, sah Kalea an ihr vorbei zu Faun. Seine Augen weiteten sich. Für einen Moment sagte niemand etwas, bis sie wieder vollständig aussah, wie Kalea. Vera betrachtete sie und strich dann den Rest ihrer weißen Strähnen nach vorn.

„Die Eine", flüsterte sie, wobei ihre roten Augen gefährlich funkelten.

KAPITEL 46

„Die Reinkarnation", murmelte Vera zu sich selbst. Kalea verstand nicht, was diese Verrückte redete. An ihrem Kopf vorbei suchte sie wieder Fauns Blick, dieser sah aber fassungslos auf seinen Bruder, der ihm zunickte. Dann blickte er ihr in die Augen. Fauns Körper verlor kurz jegliche Anspannung. Sie hielt seinen Blickkontakt, bis Vera ihren Kopf nach hinten zog.

„Das könnte einiges verändern", sagte die Frau und glitt dann spielend mit der Spitze ihres Schwertes an Kaleas Bauch entlang.

„Lasst sie los!", brüllte Amrin voller Panik und versuchte sich gegen die Griffe zu wehren.

„Seid still. Ich muss nachdenken", meckerte Vera, hob ihre Hand und ließ sie in einer schnellen Bewegung kreisen. Im nächsten Moment krachten all ihre Freunde bäuchlings auf den Boden. Faun stand noch als Einziger von ihnen und sah von Vera zu seiner Familie und zurück. Kalea sah ihm die Verwirrung an. Bemerkte, wie sein Blick immer wieder bei ihr hängen blieb. Die Anspannung war zurück in seinen Körper gekrochen. Seine Schultern gingen wieder nach oben und seine Hände ballten sich zu Fäusten. Beinahe in ihren Gedanken verloren, starrte Vera sie an und dann spürte sie plötzlich ein reißendes Gefühl in ihrem Unterleib. Schockiert starrte sie hinab. Stockend atmend sah sie wieder in diese roten Augen, die sie interessiert musterten. Veras Schwertspitze war in ihrer Seite versunken. Nicht tief, doch tief genug, um ihr die Luft aus den Lungen zu drücken.

„Sag mir, Eine. Bist du mir lebend oder tot mehr von Nutzen?" Kalea bekam kein Wort heraus. Doch sie spürte, wie ihr Oberteil von ihrem Blut getränkt wurde. Aurum und Baria riefen ihren Namen. Bo rief nach seinem Bruder.

Henri schrie: „Faun, tu etwas!"

Schmerz breitete sich in ihrem Körper aus. Das diabolische Grinsen war in Veras Gesicht zurückgekehrt. Langsam drehte sie die Schwertspitze nach links und rechts. Es fühlte sich an, als würde sie in Kaleas Unterleib herumwühlen. Obwohl sie dieser Frau nicht die Genugtuung geben wollte, konnte sie nicht mehr anders und schrie. Laut und schmerzerfüllt. Ihre Magie raste durch ihren Körper und suchte einen Ausweg aus Kaleas Körper. Jedoch spürte sie nur den Schmerz und wusste nicht mehr, wie sie ihrer Magie freien Lauf lassen konnte, ohne ihre Freunde in Gefahr zu bringen. Ein Blitz in der feuchten Höhle könnte ihr aller Tod bedeuten.

Die Luft knackte.

Plötzlich flog Vera von ihr weg, wobei ihre Hand ihren Kopf und das Schwert zur Seite riss. Die Schwertspitze rutschte aus ihrem Körper und ging klirrend mit ihr zu Boden. Ohne groß darüber nachzudenken, bewegte sie ihre Hand auf die Wunde. Danach drückte eine gewaltige Kraftwelle auch alle anderen Anhänger gegen die Wand des Saales. Als sich der Schwindel gelegt hatte, blickte sie auf und sah zu Faun. Mit weit von sich gestreckten Armen stand er vor ihnen. Wind wirbelte seine längeren, schwarzen Locken auf und die Funken in seinen Augen schienen mit seinen Iriden zu verschmelzen. Sein Hemd flatterte an seinem Oberkörper. Dabei ließ er Vera nicht aus den Augen, die langsam wieder auf die Beine kam. Kaleas Herz hämmerte in der Brust und schrie sie wütend an, auf sie zuzugehen und der Schlampe den Dolch in den Hals zu rammen. Doch sie war nicht so töricht zu glauben, dass sie gegen Vera eine Chance hätte. Diese hatte sie, ohne nur einen Schritt auf sie zuzumachen, in die Knie gezwungen. Sie erschauderte bei der Erinnerung und spürte das Pochen ihrer Wunde. Die Stimmen ihrer Freunde wurden lauter.

„Kalea, los"", fuhr Amrin sie an, sobald er sie erreicht hatte. Ruckartig zog er sie an der Hand nach oben und dann in seine Arme, sodass sie nicht einmal in die Gesichter der anderen schauen konnte. Zusammen stolperten sie zu den anderen. „Faun, jetzt."

Für einen Moment stoppte ihr Herz, ehe es noch schneller als zuvor weiter galoppierte. Halt suchend, krallte sie sich in das verschwitzte Hemd ihres Freundes. Dann bahnte sich ein Kloß ihre Kehle hinauf, sobald sie die bekannten Worte und das Raunen einer Stimme hörte, die sie schon fast vergessen hatte.

„Pois Paaika."

Der Wind rauschte ihr durchs Haar, sobald sie wieder Boden unter den Füßen spürte. Der Wirbel in ihrem Kopf ließ die Welt noch immer kreisen. Der letzte Raumsprung war anscheinend zu lange her

301

gewesen. Ehe sie sich versah, riss sie sich von Amrin los und kniete sich in das feuchte Gras, um sich zu übergeben. Neben ihr stützte sich der junge Gelehrte schnaufend auf seine Knie und ließ den Kopf mit geschlossenen Augen hängen. Dann kramte er aus seiner Jackentasche eine mit Harz gefüllte Phiole und bestrich Kaleas Wunde damit. Wie er in diesem Moment klar denken konnte, wusste sie nicht. Als der Schmerz aber nachließ und das Pochen nur noch leicht zu spüren war, war sie ihm einfach nur dankbar.

Die Sonne, die sich durch die wenigen Wolken zeigten, ging hinter Henris kauender Silhouette auf und tränkte die Gruppe in ein begrüßendes Licht.

„Scheiße, das ist ja wie nach dem ersten Mal", nuschelte der junge Wachmann seufzend und wischte sich mit dem Ärmel über den Mund. Aurum stimmte ihm nickend zu, wobei sich ihre Gesichtsfarbe dem Gras unter ihnen anpasste. Kalea würgte noch immer leicht, während sie hinter sich hörte, dass Bo auf jemanden einredete. Sie brauchte einen Moment, um sich etwas wieder ins Bewusstsein zu rufen. Sich daran zu erinnern, mit *wem* Bodan sprach.

„Hey, hörst du mir zu?", sagte er eindringlich.

Erschöpft setzte sie sich auf ihre Fersen nach hinten, damit sie sich endlich aufrichten konnte. Dann sah sie ihn endlich wieder in einem vertrauten Bild.

Die Sorgen der letzten Wochen verloren an Bedeutung.

Die schlaflosen Nächte schienen nicht mehr zu existieren.

Das Erste, was ihr auffiel, waren seine stechenden Augen, die sie ungläubig anstarrten. Die Funken sprangen wild hin und her. Hinter ihm türmte der große Baum von Viredis und leuchtete in der Morgendämmerung. Doch bevor sie reagieren konnte, sah sie nur im Augenwinkel, wie er nach dem Handgelenk seines Bruders griff und im nächsten Raumsprung verschwand.

„Oh", hauchte Amrin überrascht. Tief atmete sie ein. Henris weit aufgerissenen Augen wichen von der leeren Stelle zu ihr.

„Kalea, ich", setzte Aurum mitleidig an, stoppte jedoch, als sie plötzlich das Schnauben ihrer Freundin hörte.

„Das hat er nicht wirklich gemacht, oder?", fragte sie lachend und sah fassungslos in die Gesichter ihrer Freunde. Ihr ausgestreckter Arm zeigte auf die Stelle, an der die Brüder vor wenigen Sekunden noch gestanden hatten. Das leichte Pochen ihrer Wunde geriet in Vergessenheit. „Ist das sein Ernst!?"

„Ich denke, dass er etwas überrumpelt von uns ist", setzte Aurum wieder an und folgte ihr rasch, sobald sie auf das Dorfinnere zustürmte.

„Ich bringe ihn um! Wie kann er es wagen, einfach wieder abzuhauen?", fauchte Kalea aufgebracht und starrte auf den Stumpf des Baumes. Faun war mit Sicherheit in sein Zimmer verschwunden.

„Vielleicht solltest du ihn erst mal in Ruhe lassen und wir lassen deine Wunde richtig versorgen", versuchte nun Amrin die Lage zu entschärfen und kam dabei auf ihre Höhe gelaufen.

„Was? Wir suchen ihn seit Wochen! Ich will auch wissen, was das alles sollte", mischte sich nun der junge Wachmann ein.

„Das ist doch egal, Henri!", meckerte der Jüngere ihn an. Kalea ignorierte sie und auch die Bewohner, die müde aus den Häusern stolperten. Sie nahm sich keine Sekunde Zeit, die Schönheit von Viredis zu betrachten oder glücklich darüber zu sein, wieder zu Hause zu sein.

Im Westflügel angekommen, stürmten sie Fauns Zimmer. Fanden jedoch nur Bo, der sie entschuldigend anlächelte. Während ihre Freunde weiter diskutierten und Bo erklärte, dass Faun wegen Kalea Panik bekommen hatte, drehte sie um. Ohne die Begleitung ihrer Freunde steuerte sie den nächsten Ort an, an dem Faun sein könnte.

Die Schlossbibliothek.

KAPITEL 47

Es musste ein Traum sein. Wie sollte es sonst nach all der Zeit möglich sein, dass sie zusammen im sanften Licht der Schlossbibliothek standen? Sie hatte nicht lange gebraucht, um ihn zu finden. Sobald sie ihn aber gesehen hatte, war die Wut auf ihn verschwunden. Verebbte in den Fängen ihrer Sehnsucht. Mit großen Augen wandte er sich zu ihr herum. Zwischen ihnen der Tisch und um sie herum die Stille. Die Schwere seines Blickes raubte ihr den Atem. Er blickte sie an, als sähe er einen Geist. Sanft wanderte das Licht über ihre Gesichtszüge und deckte jedes Gefühl auf, welches beide an die Oberfläche ließen. Faun schien keinerlei Gefühl zurückhalten. Keine Maske versteckte seine Erleichterung, seine Fassungslosigkeit oder seine Sehnsucht nach ihr.

„Es tut mir leid", war das Erste, was er kehlig flüsterte. Als könne er sie nicht anblicken, kniff er verbissen die Augen zu.

„Was tut dir leid?", erwiderte sie verwirrt und ging zaghaft einen Schritt um den Tisch herum. Beim Geräusch ihrer Schritte presste er sich mit seinem Rücken weiter gegen das Regal hinter sich. Sobald er die Augen öffnete, blickte er sie voller Reue an und hielt seine Hand stoppend nach oben. Sein Kiefer spannte sich an. Sie blieb stehen.

„Ich habe dich getötet."

Kalea zog die Luft ein und beobachtete jede Regung in seinem Gesicht. „Ich lebe." Die Worte gingen ihr so leicht über die Lippen, dass sie sich fragte, wie sie vor wenigen Monaten noch mit dieser Tatsache zu kämpfen hatte. Damals hatte sie gedacht, dass sie Faun brauchte, um das lebendige Herz in ihrer Brust zu ertragen. Seine Umarmung benötigte, um die einhüllende Ruhe des nächsten Tages zu vergessen. Nun aber, wusste sie, dass dies nicht so war. Sie war vielleicht für alle anderen gestorben und hatte sich wegen Fauns schmerzerfüllten Schreien für das Leben entschieden. Doch die Entscheidung, dieses Leben auch zu *leben*, kam von ihr. Kalea allein hatte es in den letzten Monaten geschafft, diese zweite Chance endlich wertzuschätzen. Ohne diese hätte sie niemals Sepher kennengelernt. Sie hätte nie von ihrer Herkunft erfahren oder hätte nicht miterlebt, wie sich Baria von einer jungen Prinzessin in eine starke junge Frau verwandelte. Sie hätte Amrins Mut gegenüber Henri verpasst und so vieles mehr, was noch kommen würde. Doch während sie all dies erlebte und mit sich selbst immer mehr ins Reine kam, war dieser Mann vor ihr zerbrochen.

„Du warst tot. Ich habe es gesehen", wiederholte er und blinzelte hart. Seine Hand ruhte nun auf seiner Brust und zog feste, langsame Kreise. „Ich habe dich in meinen Armen gehalten. Ich habe deinen letzten Atemzug gesehen, habe dein warmes Blut gespürt und gefühlt, wie die Verbindung mit dir starb."

„Ich lebe", entgegnete sie mit Nachdruck und ging langsam einen Schritt auf den zitternden Mann vor ihr zu. „Und die Verbindung ist nicht tot. Sie ist noch da, wenn du es zulässt." Faun riss seinen Blick von ihr los und sah verwirrt zu Boden, ehe er wieder ihr Gesicht betrachtete. Kurz bevor sie bei ihm war, blieb sie stehen und wiederholte ihre gesagten Worte immer und immer wieder, während er den Kopf schüttelte.

„Ich lebe."

Ein herzzerreißendes Schluchzen entwich ihm, während sich seine Augen weiteten. Endlich kam die Wahrheit bei ihm an, als er flüsterte: „Du lebst?" Tränen stiegen in beide Augenpaare, als sie langsam nickte. Keine Sekunde später nahm er sie in die Arme und riss sie schluchzend auf die Knie. Sein Gesicht vergrub er in ihrer Halsbeuge.

„Alles wird gut", sagte sie beruhigend und strich dem aufgelösten Mann in ihren Armen über den bebenden Rücken. Sein Griff war fest um ihre Rippen gelegt und schnitt ihr beinahe die Luft ab, doch sie wusste, dass er genau diese Festigkeit brauchte. Ein bekanntes Kribbeln legte sich auf ihre Haut, als sich eine Hand an ihren Hals legte und er den Kopf hob. Nun schluchzte sie laut. Er fühlte nach ihrem Puls. Obwohl sie vor ihm kniete und ihn hielt, musste er sich vergewissern, dass ihr Herz schlug. Genau diese Tatsache sorgte dafür, dass ihr Herz für ihn schmerzte. Was musste er die letzten Wochen durchgemacht haben, in dem Glauben, dass sie tot war?

„O Kalea", murmelte er ausatmend und vergrub sein Gesicht erneut in ihrer Halsbeuge. „Es tut mir so leid." Tränen setzten sich auf ihre Haut.

„Dir muss nichts leidtun", entgegnete sie direkt und strich durch seine langen, dunklen Locken. „Es war nicht deine Schuld."

„Doch, das war es. Ich habe dich getötet", erwiderte er schluchzend und zog sie wieder näher an sich heran, um ihre Wärme zu spüren. Vorsichtig löste sie seinen Kopf von der Position und hielt ihn zwischen ihren Händen genau vor ihr Gesicht. Er mied ihren Blick, bis sie ihn einfing. Die Funken sprangen hin und her.

„Hör mir zu. Der König hat deinen Namensfluch ausgenutzt. Dich trifft keine Schuld", sagte sie eisern und strich über seine Wangen, um die Tränen wegzuwischen. „Und ich werde es dir jeden Tag, jede Stunde und wenn nötig, mit jedem Atemzug sagen. Solange, bis du es selbst glaubst."

Er zitterte, löste seine Arme von ihrer Seite und strich ihr eine Strähne aus dem Gesicht. Augenblicklich lehnte sie sich in seine Hand hinein und schloss für einen Moment die Augen. Diesen Augenblick hatte sie sich schon so lange ersehnt.

Sein Daumen ruhte an ihrem Kiefer. „Ich habe dich so vermisst", hauchte er nach einigen Minuten atemlos, was sie traurig lächeln ließ.

„Ich dich auch, Faun. Du kannst dir nicht vorstellen, wie sehr", gestand sie und legte ihre Stirn an seine. Seine Atmung beruhigte sich langsam. Als sie ihre Augen öffnete, bemerkte sie, dass er sie längst ansah. Die Tiefe seiner Augen nahmen sie in Beschlag und da wusste sie, was sie tun wollte, beinahe schon musste. Etwas, was sie längst tun wollte.

Zaghaft, beinahe ängstlich, neigte sie ihr Kinn nach vorn, ohne den Blickkontakt zu unterbrechen. Seine Augen weiteten sich überrascht. Dann sah er auf ihre Lippen und wieder zurück in ihre stürmischen Augen. Zum ersten Mal kam der Kuss von ihr. Die sanfte Bewegung der aufeinander treffenden Lippen war vertraut. Als wäre sie nach einem langen Tag, endlich nach Hause gekommen. Er seufzte in den Kuss hinein, vergrub seine Hände in ihrem Haar und vertiefte den Kuss, ohne zu gierig zu werden. Träumerisch begann sie zu lächeln, denn endlich hatte sie ihn wieder. Sein Geruch nach Wald hing in ihrer Nase und sein Geschmack lag auf ihren Lippen. Der Geschmack nach Zimt und Orangen. Bevor sie sich aber vollends darin verlieren konnte, kam ihr der Mann vom Ball in den Sinn. Obwohl sie nie offiziell zusammengekommen waren, fühlte es sich so an, als hätte sie ihn betrogen. Diese Tatsache nagte an ihre und befleckte ihre Zukunft mit Faun. Sie hasste sich selbst dafür und entfernte sie sanft von ihm. Seine Augen hingen an ihren Lippen. Als er sie wieder küssen wollte, hielt sie ihn an der Schulter etwas zurück. Warum hatte sie nur solch einen Fehler gemacht? Diese ganze Situation verwirrte sie und verkomplizierte das Ganze. Denn eigentlich wollte sie ihm einfach nur sagen, was sie für ihn empfand - wusste aber nicht, wo sie beginnen sollte.

KAPITEL 48

FAUN

Musternd sah er, wie ihr Kopf ratterte. Ihre wunderschönen grauen Augen wichen über sein Gesicht. Er spürte, dass sie unsicher war. Aber weswegen? Würde sie seine Nähe nicht wollen, hätte sie sich längst von ihm entfernt. Er konnte sein Glück nicht fassen und legte seinen Kopf leicht schief. Seit dem Erntemond war er sich sicher gewesen, jedes Recht auf Glück verspielt zu haben. Doch nun hatte er sie wieder in seinen Armen und obwohl er es nicht verstand, hatte sie anscheinend keine Angst vor ihm.

„Was ist los, armaas?", hauchte er sanft und strich ihr über die Wangen.

„Ich habe jemanden geküsst." Damit hatte er nicht gerechnet. Ohne es zu wollen, sanken seine Hände in seinen Schoß. Gequält sah sie zur Seite und biss sich auf die Lippe.

„Wen?", fragte er mit ruhiger Stimme. Er war nicht wütend auf sie. Schließlich war er einige Zeit weg gewesen. Aber trotzdem konnte er nichts für das einnehmende, ätzende Gefühl, das sich in seinem Magen ausbreitete. Eifersucht quoll ihm aus jeder Pore.

„Ich kenne seinen Namen nicht", sagte sie leise und mied seinen Blick. „Es war auf dem Maskenball in Hidrig."

Augenblicklich stoppten seine Gedanken, als eine Ahnung in ihm aufstieg. Direkt dachte er an den Moment zurück, als Vera ihr die Kette vom Hals gerissen hatte. Sie war die rothaarige Frau gewesen.

„Ich habe mit ihm getanzt und dann sind wir in den Garten. Da ist es passiert", stammelte sie und knetete ihre Hände in ihrem Schoß.

Faun musste alles an sich halten, ihr nicht ins Gesicht zu lachen. Denn er sah, wie sehr sie das Ganze aufwühlte. Zurückhaltend biss er sich auf die Lippe, wobei er trotzdem grinste. Nach der nächsten Entschuldigung konnte er nicht mehr an sich halten und küsste sie erneut. Das Lächeln auf seinem Gesicht presste sich auf ihre Lippen. Es konnte kaum als ein Kuss zählen.

„Sag mir, was dir an ihm gefallen hat", nuschelte er an ihren Lippen und sah ihr tief in die Augen.

Verwirrt erwiderte sie seinen Blick und griff an sein Hemd. „Sein Lachen. Es hat mich an dich erinnert", gestand sie. Am liebsten hätte er sie hier und jetzt zu der Seinen gemacht. Stattdessen küsste er sie erneut und drückte sie fest an sich. Kalea war sichtlich überrascht von seiner Reaktion. Dann küsste er sich an ihrem Kiefer entlang. Ihre Hände fassten in sein längeres Haar.

„Faun, ich verstehe nicht. Bist du nicht wütend?", fragte sie in sein Ohr hinein und strich danach an der Spitze seiner Ohrmuschel entlang.

Kopfschüttelnd setzte er einen Kuss auf ihre Wange. Dann löste er den Griff um ihren Körper und lächelte noch immer. „Ich habe keinen

Grund, wütend zu sein." Ihre Augenbrauen zogen sich fragend zusammen. „Schließlich habe ich dasselbe getan."

„Du hast jemanden geküsst?" Das Ganze machte ihm eindeutig zu viel Spaß. Seine Haut kribbelte vergnügt. Dann nickte er, weswegen sie ihre Nase entzückend krauste und zur Decke der Bibliothek blickte.

„Eine wunderschöne, rothaarige Frau", hauchte er in ihr Ohr. Kalea brummte, was sein Grinsen vergrößerte, „Sie hat unglaublich gut geküsst und ihre Geräusche waren ein purer Genuss."

Ruckartig rutschte sie von ihm weg und wollte schon aufstehen, als er sie festhielt.

„Schau mich an, armaas." Er musste ihr nachhelfen, damit sie ihren Kopf wieder zu ihm drehte. Ihre Augen sprühten vor Eifersucht.

„Weißt du, was mir am besten gefallen hat?"

Kalea schloss kurz ihre Augen. „Was?", brachte sie zwischen zusammengepressten Zähnen hervor.

„Die Maske in ihrem Gesicht und die Wand, gegen die ich sie gepresst habe." Nun blickte sie ihn wirklich verwirrt an, da ihr das Ganze bekannt vorkam. „Als ich ihr aber leider die Kette runtergerissen habe, sah ich meine tote Geliebte. Deswegen bin ich abgehauen."

Ihre Augen sahen ihn wissend an. „Das- Das warst du?", fragte sie nach und konnte sich kaum zurückhalten, ihn zu umarmen.

Er lachte und nickte. „Keine Angst. Du hast nur mich geküsst", sagte er beruhigend und strich ihr über den Rücken. „Vielleicht haben unsere Augen uns nicht erkannt, aber unseren Herzen schon."

Sanft küsste sie seinen Hals. „Ich bin also deine Geliebte?",
nuschelte sie verschmitzt gegen seine warme Haut nach wenigen
Sekunden.

Er spürte ihr glückliches Lächeln an seiner Haut. „Du bist meine
tote Geliebte", korrigierte er sie und wich gerade rechtzeitig dem
Schnippen gegen seine Stirn aus. Er lachte und hielt ihre Hände locker.
Danach half er ihr auf und zusammen gingen sie in Richtung der
Sofalandschaft, um sich dort niederzulassen. Er spürte ihren Blick auf
sich, während er das Feuer im Kamin neu entzündete. Als sich die Tür
öffnete und zwei Gelehrte reinkamen, nickte er ihnen kurz zu. Dann
setzte er sich neben sie und zog Kalea augenblicklich in seine Arme.
Die anderen zwei Menschen in der Schlossbibliothek waren zwischen
den Regalen verschwunden. Dieser Ort war groß genug und er wollte
nicht aus dieser Atmosphäre verschwinden. Ihm war bewusst, dass
ihre Probleme nicht weg waren. Sobald sie durch diese Tür gingen,
würde sich der Schleier über ihnen lösen und die Realität wieder auf
sie einbrechen. Faun wollte noch einen Moment länger so tun, als
wären die letzten Wochen nicht geschehen. Umso mehr genoss er das
Gefühl, sie in seinen Armen zu halten. Es fühlte sich noch immer so an,
als würde er träumen. Aber wenn es so war, dann wollte er nie mehr
erwachen.

Sanft legte sie ihren Kopf gegen seine Schulter und schlang einen
Arm um seinen Oberkörper. Sie war komplett in seine Seite hinein
gekuschelt, weswegen er sich an der Sofalehne stützte. Still vergrub er
sein Gesicht in ihrem Haar und sog ihren Duft ein.

Sie roch wie der Moment vor dem Regen.

„Woran denkst du?", fragte sie ihn leise und sah zu ihm auf. Seine Hand wanderte an ihr Gesicht. Ihre grauen Augen sahen ihn liebevoll an, wobei seine Brust warm wurde.

„Daran, dass ich nie wieder diesen Raum verlassen will."

Verständnisvoll blickte sie ihm entgegen und legte dann ihren Kopf wieder ab. „Ich auch nicht."

„Aber das müssen wir." Sie nickte zustimmend.

Kalea vergrub ihr Gesicht tiefer in seine Seite. „Ich weiß", flüsterte sie und löste sich dann von ihm. Ihre ganze Ausstrahlung wirkte müde und traurig. Doch ihre Augen sprühten vor Leben und sahen ihn einfach nur an.

So wie er sie.

Seine Brust wurde wärmer und wärmer. Die Luft wurde dünner und er musste seine Hände in seine Hose krallen, damit er nicht dem Drang nachgab, sie wieder zu packen und zu küssen.

Zu küssen und nie wieder loszulassen. Seitdem Vera ihm verraten hatte, was ihn so sehr an Kalea reizte und anzog, hatte er das Gefühl, es noch intensiver zu spüren.

Die Vertrautheit ihrer Magie.

Ihres Inneren.

Seiner Zwillingsseele.

KAPITEL 49

KALEA

Sie hatte einige Zeit gebraucht, um zu verstehen, dass die pulsierende Ecke in ihrem Kopf die Verbindung gewesen war. Durch Fauns Trauer lag so etwas wie ein Schleier über ihr, weswegen Kalea sie nicht erkannt hatte. Der Trauerschleier, den der Halbelf über seinem Herzen trug, hatte ihre einzige Verbindung zu ihm verdeckt. Erst als Faun sie lebendig in seinen Armen gespürt hatte, legte er sich. Der stetige Puls an seiner Hand hatte sein Inneres von der Trauer erleichtert. Seitdem die Verbindung wieder bestand, suhlte Kalea sich in ihrer Vertrautheit. Beinahe stündlich tastete sie nach der Verbindung zu Faun. So, als würde sie mit einem Finger über die Kanten der Verbindung gleiten. Immer wieder versicherte sie sich, dass er noch in Viredis war. Die Angst, dass er wieder verschwinden könnte, hatte sich noch nicht gelegt. Dafür kannte sie ihn zu gut. Ihr war bewusst, dass sie nicht wie zuvor weitermachen konnten. Mit Küssen, die ihr den Verstand raubten und lieblichen Worten, die ihr Herz schneller schlagen ließen. Geheimen treffen zwischen Ratssitzungen und der Hitze auf ihrem Körper. Doch hatte sie die Hoffnung gehabt, dass sie durch den Moment in der Schlossbibliothek dem Ganzen ein Schritt nähergekommen waren.

Bevor sie aus der Schlossbibliothek gegangen war und ihn einfach nur ansah, musste sie ihre Zunge gegen ihren Gaumen drücken. Sonst hätte sie ihm wahrscheinlich ins Gesicht geschrien, was sie für ihn empfand. Aber so wollte sie nicht ihr erstes Liebesgeständnis erleben. Zwischen Geheimnissen und Unausgesprochenem. Denn endlich war sie mutig genug, dem Ganzen einen Namen zu geben. Mutig genug ihn zu lieben.

Und wie sie ihn liebte. Die Schwere ihrer Gefühle wurde ihr bewusst, als sie ihn anblickte, nachdem sie sich geküsst hatten. Dies war nichts komplett Neues für Kalea. Sie hatte schon geliebt. Emil war ihre erste Liebe gewesen. Doch fühlten sich diese Gefühle im Vergleich zu ihren Empfindungen gegenüber Faun nichtig an. Als wäre Emil nur ein kleiner Hauch in ihrer Geschichte, aber Faun, der Sturm, der sie überwältigte und sie mit sich riss. Sie war hoffnungslos in ihn verliebt und schwor sich, ihre neuen Kräfte und Stellung dafür zu nutzen, ihm eine sichere Zukunft zu geben. Denn Faun hatte in der Vergangenheit genug für sie und alle anderen riskiert. Er war der Rettungsanker, auf den sich alle verließen.

Und sie wollte seiner werden. Sein Fels in der Brandung. Sein Rettungsanker.

Dafür müsste sie mit Sepher nach Solas reisen und den Zweck ihrer Reise beenden. Mit dem Kronprinzen zusammen hatte Kalea eine Idee ausgearbeitet und fast verwirklicht, die Caldo in eine bessere Zukunft führen könnte. Wenn Emil einwilligen würde. Mit Fauns Hilfe würde es nur ein Tagesausflug werden. Die Raumsprünge würden ihr Vorhaben um einiges erleichtern und beschleunigen.

Sie würde Sepher dabei helfen, das verlorene Reich Baistar zurückzugewinnen. Und danach mit Faun einen Weg finden, diesen bescheuerten Namensfluch zu brechen. Denn jeder Fluch konnte gebrochen oder umgangen werden. Es musste nur der richtige Weg gefunden werden. Und wenn es das Letzte war, was sie tat.

Eigentlich wollte sie dem Halbelfen von den Entwicklungen der letzten Wochen erzählen und ihm noch eine Ansage machen, weil er aus unbekannten Gründen Sepher angegriffen hatte. Jedoch hatte ihr charmanter Entführer - sie würde ihn wohl immer so betiteln, da es ihn so schön reizte - sich wieder angeeignet, vor ihr wegzulaufen. Was Kalea nach zwei Tagen erzürnte. Sie konnte sich denken, dass seine Wochen nicht einfach für ihn gewesen waren, doch hatte sie so lange auf ihn gewartet. Sie wollte für ihn da sein und erfahren, wie für ihn die Trennung gewesen war. Doch fühlte sich sein abweisendes Verhalten wie eine Bestrafung für sie an. Trotzdem spürte sie, seitdem Faun wieder in Viredis war, eine Leichtigkeit um ihr Herz. Von den anderen hörte sie, dass er die meiste Zeit mit seinem Bruder verbrachte. Worüber sie sich wirklich freute, denn Aurum und ihr war aufgefallen, wie belebt Bo seitdem wirkte. Er war wieder wie vor dem Erntemond. Wodurch Kalea nun auch bemerkte, wie glücklich Aurum darüber war. Obwohl sie ab und an noch immer mit den Nachwirkungen der Schiffsfahrt und dem plötzlichen Raumsprung zu kämpfen hatte. Wobei sie beinahe täglich das Bad beanspruchte, um sich zu übergeben.

Ruhig beobachtete sie das Paar, als sie sich an der Tür verabschiedeten. Der Morgen war recht frisch, was die beiden Frauen dazu nutzten, einmal komplett durchzulüften. Aurum hatte danach immer das Gefühl, als wäre all das Schlechte mit der Luft hinausgeweht. Strahlend setzte sich ihre Freundin mit ihr auf das Sofa und deckte sich ebenfalls mit der Decke zu, unter der Kalea sich vor der Morgenluft versteckte.

„Wie lange willst du noch lüften?", fragte sie und zog die laufende Nase hoch.

„Noch ein paar Minuten", meinte ihre Freundin bibbernd und kuschelte sich tiefer in die Sofakissen. Eine angenehme Ruhe legte sich über sie. Die ersten Sonnenstrahlen tanzten über die Möbel der Wohnstube.

„Tut mir leid." Aurum sah sie fragend an. „Ich habe nicht wirklich wahrgenommen, wie es euch in den vergangenen Wochen ging. Bei Bo wusste ich es teilweise, weil sein Verhalten mir gegenüber sich verändert hatte." Kalea schluckte hart und starrte auf das Muster der Decke, die auf ihnen lag. Ihre Freundin musterte sie und hörte ihr aufmerksam zu.

„Aber, dass du und die Anderen auch unter dem Verschwinden von Faun gelitten habt, habe ich nicht gesehen. Ich war so auf meine Probleme und mich fokussiert, dass ich es nicht wahrgenommen habe." Entschuldigend sah sie ihre Freundin an. „Bos Verhalten hat sich auch dir gegenüber geändert. Henri hat seinen besten Freund verloren und Amrin seinen Mentor. Evalin muss ebenso gelitten haben." Aurum nickte langsam und zog die Augenbrauen nachdenkend zusammen.

„Sie liebte ihn", sagte sie plötzlich, was Kalea die Sprache verschlug. Augenblicklich setzte sie sich auf und starrte ihre Mitbewohnerin an. Ihr Magen füllte sich mit Steinen. Nicht, weil sie eifersüchtig war oder der besitzergreifende Instinkt - den sie definitiv besaß - eintrat. Nein, weil sie es schlichtweg nicht gewusst hatte.

„Evalin muss mich hassen", murmelte sie fassungslos und hielt ihr Gesicht in ihren Händen. „Ich wusste das nicht. Bei allen Göttern. Ich hätte doch nie was mit ihm angefangen!" Als sie wieder hochblickte, sah sie, wie Aurum sie skeptisch anblickte und grinste.

„Du hättest die Finger von Faun gelassen?"

Kalea nickte zerstreut.

Aurum schüttelte belustigt den Kopf. „Sie hasst dich nicht. Ja, sie hat ihn geliebt. Aber das Ganze war eher eine Schwärmerei als richtige Liebe. Sie hat in ihm einen Beschützer gesehen, auf den man sich verlassen konnte. Ihre Freundschaft ist toll und ich hätte mich für sie gefreut, wenn es was geworden wäre. Aber Evalin hat mir vor deinem Auftauchen gesagt, dass sie nicht wirklich weiß, ob sie ihn wirklich liebt. Die Zweifel waren also schon da. Und als du dann da warst und wir gesehen haben, wie ihr euch angesehen habt, hat sie damit abgeschlossen. Gewiss war es am Anfang nicht schön, aber sie hat es dir oder ihm nie übel genommen."

„Ich fühle mich schrecklich", jammerte Kalea und lehnte ihren Kopf nach hinten an die Sofalehne, was einen dumpfen Ton erzeugte.

Aurum kicherte amüsiert und stupste sie mit dem Fuß an. „Es wäre schlimm, wenn nicht. Aber ich verspreche dir, dass sie dir nicht böse ist. Wir beide wissen, dass jemand anderes nun ihr Herz höherschlagen lässt", sagte ihre Mitbewohnerin zwinkernd.

Kalea grinste nun. „Wenn sie wieder hier sind, werde ich trotzdem mit ihr reden." Aurum stimmte ihr brummend zu. „Sie müssten nächste Woche in Viredis ankommen."

„Freust du dich darauf?" Schüchtern wandte Kalea den Blick ab und starrte auf eine Stelle an der Decke. Eine Spinne hatte dort ihren Platz gefunden.

„Ja. Sepher und ich haben noch Großes vor und ich freue mich ungemein darauf, ihm dabei zu helfen."

„Ich oder besser gesagt wir, freuen uns wirklich für dich", meinte sie sanft lächelnd. „Dass du eine Familie gefunden hast."

„Ihr seid meine Familie."

„Ja, aber ich weiß durch Amrin, dass es trotzdem ein Unterschied ist. Sepher Lomaret ist deine Familie und durch diese Reise konntet ihr eure Beziehung ungeheuer stärken. Als wir euch das erste Mal in Wells gesehen haben, fiel mir der Unterschied direkt auf. Er sorgt sich um dich, sowie du dich um ihn. Du hast nicht mal erkannt, dass es Faun war, der ihn angegriffen hat. Du hast nur gesehen, dass Sepher Hilfe braucht, und hast Faun mit einem Buch verprügelt." Zum Schluss grunzte Aurum lachend und verstummte augenblicklich. Kalea starrte sie überrascht an, ehe beide zusammen anfingen zu lachen. Dabei entwichen ihrer Freundin weitere amüsierte Grunzer. Erst als ihre Bäuche weh taten und Kaleas Augen tränten, beruhigten sie sich außer Atem.

„Ich verstehe immer noch nicht, warum er das getan hat", sagte sie dann ruhiger und zog die Augenbrauen grübelnd zusammen.

Aurum zuckte unwissend mit den Schultern. „Ich weiß es auch nicht. Soweit ich weiß, redet er auch nicht mit Bo über die letzten Wochen. Als wollte er alles ausblenden oder vergessen." In Gedanken versunken schwiegen sie, bis Aurum aufstand und die Fenster und Türen schloss.

Sie hatte recht. Das Haus fühlte sie nun besser an.

KAPITEL 50

Kalea schwankte zwischen dem Bedürfnis nach Faun zu sehen und ihm ebenso aus dem Weg zu gehen, wie er ihr. Wenn das Bedürfnis nach ihr griff oder ihre Angst überhandnahm, streckte sie sich mit der Verbindung nach ihm aus. Denn das Letzte, was sie wollte, war, ihn zu überfordern. Ihn zu sehr zu bedrängen. Das erste Mal, seitdem er wieder in Viredis war und sie sich allein sahen, war an einem späten Nachmittag in dem Gang der Gelehrtenräume. Er kam gerade aus Amrins Zimmer, hielt einen braunen Zettel und ein Buch in der Hand, als sie ebenso auf dem Weg zu dem Gelehrten war. Sie liefen beinahe ineinander. Seine plötzliche Präsenz erschrak sie, weswegen es einen Moment dauerte, bis sie reagierte. Seine schwarzen Locken waren in einem tiefen Knoten im Nacken gebunden, wobei einzelne Strähnen heraushingen. Dunkle Augenringe zierten sein Gesicht, wobei sie sich fragte, warum er so kaputt und fertig aussah? Seine funkelnden Augen waren ebenfalls überrascht geweitet und musterten sie für einen kurzen Moment. Sie hatte durch Amrins Erklärungen mittlerweile gelernt, ihre Haare zu flechten. Nun lagen sie in einem Zopf über ihrer Schulter. Die weiße Strähne war bis unter ihrem Kiefer hinausgewachsen. Da sie so lange in der Verschleierung herumgelaufen war, hatte sie den Überblick über die Strähne verloren. Ihre dunkle Mähne war sehr lang geworden und reichte ihr offen beinahe bis zum Hüftknochen. Aurum und sie hatten schockiert in den Spiegel geschaut, als diese nass an ihrem Rücken klebten. Eigentlich wuchsen ihre Haare nicht so schnell in wenigen Wochen. Ihre gemeinsame Vermutung war, dass ihr Körper den Rest der Strähne abstoßen wollte und sie somit schneller wachsen ließ. Trotzdem musste sie diese bald schneiden lassen, da sie einfach zu schwer geworden war. Bei dem Anblick von Fauns längeren Haaren, musste sie ein bisschen schmunzeln. Oft genug hatte sie mitbekommen, dass die anderen ihn beinahe dazu überreden mussten, es zu schneiden. Seine Locken tendierten nämlich mit zunehmender Länge dazu, immer wilder zu werden. Wie sehr sie ihn dieses Mal mit einem Schnitt nervten, konnte sie sich kaum vorstellen.

„Hallo", sagte sie und richtete sich dann auf, da die Überraschung verflog. Es war komisch, so steif vor ihm zu stehen. Ihn nicht zu berühren.

„Hallo, Kalea", antwortete er leise. Wie er ihren Namen sagte, bescherte ihr eine Gänsehaut. Am liebsten wäre sie auf ihn zugegangen und hätte ihre Hände an seine warme Haut gelegt. Denn sie wusste, dass sie warm war. Das war sie immer. Denn eigentlich waren sie nicht mehr so kalt und unbeholfen zueinander. Normalerweise schmolzen sie gegen den anderen. Ihre Verbindung summte und kribbelte. Sie wollte, dass sie sich einander näherten, und Kalea wollte das auch. Doch sie rührte sich nicht. Stattdessen musterte sie seine scharfen

Gesichtszüge und bemerkte, dass er von Innen in seine Wange biss. Ihm war das Ganze genauso unangenehm wie ihr. Sie hasste diesen Moment.

„Amrin müsste jetzt Zeit für dich haben, falls du mit ihm spazieren willst. Er ist schon wieder den ganzen Tag am Schreibtisch und hat noch keine frische Luft gerochen", sagte er etwas monoton und machte ihr Platz. Danach versuchte er sich an ihr vorbeizuquetschen. Dann reagierte sie endlich. Schnell, damit er es nicht wegziehen konnte, umfasste sie sein Handgelenk und spürte, wie die Verbindung befriedigt verstummte. Faun starrte auf ihre Hand und atmete tief ein. Sie suchte seinen Blick, der mit jeder Sekunde weicher wurde. Die harte Maske bröckelte mit jeder weiteren Sekunde. Sie sah, wie er mit sich kämpfte.

„Warum tust du uns das an, Faun?", sprach sie ihre Gedanken aus. „Wieso meidest du mich?"

Er schloss die Augen, entzog sich ihrem Griff und ging einen Schritt zurück. Dann sah er sie mit einem schmerzlichen Ausdruck an. „Ich kann *das* noch nicht", sagte er, was sie nicht wirklich verstand. „Ich habe noch immer das Bild von dir im Kopf. Als du auf diesem schwarzen Stein gelegen hast und tot warst. Du warst so leblos." Er stoppte kurz. „Ich kann nicht so tun, als wäre das nicht passiert. Als wäre ich keine Gefahr für dich."

„Das bist du nicht", erwiderte sie augenblicklich und ging einen Schritt in seine Richtung. Reflexartig kam er ihr entgegen und stoppte kurz vor ihr. Jetzt standen sie so nah beieinander, dass sie die Wärme des anderen spürten. Fauns Adamsapfel hüpfte nach oben.

325

„Doch das bin ich", meinte er eisern. „Ich werde diesen Fluch lösen und dann bin ich ganz dein, Kalea." Sein Atem tanzte über ihr Gesicht und raubte ihr fast jeden klaren Gedanken. Angezogen von ihr, lehnte er sich ein Stück vor, sodass sie dachte, dass er sie küssen würde. Sie näherte sich ihm ebenfalls und legte leicht den Kopf schief. Seine Wärme legte sich auf jeden Zentimeter ihres Körpers. Ihr Herz klopfte. Die Verbindung summte aufgeregt, während ihre Lippen den Kuss erwarteten. Bevor es aber dazu kam, sagte er: „Bis dahin kann ich nicht in deiner Nähe sein."

Enttäuschung und Scham breitete sich in ihr aus. Ihre Armen hingen schlapp neben ihrem Körper, als sie blinzelte und seine Worte immer wieder im Kopf wiederholte.

„Und was war dann das in der Schlossbibliothek? Da war es auch kein Problem", herrschte sie ihn an und spürte, wie die Frustration in ihr wuchs. Die Magie pochte leise hinter ihrer Mauer.

Faun gewann etwas Abstand von ihr und betrachtete sie für einen Moment. „Das war ein Risiko, welches wir uns erlaubt haben", antwortete er und ließ sie dann allein im Gang zurück.

Schnaubend drehte sie sich herum und klopfte an der Tür des jungen Gelehrten. Nachdem er sie ‚herein' rief, ging sie hinein und wurde direkt von stickiger Luft begrüßt. Amrin saß an seinem breiten Schreibtisch und hing über mehreren Büchern, woraus er sich etwas notierte. Hinter ihm fiel sanftes Licht durch den Fensterbogen und tränkte sein blondes Haar in eine schöne Farbe. Müde rieb er sich die Augen und lehnte sich im Stuhl zurück. Als er sie sah, schloss er die Bücher vor sich und räumte diese und seine Zettel beiseite. Es war ein recht kleines und einfaches Zimmer. Außer einem Bett hatte er einen großen Schreibtisch und eine ungeheure Menge an Büchern. Diese standen in vielen kleinen Stapeln im Zimmer oder in einem schmalen Holzregal, was beinahe aus allen Nähten platzte. Auf seinem Schreibtisch lagen viele Zettel, Bleistifte und eine rote Schreibfeder.

„Kalea", begrüßte er sie erfreut und stand auf. Dabei streckte er sich zur Decke und gähnte einmal laut. „Ich bin gerade fertig geworden."

„Woran arbeitest du?", fragte sie interessiert und wartete, während er sich ein frisches Hemd anzog.

Kurz schwieg Amrin. „Faun hat mich gebeten, ihm bei etwas zu helfen", sagte er schließlich und beobachtete ihre Reaktion.

„Wobei?", hinterfragte sie gespielt beiläufig, was ihrem Freund ein schiefes und müdes Lächeln entlockte.

„Das darf ich leider nicht sagen", antwortete er und grinste breiter, als sie ihn enttäuscht ansah. „Schau mich nicht so an. Nehmt ihr eigentlich wieder eure Tränke?"

Sie nickte und schmollte. „Ich frage mich, ob ich irgendwann mal nichts nehmen muss", sagte sie jammernd. An den Geschmack der Tränke würde sie sich wohl nie gewöhnen.

„Ganz bestimmt", murmelte Amrin unterschwellig, weswegen sie ihn verwirrt ansah. Er schüttelte nur den Kopf. „Ach nichts." In diesem Moment klopfte es. Verwundert blickten beide zur geschlossenen Tür. Henri war auf dem Trainingsplatz beschäftigt. Bo und Aurum waren ebenfalls fest verplant, weswegen sie nicht wussten, wer es sein könnte

„Herein?", rief der junge Gelehrte und zog gerade seine Jacke über, als sich die Zimmertür öffnete. Kalea, die etwas versteckt stand, staunte nicht schlecht, da ein brauner Haarschopf zögernd hereinkam. Amrin schien ebenso überrascht. „Jar?"

Sephers Leibwächter blieb im Türrahmen stehen. „Hallo, Amrin." Verwirrt sah sie zwischen den beiden hin und her. Was machte er hier?

„Jarrel", sagte sie, wobei dieser erschrocken zusammenzuckte und sich dann zu ihr wandte.

Überrascht wandte er seine Aufmerksamkeit auf sie. „Oh, Kalea." Seine Hände wanderten in seine Hosentasche, während er sich von Amrin entfernte.

„Seit wann seid ihr wieder da?", fragte sie ihn und umarmte ihn zur Begrüßung.

Der Leibwächter schielte zu Amrin hinüber, der noch immer etwas verwirrt dreinblickte. „Wir sind eben angekommen", antwortete er und sah ihr wieder ins Gesicht. „Seph sucht dich schon. Er ist bei Esmal und wollte danach bei eurem Haus vorbeigehen. Du solltest schnellstmöglich zu ihm gehen." Ein Unterton schwang mit, den sie nicht ganz deuten konnte.

„Okay, super. Dann schaue ich mal nach ihm", erwiderte sie zögernd und sah zu Amrin. Mit ihren Augen fragte sie ihn, ob sie ihn mit Jarrel allein lassen konnte. Zaghaft nickte er.

Nachdem sie die Tür hinter sich geschlossen hatte, verweilte sie kurz. Was wollte er von Amrin? Warum suchte sie ihn direkt nach seiner Ankunft auf?

Zerstreut ging sie in die Richtung Esmals Arbeitszimmer, um Sepher zu begrüßen. Sie merkte kaum, wie schnell ihre Schritte auf den letzten Metern wurden. Sie freute sich darauf, ihn wiederzusehen und zu erfahren, wie die letzten Gespräche mit Hidrig gelaufen waren. Am Arbeitszimmer angekommen, klopfte sie und trat dann ein, sobald sie die einladende Stimme des Ältesten hörte. Esmal sah sie warm lächelnd an, was sie erwiderte. Mit dem Rücken zu ihr saß der Prinz auf einem Sofa. Sein helles Haar fing sofort ihren Blick. Neben ihm saß Evalin, die sich zu ihr umdrehte. Der Blick ihrer Freundin ließ sie in ihrem hüpfenden Schritt stocken. Die Köchin sah unglaublich besorgt aus und drückte Sephers Schulter.

„Sie ist da", sagte sie ihm leise ins Ohr. Dabei kam Kalea um das Sofa herum, um ihn zu begrüßen. Das Lächeln erstarb aber vollends, als sie die Gestalt erblickte, die nur ein Hauch des Mannes war, den sie vor Kurzem verabschiedet hatte.

KAPITEL 51

Besorgt kniete sie sich vor Sepher auf den Boden und nahm seine Hände in ihre. Er war eiskalt. Seine Hände zitterten in ihrem Griff, wie der Rest seines Körpers. Seine Haut war aschfahl und seine Lippen, die sich zu einem gequälten Lächeln verzogen, waren wund aufgebissen. Sorge lähmte ihren Körper. Die Luft im Raum schien ihr viel zu dünn für die Schwere, die auf ihrem Herzen lag. Was war geschehen? Wie war Sepher so schwer erkrankt? Seine Atmung röchelte und ließ sie aus ihrer Starre aufschrecken. Seine grauen Augen sahen sie müde an.

„Was ist mit ihm?", fragte Kalea und schluckte hart, um die wellenartige Sorge und Angst, die über sie hereinbrach, zu kontrollieren. Ihre Augen wichen zu Evalin und Esmal. Auch ihnen war die Sorge deutlich anzusehen. Besonders die Köchin schien völlig neben sich zu stehen.

„Wir wissen es nicht", sagte ihre Freundin und strich dem Prinzen eine nasse Strähne von der schweißigen Stirn. „Es hat einen Tag nach eurer Abreise angefangen. Erst ging es noch und er konnte alle Termine mit der Königsfamilie wahrnehmen. Sobald aber alles erledigt war, wurde es immer schlechter. Wir haben es kaum hierher geschafft."

Sephers Augen waren noch immer auf Kalea gerichtet, die seine Hand kräftiger umfasste. Schwach erwiderte er den Druck.

„Ich verstehe nicht. Eine einfache Erkältung würde ihn nicht so aussehen lassen", erwiderte sie und richtete sich dann direkt an ihn. „Wie geht es dir, Seph?"

„Er redet nicht viel. Es scheint ihm zu anstrengend zu sein", erklärte Evalin, wobei sich der Prinz mit dem Kopf nach hinten lehnte und die Augen schloss. „Er schläft eigentlich nur noch. Ich glaube außerdem, dass es keine gewöhnliche Erkältung ist." In diesem Moment begann er zu husten. Die Köchin reagierte schnell und hielt ihm ein Tuch vor den Mund. Schockiert sah Kalea, dass Blut aus dem Mund des Prinzen kam.

„Bei allen Göttern, was ist mit ihm?"

Esmal räusperte sich. „Ich habe schon nach dem Heiler rufen lassen. Er wird den Prinzen untersuchen und dann werden wir hoffentlich mehr wissen."

Kalea nickte, ohne ihren Blick von Sepher zu nehmen. „Wieso haben sie ihn in Wells nicht behandelt?", fragte sie ihre Freundin nach einigen Sekunden. Unmut blitzte in Evalins Augen auf.

„Er hat uns verboten zurückzugehen", sagte sie und strich über die Hand des Prinzen. „Erst als wir wieder im Wald waren, hat er uns erzählt, dass er Blut spuckt. Der Idiot wollte nicht vor der Königsfamilie schwach wirken."

„Das ist verständlich", meinte Esmal und seufzte, als die beiden Frauen ihn verständnislos ansahen. „Sepher Lomaret ist ein Kronprinz und nicht dumm. Er weiß, dass die Unterstützung der Reichen und der

Königsfamilien bei seinem Vorhaben essenziell ist. Wenn die ihn aber als schwach empfinden, würden sie ihm keine Hilfe sein. Das war schließlich einer der Gründe, warum er dich dabeihaben wollte, Kalea. Du wärst seine Geheimwaffe gewesen, wenn er mehr Stärke präsentieren müsste."

Sie ließ sich die Worte durch den Kopf gehen und stimmte dem Ältesten mit einem kleinen Nicken zu. Das klang genau nach ihm. Obwohl es nichts daran änderte, dass es eine dumme Entscheidung war.

„Er hätte trotzdem etwas sagen müssen", murmelte Evalin leise. „Er hatte doch schon den Zuspruch des Königs."

„Das hätte er auch wieder zurücknehmen können", kam Kalea dem Ältesten zuvor.

„Er muss verstehen, dass er wichtiger ist als das Reich." Evalin sah sie ernst an und blickte dann zu dem schlafenden Prinzen. In ihrem Blick lag so viel Zuneigung und Sorge, dass Kalea wegsehen musste. Es schien ihr so, als würde sie einen intimen Moment beobachten.

„Auf jeden Fall", stimmte sie zu und drückte Evalins Hand.

„Das werdet ihr ihm nicht einbläuen können", kam es plötzlich von der Tür aus. In ihr stand Baria mit erhobenem Kinn. Ihre kurzen, weißen Haare waren hinter ihre Ohren geklemmt und die Narben in ihrem Gesicht waren noch immer feuerrot. Das erblindete Auge wirkte trüb. Wobei das andere umso entschlossener blickte. „Sepher wurde als Prinz aufgezogen. Ihm wurde immer und immer wieder gesagt, dass Baistar sein Reich ist. Sein Erbe. Er wird nicht aufhören, dafür zu kämpfen. Egal, wie hoch der Preis sein wird", erklärte sie ihre Aussage und sah Kalea kurz an. „Emil ist genauso wie er." Bei der eigenen Erwähnung ihres Bruders kräuselten sich die vollen Lippen der Prinzessin. „Für sie steht ihr Königreich an erster Stelle."

Schweigen folgte, dann trat sie zur Seite und ließ den Heiler herein. Es war derselbe, der bei Kalea den Magietest durchgeführt hatte. Seine roten Haare waren in einen Zopf gebunden und schwangen hin und her, während er auf seinen Patienten zuging. Er war gut und Kalea vertraute ihm, weswegen sie direkt zur Seite wich. Baria stellte sich neben sie und blickte den Prinzen ebenso besorgt an. Sie beobachteten alle gespannt, wie der Heiler konzentriert seine Hand auf Sephers Brust legte. Dann flüsterte er etwas und im nächsten Moment erschien ein warmes Licht auf seiner Handfläche. Sepher sog tief Luft ein. Nach wenigen Minuten löste er seine Hand von ihm. Er wirkte verwirrt und legte dann eine Hand auf Sephers Stirn und wieder an seine Brust. Voller Konzentration wiederholte er das Ganze und schloss nun seine Augen.

„Und, was hat er?", fragte Evalin, sobald er sich von dem Prinzen löste. Seine dünnen Augenbrauen waren zusammengekniffen.

„Sein Körper ist nicht krank", sagte er langsam und monoton, ohne seinen Patienten aus den Augen zu lassen.

Kalea trat einen Schritt vor. „Er spuckt Blut, hat eindeutig Fieber und steht total neben sich. Wie kann er da nicht krank sein?", fragte sie den Heiler und wurde gegen Ende etwas lauter.

Der Mann sollte ihnen schließlich helfen.

Unbeeindruckt sah er sie an und stand dann auf, um in seiner Tasche herumzuwühlen. „Sein Körper ist nicht krank. Aber sein Kern.

Der Teil der Seele, in dem die Magie lebt", erklärte er und suchte weiter. Eine kurze rote Strähne löste sich aus seinem Zopf und fiel ihm ins Gesicht.

Evalin schüttelte den Kopf. „Er ist ein Leerer", entgegnete sie.

„Der Kern hat nichts damit zu tun, ob jemand ein Leerer ist oder nicht. Jeder Mensch besitzt ihn. Er ist ein Teil von uns", erklärte er dann ruhig und sah über seine Schulter hinweg zu Evalin hinüber. „Diesen Kern findest du in allem, was magische Wurzeln hat. In der Natur, in Menschen oder in Kreaturen."

Der Kern. Kalea meinte schon mal davon gehört zu haben. Hatte dem aber nie wirklich Beachtung geschenkt. Schließlich war es nichts, was sie sehen oder anfassen konnte. „Und wie kommt es, dass sein Kern krank ist?"

„Menschen mit einem leeren Kern, die sogenannten *Leeren*, können ihren Kern nicht selbst erkranken oder erschöpfen lassen. Sie haben keine direkte Verbindung zu ihm", erklärte er weiter und fokussierte Kalea.

„Nicht selbst?", fragte Baria. „Das heißt, dass Menschen mit Magie sich sowas selbst antun können?"

„Korrekt, Baria", übernahm Esmal und strich sich über seinen Bart. „Menschen mit Magie, also einem vollen Kern, können diesen erschöpfen. Das geschieht bei starker magischer Beanspruchung. Dass sie ihren Kern dadurch erkranken lassen, ist aber selten."

Der Heiler nickte. „Ich habe selbst nur in der Literatur von einem Fall gelesen, wo sich ein Mensch den Kern selbst durch seine Magie krank gemacht hat und an den Folgen gestorben ist. Aber dass sie erschöpfen, kam vor allem im Krieg sehr oft vor."

„Aber was bedeutet das für Sepher?", hinterfragte Evalin verwirrt.

Der Heiler sah sie an und räusperte sich dann.

„Es bedeutet, dass er angegriffen wurde", meinte er und holte endlich zwei kleine Tränke heraus. Mit ihnen ging er auf den Prinzen zu und öffnete sie. „Jemand mit Magie muss bewusst seinen Kern angegriffen. Etwas, was nicht wirklich viele können, ohne ein kompliziertes Ritual durchzuführen." Sanft nahm er Sephers Kopf von der Lehne und weckte ihn, damit er die Tränke schlucken konnte. Sobald die Flaschen leer waren, schlief er wieder ein. „Es ist ein sehr grausamer Tod, muss ich gestehen. Ich kann nur die Schmerzen lindern."

„Wie können wir ihn retten?", fragte nun Baria und nahm Kalea die Worte aus dem Mund. Kalter Schweiß war an ihrem Rücken ausgebrochen.

Der Mann presste die Lippen zusammen. „Dieses spezielle Ritual ist sehr schwer rückgängig zu machen. Wenn es überhaupt gelingt. Sein jetziger Zustand ist schon sehr kritisch und ich weiß nicht, ob er ein weiteres Ritual überstehen würde." Das war der Moment, in dem Kalea die Kehle zugeschnürt wurde und sie Evalins Schluchzen nur noch am Rande mitbekam. Baria blickte finster zu Boden. Kalea musste den Blick erneut von Evalin abwenden, als sie Sepher sanft durch Haar strich und seine Schläfe küsste.

„Und was können wir machen?", fragte Kalea erstickt. Kopfschmerzen bahnten sich an. Der Heiler sah sie wieder an und

335

betrachtete sie für einen Moment stumm. Dann wandte er sich wieder dem Prinzen zu und schwieg. „Wie lange hat er?" Eine Träne rollte an ihrer Wange hinunter. Die Kopfschmerzen waren offiziell gekommen. Der Heiler presste die Lippen zusammen.

„Es kommt darauf an, wann das Ritual durchgeführt wurde. Könnt ihr euch daran erinnern, ob er einige Zeit verschwunden oder unauffindbar war?" Evalin schüttelte energisch mit dem Kopf.

„Nein, niemals. Er war immer mit jemandem unterwegs. Sei es die Königsfamilie, wir oder seinem Leibwächter", erklärte sie.

„Wo ist sein Leibwächter?", fragte der rothaarige Mann und zog die Augenbrauen zusammen. „Er weiß wahrscheinlich am besten, wo der Prinz wann war."

„Jarrel ist bei Amrin", erklärte Kalea und wischte sich über die Wange.

Esmal bestätigte ihre Aussage: „Er sollte Amrin zurate ziehen." Der Heiler brummte verstehend.

Wann hätte jemand Sepher so etwas antun können? Jarrel würde ihn mit seinem eigenen Leben beschützen, da war sich Kalea sicher. Die beiden waren wie Pech und Schwefel. Der Leibwächter war seinem Kronprinzen treu ergeben. Aurum hatte ihr erzählt, wie sich Jarrel zwischen Sepher und Faun gestellt hatte, als dieser ihn ange-.

Kalea Arme fielen schlapp zur Seite.

„Dieser verdammte Mistkerl."

KAPITEL 52

„Wie bitte?", fragte Esmal, doch Kalea war schon aus dem Arbeitszimmer gerannt. Die Tür schlug mit einem Knall gegen die Wand. Empörung, Wut und Enttäuschung hämmerten durch ihre Adern. Ihre Magie lehnte sich gegen die Mauer auf. Die kleinen Haare an ihren Unterarmen stellten sich auf. Mit ihrem Ziel vor Augen stampfte sie im Schloss umher. Ihre Schritte prallten von den Schlossmauern ab und hallten durch den gesamten Flur. Sobald sie im Westflügel ankam und seine Tür sah, zögerte sie nicht und riss sie mit voller Wucht auf. Wobei sie nicht mitbekam, wie kleine Blitze aus ihren Fingern schossen, sobald sie in der Nähe der Türklinke war. Er zuckte zusammen und fuhr aus seinem Sessel hoch. Das Buch, das er zuvor gelesen hatte, fiel zu Boden.

„Kalea?", fragte Faun überrascht und wich zum Tisch zurück, als sie nicht Halt machte und auf ihn zumarschierte. Er musste ihre Wut sehen, denn er blickte sie beinahe ängstlich an. Ihr Blut rauschte in ihren Ohren. Der Rücken des Halbelfen knallte gegen die Tischkante, als sie ihn am Hemd packte und ihn nach hinten drückte.

„Wie konntest du nur!", knurrte sie. Seine Funken huschten wild hin und her. Verwirrung zeichnete sich in seinem Blick. Die Hände waren ergebend erhoben.

„Wie konnte ich was?"

„Wieso hast du ihm das angetan!", zischte sie und spürte, wie ihre Augen brannten. Ihr Fokus wich zwischen seinen Augen, seinen Kiefermuskeln und seinem Mund hin und her.

„Wem soll ich was angetan haben? Kalea, ich weiß gerade nicht, warum du so wütend bist!"

„Seph!", sagte sie und atmete dann tief durch. „Seinen Kern. Du hast ihn krank gemacht und nun stirbt er." Sie erkannte den Moment, in dem Faun wusste, worüber sie redete. Es war derselbe Moment, in dem die Gewissheit einen tauben Geschmack auf ihrer Zunge hinterließ. „Warum?", brachte sie zwischen zusammengebissenen Zähnen hervor.

„Ich hatte meine Gründe", versuchte er beschwichtigend zu sagen, um sie zu beruhigen. Doch machte sie das umso zorniger.

Ihr Griff in seinem Hemd verfestigte sich. „Gründe? Willst du mich verarschen?", brüllte sie und packte nach dem Brieföffner, der hinter ihm auf der Tischplatte lag. Bevor er reagieren konnte, stach ihm die dünne Spitze in die empfindliche Haut unter seinem Kinn. Beim ersten Mal war diese Situation viel amüsanter gewesen. Nun war sie wirklich drauf und dran, ihn zu erstechen. „Du sorgst dafür, dass mein einziges Familienmitglied stirbt und sagst mir nicht mal den Grund? Weißt du, was du damit anrichtest? Was für eine Zukunft gibt es für Baistar ohne einen König?!"

„Deine Familie?", fragte er nun und starrte sie ungläubig an. Den Kopf hatte er leicht nach hinten gelehnt, um der Spitze des Brieföffners auszuweichen. „Ein König? Kalea, ich verstehe nicht." Sie erhöhte den Druck des Brieföffners.

„Du wirst da hochgehen und ihn retten, hast du mich verstanden!" Sie ignorierte die Tatsache, dass ein Tropfen Blut an der Spitze hinunterlief. Vor ihr sah sie nur Sephers geschwächte Gestalt. Faun sah sie kurz stumm an.

„Ist gut. Lass mich los und ich gehe mit dir hoch", sagte er dann.

Kalea verstärkte den Griff an seinem Hemd und lehnte sich dann mit ihrem vollen Gewicht gegen seinen Körper. Die Hitze seines Körpers schlich durch ihre Klamotten. Doch sie ignorierte es. Und beachtete auch nicht ihre Verbindung, die erfreut gesummt und dann still geworden war. Das war alles momentan nicht wichtig. Nicht, wenn Sepher um sein Leben kämpfte und das Schicksal eines Königreiches davon abhängte. Nicht, wenn Kalea kurz davor war, wieder allein auf dieser Welt zu sein. Ohne Familie.

„Du wirst einen Raumsprung machen. Direkt in Esmals Arbeitszimmer. Ich kenne dich. Du haust gerne ab", erwiderte sie und sah, wie er bei ihren Worten kaum merklich zusammenzuckte. Dann packte er fest ihre Hüften, wobei die Spitze fester gegen seinen Hals drückte.

„Pois Paaika."

In beinahe derselben Stellung kamen sie wenige Augenblicke später in Esmals Arbeitszimmer an. Die Anwesenden erschraken, als sie unsanft landeten. Zusammen stolperten sie gegen eine Wand. Fauns Hände sicherten sie und verhinderten, dass sie auf den Boden knallte. Ihre Hand stützte sich an seiner Brust ab und der Brieföffner fiel zur Seite.

„Das ging schnell", sagte Baria und sah die beiden mit hochgezogener Augenbraue an, als sie sich aufrappelten. Kalea löste sich leicht von ihm, ohne den Griff um seinen Arm zu verlieren.

„Sie hatte gute Argumente", meinte Faun, hob seinen Brieföffner auf und steckte ihn in seine hintere Hosentasche. Esmal schüttelte missbilligend den Kopf, wobei Kalea ein klitzekleines Lächeln bemerkte. Evalin stand rasant auf und stürzte sich auf den Halbelfen.

„Faun, warst du das?", fragte sie und deutete auf den Prinzen. Er schlief noch immer. Die Zähne des Halbelfen mahlten aufeinander, ehe er zaghaft nickte.

„Warum?", fragte nun der Älteste und musterte ihn interessiert.

„Ich hatte meine Gründe" Kalea schnaubte und schob ihn nach vorn.

„Wie hast du das gemacht?", wandte sich der Heiler an Faun und blickte ihn ebenfalls interessiert an.

„Das ist doch egal! Heile ihn. Jetzt!", meinte Kalea und schob den Halbelfen direkt vor Sepher. Ihre Augen sprühten vor Wut, als er sich kurz zu ihr umdrehte. Ohne ein weiteres Wort ging er dann auf Sepher zu und kniete sich neben ihn. Konzentriert legte er seine Hand auf die Mitte seiner Brust. Gespannt kamen alle näher und beobachteten ihn dabei. Dunkler Nebel, den sie noch nie zuvor gesehen hatte, kam zwischen seinen Fingerspitzen hervor und drang in die Brust des

Prinzen ein. Sephers Gesicht verkrampfte sich. Besorgt kam sie einen Schritt näher. Auch der Heiler war noch näher gekommen, um zu sehen, was Faun da tat. Evalin hielt ihre Hände vor den Mund. Sepher hielt den Atem an und verkrampfte sich weiter, bis er endlich ausatmete und sich entspannte. Augenblicklich hatte er wieder mehr Farbe im Gesicht und atmete ruhiger. Faun löste sich von ihm und stand wieder auf.

„Er wird noch etwas schlafen. Aber ihm geht es wieder gut. Er wird leben, versprochen." Dabei war seine Aufmerksamkeit einzig und allein auf Kalea gerichtet. Er suchte nach Vergebung in ihrem Blick, die sie ihm zurzeit nicht geben konnte. Dafür war die Enttäuschung noch zu frisch. Außerdem hatte er ihr nicht einmal den Grund für das Ganze genannt. Evalin war direkt an Sephers Seite gesprungen und auch die anderen sahen erleichtert aus. Kalea erwiderte den Blick des Halbelfen und biss die Zähne zusammen. Ungläubig sah sie dabei zu, wie er auf sie zukam und nach ihr greifen wollte. Bevor sie darüber nachdachte, schob sie ihn zurück und gab ihm mit voller Wucht eine Ohrfeige.

Der Raum verstummte.

Faun sah sie mit weit aufgerissenen Augen an und hielt sich die rote Wange.

„Wag es noch einmal, meiner Familie zu schaden, und wir beiden sind endgültig Geschichte!", fauchte sie und ging dann mit großen Schritten an ihm vorbei und aus dem Raum hinaus. Sie musste sich abreagieren und wusste, dass Sepher bei Evalin in den besten Händen war. Sobald sie den Baum verlassen hatte und auf die Straßen des Dorfes trat, bemerkte sie, dass es anscheinend gestürmt hatte.

KAPITEL 53

Zusammen mit Aurum hatten sie den Prinzen später in das Krankenzimmer gebracht. Es dauerte einen Tag, bis Sepher endlich wach wurde. Evalin war ihm bis dahin nicht von der Seite gewichen. Von da an kam sie nur noch stündlich vorbei. Kalea wiederum war ihm nur einmal von der Seite gewichen, um ihm etwas zu essen zu holen.

„Kleines, du musst auch mal schlafen", sagte er zwischen zwei Bissen und sah sie ernst an.

„Alles gut. Ich bleibe, bis es dir besser geht", erwiderte sie stur.

„Mir geht es doch schon besser. Ich werde heute Abend entlassen und kann dann auf mein Gemach gehen", widersprach er und verdrehte die Augen. „Ich bin gerührt von deiner Sorge, aber ich wäre auch mal gerne mit Evalin allein."

Überrascht sah sie ihn an.

„Ach ja?", erwiderte sie grinsend und lachte laut, als er rot wurde. „Übrigens hat sie diese Suppe gekocht. Ich bin mir sicher, dass du damit ganz schnell gesund wirst. Bestimmt hatte sie viele schöne Erinnerungen an dich, die sie dort reingepackt hat." Ein Brotstück traf sie am Kopf.

Sepher sah sie mahnend und mit hochrotem Gesicht an. „Du hast gut reden. Ich weiß, dass du nur hier rumlungerst, damit dieser Faun dir nicht über den Weg läuft", schlug er zurück und sah ziemlich zufrieden mit sich selbst aus.

Kalea schnaubte und lehnte sich im Stuhl zurück. „Ich bin noch immer sauer auf ihn", meinte sie.

„Verstehe ich und glaub mir, ich muss auch ein Wort mit ihm reden. Aber das bringt doch nichts. Wenn du ihn meidest, kann er sich nicht erklären und das macht alles komplizierter. Und soweit ich von anderen weiß, ist es schon kompliziert genug zwischen euch."

„Die anderen? Was haben sie dir erzählt?", fragte sie alarmiert.

Sepher lachte. „Nichts Schlimmes."

Sie glaubte ihm nicht.

„Ich meine nur, dass jeder seine Gründe hat. Ob wir sie verstehen oder nicht. Rede also mit ihm." In dem Moment klopfte es und Evalin kam herein. Sie trug noch ihre Schürze und hatte zwei Zimtschnecken auf einem Teller. Schüchtern sah sie den Prinzen an.

„Aber er hat-"

„Kalea", unterbrach Sepher sie. „Rede mit ihm. Jetzt. Ich hole dich nachher zum Essen ab." Durch den eindringlichen und schon warnenden Blick, den er ihr zuwarf, gab sie sich geschlagen und ließ die beiden allein. Dabei ließ sie es sich aber nicht nehmen und zwinkerte ihrer Freundin zu, die daraufhin rot anlief.

Auf dem Weg zum Haus lief sie Henri über den Weg, der ihr sagte, dass Amrin sie suchte. Dankend verabschiedete sie sich bei ihm. Beim

Haus wartete auch schon der junge Gelehrte auf sie. Beinahe aufgeregt kam er auf sie zugelaufen. Seine Augen leuchteten.

„Hat Faun dich gefunden?", fragte er außer sich.

Kalea schüttelte den Kopf und ging mit ihm hinein. „Ich rede momentan nicht mit ihm." Dann begrüßte Bo und Aurum, die am Essenstisch saßen.

„Bitte, Kalea, es ist wichtig. Er muss mit dir reden", meinte Amrin und tänzelte um sie herum.

„Worum geht's?", fragte Bo neugierig und biss dann von einem Apfelstück ab.

„Faun sucht sie. Er will mit ihr reden", erklärte der Jüngste und nahm lächelnd von seiner Cousine ein Stück Apfel entgegen.

Kalea seufzte genervt. „Ich aber gerade nicht mit ihm." Beim Tisch klaute sie sich ein Stück Apfel von Bo.

„Wegen der Sache mit Sepher?", schmatze Bo und zog die Augenbraue kritisch nach oben.

„Genau. Die Sache, in der dein Bruder fast einen zweiten Königsmord begangen hat", meinte sie und erwiderte seinen Blick. „Weißt du, warum er es gemacht hat?"

Bo zuckte mit den Schultern. „Er muss es dir sagen."

„Du weißt es!", rief Aurum laut und zeigte auf ihn. „Und du sagst selbst mir nichts?"

„Tut mir leid, Liebes. Aber Bruder vor L-" Die Blicke der Drei ließen ihn verstummen. „Das ist nur so ein Spruch." Erschöpft strich er sich über das Gesicht. „Er muss es ihr erzählen."

„Ist klar", sagte Aurum und bestrafte ihn, indem sie ihm die Schüssel mit den Äpfeln vor der Nase wegschnappte. Amrin und Kalea tauschten einen Blick aus. Sie war es leid, über das Thema zu reden und entschied sich, es zu wechseln. Auf die Kosten ihres Freundes.

„Was ich ja viel interessanter finde", begann sie und schmunzelte den jungen Gelehrten böse an. „Was ist eigentlich mit dir und Henri? Und wie passt Jarrel da rein?"

Amrin boxte sie gegen den Arm. Bo und Aurum sahen den Jüngsten überrascht an, während sich Kalea kichernd den schmerzenden Arm rieb. „Mit Jar ist rein gar nichts!", sagte er laut.

„Aber mit Henri schon, oder? Bitte sag, dass es endlich offiziell ist!", erwiderte Bo und schien ungemein interessiert. Aurum grinste wissend und jubelte, als ihr Cousin beschämt nickte.

„Moment mal", sagte ihre Mitbewohnerin. „Jar? Im Sinne von dem Leibwächter des Prinzen?"

Kalea nickte. „Sein Interesse scheint auf jemand Bestimmtes gerichtet zu sein."

„Bitte? Er flirtet doch ständig mit dir!", wehrte Amrin ab und rutschte auf dem Stuhl nach vorn.

„Das macht er nur, um Seph zu ärgern", erklärte Kalea.

Bo guckte verwirrt. „Ist er nicht viel zu alt?"

„Er ist erst dreiundzwanzig", sagte Amrin. „Und außerdem ist da nichts! Können wir also bitte aufhören, darüber zu reden?" Sie ignorierten ihn gekonnt.

„Das sind acht Jahre", meinte Aurum übertrieben schockiert.

„Amrin ist nicht mal volljährig. Wenn er meinen kleinen Babycousin haben will, muss er erst an mir vorbei!"

„Jetzt wollt ihr mich einfach nur noch nerven", meckerte Amrin seufzend und sank kopfschüttelnd in den Stuhl.

„Das stimmt. Dem muss ich was sagen, wenn ich ihn das nächste Mal sehe. Sich einfach an einen Fünfzehnjährigen ranzumachen", fügte Bo grinsend hinzu. Sie wussten, dass da nichts lief und vertrauten auch auf Jarrels Moral, nichts zu versuchen. Das wäre einfach zu viel des Guten. Jedoch war es manchmal zu lustig, Amrin zu nerven.

„Sechzehn."

„Was?", fragte Kalea lachend und griff wieder nach einem Apfelstück.

„Ich bin sechzehn", wiederholte der junge Gelehrte. Die drei erstarrten und sahen ihn mit weit aufgerissenen Augen an. Aurum schlug sich die Hände vor den Mund.

„Wir haben deinen Geburtstag verpasst?", fragte Kalea ungläubig nach. Amrin nickte und zuckte dann mit den Schultern. „Wann war er?"

„Der Tag, nachdem uns die Söldner angegriffen haben", sagte er und biss von einem Apfelstück ab. „Keine große Sache. Wir hatten andere Probleme, deswegen habe ich nichts gesagt."

„Es tut mir so leid", murmelte seine Cousine und nahm ihn in den Arm. „Ich habe es ganz vergessen."

Beruhigend strich er ihr über den Rücken. „Alles gut, ich wollte ohnehin nicht feiern." Kalea konnte nicht fassen, dass sie es nicht gewusst hatte.

Sie hatten Amrins Geburtstag verpasst.

KAPITEL 54

Kalea saß am nächsten Nachmittag mit einem Notizbuch in der Schlossbibliothek. Um sie herum lagen verschiedene Bücher über geschichtliche Ereignisse, Monarchien und Politik. Sie hatte vor einiger Zeit erlebt, was es bedeutete, nichts ahnend in der Welt umherzulaufen. Wenn sie Sepher beim Aufbau von Baistar helfen wollte, konnte sie es sich nicht leisten, nichts über all dieses Zeug zu wissen. Müde rieb sie sich die Augen und gähnte einmal laut. Es war nicht lange her, dass sie eine zweite Kerze angezündet hatte.

„Schon müde?", ertönte eine Stimme links von ihr. Als sie sich umwandte, entdeckte sie Jarrel. Mit einem lässigen Schritt kam er auf sie zugelaufen, wobei er ein grünes Buch in der Hand hielt.

„Wie hast du mich gefunden?", fragte sie und lächelte ihn erschöpft an.

Jarrel grinste amüsiert. „Aurum meinte, dass du hier wärst und als ich drin war, bin ich nur deinem lauten Gähnen gefolgt." Kalea verdrehte die Augen.

„Sehr lustig", meinte sie und schob den Stuhl neben sich zurück, damit er sich setzen konnte. Sobald er saß, legte er das grüne Buch vor ihr auf den Tisch. „Was ist das?"

„Seph meinte, dass ich dir das geben sollte. Die Königin hat es ihm geschenkt, als er noch sehr jung war. Ich habe ihn damals nur mit diesem Buch gesehen", erklärte er lächelnd, wobei sein Daumen über den Buchrücken strich. „Es behandelt wichtige Ereignisse aus Baistar und besitzt eine Ahnentafel der Königsfamilie. Es ist wirklich sehr interessant."

„Danke dir, Jar." Neugierig nahm sie das kleine Buch in die Hand und schlug es blind auf. Der Leibwächter neben ihr beobachtete sie dabei. Kurz schrak sie zusammen, als sie seine Hand an ihrem Gesicht spürte. Sie sah zu ihm. Seine tiefen Augen fokussierten sie. Wieder einmal war sie sich seiner Nähe viel zu sehr bewusst. Sein Knie berührte ihres mit einem stetigen Druck. Sie musste etwas sagen, um diese Stille zu unterbrechen.

„Ich-."

„Kalea."

Jarrel schrak aus der Starre und sah an ihr vorbei zu den Regalen. Sie sah den genauen Moment, in dem die Wärme in Jarrels Augen verschwand. Ohne sich umzudrehen, wusste sie, wer gerade dazugekommen war.

„Ich würde gerne mit Kalea allein sprechen", sagte der Halbelf trocken. Jarrels Blick verfinsterte sich. Sie war überrascht, dass sich der Leibwächter so gut zurückhalten konnte. Schließlich wusste er, was Faun seinem Prinzen angetan hatte. Aber vielleicht hatte eben dieser ihm gesagt, dass er nichts tun sollte. Jarrel riss seinen Blick von Faun los und sah ihr wieder ins Gesicht. Er suchte ihren Blick.

„Kann ich dich mit ihm allein lassen?" Kalea nickte. Natürlich konnte er das. Faun würde ihr nichts tun und Bodan hatte recht gehabt. Sie musste mit ihm reden. Stumm sah Jarrel sie einen Moment an, als würde er darauf warten, dass sie sich umentscheiden würde. Als würde er hoffen, dass sie mit ihm gehen würde. Doch das tat sie nicht und der Leibwächter verschwand zwischen den Regalen. Schweigsam lauschte sie seinen Schritten, die in der Ferne durch die Schlossbibliothek hallten. Kalea fokussierte dabei einen Tropfen des Wachses, der an einer Kerze herunterlief. Zeitgleich zu dem Schließen der Tür landete der Tropfen am Fuße der Lampe. Sobald sie seine Stimme gehört hatte, summte die Verbindung aufgeregt in ihrem Kopf. Nun spürte sie seine Blicke in ihrem Hinterkopf. Kurz schloss sie die Augen. Dann wandte sie sich erwartungsvoll um und sah ihn einfach nur an. Als wäre kein Tag vergangen, lehnte er in einem lockeren Hemd und barfuß an einem Regal und beobachtete sie. Das ruhige Licht der Bibliothek hüllte ihn in ein fast schon schmerzhaft bekanntes Bild. Die Intensität seines Blickes verschlug ihr die Sprache. Die Funken sprangen aufgeregt hin und her. Noch immer konnte sie seine Gemütslage dadurch lesen. Er war sauer. Fast schon fuchsteufelswild.

„Magst du ihn?"

Der Schock musste ihr ins Gesicht geschrieben sein. War das wirklich das Thema?

Sie sah zur Seite, biss sich auf die Zunge und sah dann wieder zu Faun, wobei sie ihre Arme verschränkte. „Natürlich mag ich ihn. Er ist freundlich und ein guter Freund geworden." Sein linkes Auge zuckte.

„Wie eine freundliche Person kam er mir bisher nicht vor."

Kalea lachte leise. „Es wundert mich nicht, dass du diesen Eindruck von ihm hast. Schließlich hast du fast seinen besten Freund getötet!"

Faun spannte seinen Kiefermuskeln an.

„Ich glaube, dass es ihm außerdem ziemlich gegen den Strich geht, dass ich dein -." Sämtliche Giftigkeit verließ sein Gesicht, als ihm die Bedeutung seines Satzes klar wurde.

„Dass du mein *was* bist?", hinterfragte sie herausfordernd und hob ihre linke Augenbraue an. Beschämt wandte er den Blick zu Boden.

Ihr Geduldsfaden riss.

Erst ging er ihr aus dem Weg, dann ermordete er fast Sepher, nur um danach dieses Eifersuchtsschauspiel wegen Jarrel abzuziehen? Und dann, als ihm fast die Antwort zu all ihren Fragen über die Lippen kam, brach er ab?

„Kalea", begann er vorsichtig und stieß sich vom Regal ab, um auf sie zuzukommen. Doch sprang sie reflexartig auf und ging einen Schritt auf ihn zu. Die Empörung war ihr ins Gesicht geschrieben, als sie ihm gegenüberstand.

„Was willst du hier?", fauchte sie bebend und fasste nach dem Dolch, der in ihrem Gürtel steckte.

Er seufzte. „Ich weiß, dass du sauer bist. Ich wollte dich beim Erntemond-"

„Beim Erntemond?", unterbrach sie ihn laut, wodurch er kurz erschrak. „Ich bin nicht sauer, weil du gezwungen wurdest, mich zu töten!"

„Ach nein?", erwiderte er nun sichtlich verwirrt. Seine Hände hielt er mittlerweile schützend vor seinem Körper.

„Bei allen Göttern, nein! Das Thema hatten wir doch schon", bestärkte sie ihre Aussage und kam noch einen Schritt auf ihn zu, sodass sie seinen Duft wahrnahm. Wie konnte er es nicht verstehen? „Ich bin sauer, weil du verschwunden bist! Nicht das eine Mal am Erntemond. Sondern vor drei Tagen, nachdem wir dich endlich zu Hause hatten! Nachdem ich dich das erste Mal seit Wochen gesehen habe. Da bist du verschwunden! Und dann küsst du mich und gehst auf Abstand. Dann erfahre ich, dass du Seph umbringen wolltest. Und jetzt bist du plötzlich wegen Jar eifersüchtig, obwohl du dich nicht einmal traust, dem Ganzen einen Namen zu geben?"

„Es tut mir leid, armaas." Ihr Herz zog sich bei dem Kosenamen zusammen. „Ich war etwas überrumpelt von der Tatsache, dass du nicht tot warst! Ich musste noch einiges regeln und das mit Sepher werde ich dir nun erklären, wo du endlich mir redest. Mir war vorher nicht bewusst, wer er ist und was er dir bedeutet. Ich wusste es nicht!", wehrte er sich nun und begann ebenfalls hochzufahren. Es hatte sich echt nichts zwischen ihnen verändert. Immer wieder waren sie der gegenseitige Brennstoff des Infernos ihrer Gefühle.

„Was denkst du, wie ich mich gefühlt habe! Ich habe dich gehört, weißt du das? Als ich tot war, habe ich dein Flehen gehört und habe mich für *dich* entschieden, um zurückzukommen. Aber du warst weg!"

Die Luft fehlte ihr für die Worte, die aus ihr herauswollten. „Dann bin ich plötzlich schuld daran, dass ganz Caldo absäuft, erfahre, dass ein totgeglaubter Prinz zu meiner Familie gehört, bis ich dich endlich finde! Nur damit du dann wieder verschwindest und das ganze Drama geschieht", frustriert bohrte sie mit ihrem Finger in seine Brust, was ihn schnaufen ließ. Bestimmend packte er sie an ihren Schultern und schob sie nach hinten.

„Es tut mir leid, dass ich nicht da war. Aber meine letzten Wochen waren auch kein Zuckerschlecken! Ich dachte, dass ich dich getötet habe. Ich habe bis vor ein paar Tagen um dich getrauert. Dachte, dass ich nie wieder nach Hause kann, weil ich ein verdammtes Monster bin und die einzige Möglichkeit, um diesen verdammten Fluch zu brechen, hatte ich getötet!", meckerte nun er und presste sie an ein Regal hinter ihr.

„Lass mich los! Ich will dich nicht mehr sehen", sagte sie überwältigt von ihren Gefühlen. Die Situation war zu viel. *Er* war zu viel.

Faun lachte dunkel und arrogant. „Natürlich willst du das. Lüg mich nicht an, armaas. Das ist doch der Grund, warum wir uns gerade streiten." Ihre Augen glänzten vor Wut. Bevor sie den Dolch an ihrem Gürtel auch nur anfassen konnte, stoppte er ihre Hand in der Bewegung. Leicht lehnte er sich nach hinten, um zu sehen, nach was sie greifen wollte. Sobald er den Dolch sah, grinste er schief und presste sich wieder gegen sie. Egal, wie sehr sie sich einredete, dass sie ihn nicht sehen wollte, konnte sie nichts dagegen tun, als sich ihr Körper seinem entgegen bewegte.

„Ein Dolch? Liebling, flirtest du mit mir?" Hitze durchflutete sie bei seinen Worten, die er ihr dicht neben ihrem Ohr zuflüsterte. Sein warmer Atem prallte dabei von ihrer Haut. Seine Hand wanderte an ihren unteren Rücken.

„Unterschätze mich nicht. Ich bin seit dem letzten Mal besser geworden", sagte sie mit weniger Biss und drehte ihr Gesicht zu ihm herum. Seine Nase strich dabei gegen die weiche Haut ihrer Wange. Jede Faser ihres Körpers hasste sie, weil sie noch nicht ihre Lippen auf seine gedrückt hatte. Die Anspannung baute sich zwischen ihnen auf, als sich endlich ihre Augen trafen. Wie sehr sie diese Augen liebte.

„Oh, da bin ich mir sicher", sagte Faun provokant und legte vorsichtig seine Lippen an ihren Kiefer. Langsam, um zu erforschen, ob sie es wollte oder nicht, küsste er ihr Gesicht erneut. In dem Moment, indem ihm klar wurde, dass sie nichts gegen seine Nähe tat, umfasste er ihr Becken und küsste ihren Kiefer erneut. Kalea hielt dabei den Atem an und starrte auf die Decke der Bibliothek. Für einen Moment vergaß sie, warum sie sauer war, und genoss einzig und allein Fauns Nähe. Etwas, wovon sie so lange befürchtet hatte, es nie wieder zu spüren. Ein Buch stach ihr von hinten in den Rücken.

„Faun", hauchte sie sanft in sein Ohr, was ihn sichtlich um den Verstand brachte. Seine Lippen glitten von ihrem Kiefer zu ihrem Hals, dann zur anderen Seite und wieder zu ihrem Gesicht. Kurz vor ihren Lippen stoppte er und sah ihr fragend in die grauen Augen. Bevor er überhaupt zweifeln konnte, stürzte sie nach vorn und küsste ihn. Wie ausgehungert kam er ihr mit derselben Intensität entgegen. Er gab ein kehliges Geräusch von sich, hob sie gleichzeitig an ihren Schenkeln nach oben und presste sie dann wieder an das Regal. Sein Becken presste sich rhythmisch gegen ihres, sodass sie glaubte, vor Hitze umzukommen. Es schien nichts Anderes zu existieren. Nur sie, dieser Mann und die endlose Hitze, die sich zwischen ihnen aufbaute. Ihre Magie vibrierte und die Verbindung war zufrieden verstummt. Ihr war nicht bewusst, wie lange sie sich küssten. Sie roch nur ihn, schmeckte nur ihn und spürte die kleinen Härchen, die sich an ihrem gesamten Körper aufstellten.

„Faun, bring uns in mein Zimmer", bat sie heiser und krallte sich an seine Schultern. „Jetzt!"

Kaum hatte er die Worte gegen ihre Lippen gehaucht, spürte sie das bekannte Ziehen an ihrem linken kleinen Zeh und den Wirbel. Wahrscheinlich war dies der beste Raumsprung überhaupt gewesen. Denn Faun hatte sie dabei ununterbrochen geküsst. Wie er sich dabei auf ihr Zimmer konzentrieren konnte, war ihr schleierhaft. Stolpernd kam der Halbelf mit den Füßen auf dem Holzboden auf und hielt Kalea gerade rechtzeitig fest, damit sie nicht nach hinten umkippte. Es war definitiv nicht der sanfteste Raumsprung gewesen. Aber er erfüllte seinen Zweck. Ohne sich umzublicken, steuerte er die nächste Wand an, um sie dagegen zu lehnen. Gerade wollte er ihre Bluse öffnen, da räusperte sich hinter ihnen jemand.

Erschrocken ließ er sie runter und blickte hinter sich. Im Türrahmen stand der Kronprinz von Baistar und tötete Faun mit seinen Blicken.

„O Mist", stammelte Kalea hinter ihm, richtete ihre Haare und quetschte sich an ihm vorbei. „Was machst du denn hier?"

„Ich habe auf dich gewartet, um dich zum Essen zu holen", antwortete er kalt und musterte sie und den Halbelfen eindringlich.

Kalea wünschte sich, der Boden würde sich unter ihnen auftun und sie verschlingen. Selbst ohne einen Spiegel, wusste sie, wie beschämt sie aussahen. Der Halbelf hinter ihr schien endlich in der Situation angekommen zu sein. Verlegen räusperte er sich und verneigte sich formell vor Sepher.

„Es freut mich, Euch kennenzulernen, Eure Hoheit", sagte er mit seiner typischen untergebenen Stimme. Kalea musterte ihn neugierig.

„Die Freude ist ganz meinerseits, obwohl ich mir unser Kennenlernen gewiss anders vorgestellt hatte. Ohne einen vorherigen Mordversuch und nicht in Kaleas Schlafzimmer."

KAPITEL 55

FAUN

Zum Glück war Sepher Lomaret ein Prinz durch und durch. Weswegen er seine persönlichen Gefühle unterdrücken konnte. Nur anhand seiner angespannten Haltung und dem Kauen auf der Innenseite seiner Wange, wusste Faun, wie aufgebracht der Prinz war. Erst hatte Faun versucht, ihn zu töten, und nun hatte er die beiden beim Rummachen erwischt. Bei allen Göttern, wäre er nicht aufgetaucht, hätten sie vielleicht viel mehr getan.

„Eure Hoheit, mein Angriff tut mir sehr leid", sagte er und verneigte sich erneut. „Ich wusste nicht, wer Ihr wart. Ich habe nur Befehle ausgeführt, um mich von einem Schwur zu lösen."

„Einem Schwur?", fragte Kalea und blickte ihn fragend von der Seite her an. Ihre Haare waren hinten noch immer ziemlich verwuschelt. Dass er dies gewesen war, gefiel ihm.

„Ja, ich habe mich Vera mit einem Schwur verpflichtet. Sie sagte mir, dass sie ihn lösen würde, wenn ich diesen letzten Auftrag erledigen würde", erklärte er und sah zwischen den beiden hin und her. Nun konnte er endlich alles erzählen. Es hatte länger gedauert, als es ihm lieb war, aber er musste Abstand zu ihr gewinnen. Wären er und Amrin nämlich nicht auf etwas gestoßen, dann hätte er Viredis verlassen.

Der Prinz nickte verstehend. „Ich weiß, wie viel du Kalea bedeutest. Weswegen ich das Geschehene vergessen werde", begann er und blickte dabei auf sie, „aber, wenn du noch einmal mir oder meiner Familie schadest, werde ich dich eigenhändig umbringen. Haben wir uns verstanden?" Seine harten Augen sahen ihn fragend an. Ob er wusste, dass seine Worte Kaleas fast ähnelten?

„Natürlich, Eure Hoheit", sagte Faun ehrlich.

Beinahe augenblicklich verschwand die Härte in den Augen des Prinzen. „Also dann. Willst du mit uns Abendessen?", fragte er ihn und drehte sich halb weg.

„Sehr gerne", nahm er etwas nervös das Angebot an und sah ihr breites Lächeln im Augenwinkel. Bevor die beiden aber losgehen konnten, rief der Prinz noch über die Schulter: „Ihr solltet euch etwas herrichten, bevor wir zu den anderen gehen. Ich warte draußen auf euch." Beschämt stoppten sie und richteten ihre Klamotten und Haare. Sanft strich er ihr durchs Haar und fing ihren Blick auf.

„Ich werde dir und den anderen alles erklären. Heute Abend", sagte er und hielt ihr Gesicht zwischen seinen Händen, „Es wird keine Geheimnisse mehr geben."

Ihre Hand strich über sein Hemd. „Das finde ich gut", erwiderte sie lächelnd, „denn unser Gespräch von vorhin ist noch nicht zu Ende."

Er grinste, als er ihr hinaus folgte, wobei ihre Hüften hin und her schwangen.

Faun konnte sich nicht erinnern, wann er zum letzten Mal im Speisesaal des Schlosses gewesen war. Wahrscheinlich zuletzt als Kind. Normalerweise aßen hier alle Waisen und Neuankömmlinge. Jedoch war es mittlerweile so spät, dass es niemand zu stören schien, dass die Gruppe den Saal für sich beanspruchte. Egal, was er für ein Bild von dem Kronprinzen in seinem Kopf gehabt hatte, es wurde auf den Kopf gestellt. Denn Sepher Lomaret war nicht so, wie er gedacht hatte. Er half beim Tischdecken, nahm Evalin alles Schwere ab und schien mit seinen Freunden ein gutes Verhältnis zu haben. Zwar hatte Amrin ihm einiges über ihre Reise erzählt, doch war es etwas Anderes, es mit eigenen Augen zu sehen. Zu sehen, wie vertraut sie alle miteinander umgingen. Er fühlte sich fehl am Platz. Etwas unbeholfen stand er neben Henri. Der braunhaarige Mann aus Wells -Jarrel, wie er nun wusste - starrte ihn durch den Saal hinweg böse an. Er war anscheinend der Leibwächter des Prinzen, was sein Verhalten verständlich machte. Auch bei ihm müsste er sich eigentlich noch entschuldigen. Den Blick, den er jedoch Kalea in der Bibliothek geschenkt hatte, ließ Faun an seinem Vorhaben zögern. Ein ekliges Gefühl hatte sich in seiner Brust angesammelt, als er die beiden entdeckt hatte. Wie er sie berührt hatte und wie nah sich die beiden gekommen waren. Jegliches Schuldgefühl Jarrel gegenüber war dabei verflogen. Irgendwann würde er sich bei ihm für den Flug durch das Zimmer entschuldigen. Aber nicht heute. Und wahrscheinlich auch nicht morgen.

Kalea wuselte um Amrin herum und zündete einige Kerzen an. Sein Blick folgte ihr bei jedem Schritt. Noch immer fühlte er die Hitze in seinem Körper. Sobald alles fertig war, setzte sich die große Gruppe an den gedeckten Tisch. Erfreut stellte er fest, dass sich Kalea neben ihn setzte. Umso enttäuschter war er, als der Prinz direkt gegenüber von ihm Platz nahm. Er musste sich also benehmen. Obwohl er ihm überraschenderweise verziehen hatte, wusste Faun, dass er eine Probezeit hatte. Diese zweite Chance wollte er sich nicht verspielen. Als Evalin das Essen für eröffnet erklärte, schnappte sich jeder etwas und reichte dem anderen etwas weiter. Gerade reichte er seinem Bruder die Erbsen, da spürte er eine Hand auf seinem Oberschenkel. Er versuchte, sich nichts anmerken zu lassen, denn die Augen des Prinzen huschten immer wieder zu ihm hinüber. Kalea schmunzelte vergnügt und ärgerte ihn weiter.

Nein, sie bestrafte ihn und das wusste er. Er spürte, wie die Spitzen seiner Ohren rot wurden. Teils wegen ihr und teils wegen des Weines, den Aurum mitgebracht hatte.

„Also, Faun", sagte Baria Withleigh, deren neue Erscheinung ihn wirklich erschrocken hatte. Er musste ihr aber zusprechen, dass sie stärker als zuvor wirkte. Reifer. „Amrin meinte, dass du etwas zu erzählen hast." Die Prinzessin sah über den Rand ihres Bechers zu ihm herüber. Er hatte nicht viel Kontakt mit ihr gehabt, als es um Kaleas Befreiung ging. Ele war damals der Kontakt zu ihnen gewesen.

Er räusperte sich, wischte sich den Mund an seiner Serviette ab und legte sie dann beiseite. Der junge Gelehrte sah ihn ermutigend an.

„Das stimmt", begann er und suchte nach den richtigen Worten. Er verstummte und starrte auf seinen Teller. Die Blicke der anderen bohrten sich in seinen Schädel. Sie warteten auf eine Antwort, aber der Halbelf wusste nicht, wie er beginnen sollte.

„Er kann seinen Namensfluch brechen", half ihm Amrin und legte sein Besteck nieder. „Also besser gesagt umgehen."

„Was?", fragte Bo laut und verschluckte sich beinahe an seinem Wein. Seine Freunde sahen ihn und Amrin kopflos an. Evalin schien dem Prinzen und dem Leibwächter zu erklären, was es damit auf sich hatte. Worüber er sehr glücklich war, denn er war nicht scharf darauf, alles erneut zu erklären. Kalea sah ihn unverhohlen an. Dabei stand ihr Mund leicht offen.

„Amrin hat recht", begann er erneut und schluckte. „Es gäbe einen Weg, den Fluch zu umgehen", bestätigte er die Aussage.

„Und was musst du machen?", fragte nun Aurum, die ganz hippelig wurde und ihn angrinste.

Sein bester Freund strahlte. „Das ist der Wahnsinn!", meinte Henri.

„Ähm, das ist etwas komplizierter", sagte er nun und spürte, wie enttäuscht alle waren. Diese Tatsache wollte er mit Kalea nämlich zunächst allein bereden. „Wenn ich weiß, dass es zu hundert Prozent klappt, erkläre ich es euch. Aber ihr solltet wissen, dass es einige Probleme löst."

„Deinen Schwur?", fragte Sepher und Faun verneigte sich gedanklich vor seiner Schlussfolgerung. Dabei bemerkte er, wie ähnlich seine Augen Kaleas waren. Wo jedoch ihre grauen Augen von Wärme erfüllt waren, sah er in seinen Entschlossenheit.

„Ja, genau. Außerdem wäre ich in der Lage, euch nach Solas zu bringen, ohne Gefahr zu laufen, von ihnen zu etwas gezwungen zu werden." Kaleas Handgriff kräftigte sich um seinen Oberschenkel. Während er wieder zu ihr blickte, griff er unter den Tisch und nahm ihre Hand in seine. Automatisch begann sie, Kreise auf seinem Handrücken zu ziehen, um ihn zu beruhigen. Am liebsten hätte er sie geküsst, war sich aber die Anwesenheit des Prinzen durchaus noch bewusst.

„Das wäre eine große Hilfe, Faun", sagte eben dieser und lächelte dankbar.

„Moment mal", meldete sich Henri. „Welcher Schwur? Was habe ich verpasst?" Amrin strich ihm schmunzelnd über den Arm.

Faun räusperte sich wieder. „Vera." Die Gruppe seiner Freunde zuckte beinahe merklich zusammen. „Als ich zu ihr gegangen bin, hat sie einen Schwur gefordert, der mich bis heute an sie bindet. Mit dem kann sich mich durch Schmerzen jederzeit zu sich rufen."

„Hast du momentan Schmerzen?", fragte Kalea und stoppte kurz mit ihren Kreisen an seinem Handrücken.

„Nein", antwortete er und schielte zu seinem Bruder hinüber, der ihn eindringlich ansah. „Sie würde ihn nicht einfach so benutzen. Ihr ist es lieber, wenn ich von allein zu ihr komme. Dieser Schwur verhindert aber, dass ich aktiv gegen sie vorgehen kann."

„Bei der Flucht hast du sie von mir weggeschleudert", merkte Kalea an.

Er presste kurz die Lippen zusammen. „Das war kaum der Rede wert", meinte er und drückte ihre Hand. Als sein Bruder ungläubig schnaufte, blickte er ihn mahnend an. Niemand musste wissen, dass er starke Probleme nach der Flucht hatte. Sein Arm hatte sich angefühlt, als würde er ihm jeden Moment abfallen.

„Warum benutzt sie ihn dann nicht?", fragte der Leibwächter verwirrt, was zum zustimmenden Nicken der anderen führte.

„Sie scheint mir keine sehr geduldige Person zu sein", merkte Baria stutzend an. Faun sah suchend zu Amrin. Dieser nickte ihm wieder ermutigend zu. Er hatte dem jungen Gelehrten viel zu viel seiner Last bei ihren gemeinsamen Recherchen aufgeladen. Eigentlich war es Faun, der ihm bei seinen zwischenmenschlichen Problemen half.

„Vera besitzt Informationen, um den Namensschwur zu brechen. Um diese zu bekommen, habe ich einige Aufträge für sie erledigt", erzählte er und spürte, wie warm ihm wurde. „Als sie mir aber die Informationen gesagt hat und mir klar geworden ist, dass ich keine Möglichkeiten mehr habe, habe ich damit begonnen, ihre Männer zu töten." Evalin sog scharf die Luft ein. „Sie hatte danach keine andere Wahl als mich einzusperren."

„Hättest du sie nicht einfach darum bitten können?", fragte Aurum nun. Sie lehnte mit den Unterarmen auf dem Tisch.

Faun schüttelte den Kopf verneinend. „Sie hätte es nicht ohne Grund getan, also musste ich ihr einen geben." Seine Augen huschten kurz zu Kalea, deren Blick auf den Tisch gerichtet war. „Nach einigen Wochen bin ich es aber leid geworden und wollte den Schwur brechen, um irgendwo anders im Exil zu leben. Damit ich keine Gefahr für euch werden konnte."

„Faun, du bist keine Gefahr für uns", sagte Evalin und sah ihn traurig an.

„Rede keinen Blödsinn", meinte Henri und lehnte sich mit verschränkten Armen im Stuhl zurück.

„Doch bin ich. Darüber müssen wir nicht diskutieren." Mit seiner freien Hand ging er sich durchs Haar. „Auf jeden Fall musste ich dafür einen letzten Auftrag erledigen."

„Das war in Wells", sagte der Prinz und Faun nickte.

„Das Ganze erklärt aber nicht, warum sie so zu dir ist. Woher kennt ihr euch?", fragte nun Kalea und sah ihn an. Ihm fiel es schwer, sich nicht in ihren Augen zu verlieren. Ihre Hand ruhte noch immer in seiner.

Faun räusperte sich. „Sie hatte", er brach ab. „Vera ist mit der Vertreibung der Waldelfen zu unserem Volk gekommen. Da wir zur Hälfte von ihnen abstammen, hat sie sich bei uns wohlgefühlt. Beim Angriff auf die Imiset haben sich wenige Familien gerettet und haben sich in einem geheimen Ort wieder angesiedelt. Meine Familie ist eine davon gewesen. Doch Solas hat auch diese Überlebenden gefunden." Er schluckte und starrte in die tanzende Flamme einer Kerze vor ihm. „Zum Schluss hat es nur noch Vera, meine große Schwester und mich gegeben." Gegenüber von ihm sahen sich der Prinz und der Leibwächter mit großen Augen an. Nicht wirklich diskret schielten sie auf seine Ohren. Hatten sie es erst jetzt verstanden?

„Du hast eine Schwester gehabt?", fragte Evalin und hielt sich die Hände vor dem Mund. Sepher sah sie sanft an. Aurum hatte Tränen in den Augen. Henri war einfach nur stumm und hörte ihm zu. Kalea kannte nur die Tatsache, dass er eine Schwester hatte. Nur sein Bruder und Amrin wussten von der ganzen Geschichte.

„Ja." Er schluckte, als ihm ihr Gesicht vor Augen kam. „Ihr Imisetischer Name ist Tyra gewesen. Auf jeden Fall sind Tyra und ich schließlich bei Vera aufgewachsen. Bis Tyra nach einem weiteren Angriff gestorben ist und ich nach Viredis gekommen bin", kürzte er das Ganze ab, um nicht wieder in den Erinnerungen zu hängen.

„Also ist sie sowas wie deine Mutter?", fragte nun Henri.

Der Halbelf verzog das Gesicht. „Nicht unbedingt. Meine Mutter ist früh gestorben. Vera haben wir eher als unsere Beschützerin oder unseren Vormund gesehen", erklärte er und kratzte sich an der Schläfe.

„War es einer dieser Aufträge, meinen Vater zu töten?"

KAPITEL 56

FAUN

Baria starrte ihn wartend an. Das Haar der Prinzessin erinnerte ihn daran, woher sie stammte. Erst hielt er ihren Blick, dann nickte er. Keine Gefühlsregung war in ihrem Gesicht zu erkennen.

„Einer der ersten Aufträge. Wobei ich zugeben muss, dass es nicht viel Überredungskunst gebraucht hatte", sagte er ehrlich und spürte den festen Handdruck von Kalea. Er blickte sie an und sah in ihrem Gesicht Zustimmung. Ohne drüber nachzudenken, küsste er ihre Stirn und schloss dabei die Augen. Baria nickte nur und wandte sich dann stumm wieder ihrem Essen zu. Die Narbe an ihren Lippen war noch immer zusehen.

„Außerdem solltet ihr wissen, dass Vera mich dazu gebracht hat, meine Magie vollkommen anzunehmen", sagte er zum Schluss.

„Was bedeutet das?", fragte nun Bo und sah ihn verwirrt an. „Ist das diese Kraft gewesen, die du in Wells benutzt hast?"

Faun nickte und ignorierte den Blick des Leibwächters, den er dabei quer durch den Raum geschickt hatte.

„Zum einen", ergänzte er und beendete damit das Gespräch darüber.

Danach lief das Abendessen ruhig weiter. Bis alle gesättigt waren, vergingen beinahe zwei Stunden. Momentan lachten sie alle über die Geschichten der Reisen, die seine Freunde hinter sich hatten. Das kleine Anino, das plötzlich aus Jarrels Tasche gesprungen kam, hatte ihn so sehr erschrocken, dass Faun kurz geschrien hatte. Was natürlich zu einem Lachanfall geführt hatte. Selbst Kalea konnte sich nicht halten und hatte schließlich Tränen in den Augen.

„Ich muss noch etwas mit dir allein bereden", flüsterte er ihr zu, als Henri gerade eine Geschichte erzählte und die Aufmerksamkeit der anderen hatte. Sie nickte direkt und nur knapp verabschiedeten sie sich. Während sie rausgingen, hing der Blick des Leibwächters an ihnen. Die Hände hatten sie gelöst, sobald sie aufstanden.

Wenig später lagen sie wie früher zusammen auf einer Decke in der Wiese und sahen in den Nachthimmel. Kalea hatte ihm ganz stolz sein Sternenbild gezeigt, da sie sich noch daran erinnerte.

„Worüber wolltest du mit mir reden?", fragte sie und drehte ihren Kopf zur Seite, was er ihr gleich tat. Seine Hand suchte blind nach ihrer.

„Es geht um meinen Namensfluch." Gespannt hörte sie ihm zu. „Es gäbe die Möglichkeit, ihn zu umgehen, indem ich den Bund mit meiner Zwillingsseele eingehe. Dabei kann diese Person meinen Imisetischen Namen ändern. Er wäre also wieder geheim und durch den Bund würde meine Zwillingsseele nicht in der Lage sein ihn weiterzusagen.

367

Durch den Bund würden auch vergangene Schwüre gelöst werden", erklärte er, sah jedoch, wie ihre Gedanken rasten.

Ihr Blick huschte über sein Gesicht. „Was ist eine Zwillingsseele?", fragte sie schließlich.

„Sie ist eigentlich nur in der Kultur der Imiset bekannt. Eine Seele, die nach deiner eigenen ruft und sie nach dem Bund beherbergt. Es ist ein heiliger und sehr seltener Bund. Die Zwillingsseele akzeptiert einen bindungslos, liebt unendlich und stärkt sich durch die Gesundheit des anderen."

Sanft entzog sie ihm die Hand. Eine süße Falte bildete sich auf ihrer Stirn. „Du willst nach ihr suchen, oder? Deiner Zwillingsseele?"

„Brauche ich nicht", meinte er.

„Was redest du da?", sagte sie außer sich. „Du weißt ganz genau, was es dir für Vorteile bringt, wenn du deine Zwillingsseele findest."

Für einen Moment blickte er sie an. „Erinnerst du dich daran, was ich gesagt habe? Ich hatte die Hoffnung verloren, weil ich meine getötet habe", versuchte er ihr zu helfen.

Ihre Augen musterten sein Gesicht. Dann lehnte er sich vor und küsste erst ihre Nasenspitze und dann ihre sündhaften Lippen.

O ja, und wie sich seine Seele nach ihr sehnte. Sie schrie beinahe.

„Spürst du das nicht?", murmelte er heiser an ihren Lippen und blickte ihr dann in die Augen. „Wie du dich nach mir verzehrst? Wie dein Inneres nach mir schreit, weil es sich so *richtig* anfühlt?"

Ihre Atmung stoppte und dann weiteten sich ihre Augen. „Ich bin es. Ich bin deine Zwillingsseele?", fragte sie nach und griff ihm ins Hemd, als er zaghaft nickte.

„Ich wollte es dir sagen, aber Amrin und ich haben kein Ritual gefunden, um den Bund und die Namensänderung durchzuführen. Bis gestern", erklärte er ihr und küsste dann ihre Stirn, ehe er sich von ihr löste.

„Warum hast du es nicht gesagt? Ich hätte doch helfen können", meinte sie und setzte sich dann ebenfalls auf.

„Ich wollte dir diese Entscheidung nicht nehmen. Ich will, dass du eine Wahl hast", sagte er und blickte gen Nachthimmel. „Auch jetzt kannst du dich frei entscheiden. Nur weil wir Zwillingsseelen sind, müssen wir nicht zusammen sein."

„Aber das will ich", sagte sie augenblicklich und kniete sich hin. „Machen wir diesen Bund. Jetzt."

Er lachte und schüttelte den Kopf. „Du verstehst nicht, was das bedeutet."

„Dann erkläre es mir. Lass mich nicht wieder im Unwissen", bat sie ihn und griff nach seiner Hand, um ihre Finger miteinander zu verschränken.

„Der Bund ist eine Verschmelzung unserer Magiekerne. Außerdem gleicht sie dem Bund der Ehe", erklärte er und musterte nun ihr Gesicht. Der Wind fuhr durch ihre Haare.

„Wie die Ehe?"

Faun nickte und presste die Lippen zusammen. „Deswegen meinte ich, dass du diese Entscheidung nicht leichtfertig treffen solltest. Wenn wir den Bund eingehen, dann können wir mit keiner anderen Person zusammen sein. Die Natur wäre dagegen."

KAPITEL 57

KALEA

Ein Bund, der die gleiche Tragweite wie eine Ehe hatte. Mehr sogar. Ihre Gedanken kreisten. Fauns Funken tanzten langsam in seiner Iris umher. Sein tiefer Dutt war sehr locker geworden und würde wahrscheinlich jeden Moment auseinanderfallen. Einzelne Strähnen hatten ihren Weg hinausgefunden.

„Ich verstehe, wenn du es nicht machen willst", begann er wieder, als Kalea weiterhin schwieg. „Wir kennen uns noch nicht so lange wie Bodan und Aurum und hatten schon einige Schwierigkeiten. Aber ich verspreche, dass du deine Entscheidung nicht bereuen würdest. Und ich bleibe bei dir, selbst, wenn du dich dagegen entscheiden solltest. Dieser Bund ist kein Ultimatum für das, was zwischen uns ist." Das glaubte sie ihm direkt. Faun würde es ihr nicht nachtragen, wenn sie den Bund der Zwillingsseelen nicht eingehen wollte.

Zwillingsseelen.

Solch ein fremdes Wort. Doch endlich hatte sie einen Namen zu ihren Gefühlen, die sie von Anfang an in seiner Nähe gespürt hatte. Das ständige Kribbeln, und dass sie ihn so intensiv wahrnahm. Ihre Augen hatten ihn immer in jedem Raum direkt gefunden. Und obwohl er ihr am Anfang so fremd und verhasst war, lag in seinen Berührungen immer ein Stück Vertrautheit.

Zwillingsseelen.

„Was unterscheidet die Zwillingsseelen von unserer Verbindung?", fragte sie nach ein paar ruhigen Minuten, in denen sie ihren Gedanken nachhingen.

„Unsere Seelen haben sich von Anfang an erkannt. Wir werden damit geboren. Ich denke, dass das auch ein Grund dafür war, dass ich dich bei dem Ball nicht töten konnte", sagte er mit ruhiger Stimme. „Die Verbindung war einfach ein magischer Unfall, der zusätzlich dazu kam." Kurz schwieg er und küsste dann ihren Handrücken. „Kalea", flüsterte er und schloss dann seine Augen. „Unabhängig von den Zwillingsseelen und bevor ich es überhaupt wusste, war mir eines klar." Nun schwammen seine Funken schneller als jemals zuvor. Beinahe unsicher sah er sie an. Der Wind wehte durch sein Haar. Das Licht der Sterne und des Mondes schien ihm ins Gesicht. Sie wusste, dass es ihm auf der Zunge lag. Seine Lippen waren leicht geöffnet. Doch brachte er kein Wort heraus. Er schluckte. Aufregung legte seinen Körper lahm. Kalea krabbelte näher an ihn heran und hob ihre Hand an seine Wange, damit er sie wieder anblickte. Dann, zwischen einem seiner Atemzüge, während der Wind durch ihre Gesichter pustete und es in der Ferne blitzte, sagte sie sanft, aber deutlich:

„Ich liebe dich." Er erstarrte unter ihren Fingern und sah sie einfach nur an. „Ich liebe dich, Faun." Zitternd atmete er ein und ließ seinen Kopf hängen. Lächelnd legte sie ihre Lippen an seinen Scheitel. „Ich

371

liebe dich so sehr. Deine guten und deine schlechten Seiten. Lass mich dich lieben. Dich und das Monster, von dem du immer redest." Er erschauderte unter ihrer Berührung und schwieg. Doch klammerte er sich an ihre Taille. Ihre Finger glitten durch seine schwarzen Locken und für einen kurzen Moment, dachte sie an den Erntemond zurück. Daran, wie sehr er gegen den Namensfluch angekämpft hatte, bis zum Schluss. Und sie dachte an das zurück, was sie im *nächsten Tag* gesehen hatte.

Eine Zukunft. Mit Faun. „Ich habe immer von zwei Arten der Liebe gehört. Die, für die du sterben würdest, und die, für die du töten würdest. Aber du, Faun, hast mir gezeigt, dass es noch eine Dritte gibt. Du bist die Art der Liebe, für die ich leben will." Ein erneuter Blitz zuckte über den Himmel.

Im nächsten Moment lag sie in seinen Armen. Faun hatte sie eng an sich herangezogen und sein Gesicht lag an ihrer Halsbeuge. Seine Lippen küssten ihren Hals. Sie huschten über ihre Halsschlagader.

„Ich bin deiner nicht würdig", murmelte er, wobei sein heißer Atem gegen ihre Haut prallte.

„Du hast es selbst gesagt", widersprach sie und strich ihm durchs Haar. „Wir sind Zwillingsseelen. Wir sind füreinander bestimmt. Du bist meiner würdig in jeglicher Hinsicht." Dann hob er endlich seinen Blick und Kalea konnte es einmal mehr nicht fassen, wie wunderschön er war. Seine Funken schwammen in seiner Iris so schnell hin und her, dass das lila kaum noch zu sehen war. In der Ferne donnerte es, weswegen sie zusammenzuckte.

„Tut mir leid, das überwältigt mich ein bisschen", flüsterte sie, kicherte beschämt und schloss dabei die Augen, um den Stand ihrer Mauer zu überprüfen. Dann spürte sie seine Lippen an ihren. Nur flüchtig wie den Hauch des Windes.

„Entschuldige dich nicht dafür. Ich mag den Regen", meinte er und suchte dann ihren Blick.

„Da bist du wahrscheinlich der Einzige in ganz Caldo", erwiderte sie schmunzelnd. „Die freuen sich mittlerweile wieder mehr über die Sonne als über meinen Sturm."

Sanft strich er ihr durchs Haar und verharrte mit seiner Hand an ihrem Hinterkopf. „Ich wähle deinen Sturm. Ich würde jeden deiner Regentropfen jeglichem Sonnenstrahl für den Rest meines Lebens bevorzugen", hauchte er an ihren Lippen. Kaleas Augen brannten und ihr Herz hämmerte wild in ihrer Brust. „Dich, Kalea, werde ich lieben, bis die Welt aufhört zu existieren. Bis es keinen Regen, keine Sonne und keine Magie mehr gibt." Dann raubte er ihr jede Antwort und küsste sie. Ihr Herz schlug in ihrer Brust wild gegen seines. Während des Kusses spürte sie die Tränen, die ihr entkommen waren.

„Verlass mich nie wieder, hast du verstanden?", sagte sie schluchzend und lehnte ihre Stirn an seine. Er lachte heiser und nickte schließlich.

„Das werde ich nicht, armaas."

„Ist das Ritual gefährlich oder wird es wehtun?", fragte sie einige Zeit später, als sie daran zurückdachte. Noch immer lagen sie zusammen auf der kleinen Decken und genossen die Nacht über ihnen.

Faun schüttelte grinsend den Kopf und positionierte sich in einer flüssigen Bewegung zwischen ihren Beinen, wobei er das Kleid ein Stück zur Seite schob.

„Nein, es wird sich gut anfühlen", flüsterte er ihr ins Ohr. „Das verspreche ich dir." Sein Schritt drückte nach unten und dann verstand sie, was beim Ritual passieren würde.

Sie konnte es kaum erwarten. Beflügelt küsste sie ihn erneut und zog ihn mit sich zu Boden. In seinen Armen beruhigte sich ihr Puls. Und in diesem Moment fühlte sich Kalea endlich in dieser Welt angekommen.

In den Armen ihrer Zwillingsseele.

„Wieso noch mal müssen wir Sepher um Erlaubnis fragen?", fragte der Halbelf zum x-ten Mal an diesem Morgen und schlenderte gähnend neben ihr her.

„Weil er die einzige Person aus meiner Familie ist. Außerdem meintest du, dass der Bund einer Ehe gleicht. Ich habe die Thronfolge zwar nicht akzeptiert, aber das sollte trotzdem vorher besprochen werden." Da Baria die Gruppe in zwei Tagen in Solas angekündigt hatte, mussten sie sich mit dem Ganzen beeilen. Kalea war euphorisch und hatte sich schon lange nicht mehr so glücklich gefühlt. Als sie ihren Freundinnen erzählte, was es mit der Umgehung des Namensfluches auf sich hatte, kreischten alle wild durcheinander. Aurum holte direkt mehrere Flaschen Wein, bevor sie die restliche Nacht ausgiebig über alles unterhielten. Als Evalin sie fragte, was Sepher dazu sagte und sie auf die Etikette hinwies, wurde ihr klar, was sie vergessen hatte.

Deswegen schleppte sie den mürrischen Halbelfen nun in Richtung des Gemaches des Prinzen.

„Ihr wollt heiraten?", fragte der Prinz, nachdem er ganz unelegant den Kaffee ausgespuckt hatte und sie fassungslos ansah. „Wann ist das denn passiert?"

„Gestern Abend", sagte sie. „Und es ist keine Heirat."

„Aber ein Zwillingsseelenbund", mischte sich Jarrel ein, der ebenso schockiert aussah. Die beiden waren gerade am Frühstücken, als sie von ihnen überrumpelt wurden. „Was einer Hochzeit beinahe gleicht." Klirrend stellte er die Tasse auf die Untertasse.

Der Halbelf machte ein überraschendes Geräusch. „Du kennst es?" Jarrel nickte angespannt. Als sie gesehen hatte, dass der Leibwächter mit im Raum war, war sie drauf und dran gewesen, das Vorhaben zu verschieben. Sie wollte ihm nicht diese Tatsache unter die Nase reiben. Obwohl sie nicht wusste, ob die bisherigen Flirtereien nur Spaß waren. Sie wollte ihn nicht unnötig verletzen. Doch Faun war ihr zuvorgekommen und hatte ihr Vorhaben dem Prinzen erklärt.

„Ich weiß, dass es keine direkte Hochzeit ist, wie es die Menschen sonst machen. Aber es hat dieselben Auswirkungen."

Faun nickte zustimmend.

„Und warum kommt ihr damit zu mir?", fragte nun wieder Sepher und tupfte sich den Kaffee vom Hemd. Er sah immer noch ziemlich überfordert aus. Fauns besserwisserischen Blick ignorierte sie.

„Es geht um deinen Segen, Seph", kam der Leibwächter wieder zu Hilfe und nippte dann wieder mit ernster Miene an seiner Tasse. „Du bist Kaleas einziges Familienmitglied."

Verstehend zog der Prinz die Augenbrauen hoch und richtete sich dann auf. „Liebst du ihn?"

Kaleas Blick huschte für eine Minisekunde zu Jarrel, der den Blick abgewandt hatte und sein Frühstück anstarrte.

„Das tue ich."

„Liebst du sie?" Faun nickte. „Wirst du noch mal versuchen, mich umzubringen?"

Der Halbelf schüttelte direkt den Kopf. Dann klatschte der Prinz in die Hände und widmete sich wieder seinem Frühstück. Die Stille im Raum schien ihn zu stören, weswegen er zu allen Dreien hochblickte.

„Was?", schmatzte er.

„Das war alles, Eure Königliche Hoheit, Sepher Lomaret?", zog Jarrel ihn schmunzelnd auf.

„Was soll ich denn sagen? Nein? Wenn sie sich lieben, reicht das doch", sagte er laut und zuckte mit den Schultern.

Ungläubig blickte sie zu Faun, der noch immer den Prinzen ansah. Dann trat er einen Schritt nach vorn und verbeugte sich: „Danke, Eure Hoheit."

„Ja, ja. Denkt nur daran, dass wir in zwei Tagen nach Solas wollen", erinnerte er sie daran, woraufhin beide nickten. „Also, wann wollt ihr es machen? Heute Abend? Da müssten wir Zeit haben." Vor Scham lief Kalea rot an. Faun erstarrte zu einer Salzsäule und wagte es nicht, zu atmen. Die Atmosphäre wieder spürend, sah er beide an. „Was? Was habe ich jetzt wieder gesagt?"

Jarrel hatte jegliche Anspannung verloren. Er grinste bis über beide Ohren und lehnte sich am Tisch vor. „Meine Königliche Hoheit, Sepher

376

Lomaret." Der Prinz verdrehte die Augen. „Um den Bund einzugehen, müssen die beiden Sex haben. Da wollen die dich bestimmt nicht dabeihaben." Er liebte es, seinen Prinzen aufzuziehen.

Sephers Kopf ähnelte ihrem. Beide mieden den Augenkontakt zum anderen.

Der Prinz scheuchte sie mit einer winkenden Bewegung nach draußen und nuschelte nur etwas vor sich hin. Noch bevor die Tür zuging, hörten sie, wie Jarrel seinen Prinzen auslachte: „Du hättest mal dein Gesicht sehen müssen!"

KAPITEL 58

Sie einigten sich darauf, den Bund an dem Abend vor dem Besuch in Solas einzugehen. Also blieb ihnen noch ein Tag. Für die Namensänderung mussten sie nämlich noch einige Sachen erledigen. Eine bestimmte Paste musste von Amrin angerührt werden und Aurum half ihr, die imisetischen Worte zu lernen. Außerdem musste sich Kalea über einen neuen Namen für Faun Gedanken machen. Sie wollte dabei nicht einfach irgendeinen nehmen. Nein, sie wollte, dass er etwas bedeutete. In der Schlossbibliothek fand sie tatsächlich ein altes, verstaubtes Wörterbuch in der imisetischen Sprache mit einigen Namensvorschlägen darin.

Für mehrere Minuten starrte sie auf ein Wort und auf dessen Bedeutung. Fauns bisher wahren Namen.

Einar - der Stärkste / einsamer Krieger

Sie verabscheute dessen Bedeutung. Faun war nicht einsam und sollte nie wieder Einsamkeit fühlen. Fast eine Stunde blätterte sie in dem Buch herum und schrieb sich verschiedene Wahlmöglichkeiten auf. Als Faun ihr sagte, dass sie den neuen Namen aussuchen durfte, war sie ihm vor Rührung um den Hals gefallen. Sie nahm diese Aufgabe ernst und würde mit Bedacht wählen. Das Summen trat ein, bevor sie einen kleinen Windhauch merkte und seine Hände auf ihren Schultern spürte. Mit angenehmem Druck massierte er ihre müden Muskeln zwischen Nacken und Schultern.

Er sah an ihr vorbei ins Buch. „Bist du erfolgreich?", fragte er und küsste ihren Kopf.

„Ja, ich habe ein paar schöne gefunden", erwiderte sie und drehte sich zu ihm um.

„Du wirst schon einen finden", meinte er und zog sie zu sich nach oben, um sie in seinen Armen zu halten. Seitdem sie sich ihre Liebe gestanden und sich auf den Bund geeinigt hatten, fühlte sie sich mit ihm wie im Rausch. Es verging kaum eine Stunde, in der er sie nicht aufsuchte und wund küsste. Wahrscheinlich waren sie beide schon unglaublich gespannt auf den folgenden Abend. Sie konnten kaum die Finger voneinander lassen und Kalea konnte nicht glücklicher sein. Mit einem verruchten Glitzern in seinen Augen sah er sich um. „Bist du allein?" Sie nickte und biss sich grinsend auf die Lippe.

Das Licht brach durch die Fensterbögen und schien auf die zwei Gestalten, die sich zwischen den Regalen aufhielten. Ihr Rücken presste sich gegen das Regal, während seine Hände an ihrem Körper ruhten. Die bunten Funken sprangen wild hin und her.

„Armaas", hauchte er und verstärkte seinen Griff an ihrem Becken. Bevor er weitersprechen konnte, presste sie ihre Lippen auf seine und verschluckte jedes weitere Wort. Seufzend erwiderte er ihren einnehmenden Kuss. Seine Hände wanderten an ihr Gesicht, sodass er sie näher an sich heranziehen konnte. Seine rauen Hände fielen wieder hinab, um ihre Schenkel unter dem Kleid zu packen und sie hochzuheben. Sie spürte sein zufriedenes Lächeln an ihren Lippen, als sie automatisch ihre Beine um seinen Körper legte. Ihre Brust presste sich gegen seine. Zaghaft strich er mit seiner Zunge über ihre Unterlippe und bat stumm um Einlass. Als er merkte, wie sie ihre Lippen öffnete, verlor er keine Zeit und vertiefte den Kuss. Seine Finger hielten ihr Gesäß fest und schoben sie immer wieder gegen sein Becken. Seine Erektion drückte gegen den Stoff seiner Hose.

„Faun", stöhnte sie und ließ ihren Kopf nach hinten fallen. Automatisch legte er seinen Mund an ihren Hals und küsste sich zu ihrem Dekolleté hinab. Sein Körper wurde immer heißer unter ihren Fingern und auch Kalea verspürte ein Brennen, das sie zu verschlingen drohte. Plötzlich drehte Faun sich herum und steuerte den Tisch an. Es war derselbe Tisch, an dem sie vor einigen Monaten zusammen in *Die Reise in den Süden* gelesen hatten. Dies war der erste Moment gewesen, in dem sie sich nähergekommen waren.

Nun legte er sie sanft darauf ab und blickte sie durch die dunklen Wimpern hindurch an. Seine Lippen waren bei ihrem Anblick leicht geöffnet. Beide hatten nie mehr damit gerechnet, in diesen Genuss zu kommen. Also wollten sie ihn auch vollends genießen. Kalea zappelte zwischen seinen Armen und versuchte, ihn an seinem Nacken wieder auf sie zuzubewegen. Doch er löste ihren Griff und richtete sich gerade auf. Langsam, fast schon spielend, öffnete er jeden einzelnen Knopf seines Hemdes. Er genoss es sichtlich, wie sie ihn dabei beobachtete und sich bemühte, ruhig zu atmen. Ihre eigenen Hände fanden die Schnürung ihres Kleides an der Brust, die sie ebenso langsam öffnete. Sie liebte es, ihn verrückt zu machen. Ein neckendes Grinsen lag auf ihren sündigen Lippen, als sie sah, wie sehr ihm das Ganze zusetzte. „Ich kann dich genauso ärgern", sagte sie leise und verlangsamte das Öffnen der Schnürung erneut. Faun leckte sich die Lippen und seine Augen funkelten vor Lust.

„Da wäre ich mir nicht so sicher", zog er sie auf und legte eine Hand auf ihren Schritt, während die andere die letzten zwei Knöpfe öffnete. Sein Kristall spiegelte das Licht des Raumes und baumelte von seinem Hals hinab. Erregt sog sie die Luft ein und drückte sich durch den Stoff ihres Kleides seiner Hand entgegen. Stöhnend stemmte sie sich auf ihre Unterarme, um auch ihn berühren zu können. Doch drückte nun die freie Hand sie sanft, aber bestimmend zurück auf den Tisch. Diese Seine Hand blieb auf ihren Brüsten ruhen. Sein gesamter Körper vibrierte, als er die Brust sanft knetete und mit der anderen sündhafte Kreise zog. Mit ihrem Stöhnen zeigte sie ihm, dass es ihr gefiel. Im Rausch ihres Genusses merkte sie nicht, wie sich sein Blick verdunkelte. Ruckartig zog er sie am Becken näher an die Tischkante, ehe er seine Hände wieder auf die vorherigen Stellen legte.

Erschrocken blickte sie ihn an. Sobald er jedoch begann, seine Erektion gegen ihren Schritt zu reiben, verdrehte sie die Augen und schloss sie schlussendlich.

„Faun, ja", zog sie ihre Worte lang. „Lass mich dich berühren." Ein Raunen durchfuhr ihn, weshalb er den Kopf in den Nacken legte und sich kräftiger gegen sie drückte.

„Heute geht es nur um dich, armaas." Er stoppte kurz und nahm seine Hände weg. „Nur um dich. Morgen darfst du. Morgen …" Kalea öffnete ihre Augen und sah zu ihm. Doch hatte sich Faun hingekniet, umgriff ihre Schenkel von unten und zog sie noch näher an den Tischrand. Bevor sie sich verwirrt aufrichten konnte, zog er ihre Unterwäsche langsam hinunter und spürte etwas Feuchtes zwischen den Beinen. Hungrig küsste sich Faun an ihren Oberschenkeln hinauf und strich mit einer Hand an ihrer Haut entlang.

O Götter, dachte sie sich, als sie wusste, was er vorhatte. Gekonnt leckte er sie auf dem Tisch der Bibliothek, bis sie unter seinen Händen schmolz.

DAS IMISETISCHE ZEICHEN FÜR DEN BUND

383

KAPITEL 59

„Noch mal", sagte Aurum streng und lief in der Wohnstube auf und ab.

Kalea seufzte müde. „Benyaa maganta senä isam Ythaugni"

„Ythaug*nay*", korrigierte Amrin sie beiläufig und rührte weiter in einem Topf rum. Genervt sah sie ihn an und schloss konzentriert die Augen. „Benyaa maganta senä isam Ythaugnay", wiederholte sie nun richtig.

„Ich denke, dass du das `s´ etwas länger halten kannst. Das macht Faun auch immer", schlug ihre Mitbewohnerin vor.

„Macht er gar nicht", sagte Kalea verwirrt.

Amrin kicherte. „Doch, das tut er", bestätigte der junge Gelehrte die Aussage seine Cousine. „Mittlerweile nicht mehr so sehr, aber früher konnte man es stark heraushören."

„Na gut. Werde ich machen", willigte sie ein und trank einen großen Schluck Wasser. Dann drehte sich Amrin um und füllte den Inhalt des Topfes in ein kleines Tongefäß. Zum Glück stank die Paste nicht so, wie die vom damaligen Bannzauber.

„Hast du für heute Abend alles verstanden?", fragte Aurum und sah beinahe nervöser aus als Kalea. An diesem Abend würde sie den Bund mit Faun eingehen. Tatsächlich gab es vieles, was sie beim Ritual beachten mussten. Zum Beispiel musste es im Freien unter den Sternen sein und auf der Sprache der Imiset durchgeführt werden.

Sie nickte ihr zu. „Hast du dich schon für einen Namen entschieden?"

„Ja, ich hoffe, dass er ihm gefallen wird", sagte sie und biss sich auf die Lippe.

„Ganz bestimmt", ermutigte Amrin sie. Zappelnd sah ihre Freundin sie an, ehe sie in ihr Zimmer rannte und wieder zurückkam. Dann knallte sie ihrer Freundin eine Pflanze auf den Tisch.

„Nimm das heute Abend", meinte sie aufgeregt.

„Und was ist das?", fragte sie verwirrt und hielt den Strauch mit Blättern in den Händen. Amrin kicherten neben ihr erneut.

„Das ist zur Verhütung. Du willst nicht direkt nach deinem ersten Mal schwanger sein", erklärte sie. „Ein Blatt pro Tag reicht vollkommen. Es wirkt direkt."

Dankend nahm sie Aurum in die Arme. Daran hatte sie gar nicht gedacht.

„Weiß Faun, dass es dein erstes Mal wird?", fragte Amrin stirnrunzelnd. Kalea schüttelte den Kopf „Nicht?"

„Na ja, wir haben nicht darüber geredet, aber ich denke, dass er es sich denken kann", erwiderte sie und spürte, wie rot ihre Ohren dabei wurden. Ihr war es unangenehm, dass all ihre Freunde wussten, dass sie heute Nacht mit Faun schlafen würde.

385

„Du solltest es ihm sagen, damit er darauf eingehen kann", schlug Aurum vor und setzte sich an den Tisch. Ihr Cousin stimmte ihr nickend zu. „Das Ritual wird schon schmerzhaft genug." Sie erschauderte. Zwar war sie mehrmals mit Amrin das Ritual für die Namensänderung durchgegangen - dabei hatten sie getrost den Part zu Vereinigung weggelassen - fühlte sich aber trotzdem unvorbereitet. Dann nickte sie und nahm sich fest vor, mit Faun zu reden, bevor sie auf die Lichtung gehen würden, die er ausgesucht hatte.

Gegen neun Uhr abends klopfte es an der Haustür. Nervös sah sie zu Aurum, die grinsend die Daumen zeigte. Dann schüttelte Kalea ihre Finger aus und öffnete die Tür. Bei seinem Anblick verflog ihre Nervosität beinahe. Träge lächelnd, sah er sie an und hielt ihr einen kleinen Strauß Blumen entgegen. Gerührt nahm sie ihn entgegen und legte ihn auf die Fensterbank neben sich. Aurum würde sich bestimmt um eine Vase kümmern.

„Du hast dir die Haare geschnitten?", fiel ihr als Erstes auf.

Faun strich sich durch die kurzen Haare, die ihm trotzdem noch leicht über die Ohren fielen. Seine Hand blieb an seinem Hinterhaupt, dann nickte er und biss sich nervös auf die Unterlippe.

„Es sieht gut aus."

Er strahlte bei ihrem Kompliment. „Danke", sagte er ruhig. „Du siehst auch gut aus."

„Von wegen", meinte sie lachend. Vor wenigen Stunden hatte sie fast einen Nervenzusammenbruch erlitten, da sie nicht wusste, was sie anziehen sollte. Schlussendlich hatte sie sich für eine enge Hose und einen Pullover entschieden, der sie vor der Kühle der Nacht schützen sollte. Faun trug ebenfalls eine engere Hose und ein schwarzes Hemd.

„Ich meine es ernst", sagte er ehrlich und trat an sie heran. „Du bist wunderschön."

Eigentlich sollte ihr das Aussehen egal sein, aber sie spürte, wie ihre Brust warm anschwoll. Sie liebte es, ihm zu gefallen. Wobei ihr einfiel, dass sie sich zu ihm hingezogen gefühlt hatte, bevor er die Maske verlor.

„Ihr zwei Turteltauben solltet endlich mal gehen und eure Sachen nicht vergessen", rief Aurum laut vom Inneren der Wohnstube. Es zauberte Faun ein schiefes Grinsen ins Gesicht. Schnell schnappte sie die Tasche, die neben der Tür lag und nahm dann seine Hand an, die er ihr hinhielt.

Der Weg zur Lichtung war ruhig. Es herrschte noch Leben in den Straßen von Viredis. Die Geräuschkulisse ließen sie jedoch hinter sich, als sie auf die große Wiese gingen. Kurz vor der Waldgrenze blieben sie stehen und Kalea starrte in die Dunkelheit hinein. Die Reise kam ihr wieder in den Sinn. Faun musterte sie besorgt. „Ist alles in Ordnung?"

„Was ist mit den Dingen im Wald? Die Gefahren. Muss das Ritual dort stattfinden?"

Faun drehte sich zu ihr herum, um sie direkt anzublicken: „Ja, leider. Keine Angst. Die Lichtung ist unmittelbar in der Nähe und ich habe Vorsichtsmaßnahmen getroffen. Außerdem bin ich ein Teil Waldelfe, falls du das vergessen hast. Der Wald ist nicht so aggressiv, wenn du mit mir unterwegs bist." Dann hielt er ihr seine Hand hin. „Vertraust du mir?"

Das tat sie.

Blind.

Deswegen zögerte sie nicht und griff nach seiner Hand. Geschmeidig verschränkte er ihre Finger und führte sie in den Wald hinein. Es dauerte nicht lange, da kamen sie an einer Lichtung an. Sie staunte, als sie sah, was er vorbereitet hatte.

In der Wiese standen viele kleine Vasen mit den leuchtenden Blumen, die den Ort erhellten. Sie verdrängten beinahe die Dunkelheit des Waldes, vor der sie sich so sehr gefürchtet hatte, komplett. In der Mitte lagen mehrere Felle, Decken und Kissen. Daneben ein geschlossener Korb.

„Gefällt es dir?", flüsterte er an ihrem Ohr. Gerührt drehte sie sich zu ihm um und nickte nur, da ihr die Worte fehlten. „Komm mit. Ich dachte mir, dass wir erst mal was essen und Wein trinken. Schließlich haben wir noch etwas Zeit, bis es so weit ist." Langsam gingen sie Hand in Hand in die Mitte der Lichtung. Dort angekommen, streiften sie ihre Schuhe ab und legten sich samt der Tasche in die Wiese. Sogleich deckte er beide mit einer weichen Decke zu und holte Becher und Wein aus dem Korb heraus. Sie knetete ihre Finger, während sie ihm dabei zusah. Sie hatten zwar noch Zeit, aber sie wollte ungern das Thema erst dann beginnen, wenn sie anfangen mussten.

„Faun", murmelte sie. Aufmerksam wandte er sich ihr zu und reichte ihr den ersten Becher. „Ich muss dir noch etwas sagen."

„Was ist los? Hast du es dir anders überlegt?", fragte er direkt und sah sie eindringlich an. „Das wäre kein Problem, armaas."

Sie schüttelte kräftig den Kopf: „Nein, das ist es nicht. Ich habe nur noch nie diesen Schritt mit einem Mann getan."

Faun blickte sie verstehend an. Sein Mund wurde schmal. „Ich weiß, Kalea", sagte er schließlich. „Darum ist es mir so wichtig, dass du dir sicher bist und natürlich, dass es dir gefällt." Dann lehnte er sich zu ihr rüber und küsste mit Nachdruck ihre Wange.

„Danke", hauchte sie und nippte dann an ihrem Becher. „Ich bin mir sicher."

Wenig später aßen sie Weintrauben und lagen auf dem Rücken. Ihr Bauch kribbelte vor Liebe. Mit beruhigender Stimme erzählte er ihr von den verschiedenen Sternenbildern. Wobei die einen Geschichten tragisch und andere lustig waren. Sie lachte laut und schmiegte sie unbewusst an seine Seite heran. Sie liebte es, wie Faun an diesem Abend strahlte. Er nahm die ganze Nacht mit seiner puren Existenz ein.

„Als sie ihn deswegen verbannten, setzten sie ihn neben seinen Bruder in den Himmel", beendete er die Sage um einen Störenfried. Dabei spürte sie die Wärme seiner Finger, die sich vorsichtig auf ihr Bein legten.

Vielleicht lag es an dem Wein oder an dem Mann neben ihr, dass ihr Körper bei der Berührung entflammte. Faun blickte zu ihr, als sie für längere Zeit schwieg. Er schien sich in ihr zu verlieren. Dann drehte er sich auf die Seite und lehnte sich leicht über sie, um sie zu küssen. Kalea erwiderte den Kuss und vertiefte ihn augenblicklich. Sehnsüchtig glitt sie mit ihrer Zunge an seiner entlang und dachte an die Schlossbibliothek zurück, wo er ihr gezeigt hatte, was er mit ihr anstellen konnte. Hitze durchfuhr sie. Seine Hand strich in langsamen

Bewegungen an ihrer Seite entlang. Sie wollte ihm endlich den Gefallen zurückgeben und wanderte mit einer Hand an seinem Oberkörper hinab. Sie nahm ihren Mut zusammen und überwand schließlich die letzten Zentimeter. Er erschauerte und küsste sie fester.

„Das … kam unerwartet", stieß er hervor. Seine Worte wanderten heiß an ihren Lippen entlang. Gebannt beobachtete sie jede Gesichtsregung, während sie ihre Hand weiter gegen seine Härte drückte. Wie sie, trug er eine Leinenhose, die zum Glück keine Fantasie offenließ. Die Härte presste sich gegen ihre Hand, was ihn genüsslich seufzen ließ. Dann stoppte er ihre Bewegung und lehnte seine Stirn an ihre. Seine Atmung ging stoßweise. Ohne sie wirklich zu berühren, fuhr er die Konturen ihrer Brüste entlang. Neckend küsste er sich dabei ihren Hals entlang. Sie wollte nicht länger hingehalten werden, weswegen sie sich ihm entgegendrückte. Er verstand es und strich dann unter dem Pullover ihre Haut entlang. Sobald seine Finger ihre Brüste erreichten, stöhnten beide in den Kuss hinein. Langsam und fest knetete er sie und ließ sie alles vergessen. Sanft biss sie ihm auf die Lippe und führte ihre Hand an seine Brust.

Dann hörte sie auf zu atmen. Er malte kleine Kreise an ihrem Bauch entlang und überbrückte den Weg zu ihrem Hosenbund.

„Kalea", stöhnte er und beim nächsten Geräusch von ihr wanderte er unter den Hosenbund. Alles in ihr verkrampfte sich, ehe sie dahinschmolz. Mit seinem Daumen strich er über ihre empfindlichste Stelle, wobei er nie aufhörte, sie mit seinen Küssen um den Verstand zu bringen.

KAPITEL 60

Ihr gemeinsames Stöhnen vermischte sich mit den Geräuschen der Natur, die sich schützend um sie legte. Mittlerweile waren zwei seiner Finger in ihr versunken und bereiteten sie auf das Kommende vor. Sein heißer Atem kitzelte an ihrem Hals. Ihre Hand spielte mit dem Saum seiner Hose. Wärme breitete sich in ihrem gesamten Körper aus und ihre Magie schien zu vibrieren. Es machte ihr fast schon Angst, wie viel sie für ihn empfand. Wenige Sekunden später löste er sich von ihr und entzog ihr die Finger. Ein Jammern entkam ihr, was er ihr grinsend von den Lippen küsste.

„Es ist Zeit", flüsterte er und setzte sich dann auf. In seiner Hand hielt er das Tongefäß. Den Teil mit dem Ritual hatte sie längst vergessen. Sie war so in dem Moment versunken, dass sie nicht mal mitbekam, dass Faun in die Tasche gegriffen hatte. Neben seinem Kopf sah sie, dass er recht hatte. Der Mond stand an seiner höchsten Stelle. Ihr Herz stoppte kurz bei dem Anblick. Für einen Moment kam ihr der Erntemond in den Sinn, wo sie ebenso auf dem Rücken lag und in den Himmel starrte.

„Alles in Ordnung?", fragte er und lehnte sich vor, um ihr ins Gesicht zu blicken. Dabei versperrte er ihr die Aussicht auf den Mond. Seine Augen suchten ihr Gesicht nach Zweifeln ab. Seine Wangen und Lippen waren vom Küssen gerötet.

„Ja", erwiderte sie nickend und strich ihm übers Gesicht. Das hier war für ihn.

Für sie beide.

Nicht für irgendeinen fremden Zweck, der Kalea alles nehmen würde. Dieses Ritual würde ihr alles geben, was sie sich seit Monaten erträumte. Sie brauchte es nicht mit dem Erntemond zu vergleichen. Denn es war anders.

Es war für ihre Zukunft.

Nickend schraubte er den Deckel des Gefäßes ab und stellte es dann zur Seite. Locker zog er sie in den Sitz und küsste sie erneut. Dann hob er ihre Arme hoch und zog ihr den Pullover über den Kopf. Die Kühle der Nacht legte sie auf ihre nackte Haut. Unsicherheit kroch in ihr hoch, da er genau auf die Mitte ihrer Brust starrte. Die Narbe des Erntemondes hatte sie fast vergessen. Verschiedene Emotionen konnte sie in seinem Gesicht erkennen. Vorsichtig hob er eine Hand und strich sanft darüber. Dann lehnte er sich vor und küsste den Beweis ihrer Tragödie. Seine Lippen gingen die Kontur ihrer Narbe entlang.

Ihr Atem stockte bei der Geste. Bevor sie weinen konnte, zog sie seinen Kopf zu sich nach oben, um ihre Lippen auf seine zu drücken. Küssend drängte er sie wieder auf den Rücken und zog dann einen Weg mit seinen Lippen bis zu ihren Brüsten. Ihre Atmung ging schnell. Ihr Herz klopfte stark vor Aufregung und Leidenschaft.

„Das ist deine letzte Chance, einen Rückzieher zu machen. Wenn wir einmal mit dem Ritual anfangen, können wir es nur schwer beenden", sagte er und sah ihr Ernst in die Augen. „Aber es wäre möglich, es zu beenden, wenn du es wirklich willst. Ich ertrage alles für dich."

Zur Antwort zog sie ihn an seinem Nacken zu sich, um ihn zu küssen. Glücklich löste er sich und entfernte in einer flüssigen Bewegung sein Hemd. Kalea konnte sich kaum satt an ihm sehen. Es war nicht das erste Mal, dass sie seinen Oberkörper sah. Seine Muskeln spannten sich bei jeder Bewegung an und bewegten sich unter seiner Haut. Ihre Hand strich über seinen harten Bauch. Er beobachtete sie, legte dann eine Hand an seine Kette und zögerte kurz. Dann schloss er die Augen und zog sie über seinen Kopf.

Sie erschauderte. Eine Gänsehaut breitete sich auf ihrem Körper aus. Faun sah aus wie immer, doch fühlte sich die Luft um sie herum schwerer an.

Mächtiger.

Wenn sie genauer hinsah, meinte sie einen schwarzen, kaum sichtbaren Umriss um ihn herum zu sehen.

„Was ist gerade passiert?", fragte sie ihn und stoppte ihre Bewegung an seinem Bauch. Die Kette fiel auf sein Hemd.

„Der Kristall unterstützt meine Magie, aber er versteckt sie auch."

„Ich glaube, dass ich sie spüre", flüsterte sie und legte eine Hand an seine Wange. Genießend lehnte er sich in ihre Handfläche.

Er nickte und küsste sie dann. „Ich habe dir gesagt, dass ich ein Monster bin. Kein Lebewesen sollte so viel Macht besitzen", erwiderte er und verschluckte ihre Widerworte in einem Kuss. Faun war anscheinend viel mächtiger, als sie bisher angenommen hatte. Hatte sie bisher nur die Hälfte seiner Magie gesehen?

Oder sogar nur einen Bruchteil?

„Wir müssen anfangen", raunte er und biss ihr in die Lippe. Dann griff er nach dem Gefäß. „Es wird brennen, aber nicht lange." Kalea nickte verstehend. Sie war vorbereitet. Mehrere Male war sie alles durchgegangen, trotzdem fühlte sich ihr Kopf leer an. Die kühle Paste verursachte eine Gänsehaut auf ihrer erhitzten Haut. Zärtlich strich er mit seinen Fingern verschiedene Symbole auf ihre Herzgegend und ihre Schultern. Das direkt über ihrem Herzen stand für den Bund, ein anderes für ihre Seelen und das Dritte für das Ritual der Namensänderung. Außerdem noch kleinere, die für Vertrauen und Einverständnis standen. Mit geschwungenen Linien verband er die Symbole miteinander. In der Sprache der Imiset begann er seinen Teil des Rituals aufzusagen. Doch sobald er damit begann, fing die Paste an, auf Kaleas Haut zu brennen. Vor Schmerz blieb ihr die Luft weg und sie spürte, wie ihr die Tränen in die Augen traten. Es fühlte sich an, als würde ihr jemand glühendes Metall an die Haut halten. Den Schmerz, den sie damals gespürt hatte, als die Söldner ihr den Bannzauber vom Knöchel gebrannt hatten, war nichts im Vergleich.

Faun versuchte sich nicht von ihr beirren zu lassen. Er musste das Ritual beenden. Trotzdem hielt er ihre eine Hand fest umklammert, während seine Linke die Symbole und Linien nachzeichnete.

"Senä magantaa benya isam Ythaugnay", wiederholte er immer wieder kehlig und im selben Rhythmus. Immer wieder huschten seine

Augen zu ihr. Unsicherheit und Leid zierten seinen Blick. Kalea versuchte sich auf seine Worte zu konzentrieren, damit der Schmerz ertragbar wurde und schloss die Augen. Da sie die Übersetzung gelernt hatte, war es nicht befremdlich, die ihr unbekannte Sprache zu hören.

Du bist es, die mir den Namen der Verbundenheit gibt.

Nach einigen Minuten ebbte der Schmerz ab und blieb nur in ihrer Erinnerung. Faun strich ihr eine Träne aus dem Gesicht, sodass sie die Augen öffnete. Ihre Wimpern klebten zusammen. Er war durch die Tränen verschwommen. Doch sie sah, wie er begann, die Symbole und Linien spiegelverkehrt auf seine Brust zu malen. Das war ihr Stichwort.

„Benyaa maganta senä isam Ythaugnay", sagte sie auf und zog das `s´ in die Länge. Bei ihren Worten strahlte er sie an. Noch nie hatte er seine Sprache aus ihrem Mund gehört.

Ich bin es, die dir den Namen der Verbundenheit gibt.

Fauns Gesicht verzog sich vor Schmerzen und seine Atmung stockte. Nun setzte sie sich auf und nahm sein Gesicht zwischen ihre Hände.

„Benyaa maganta senä isam Ythaugnay."

Erleichtert stellte sie fest, dass die Schmerzen nachließen. Hitze stieg in ihrem Körper auf. Sie war froh darüber, dass Faun so sicher bei dem Ablauf des Rituals war. Fragend blickte er sie an, während er seine Worte wiederholte. Sie tat es ihm nach und sagte ihre Worte immer wieder auf und nickte ihm zu. Er grinste und half ihr aus der Hose heraus. Danach streifte er sich seine ab und nahm zwischen ihren Beinen Platz.

"Senä magantaa benya isam Ythaugnay." Langsam legten sie sich zurück auf das warme Fell unter ihnen. Faun sah zu ihr hinunter. Seine Augen wirkten wie im Bann. Nur halb geöffnet beobachtete er sie, als er seine Finger wieder in sie hineinschob. Kalea bog den Rücken durch und strengte sich ungemein an, nicht die Konzentration zu verlieren.

„Benyaa maganta senä isam Ythaugnay", sagte sie keuchend und öffnete dann die Augen. Sie schluckte hart und spürte Vorfreude in ihrem Schoß. Der Halbelf kniete zwischen ihren Beinen und lehnte sich dann über sie. Ihre Aufmerksamkeit lag in seinen Augen, die sie fragend musterten. Ohne zu zögern, nickte sie und spürte ihn dann auch schon. Langsam, damit sie Zeit hatte sich an ihn zu gewöhnen, schob er sich in sie hinein. Beide stöhnten auf. Faun legte sich mit seiner Brust auf ihre, damit die Symbole übereinanderlagen. Dann blickte er sie an. Ihr Schoß pochte und verlangte nach mehr. Jedoch musste sie noch eine Sache vorher erledigen. Fauns Körper zitterte vor Erregung.

„Paaten aknun isam?", fragte er flüsternd an ihren Lippen. Sie sehnte sich nach einem Kuss.

Wie lautet mein Name?

Sie atmete tief ein und fokussierte seinen Blick: „Alvar, Geist der Natur." Er grinste und küsste sie dann leidenschaftlich. Kalea kam ihm entgegen und zog ihn an seinem Kopf näher. Denn sie wollte mehr und mehr und mehr. Sie konnte nicht genug von ihm bekommen. Fest und langsam bewegte er sich in ihr. Nun konnte sie sich endlich fallen lassen und ihren Kopf ausschalten. Seine Hand wanderte an ihr Bein und hob es nach oben. Die andere befand sich neben ihrem Kopf. Die Symbole kribbelten auf ihrer Haut.

„Faun", keuchte sie.

Er zog sich zurück und schob sich dann quälend langsam wieder nach vorn. Im Rhythmus seiner Stöße bewegte sie ihre Hüften. Spürte, wie er ihr ins Haar griff und sie immer näher zog. Als sie laut stöhnte, da er einen Punkt genau richtig getroffen hatte, wurde er schneller. Und tiefer. In ihrer Ekstase spürte sie im Inneren, wie sich ihr Kern veränderte. Sie spürte, wie er sich nach etwas ausstreckte. Zeitgleich öffneten sie ihre Augen.

Ein Sturm blickte in die Unendlichkeit der Farben.

In dem Moment, in dem sie spürten, dass sich ihre Kerne zusammenschlossen und sie den Bund der Zwillingsseelen eingegangen waren, erschauerten beide. Es war ein überwältigendes Gefühl. Ihre Magie pulsierte in ihren Adern und sie fühlte sich, als könnte sie die Welt erobern. Alles war intensiver als zuvor. Seine Hand, die sich in ihr Haar vergrub. Sein Atem auf ihrer Haut, sein Geschmack in ihrem Mund und sein Geruch um sie herum. Dann kniete er sich hin, ohne mit den Stößen zu stoppen. Ihre Beine lagen über seinen Oberschenkeln, wo er sie festhielt. Kalea griff in das Fell und vergrub die Finger darin. Sie spürte seinen Blick auf ihr, wusste, dass er sie beobachtete. Sobald er dann eine Hand von ihren Beinen löste und sie wieder in ihren Schoß legte, wurde es zu viel. Ein Knoten baute sich in ihrem Unterleib auf und würde jeden Moment zerbersten. Auch Fauns Stöhnen wurde immer hektischer und die Stöße ungleichmäßiger. Er suchte ihren Mund und legte sich wieder auf sie drauf. Sein Gesicht lag in ihrer Halsbeuge. Die Spannung wurde größer, bis Kalea unter ihm dahinschmolz. Eine Welle der Macht durchfuhr sie. Es blitzte und donnerte. Der Mann über ihr versank sich immer tiefer in ihr.

Stille legte sich über sie und wurde durch ihre keuchenden Atemzüge durchbrochen. Zärtlich küsste er ihren Hals und lehnte sich dann wieder auf seine Arme, um sie zu küssen.

Erschöpft legte er sich neben sie. Kaleas Augen waren geschlossen. Sie wollte das Gefühl noch einen Moment spüren.

„Schau mal", sagte er neben ihr, weswegen sie die Augen öffnete und zu ihm blickte. Im Schein des Mondes und den Sternen schimmerten die Symbole und Linien auf seiner Haut. Die Paste war verschwunden, hinterließ aber helle Male, die ihre Verbundenheit bezeugten. Als sie an sich herabblickte, fand sie dasselbe an sich vor.

„Das war wunderbar", schwärmte sie und spürte noch immer das elektrisierende Gefühl in ihren Adern. Sie spürte Faun Nähe und seine Wärme intensiver als zuvor. „Ich spüre dich deutlicher." Ihre Hand strich über seine.

Er brummte zustimmend. „Ja, ich dich auch." Auf seinem Unterarm lehnend, tauchte er wieder vor ihrem Gesicht auf. „Dadurch wird das nächste Mal umso besser." Träge lächelte er und wollte sie gerade küssen, als es erneut blitzte. Plötzlich brachen die Wolken und ergossen sich auf die zwei. Erschrocken fuhren sie auseinander und suchten ihre Sachen zusammen. Da Faun anscheinend während des Rituals eine

Kraftwelle erzeugt hatte, waren ihre Sachen auf der Lichtung verstreut.

Sein Kristall war gegen einen Stein geschlagen und kaputtgegangen.

Trotzdem lachte er laut, schnappte sich die Sachen und nahm ihre

Hand. An einem Baum schlüpften sie in ihre Klamotten und rannten

danach zusammen durch den Regen zurück nach Viredis.

Die Verbindung in ihrem Kopf und der Bund in ihrem Inneren

summten zufrieden, während sie lachend und pitschnass

zurückrannten.

KAPITEL 61

Am nächsten Tag standen sie mit ihren Freunden zusammen auf der großen Wiese. Nicht alle würden mit nach Solas kommen. Dank Faun würde es nur ein Tagesausflug werden. Da sein Kristall zersplittert war, mussten sie sich bezüglich seiner Erscheinung schnell etwas überlegen. Nachdem sie durch den Regen endlich im Schloss angekommen waren, gingen sie direkt in die Schmiede. Dort ließ er sich die Splitter in drei Ringe hineinarbeiten. Kurz bevor sie aufbrechen mussten, waren sie fertig. Der silberne Schmuck an seinen Fingern glänzte in der Sonne.

„Habt ihr alles, Eure Hoheit?", wandte sich Faun an Sepher, der seine Tasche noch mal kontrollierte und dann nickte.

„Du weißt schon, dass du mich duzen kannst, oder?", erwiderte er und blickte den Halbelfen an. „Die anderen machen das schließlich auch. Und du gehörst ja jetzt irgendwie zur Familie." Die Freunde kicherten auf Kosten der beiden. Kalea stupste Aurum mit der Schulter an, die sie breit anlächelte und mit den Augenbrauen wackelte.

„Danke, Sepher", sagte Faun ruhig und lächelte zufrieden. Kalea freute sich ebenfalls darüber und strahlte Sepher an. „Wir sollten los."

Nickend traten Baria, Kalea, Jarrel und der Prinz vor.

„Zeigt es ihm!", meinte Bo und hob den Daumen nach oben.

„Schlag ihn von mir", bat Aurum und hob demonstrativ die Faust.

Kalea lachte, während Baria fest entschlossen nickte.

„Viel Glück!", sagte Evalin und blickte dabei Sepher an, der mit roten Wangen und einem verspielten Grinsen nickte.

„Ist es wirklich so schlimm, wie Amrin sagt?", fragte Jarrel verunsichert und legte dann zögernd eine Hand an Fauns Schultern.

Kalea schüttelte den Kopf. „Viel schlimmer." Böse grinsend trat sie an den Halbelfen ran, der sie schon wartend in die Arme nahm. Bevor der Leibwächter einen Rückzieher machen konnte, flüsterte er: „Pois Paaika."

Die Hitze in Solas schlug über sie herein. Bevor sie sich aus seinen Armen löste, küsste er ihren Kopf. Baria hielt sich noch an seinem Arm fest, um nicht zur Seite wegzukippen. Der Prinz und der Leibwächter hingegen knieten sich augenblicklich hin. Jarrel würgte. Zitternd wischte er sich den Mund ab und nahm dann Sephers Tasche entgegen. Auf seinem Rücken ruhte sein Schwert. Sie waren ein Stück außerhalb der Hauptstadt gelandet. Es war noch ein Fußmarsch von einer Stunde. Sobald die zwei Herren wieder konnten, gingen sie los.

„Bist du nervös?", fragte sie ihre Freundin, die eisern auf die Umrisse des Schlosses blickte. Sie fand, dass Baria unglaublich tapfer war. Die Sonne ihrer gemeinsamen Heimat reflektierte sich in ihrem weißen kurzen Haar.

„Ein bisschen. Aber er ist mein Bruder", sagte sie und sah dann zu Kalea. „Er ist nicht mein Vater. Emil ist ein guter Mensch. Er wird das Richtige tun." Darauf sagte sie nichts und tauschte nur einen vielsagenden Blick mit Faun aus. Für Baria hoffte sie inständig, dass Emil das Richtige tun würde. Aber durch ihre und Amrins Entführung, hatte sie eine ganz neue Seite an dem Prinzen kennengelernt. Eine Brutalere und Erbarmungslosere. Die Prinzessin sollte ihren Bruder nie so sehen.

„Was machen wir eigentlich, wenn er sich weigert?", fragte Jarrel laut in die Gruppe, als sie vor den Toren des Schlosses standen. Interessiert blickte er nach oben. Das weiße Schloss blendete in ihren Augen. Ihr war übel geworden, als sie den Umriss des Schlosses gesehen hatte. Sie hatte gehofft, nie wieder hier stehen zu müssen. Da Vera ihre Kette zerstört hatte, musste sie ohne Verschleierung durch Ghrian gehen. Ihre weiße Strähne war jedoch gut unter dem Rest ihrer Haare und der Kapuze versteckt.

„Das wird er nicht", erwiderte Sepher und steckte seinen Siegelring an seinen Finger und zog seinen Mantel aus, den er dann Jarrel reichte. Darunter trug er ein schickes Gewand, was ihn noch mehr wie ein Prinz aussehen ließ. Auch Kalea hatte die besten Klamotten herausgesucht.

„Wenn doch, ist er ziemlich blöd", meinte Faun trocken.

„Lasst uns das Beste hoffen", fügte Baria hinzu und griff an den Knauf ihres Schwertes, um das Zittern in ihren Händen zu unterdrücken. Es reichte die Antwort, die Emil ihnen geschickt hatte, um ins Schloss hineinzukommen.

Baria und Kalea hielten sich etwas bedeckter und folgten den Männern auf Schritt und Tritt. Einige Wachen sahen Faun erstaunt und erkennend an. Doch beachtete er sie nicht.

Sie wurden in einen Raum geführt, der für wartende Gäste bestimmt war. Er war wie alles in diesem Schloss hell und steril. Die Sofas sahen so aus, als hätte noch nie jemand auf ihnen gesessen. Sepher holte die Briefe heraus und hielt sie fest in seiner Hand. In dieser hielt er das Schicksal seines Königreiches.

„Das wird schon", versuchte sie ihn zu ermutigen.

Dankbar sah er sie an. „Wie ist der Kronprinz so?"

„Er ist nett, aber wie du ein geborener Prinz", antwortete Baria und blickte sich im Spiegel an.

„Ja, sehr nett. Wenn er dich nicht hintergeht", meinte Kalea schnaubend. Die Prinzessin sah sie missbilligend durch den Spiegel hinweg an.

Nach einer Stunde warteten sie noch immer. Mittlerweile saßen sie auf den Sofas. Nur Faun stand am Fenster und blickte stumm hinaus. Dann kam endlich ein Bediensteter hinein. Schnell standen sie auf.

„Entschuldigt bitte, dass ihr warten musstet. Eure Königliche Hoheit wird sie heute nicht empfangen können", sagte er und verneigte sich.

„Was?", sagte Baria und kam auf ihn zu. Kalea bemerkte genau den Moment, in dem er die Prinzessin erkannte.

„Tut mir leid, Eure Hoheit."

„Was hat er genau gesagt?", keifte sie und verschränkte die Arme. „Sprich."

Der Mann räusperte sich. „Er habe keine Zeit für einen Hochstapler und eine Verräterin. Er müsse sich um seine Krönung kümmern", gab er Emils Wort wieder. Kalea blickte zu Baria und sah, wie verletzt sie war. Es tat ihr leid, aber das würde vielleicht ihren und Sephers Plan erleichtern. Danach verabschiedete sich der Bedienstete rasch und zog die Tür hinter sich zu. Stille herrschte im Raum.

„Was für ein Feigling", keifte Jarrel und ließ sich auf das Sofa nieder. Sepher starrte in Gedanken versunken auf den Boden und drehte seinen Siegelring. Jeder fuhr zusammen, als Baria schrie, mit einem Fuß heftig auftrat und eine Vase gegen eine Wand warf. Zornig drehte sie sich herum und blickte jeden einzelnen an. Faun trat ebenfalls näher.

„Er will uns nicht empfangen?", keifte sei ungläubig. „Oh, wir werden ihm keine Wahl lassen." Jarrel und Kalea grinsten begeistert.

Faun sah sie anerkennend an. „Was ist dein Plan?", fragte der Halbelf neugierig.

Baria richtete sich auf. „Wir zeigen ihm, wer ihn sprechen will", meinte sie, wobei ihre Stimme kühler als sonst wirkte.

„Wie meinst du das?", fragte Sepher nach und hörte ihr aufmerksam zu.

„Ganz einfach: Wir sind die Gruppe, die alles repräsentiert, was er und Solas fürchten", erklärte sie und lief dann im Raum umher. „Sepher, der Thronfolger eines ausgelöschten Reiches. Faun, der Überlebende der Imiset." Ihr Blick ruhte dann auf Kalea. „Und die Eine, von der er denkt, dass sie tot ist. Er wird staunen, wenn ihm klar wird, dass sie die Verkörperung einer verlorenen Macht ist."

„Und was sind wir beide?", fragte Jarrel schmunzelnd und kam wieder zum Stehen.

Baria strich sich übers Haar. „Ich zeige ihm, was er mit seinem bisherigen Verhalten verloren hat. Und du, Jar, stehst einfach dabei und siehst heiß aus."

Der Leibwächter lachte zufrieden. „Das werde ich schaffen."

„Und wie wollen wir ihn dazu bringen?", fragte der Halbelf und hob grübelnd eine Augenbraue.

„Wir werden einfach in den Thronsaal hineinspazieren. Ich bin mir sicher, dass du mögliche Hindernisse aus dem Weg räumen kannst." Zwinkernd sah sie Faun an, der daraufhin bestätigend nickte.

Mit zügigen und langen Schritten liefen sie den Gang zum Beratungsraum entlang. In ihrer Formation spürte Kalea, was Baria gemeint hatte. Die Macht, die sie ausstrahlten. Kalea lief an der Spitze und hob das Kinn nach oben. Die weiße Strähne hing sichtbar an ihrer linken Gesichtshälfte. Ihre langen, braunen Haare hatte sie in einen Zopf gebunden. Zum ersten Mal wurde sie durch ihren eigenen Willen zu der Person, die sie aus ihr gemacht hatten.

Die Eine.

Doch würde sie diese Stellung nutzen, um das zu bekommen, was sie wollten. Hinter ihr liefen Sepher und Faun nebeneinander. Die Prinzessin und Jarrel waren dahinter. Wachen, die sich ihnen in den Weg stellten, wurden durch Fauns Magie an die Wand gedrückt, wo sie erstarrten. Keiner von ihnen zuckte dabei mit der Wimper. Sie hatten eine Mission und würden sie auch erfüllen.

„Stehen bleiben!", schrie ein Wachmann und zeigte mit einem Speer auf Kalea. Faun drehte seinen Kopf, sodass sein Nacken knackte. Im selben Augenblick wurde der Wachmann gegen die Wand gedrückt. Kurz vor dem Thronsaal blieben sie stehen und starrten auf die goldene Tür.

„Los, Kleines", sagte Sepher hinter ihr und schenkte ihr Mut. Sie sollte vorangehen, um den Kronprinzen zu schockieren. Dann nickte sie und atmete tief durch. Faun sah sie ruhig an, dann drehte er sich zur Tür. Mit einem Knall schlug sie auf und knallte gegen die Wände.

Die anwesenden Personen zuckten zusammen oder schrien auf.

„Ich habe gehört, dass du uns nicht empfangen willst."

KAPITEL 62

„Kalea", sagte Emil verwirrt und starrte sie schockiert an. Er stand an der großen Tafel und redete mit mehreren Personen, die nun alle verstummt waren. Langsam richtete er sich auf. Hinter ihm strahlte die Sonne durch das Fenster hinein und flutete den hellen Raum. Verzierte Säulen zogen sich vom Boden bis zur hohen Decke und verloren sich dann in der aufwendig gearbeiteten Deckendekoration. Seine blauen Augen musterten sie, als sähe er einen Geist. Das Erste, was ihr auffiel, war, dass sein weißes Haar noch länger geworden war. Bei dem Klang ihres Namens straffte sie die Schultern und kam dann weiter auf ihn zu. Die Leute murmelten, doch ließ sie sich nicht davon beirren.

„Emil", erwiderte sie und blieb gut zehn Meter von ihm entfernt stehen.

„Geht raus", sagte er an die Leute, ohne seinen Blick von ihr zu nehmen. Schnell huschten die Fremden aus dem Thronsaal. Sobald alle draußen waren, kam er mit großen Schritten auf sie zu. Seine Hände waren erhoben. Bevor er sie aber erreichte, spürte sie, wie sich Faun direkt neben sie stellte. Erst dann schien er die anderen zu bemerken.

Augenblicklich blieb er stehen. „Du", spuckte er ihm ins Gesicht. „Ich verstehe nicht, wie das möglich ist." Er sah wieder in Kaleas Gesicht und dann auf die Strähne. „Wie kannst du noch leben?"

„Tja, Brüderchen, ein überraschendes Wunder", säuselte Baria von hinten und trat um Sepher herum. Sobald er seine kleine Schwester erkannte, starrte er sie ebenso schockiert an. Die Prinzessin hatte sich seit ihrem letzten Treffen sichtlich verändert. Ihre langen Haare waren in einen kurzen Bob geschnitten und eines der Augen erblindet. Ihre Narben schienen ihn am meisten zu sorgen.

„Was ist mit dir passiert"? fragte er augenblicklich und wandte sich dann zu Faun um. „Warst du das? Hast du ihr das angetan?" Der Halbelf blieb stumm, wobei seine Augen vor Hass sprühten.

„Mach dich nicht lächerlich", sagte Baria und funkelte ihn wütend an. „Warum wolltest du uns nicht sehen?"

Emil verzog sein Gesicht. „Warum sollte ich?", keifte er ihr entgegen. „Du hast unser Land verraten. Ich müsste dich töten lassen, weil du wieder in Solas bist!"

„Ach ja? Dann tue es doch", sagte die Prinzessin kühl und sah ihren großen Bruder herausfordernd an. Emil ging einen Schritt zurück. „Du bist wie er, weißt du das?"

„Rede kein Unsinn. Vater war geisteskrank!", meinte er außer sich und drehte sich von ihnen weg.

Kalea trat einen Schritt auf ihn zu. „Trotzdem hast du ihn bei seinem Plan unterstützt." Die Schultern des Kronprinzen verspannten sich beim Klang ihrer Stimme. „Wenn du nicht noch mehr wie er sein willst, dann musst du uns anhören." Emil atmete laut aus und deutete dann auf den Tisch, der im Raum stand. Zügig setzten sie sich alle. Dabei achteten sie darauf, genug Abstand zu dem Solasia zu haben.

„Was wollt ihr?", fragte er direkt.

Nun trat Sepher vor und neigte nur knapp seinen Kopf vor ihm.

„Mein Name ist Sepher Lomaret, Eure Hoheit."

„Sollte ich dich kennen?"

„Nein. Ich bin der Thronfolger von Baistar und bin hier, um die Ländereien meines Reiches zurückzuverlangen."

Emil lachte laut. „Wie bitte?"

Sepher starrte ihn ausdruckslos an und wandte sich dann zu Jarrel, der ihm die Briefe reichte. „Das hier sind schriftliche Beweise, dass wir die Unterstützung der anderen Reiche haben", erklärte der Prinz und ließ sie über die glatte Oberfläche des Tisches zu Emil gleiten. Er stoppte sie kurz vor ihm und begann sie ruckartig zu öffnen. „Du wirst sehen, dass jeder mit dem königlichen Siegel unterzeichnet hat."

Emils Augenbrauen zogen sich zusammen, als er die Briefe vor sich hinlegte und las. Dann flog sein Blick zu Kalea, die neben Sepher saß. „Du unterstützt das Ganze?", wandte er sich an sie und presste die Zähne zusammen. „Das ist auch dein Zuhause."

Sie war stolz darauf, dass sie seinem Blick standhalten konnte. „Das tue ich", antwortete sie und blickte dann zu Sepher, der ihr zunickte.

„Das ist der friedlichste Weg, Emil", sagte Baria unterstützend und lehnte sich auf dem Tisch vor. „Sie wollen keinen Krieg. Aber ihnen stehen die Ländereien zu. Es ist ihr Land. Das weißt du."

„Das weiß ich?", begann er und zog die Augenbrauen empor, wobei er seine kleine Schwester musterte. „Du, als Prinzessin dieses Landes, müsstest wissen, dass uns das Gebiet rechtmäßig gehört."

„Rechtmäßig?", knurrte Jarrel und schnaubte. „Seit wann ist ein Genozid rechtmäßig?"

Emil verspannte sich. „Es herrschte Krieg."

„Es herrschte kein Krieg!", sagte Baria entrüstet. Ihr gesundes Auge sah ihn wütend an. „Das weißt du genauso gut wie ich. Vater hat-"

„Vater ist tot", unterbrach der Kronprinz sie brüllend, sodass sie verstummte. „Und ich bin mir ziemlich sicher, dass ihr etwas damit zu tun habt."

Sepher Blick verdunkelte sich. „Wir haben ganz gewiss nichts damit zu tun, dass der König von Solas gestorben ist", sagte er und zog bei der Lüge keine Miene. Er hatte zwar recht, dass die Lomarets nichts damit zu tun hatten, doch saß der Königsmörder mit ihnen am Tisch. Faun war jedoch die Ruhe selbst und beobachtete den Kronprinzen. Jederzeit bereit einzugreifen.

„Dass ich nicht lache", meinte Emil und schüttelte den Kopf, wobei er sich nach hinten lehnte.

„Ihr habt genug Land", mischte sie nun Kalea mit ruhiger Stimme ein und fokussierte seinen Blick. „Wir brauchen es."

Emils Augenbrauen schossen nach oben. „*Ihr* braucht es? Kalea, das hier ist dein Reich. Diese Menschen sind dein Volk! Solas ist deine Heimat."

Sie ballte die Hände unter dem Tisch zu Fäusten. Schloss kurz die Augen und blickte ihn dann aus traurigen Augen an. Das hier war

Emil. Ihr Emil. Irgendwo in diesem Mann vor ihr war ihr bester Freund. Aber zwischen dem Hier und Jetzt und ihrer Freundschaft, schien eine unüberbrückbare Kluft zu liegen. Es war einfach nur traurig.

„Lass es, Emil", antwortete sie leise. „Wir beide wissen, dass ich nicht mehr hierher gehöre. Wir wollen eine neue Heimat schaffen."

„Wofür? Es gibt kein Volk."

„Doch das gibt es", informierte Sepher ihn und reichte ihm eine Papierrolle. „Bei meiner Reise durch Caldo haben wir nach ihnen gesucht. Darauf stehen die mir bisher bekannten Namen von Kindern des Sturms. Durch Kaleas Opfer sind sie in ganz Caldo erwacht. Ich möchte für diese Menschen Baistar neu aufbauen. Ein Volk schaffen, das mit der Magie unseres Landes klarkommt. Sich sicher mit dieser neuen Macht fühlt." Sie musste Emil zugutehalten, dass er sich alles wirklich genau durchlas. Die Briefe und die Schriftrolle. Als er letzteres auf dem Tisch ablegte, sah sie, dass es Hunderte Namen sein mussten. Vor Stolz schwoll ihre Brust an. Obwohl sie keinen dieser Menschen kannte, spürte sie ein Zugehörigkeitsgefühl in ihr wachsen. Sie taten das hier nicht nur für Sepher und sie. Nein, es ging auch um alle anderen Kinder des Sturms.

„Niemand will einen Krieg", begann Kalea. „Das wäre das Letzte, was Caldo braucht." Emil betrachtete sie und blickte dann zu Sepher. Dann wieder auf die Schriften vor ihm. Er biss sich auf die Lippe.

„Ich willige ein, die früheren Ländereien von Baistar zurückzugeben. Das Volk wird informiert und diejenigen, die in den Grenzgebieten wohnen, dürfen sich aussuchen, ob sie wegziehen oder dortbleiben."

Erleichterung durchzog die Gruppe. Sie hatte es sich schwieriger vorgestellt.

„Unter einer Bedingung." Da kam der Haken. Sepher sah ihn abwartend an, doch legte sich Emils Blick wieder auf sie.

„Meine Schwester und die Eine bleiben in Solas und ihr dürft dieses Königreich nie wieder betreten." Kaleas Augen zuckte.

Ein Ring fiel klimpernd auf die Tischplatte. „Was?", fragte Faun monoton und fixierte den Solasia mit einem Todesblick. Kalea schloss kurz die Augen, als sie Fauns wachsende Macht im Raum wahrnahm.

Emil blieb eisern und ließ sich nicht beirren. Dann grinste er schief, wobei sein Grübchen zum Vorschein kam. „Ihr wollt zurückhaben, was euch rechtmäßig gehört. Ich verlange lediglich dasselbe", sagte er mit einer unglaublichen Selbstverständlichkeit. „Wir haben euer Land gestohlen und ihr unsere Eine."

„Du spinnst ja", sagte Kalea sprachlos und sah zu Baria, die ebenso kopflos blickte. Faun vibrierte vor Zorn.

Sepher räusperte sich. „Das wird gewiss nicht so passieren. Ich habe hier den aufgesetzten Vertrag zur Länderübergabe", begann er ausdruckslos, während Jarrel eine weitere Schriftrolle herausholte und vor dem Prinzen ausrollte. „Unterschreibt sie."

„Nur, wenn du meinem Handel zustimmst, Lomaret." Giftig grinste der Kronprinz ihn an. Sepher hielt seinen Blickkontakt eisern.

„Ich werde die beiden nicht gegen mein Land austauschen!"

„Na, na", zog Emil ihn auf. „Noch gehört dir gar nichts. Kein Land, keine Krone und kein Volk."

„Emil, das ist doch lächerlich. Unterschreib die Papiere", sagte Baria und schob ihm die Schriftrolle zu.

Er schenkte ihr keine Beachtung. „Kalea, komm nach Hause."

Sie runzelte die Stirn und blickte ihn fassungslos an. Wie konnte er glauben, dass sie zurückkommen würde und wollte?

Faun richtete sich neben ihr auf. Seine Schultern waren angespannt. „Sie ist bei uns zu Hause und wird nie wieder in deiner Gefangenschaft leben."

Die beiden lieferten sich ein stummes Duell mit ihren Blicken. Es war der Kronprinz, der zuerst den Kontakt abbrach und wieder zu ihr blickte. Und in diesem Moment sah sie den Mann, der mit ihr durch die Gitterstäbe getanzt und ihre Füße nach jedem Ball massiert hatte.

„Ich werde die Papiere unterschreiben, wenn du mir die Möglichkeit gibst, mit dir allein zu reden."

Empört schlug Sepher die flache Hand auf die Tischplatte. „Das wird nicht geschehen!"

Kalea musterte Emil und spürte dabei Fauns Blick in ihrem Gesicht. Bevor sie antwortete, sah sie zum Halbelfen.

„Ist gut."

Zusammen mit dem Kronprinzen von Solas ging sie auf den Thron zu. Sepher hatte es nicht zugelassen, dass sie den Saal verlassen würden. Also stellten sie sich hinter den goldenen Thron, um aus dem Blickfeld der anderen zu sein. Leises Geflüster ihrer Freunde kam zu ihnen herüber.

„Du wärst keine Gefangene", begann Emil schließlich und sah sie aufrichtig an. „Du wärst frei."

„Ich bin frei", sagte sie mit fester, aber leiser Stimme. „Emil, ich komme nicht zurück. Nicht hier her und definitiv nicht zu dir." Seine Hände ballten sich zu Fäusten.

„Aber zu ihm würdest du gehen?" Sein Kopf deutete auf Faun, der noch immer wütend in ihre Richtung blickte. „Ein Halbelf ist es dir wert, das alles zurückzulassen? Hast du vergessen, was er dir angetan hat."

„Er mir?", wiederholte sie fassungslos. „Du hast uns das angetan. Du und dein Vater! Er hat mich nicht verraten! Faun hat alles dafür getan, dass ich eine Wahl hatte!"

Emil schnaubte und kam einen Schritt auf sie zu. „Er hatte aber auch nicht die Verantwortung für ein ganzes Königreich! Weißt du, wie oft ich mit dir weglaufen wollte? Du hattest vielleicht keine Wahl, aber ich genauso wenig!", brüllte er außer sich und deutete mit einer Hand auf seine Brust. „Es ist leicht, einen Vergleich zu ziehen, aber ich habe dich auch geliebt. Immer."

Empört lachte sie auf. „Das war keine Liebe." Verwirrung zeichnete sich in seinem schönen Gesicht. „Du hast es geliebt, wie abhängig ich von dir war. Du hast die Eine geliebt, aber nicht mich."

„Du bist die Eine!"

„Nein, das bin ich nicht, Emil", erwiderte sie laut und ging um den Thron herum. „Ihr habt mich dazu gemacht! Ihr habt mich an meinen Geburtstagen in einen Käfig gesperrt und von der Decke baumeln lassen!" Mit ausgestrecktem Arm deutete sie zur Decke, wo der Haken für ihren Käfig steckte.

„Um dich zu schützen!"

„Ich musste nur vor euch geschützt werden. *Caldo* musste vor euch geschützt werden." Ausgelaugt schloss sie ihre Augen. Er verstummte. „Bitte unterschreib die Papiere", begann sie wieder. „Das ist das Mindeste, was du ihnen schuldest." Ihm schienen die Worte zu fehlen. Kurz angebunden nickte er und ging mit gesenktem Haupt zum Tisch zurück. Dort schob ihm seine Schwester wieder die Länderübernahme zu. Ohne den Blick von Kalea zu nehmen, zückte er sein Siegel: „Das mache ich nur für dich."

Erst, als es unterzeichnet war, antwortete sie ihm. „Dann tue auch das Nächste für mich." Sie wartete kurz und atmete tief durch. „Die Thronfolger Caldos verlangen, dass du den Thron aufgibst und Baria Withleigh die nächste Königin von Caldo wird."

KAPITEL 63

„Bitte was?", fragte die Prinzessin überrascht und sah Sepher und Kalea verständnislos an. Entschuldigend blickte sie ihre Freundin an und nahm den zweiten Schwung Briefe entgegen, die Jarrel ihr reichte.

Emil lachte fassungslos. „Das kann nicht euer Ernst sein!"

„Baria, wir haben hinter deinen Rücken mit den Thronfolgern geredet. Wir wussten, dass du niemals aktiv deinen Bruder vom Thron stoßen würdest. Geschweige denn glauben könntest, dass du das Zeug zur Königin hättest", erklärte sie. „Das sind unterzeichnete Briefe der Thronfolger aus Hidrig, Gaofar, Talam und nun auch Baistar." Sepher legte einen vierten Brief dazu.

„Wieso sollte ich auf den Willen von denen hören? Sie sind nur Thronfolger, aber ich werde in wenigen Tagen König sein!", knurrte Emil wütend. Er fühlte sich sichtlich hintergangen, was sie durchaus verstand. Trotzdem war dieser Schritt wichtig gewesen. Es gab keine Zukunft für ein neues Caldo, wenn Emil, der so stark von seinem Vater beeinflusst wurde, auf dem Thron saß. Sie brauchten jemandem, dem sie vertrauen konnten. Jemanden, der schon zuvor die Untaten von Solas erkannt hat und dagegen vorgegangen ist. Sie brauchten Baria.

„Sie sind die nächste Generation Caldos", begann Jarrel. „Sie wollen es besser machen als ihre Eltern. Euer Vater soll der letzte König in Solas gewesen sein, der seine Macht so ausnutzt. Dir können wir nicht vertrauen. Du warst zu sehr unter der Fuchtel deines Vaters."

Seine blauen Augen waren weit geöffnet und blickten zu dem Leibwächter.

„Baria jedoch", fügte Kalea hinzu, „hat sich einer Rebellion angeschlossen. Sie hat alles riskiert, nur um mich hier rauszuholen. Ihr war schon immer bewusst, dass die Sachen in Solas falsch liefen. Die Thronfolger Caldos respektieren sie dafür. Sie vertrauen ihr."

Er schüttelte kräftig den Kopf, wobei seine langen Haare umherflogen.

„Emil, ich", Baria stoppte.

„Das sind die Briefe der Thronfolger?", fragte er leise und deutete auf die geschlossenen Briefe vor Kalea. Sie legte eine Hand darauf und nickte. Emil schwieg. Dann sah er zu Faun. Bei seinen nächsten Worten konnten sie ihren Ohren nicht glauben. Mit starrem Gesicht und weit aufgerissenen Augen sah er den Halbelfen an und sagte: „Einar, töte sie alle und vernichte die Briefe."

Kalea spürte nicht, wie die Wand aus Honig und Wärme schmolz. Sie merkte nur die Wut und Liebe, die durch ihre Adern schoss und sie hörte ihre Zwillingsseele, die sie anschrie, ihren Partner zu beschützen. Stille herrschte im Raum.

Verwundert stelle der Prinz fest, dass sich Faun nicht rührte. „Einar, töte sie alle und vernichte die Briefe!", rief er nun lauter und verzog seinen Mund zu einer hässlichen Fratze.

Der Halbelf lächelte ihn böse an.

„Das funktioniert leider nicht", erklärte Kalea kühl und knetete ihre Hände. „Du wirst ihn nie wieder benutzen."

Nun zeichnete sich Angst in Emils Augen ab und durch die Fenster sah er, wie dicke Wolken aufzogen und die Sonne verdeckten.

„Nie wieder", sagte sie erneut und stand von ihrem Stuhl auf, wobei dieser kratzend über den Boden scheuerte. „Unterschreibe die Papiere."

Emil rückte nervös auf seinem Stuhl hin und her. „Oder was? Werdet ihr mich töten?"

„Ich bin drauf und dran", murmelte Faun unterschwellig.

„Das brauchen wir nicht", sagte Kalea. Draußen blitzte es. Sie lächelte sanft. Doch es war ein anderes Lächeln als sonst. Ihre Lippen lächelten, aber ihre Augen taten es nicht. Es war eiskalt. „Hast du vergessen, zu was ihr mich gemacht habt? Ich war schon vorher ein Geschenk der Götter für dein Volk. Was denkst du, wie sehr sie mich anhimmeln werden, wenn sie wissen, dass ich von den Toten auferstanden bin? Ich könnte ihnen alles erzählen. Dass die Götter wollen, dass Baria Königin wird. Sepher sein Land bekommt und du in die dunkelste Zelle in ganz Caldo gesperrt wirst. Ich würde dafür sorgen, dass du nie wieder die Sonne auf deiner Haut spüren kannst. Das kein Licht dieser Welt deine Haut durchfährt." Außer dem Donner und dem Regen, der gegen das Fenster prasselte, war der Raum still.

Ihre Augen waren noch immer auf den Prinzen gerichtet, der so aussah, als würde er sie zum ersten Mal richtig sehen.

„Willst du das überhaupt?", fragte er schließlich seine Schwester und sah sie direkt an. Seine Augen huschten über ihr Gesicht.

Baria überlegte und biss sich auf die Lippe, wobei die Narbe kurz verschwand. „Ich würde es annehmen", sagte sie schließlich und nickte. „Aber ich will, dass du hierbleibst. Ich möchte dir wieder vertrauen können. Sei mein Berater. Sei mein Thronfolger und vor allem sei wieder mein Bruder, Emil." Dann nickte der Kronprinz endlich, obwohl er gewiss nicht glücklich darüber war. Langsam setzte sich Kalea auf ihren Platz und spürte augenblicklich Fauns Hand auf ihrem Bein. Eine Last fiel von Kaleas Schultern, als Emil das zweite Schriftstück unterschrieb. Endlich hatten sie es geschafft. Sepher bekam sein Reich und Solas würde eine neue Herrscherin bekommen. Und Kalea war sich sicher, dass Baria Withleigh eine gute Königin werden würde. Eine friedlichere Zukunft schien in greifbarer Nähe.

KAPITEL 64

Es war früher Abend, als sie zurückkamen. Der Wirbel legte sich in ihrem Kopf, sobald sie die große Wiese unter sich spürte. Der Wind strich ihr begrüßend über das heiße Gesicht. Ihre Wangen schmerzten. Euphorisch drehte sie herum und sah, dass es Sepher nicht anders erging. Beide pressten ihre Lippen in eine dünne Linie, um das Lächeln zu unterdrücken. Jedoch pulsierte die Freude durch ihren Körper und drohte aus ihr herauszuplatzen. Jubelnd riss sie die Arme in die Luft und kreischte lachend auf, als Sepher sie hochnahm und fest an sich drückte.

„Träume ich? Sag mir, dass ich träume", fragte er lachend und drehte sich mit ihr im Kreis.

„Nein, das tust du nicht", sagte sie und hielt sich an seinem Kopf fest. „Wir haben es geschafft!" Nun jubelte er laut und wirbelte sie umher, wobei ihr langsam schwindelig wurde. Sie freute sich ungemein für ihn. Für sich. Für sie alle!

„Faun!", rief hinter ihnen jemand, sodass alle vier in die Richtung des Dorfes blickten. Vom Trainingsplatz aus kam Henri auf sie zu gerannt und wedelte mit den Armen.

„Und wie ist es gelaufen?", rief er auf halbem Weg, bevor er eine Antwort bekam, rannten beide Lomarets auf ihn zu und packten ihn in eine dicke Umarmung. „Das heißt gut, oder?"

„Sehr gut, Henri", erwiderte Kalea strahlend und sprang aufgeregt auf und auf.

„Das ist großartig!", sagte er und drückte beide an sich, um mit ihnen zu feiern. Der Halbelf und der Leibwächter beobachteten das Ganze träge lächelnd. „Wo ist Baria?"

„Sie bleibt in Solas, bis alles offiziell ist", sagte Sepher grinsend.

„Bis was offiziell ist?"

Kalea packte ihn an beiden Schultern. „Baria wird die neue Königin von Solas!"

Henris Kinnlade klappte hinunter. „Scheiß die Wand an!"

„Wirklich", antwortete sie lachend und drückte ihn fest an sich. „Komm das müssen wir den anderen sagen und dann wird ausgiebig gefeiert!" Henri nickte und sagte, dass er noch schnell seine Sachen holen würde. Dann drehte sie sich herum und blickte zu Sepher. Er zog gerade Jarrel in eine feste Umarmung und sagte ihm etwas leise ins Ohr. Der Leibwächter lächelte sanft. Locker lösten sie sich, wobei Sephers Hand an seinem Hinterkopf blieb und er ihm in die Augen sah. Kalea wandte den Blick ab, um den beiden den Moment zu geben. Schließlich war Jarrel schon viel länger an Sephers Seite und hatte ihn auf diesen Weg unterstützt.

Faun sah sie längst an. Schmunzelnd ging sie auf ihn zu und legte ihre Arme um seinen Hals. Seine Hände wanderten automatisch an ihre Taille.

„Wir sollten das auch feiern, bevor die anderen kommen", erwiderte sie lockend und biss sich auf die Lippe. Seine Augen funkelten und dann beförderte er sie in einen Raumsprung.

Seine Hände vergruben sich in ihrem Gesäß, während sie ihr Gesicht zur Seite legte, um ihn zu sehen. Sie hatten keine Zeit verloren, um ihre Klamotten loszuwerden. Fauns Berührungen brannten auf ihrer Haut und ließen ihre Nerven auf Spannung stehen. Der Bund summte zufrieden. Rhythmisch versank er sich immer wieder in ihr und stöhnte tief. Seine Augen waren geschlossen und sein Kopf in seinen Nacken gelegt. Allein bei dieser Aussicht könnte sie dahinschmelzen.

„Du bist so schön, armaas", hauchte er und fuhr mit einer Hand ihre Wirbelsäule entlang. Dann beugte er sich vor, um ihre Schulter zu küssen und umgriff ihren Bauch. Kalea biss sich auf die Lippe, um nicht zu laut zu werden. Denn seine Finger befriedigten sie in kreisenden Bewegungen.

„Faun", murmelte sie kopflos.

In einer flüssigen Bewegung drehte er sie zu sich herum. Seine Finger fanden wieder ihren Platz und brachten sie quälend um den Verstand. Die andere Hand fasste eine Brust, ehe er sich wieder in ihr versank. Sie hatten recht gehabt. Nachdem der Bund vollzogen war und sie sich intensiver spürten, war es noch besser, miteinander zu schlafen. Kalea hat kaum einen klaren Gedanken, um sich über irgendwelche Zweifel Gedanken zu machen. Hier zählte nur sie beide. Die Male des Bundes leuchteten leicht im schwachen Licht des Zimmers. Jedes Härchen stellte sich bei seinen Berührungen auf. Seine abgehakte Atmung war direkt neben ihrem Ohr. Wenige Stöße später schmolzen sie dahin und versanken in der Wärme des anderen.

Ihre Freunde hatten es vollkommen mit den Feierlichkeiten übertrieben. Kalea hatte das Gefühl, dass alle Bewohner von Viredis auf dem Marktplatz waren und sich in der Lieblingskneipe von Bo tummelten. Viel zu viel Wein und Schnaps ging über die Theke. Fauns Hand lag an ihrem Rücken, während sie schmunzelnd Sepher beobachtete, der auf einem Tisch stand und mit der Menge mitsang.

„Auf Eure Majestät, Sepher Lomaret von Baistar, dem Reich des Sturmes!", schrie Jarrel laut und hielt seinen Becher in die Höhe.

„Hört, hört!", riefen sie zurück und tranken auf Sephers Namen, der strahlend vom Tisch kletterte und zu ihnen kam. Oder besser gesagt zu Evalin, mit der er den ganzen Abend schamlos flirtete. Kalea schüttelte belustigt den Kopf und drehte sich dann zu ihrem gut aussehenden Halbelfen um, der gerade an seinem Becher nippte. Er wirkte entspannt auf sie und glücklich. Sie liebte es, wie er in Viredis Gesellschaft aufblühte und sich locker verhielt.

„Was?", fragte er misstrauisch. „Noch mal?" Kalea kicherte und schüttelte den Kopf.

„Ich sehe dich nur gerne an", meinte sie und lehnte sich gegen ihn. Faun schmunzelte und schlang einen Arm um ihre Schultern.

„Ich sehe dich auch gerne an", erwiderte er und küsste sie sanft. Dann sah er sich in der Kneipe um. „Ich will mir gerne ein neues Hemd anziehen. Kommst du mit?" Seine Wangen waren von der Wärme im Raum errötete und auch Kalea würde ein bisschen frisches Luft guttun. In seinem Zimmer angekommen setzte sie sich auf sein Bett und beobachtete ihn dabei, wie er sein Hemd samt Hose wechselte. Seine Rückenmuskeln tanzten bei jeder Bewegung. Die benutzten Sachen schmiss er neben sie auf eine Truhe.

„Was ist das?", fragte sie und hob eine goldene Münze auf, die ihm aus der Hose gefallen war.

„Das", begann er, kam oberkörperfrei auf sie zu und nahm sie ihr aus der Hand, „ist ein kleines Experiment meinerseits." Neugierig sah sie ihn an. „Seitdem ich meine volle Macht entfaltet habe, nehme ich sie anders wahr. Greifbarer", erklärte er und hielt dann die Münze zwischen zwei Fingern nach oben. „Ich habe versucht, einen Teil der Magie, die für Raumsprünge verantwortlich ist, hier hineinzustecken."

Beeindruckt sah sie sich die unscheinbaren Münzen genauer an.

„Hat es funktioniert?"

Er verneinte. „Aber so was Ähnliches. Wenn man die Münze in seiner Hand einmal dreht, eine Faust macht und an mich denkt, schickt sie einen zu mir. Egal, wie weit ich entfernt bin. Ich habe es mit Amrin getestet", erzählte er und reichte ihr dann die Münze. „Probiere es aus."

Eifrig nahm sie ihm das Goldstück aus der Hand und ging an das andere Ende des Zimmers. Sie blieb mit den Rücken zu ihm gedreht. Dann legte sie die warme Münze auf ihre geöffnete Handfläche. Gespannt drehte sie diese einmal herum, schloss ihre Faust und dachte an den Mann, den sie liebte. Sie spürte ein Ziehen an ihrem linken kleinen Zeh - schwächer als sonst - doch dann merkte sie den Wirbel und im nächsten Moment stand sie wieder vor Faun. Lässig lehnte er am Tisch und sicherte ihre Landung.

„Das ist der Wahnsinn", meinte sie und gab ihm die Münze zurück, die er schulterzuckend in der Hose verstaute.

„Mir kam die Idee durch dich."

„Durch mich?"

„Ich vermute, dass die ersten Kinder des Sturmes erwacht sind, als es zum ersten Mal nach deiner Opferung geregnet hat. Amrin hat mir erzählt, dass es erst dann geregnet hat, als deine Seele in den Wolken verschwunden war. Ich denke, dass der erste Regenschauer deine Magie über ganze Caldo verteilt hat. Dadurch sind sie erwacht und deswegen konntest du wieder zum Leben zurückkommen. Du wurdest von ihr durchnässt oder so ähnlich." Sie hatte sich selbst keine genauen Gedanken darüber gemacht, was direkt nach ihrem Tod geschehen war. Doch machten Fauns Erklärungen Sinn.

„Könnte man Personen mit den Münzen mitnehmen?"

Er schüttelte zaghaft den Kopf. „Es klappt mit einer weiteren Person, aber nicht mit mehr. Aber vielleicht irgendwann."

Kalea nickte verstehend und küsste ihn dann.

Sie liebte seinen Verstand.

Später entschloss er sich, auf die Feier zurückzugehen. Sie entschied sich dagegen, da sie ziemlich kaputt war. Wie ein wahrer Gentleman brachte er sie nach Hause, küsste ihre Hand und verabschiedete sich dann in die Nacht.

Sie saß gerade auf dem Sofa und war kurz davor einzudösen, als die Tür aufsprang und Evalin angsterfüllt hereinkam. Ihre braunen Locken standen in allen Richtungen ab. Ihre Augen waren rot unterlaufen.

„Ist er hier?", fragte sie aufgelöst. Sie hatte sichtlich geweint.

Augenblicklich war sie hellwach. „Wer? Was ist los?", kam Kalea ihr entgegen.

„Seph. Er war plötzlich weg und dann war da dieser Brief. O Kalea, wo ist er nur?", stammelte sie und reichte Kalea den schwarzen Brief in ihrer Hand. In roter Schrift stand einzig und allein ihr Name darauf. Schnell öffnete sie ihn. Ihre Freundin las über ihre Schulter hinweg mit.

Kalea,

der Prinz ist in meiner Gewalt. Komm ohne Faun nach Measin.

Wir müssen unter uns Frauen reden.

Dieser Brief wird dich um Mitternacht auf die Insel bringen.

Ich freue mich

Vera

Zitternd sah sie zu Evalin und dann auf die Uhr an der Wand. Es war zwei Minuten vor Mitternacht.

„Evalin, geh zu Faun und sag ihm, was los ist."

„Warum macht sie das?", stammelte die Köchin, weinte und griff sich verzweifelt ins Haar.

„Evalin, hör mir zu. Ich gehe dorthin und höre mir an, was sie will. Aber du musst jetzt Faun suchen, damit sie wissen, was los ist!"

426

Eine Minute vor Mitternacht.

Evalin schüttelte den Kopf: „Ich muss mit dir kommen. Ich muss mit ihr reden. Sepher ist bei *ihr!*"

„Ich weiß! Bitte suche Faun. Er wollte auf das Fest!", bettelte Kalea verzweifelt und ging einen Schritt von ihrer Freundin weg. Sie musste zu den anderen gehen. Wie sonst, sollten sie wissen, was los war. Niemals könnte es Kalea mit Vera aufnehmen. Vor allem nicht, wenn Sephers Leben davon abhielt. Sie brauchte Faun. Einmal mehr wünschte sie sich, dass sie durch die Verbindung kommunizieren könnten.

Zehn Sekunden.

Evalin sah sie entschlossen an. „Ich komme mit!"

„Nein, das ist zu gefährlich!"

Die Köchin kam auf sie zu, während Kalea immer weiter nach hinten ging.

Fünf Sekunden.

„Evalin, hör auf!"

Vier Sekunden.

„Sie muss mich anhören!", jammerte die Köchin und packte fest Kaleas Handgelenke.

Drei.

Zwei.

Eins.

Der Wind sauste durchs leere Haus. Nur ein geöffneter schwarzer Brief lag auf dem Holzboden und hinterließ eine letzte Spur.

KAPITEL 65

Schmerzhaft schlugen sie auf dem Steinboden auf. Ihre Knie waren aufgeplatzt. Neben ihr hörte sie Evalin aufstöhnen. Die feuchte Luft des Saales war ihr vertraut.

„Da ist sie ja. Siehst du das, mein Hübscher?", hörte sie diese kalte, monotone Stimme.

Ächzend rappelte sich Kalea auf die Füße. Sie waren im Thronsaal und ihr kam es säuerlich hoch, als sie die bekannte Dekoration mit Todesschädeln sah. Ihre volle Aufmerksamkeit lag jedoch auf der großen Frau, die vor ihrem Thron stand. Wie beim letzten Mal saßen links und rechts die großen, schwarzen Hunde. Hinter sich erkannte sie vereinzelte Wachen.

„Seph!", hörte sie Evalin bestürzt aufschreien. Kaleas Blick wanderte hinter Vera. Auf dem Boden, fast bedeckt von dem riesigen Körper eines Hundes, lag Sepher. Mit leeren Augen sah er in ihre Richtung. Das Blond seiner Haare war befleckt von dem Blut an ihm.

Es war so viel Blut.

Wie lange hatte sie Sepher in ihrer Gewalt? Zehn Minuten? Eine halbe Stunde? Wie konnte er schon solche Verletzungen haben?

„Was hast du getan?", schrie sie außer sich und wollte auf Vera zustürmen, ehe die Hunde anfingen zu knurren. Gewarnt blieb sie stehen. Ihre Schultern hoben und senkten sich im selben Rhythmus ihrer hektischen Atmung.

„Noch habe ich gar nichts getan", antwortete Vera und kam langsam die wenigen Stufen zu ihr hinunter. Die Hunde blieben dieses Mal an Ort und Stelle. Evalin schaffte es nicht auf die Füße und sah weinend zu Sepher. „Er lebt noch, falls das deine Frage war."

„Was willst du?", presste Kalea zwischen den Zähnen hervor und griff in den Saum ihres Kleides hinein. Sie war so blöd gewesen und hatte vor dem Fest nicht mehr nach ihrem Dolch gegriffen. Sie war komplett unbewaffnet.

Vera legte ihren Kopf schief und betrachtete ihr Gesicht. „Irgendwas hat sich an dir verändert, liebe Reinkarnation."

„Nenne mich nicht so", knurrte sie. „Was willst du, Vera?"

Mit einer großen Geste legte sie ihre hellen Haare nach hinten. „Ich will, dass du die Thronfolge von Baistar annimmst."

Verwirrt starrte sie die Frau an. Das war der Grund, warum sie Sepher entführt hatte? Ihn verletzt hatte?

„Warum? Was bringt dir das?"

„Das kann dir egal sein", antwortete sie mit fester Stimme und hob ihr Kinn abschätzend. „Es sollte dich nur interessieren, was ich tue, wenn du es nicht machst. Und zwar werde ich das Prinzchen vor deinen Augen ausweiden und dafür sorgen, dass euer Reich nie wieder das Licht der Welt erblickt. Denn, glaub mir, ohne deine Einwilligung ist er mir nur ein Dorn im Auge. Ich gebe dir hier die Chance, ihn zu retten. Du solltest dankbar sein."

Sepher stöhnte. Ihre grauen Augen trafen sich.

„Das könntest du nicht. Du hast nicht die Macht über Baistar", meinte Kalea kühn.

Veras Blick wirkte steif, aber belustigt. Dann schnalzte sie mit der Zunge und ging einen Schritt nach hinten. „Als ich noch jung war, ist mir viel Leid widerfahren. Eines Tages war ich auf einem Ball in Baistar und suchte nach einer Zuflucht. Jedoch wies mich der König ab und schickte mich davon. Es war nicht schwer, danach eine Prophezeiung in Caldo zu verbreiten." Ihr Blick sah vielsagend in Kaleas Richtung. „Diese gottesfürchtigen Trottel glauben alles, wenn man es nur gut genug verkauft. Es war eine Prophezeiung, in der meine Feinde zu den Feinden von Solas wurden. Ich musste nur dabei zusehen, wie sie diese nieder schlachteten." Ein brutales Lächeln zog über ihre blutroten Lippen, während sie leicht ihr Kinn anhob und Kaleas Reaktionen beobachtete. Diese stockte. Stolperte innerlich über die Informationen, die ihr Vera vor die Füße geschmissen hatte.

„Du hast einen Genozid provoziert, weil dein Stolz verletzt wurde?", hinterfragte sie fassungslos und merkte das Zittern ihrer Hände. Ihre Magie rauschte in ihren Ohren.

„Ich habe Schlimmeres für weniger getan, Kalea."

Ungläubig blickte sie die Frau an. „Wie kann es dir egal sein, was du Menschen antust? Dass sie sterben?"

Vera musterte sie für einen Moment, ohne die Neutralität ihres Gesichtsausdruckes zu verlieren, ehe sie ruhig sagte: „Ich war denen ebenso egal. Mir sind einzelne Menschen oder Wesen wichtig. Aber ich habe gelernt, dass ich beinahe jeden überlebe und manche Opfer ertragen werden müssen, um mein Ziel zu erreichen. Auch von mir." Gegen Ende ihres Satzes wurde sie leiser und Kalea verstand, wovon sie sprach. Es gab nur eine Person, die Vera wichtig genug wäre, um für sie als Opfer zu gelten.

„Gilt dieses Opfer auch für Faun?", merkte Kalea laut an und ging empört einen Schritt auf sie zu. Sie wusste, was Faun dieser Frau bedeutete. Sei es auch nur in ihre verwirrten und ungesunden Art. Er war ihr Schwachpunkt. „Würdest du ihn töten? Es zulassen, dass er für deine Pläne stirbt?"

Veras Auge zuckte. Für einen Moment spannte sie ihre Hände an. „Nein. Faun, niemals. Er hat immer eine Wahl bei mir."

Ihre Aussage überraschte Kalea nicht. Aber sie wusste, was Vera unter einer Wahl verstand. „Würdest du ihn für deine Ziele opfern?"

Sie schwieg.

„Sag es mir!", schrie Kalea nun. „Würdest du es zulassen, dass er stirbt?"

„Manche Dinge liegen nicht in meiner Hand, liebe Reinkarnation", sagte sie schnell.

Kalea schnaubte wütend bei dem Namen. „Ich werde nicht zulassen, dass er stirbt", stellte sie mit fester Stimme klar.

Eine minimale Regung durchfuhr Veras Gesicht. „Das hätte ich auch nicht erwartet. Also noch einmal: Nimm die Thronfolge an und ich lasse euch beide gehen. Ich habe einen Priester hier. Du musst nur Ja sagen." Für einen Moment verharrte sie in ihrer Position und betrachtete die erschreckende Frau vor sich. Als sie nicht antwortete, schnippte Vera mit den Fingern. Keine Sekunde später fletschte einer der Hunde die Zähne, riss sein Maul auf und hielt über Sephers Kopf inne.

„Nein!", rief Evalin und krabbelte dann zu den beiden Frauen hinüber. Dann beugte sie sich nach vorn und umgriff Veras Knöchel. „Nicht, bitte. Ich- ich habe-"

„Hör auf zu weinen", sagte Vera und blickte angewidert hinab. „Hättest du deine Aufgaben erledigt, müsste ich nicht hier stehen und mich damit beschäftigen."

Evalin erstarrte. Das Schluchzen stoppte.

„Was?", flüsterte Kalea und taumelte einige Schritte zurück. Gelähmt starrte sie den gekrümmten Rücken ihrer Freundin an.

Zufrieden beobachtete Vera ihr überraschtes Gesicht. „Du hast es nicht geahnt? Ihr beide nicht?", fragte sie und blickte zu dem Prinzen, der mit weit geöffneten Augen zu Evalin sah. „Keine Angst, sie hat es nicht wirklich gut gemacht." Dann begann sie, um Kalea herumzugehen. Ihre Hände faltete sie hinter ihrem Rücken. „Hast du dich nie gefragt, wer die Angreifer am Erntefest waren? Leider wusste die wunderschöne Evalin nicht, dass du einen Bannzauber auf deiner Haut hattest." Ihr wurde übel. Ihr Körper zuckte, als könne er sich an die damaligen Schmerzen erinnern. „Oh, und dann im Wald auf der Lichtung. Meine Männer konnten dich wieder nicht hierher bringen, weil sie nicht wusste, dass du diese Kette hattest. Sie haben dir so wenig anvertraut, Evalin. Vielleicht wussten sie es doch? Dass du unter meinem Schwur stehst?"

Nein, sie wussten es definitiv nicht. Nichts hatten sie ihr absichtlich vorenthalten. Aber durch ihre Arbeit war ihre Freundin nun mal nicht immer dabei gewesen.

Ihre Freundin. Sie hatte mit ihr Abende verbracht, gelacht und Geheimnisse ausgetauscht.

Kaleas Sicht verschwamm.

„Das Beste kommt noch. Bevor ihr aufgebrochen seid, erzählte sie mir von dem Bluttest und Sepher Lomaret." Sie kniete sich hin und riss Evalins Kopf nach oben. „Es war ein Leichtes, mit diesem Gesicht den netten, einsamen Prinzen, um den Finger zu wickeln, nicht wahr?"

Evalin schielte zu Sepher hinüber. „Nein, das stimmt nicht!"

„Stimmt nicht? Sagst du, ich lüge? Behauptest du, dass du nicht in meinem Auftrag ihm die Idee in den Kopf gesetzt hast, Kalea in die Familie aufzunehmen, damit sie die Thronfolgerin wird?" Evalin schwieg und begann wieder zu weinen.

„Warum sollte sie das tun? Warum wolltest du mich hierher bringen? Was bringt dir das Ganze?", fragte Kalea mit zitternder Stimme.

„Sie ist schwach und hat Hilfe gesucht. Übrigens, um Faun zu helfen. Ist das nicht rührend? Sie liebt ihn und wollte ihn von diesem Fluch befreien."

Evalin presste die Augen zu und weinte immer mehr. Dabei schüttelte sie den Kopf. Veras Griff verstärkte sich und riss ihren Kopf höher. „Nur den wichtigsten Teil hast du nicht geschafft."

433

Kalea bebte und ignorierte die weinende Verkörperung des Wortes ‚Verrat' neben sich.

Dann ließ Vera Evalin los und ging wieder zu Sepher. Er stöhnte, als sie ihren Fuß auf seinen Rücken drückte. „Also Kalea, nimmst du sie an?"

Sephers weit geöffnete Augen sahen sie an. Seine Atmung ging schnell. Der Hund hatte noch immer das Maul über seinem Kopf geöffnet. Kalea schwieg. Überfordert versuchte sie all ihre Gedanken zu sortieren. Die unwichtigen Details auszublenden, doch es gelang ihr nicht. Wie konnte sie Veras Wünschen entgegenkommen, ohne die Konsequenzen zu wissen? Was bedeutete ihr die Thronfolge? Aber nie im Leben würde sie es zu lassen, dass Sepher starb.

Sie hatte zu lang überlegt. In dem Moment, indem Vera die Augen genervt verdrehte, wusste sie, dass der kurze Geduldsfaden gerissen war. Mit einem Schnippen bewegten sich zwei großer Männer auf Kalea zu und hielten sie an den Armen fest.

„Nein! Bitte!", schrie sie und ließ sich im Griff der Männer fallen. Vera war mit großen Schritten zu dem lodernden Kamin gegangen und griff mit einem Tuch nach einer Eisenstange, die zuvor in der Glut gelegen hatte.

„Was du über mich wissen solltest, liebe Reinkarnation", sagte Vera kalt und schielte dann zu ihr hinüber. „Geduld ist nicht meine Stärke."

Kaleas Kehle kratzte und schmerzte vom Schreien. Ihre Sicht war von Tränen verschwommen. Schneller als zuvor war Vera zurück zu Sepher gegangen und hatte ihm die glühende Eisenstange auf den

Rücken gehalten. Durch den Stoff seines Oberteiles hindurch verbrannte sie ihn. Sepher schrie.

„Ich mache es!", schrie Kalea immer und immer wieder. Nur damit Sepher endlich aufhörte zu schreien. Irgendwo neben ihr hörte sich auch Evalin schreien. „Bitte!"

Mit einem Ruck riss Vera die Stange von Sephers Rücken. Ein kleiner Hautfetzen riss mit ab. Wimmernd blickte er gen Boden. Dann sah sie erwartungsvoll zu Kalea. „Bitte wiederhole das. Ich habe dich nicht ganz verstanden." Drohend pendelte sie mit der Eisenstange über dem Prinzen. Kaleas presste ihren Kiefer so stark zusammen, dass ihre Muskeln schmerzten. Mit letzter Kraft stellte sie sich wieder aufrecht hin.

„Ich mache es. Ich nehme die Thronfolge an."

KAPITEL 66

Am liebsten hätte Kalea ihr das selbstgefällige Grinsen aus dem Gesicht geschlagen. Sepher blickte sie mit geröteten Augen an und schüttelte wild den Kopf.

„Nein, Kalea", murmelte er heiser. „Nicht so." Er verstummte, als Vera ihren Stiefel auf seinen Kopf setzte und sein Gesicht gegen den Steinboden drückte.

„Halt die Klappe", zischte sie und sah dann wieder zu Kalea hinüber, die sichtlich vor Wut bebte. „Sie ist erwachsen und kann ihre eigenen Entscheidungen treffen. Außerdem wolltest du doch, dass sie deine Thronfolgerin wird?" Grinsend sah sie zum Prinzen hinunter und erlöste ihn. Beinahe zärtlich wischte sie ihm eine Träne von der Wange. Sepher zuckte angewidert von ihrer Hand weg. „Ich tue dir hier einen Gefallen. Siehst du das nicht, mein Hübscher?"

„Vera", rief Kalea aufgebracht und schüttelte die Hände der Männer von sich. „Ich habe eingewilligt. Lass ihn in Ruhe." Die Frau hatte bei dem Klang ihres Namens aufgesehen und musterte Kalea mit einem interessierten Blick. Dann nickte sie und entfernte sich endlich von dem Prinzen. Sepher schloss erschöpft die Augen. Mit langen Schritten ging Vera zu ihr hinüber und blieb unmittelbar vor ihr stehen.

„Du hast recht", meinte sie und legte den Kopf schief. Dann wandte sie sich an einen der Männer, der hinter Kalea stand. „Holt den Priester."

Während Veras Anhänger um sie herum wuselten und Kalea von Sephers zusammengesunkener Gestalt fernhielten, ignorierte sie Evalin. Die Frau kauerte noch immer einige Meter von ihr entfernt und schluchzte vor sich hin. Kaleas Blick war auf Sepher gerichtet, der seit einiger Zeit die Augen geschlossen hatte. Anhand seiner Atembewegungen wusste sie wenigstens, dass er nur ohnmächtig war. Aber trotzdem wollte sie zu ihm, um die lebende Wärme seiner Haut zu spüren und um zwischen ihm und Vera Platz zu schaffen. Diese stellte sich in diesem Moment in ihr Blickfeld. Kalea hoffte, dass ihre Augen den Hass zeigten, den sie dieser Frau gegenüber empfand. Es verlangte ihr alles ab, nicht die Wand aus Wärme und Honig herunterzureißen und ihrer Magie freien Lauf zu lassen. Sie konnte sich kaum vorstellen, was sie für eine Genugtuung fühlen würde, wenn sie Vera mit einem Blitz schocken würde. Doch war diese Situation so aussichtslos, dass es Kalea nicht wagte, die Anführerin dieser Schar an Menschen anzugreifen. Was würden sie mit ihr und den anderen beiden tun, wenn ihrer Anführerin etwas geschehen würde? Kalea rügte sich selbst, als ihre Sorge auch Evalin einbezog. Eigentlich müsste es ihr egal sein, was mit dieser Verräterin geschah. Aber es war Evalin. Lini, die ihr den Kopf nach einem langen Tag massierte. Die ihre eigenen Gefühle verdrängt hatte, als sich Kalea und Faun nähergekommen waren. Evalin war ihr immer eine Freundin gewesen, was diesen Verrat umso unerträglicher machte. Sie konnte ihre Sorge der Köchin gegenüber nicht einfach so abschalten, egal wie sehr sie es wollte.

Ohne ein Wort zu sagen, griff ein Mann ihren Arm und schleifte sie Vera hinterher. Erst dann fiel ihr der ältere Mann mit einem weißen Umhang auf, der neben dem Thron stand und zu Vera sah – der Priester. Erleichterung durchflutete Kalea, als der Mann sie nicht neben Vera, sondern neben Sepher stehen ließ. Den Griff um ihren Arm löste er jedoch nicht.

„Es ist alles vorbereitet", sagte der Priester zu Vera und neigte untergeben den Kopf. Sie nickte zufrieden und ging einen Schritt zur Seite. Dann kam der Priester auf Sepher und Kalea zu. Er mied ihren Blick. Zwei weitere Männer brachten Sepher in eine fast stehende Position, was den Prinzen dazu zwang, seine Augen zu öffnen. Kalea sah, wie orientierungslos er für einen Moment war. Bis sein Blick auf Kalea fiel und ihm anscheinend alles wieder klar wurde.

„Nein", begann er und wehrte sich gegen den Griff der Männer. „Hört auf. Ich bin dagegen!" Der Priester ignorierte seine Worte und öffnete ein kleines Buch in seinen Händen. Kalea zitterte am ganzen Körper, als sie Veras Blick sah. Sepher nervte sie. Sie sah es in ihrem Blick und ihrer Körpersprache. Bei allen Göttern, sie hatte gesehen, was diese Frau tat, wenn ihre Geduld zu Ende war. Was tat sie, wenn sie genervt war? Bevor Vera ihre blutroten Lippen öffnen könnte, kam ihr Kalea zuvor.

„Sepher, hör auf", meinte sie mit fester Stimme und suchte nach seinem Blick. Verwirrt sah er sie an und musterte ihr Gesicht. „Es bringt nichts. Ich will das."

„Nein, das willst du nicht!", erwiderte er stur und sah sie verständnislos an. „Ich weiß das. Wir haben darüber geredet." Im Augenwinkel sah sie, wie Vera zu einem ihrer Anhänger blickte.

„Meinungen können sich ändern", sagte sie schnell und versuchte ihm mit ihren Augen klarzumachen, dass er ruhig sein sollte. Es schien zu funktionieren, denn endlich war er leise und musterte sie weiterhin. Doch Kalea wandte den Blick ab und sah zum Priester, der nur stumm ihrer Unterhaltung zugehört hatte. Dann begann er aus dem Buch zu lesen. Sobald er die ersten Worte gesprochen hatte, waren die Flammen der umliegenden Kerzen in die Höhe geschossen. Orangefarbenes Licht legte sich auf ihre Gesichter.

„Das Blut in Euren Adern, beweist die Reinheit Eurer Herkunft", sagte er mit melodischer Stimme und deutete mit einer flachen Hand auf Sepher, der stumm zu Boden blickte. „Die Natur schenkte den Herrschern der Menschen die Magie, um sie ihrem Volk weiterzugeben, unter dem Versprechen, diese heiligzuhalten. Durch Euer Blut fließt dieses Versprechen, wie die ältesten Flüsse durch Caldo." Reflexartig wich Kalea einen kleinen Schritt zurück, als der Priester einen kleinen Dolch aus seiner Tasche nahm. Er ähnelte ein bisschen dem Messer, welches Faun am Erntemond in ihre Brust gerammt hatte. Sie wusste nicht, wie eine Thronfolgezeremonie aussah, doch war sie sich nun sicher, dass es Blut benötigte. Baria und Emil hatten ihr nie davon erzählt.

Ein Mann streckte Sephers linken Arm nach vorn, der verbissen seine Hand in eine Faust ballte. Es benötigte einen weiteren Mann, um die Finger so weit zu lockern, dass der Priester die Dolchkante an die Handfläche legen konnte. Sephers graue Augen waren auf Kalea gelegt, als der Dolch durch seine Haut schnitt und Blut zu Boden tropfte. Die Flammen wurden noch höher und tanzten in einem pulsierenden Rhythmus. Plötzlich wurde Kalea die Endgültigkeit dieses Momentes bewusst. Ihr Blick schnellte zu Vera, die das Ganze mit einem zufriedenen Lächeln beobachtete. Ihre roten Augen funkelten im Licht der Kerzen wie zwei Rubine. Kaleas Herz überschlug sich bei diesem Anblick. Das alles spielte Vera in die Karten. In einem Spiel, das nur sie kannte. Was brachte ihr diese Thronfolge? Eine Hand an ihrem Arm riss sie aus dem Strudel ihrer Gedanken. Langsam kam der Priester auf sie zu und nun schüttelte Kalea stumm den Kopf. Nein, sie wollte das nicht. Sie hatte sich dagegen entschieden und Sepher hatte es akzeptiert. Doch nun, ließ ihr Vera keine andere Wahl. Sephers Leben oder die Thronfolge. Tränen standen ihr in den Augen, als man ihre linke, geöffnete Hand vor den Priester hielt.

„Das Versprechen der vergangenen Herrscher soll auf dich übergehen", sagte er, legte die Klinge an und zog sie ihr schmerzhaft langsam durch ihre Haut. Kalea zischte. Mittlerweile waren die Flammen der Kerzen so groß, dass der gesamte Saal erhellt wurde. „Reicht euch nun die Hände."

Gezwungenermaßen stellten sie sich gegenüber und sahen sich erst einfach nur an. Grau blickte in Grau. Vera kam näher, als sie dem Befehl nachkamen. Interessiert blickte sie über die Schulter des Priesters, als

440

würde sie sichergehen wollen, dass sie sich auch wirklich berührten. Sobald sie Sephers blutende Hand in ihrer hielt, begann ihre Magie zu fließen. Die klaffende Wunde kribbelte, als sich ihr Blut miteinander vermischte. Sepher riss den Blickkontakt ab und starrte auf ihre verbundenen Hände.

„Ich spüre deine Magie", flüsterte er und sah sie mit weit aufgerissenen Augen an. Kalea sah ihn gequält lächelnd an. Obwohl Sepher ein Leerer war, meinte sie seinen Kern zu spüren. Es war anders als die Verbundenheit mit Faun. Wie sehr wünschte sie sich, dass der Halbelf hier bei ihr war.

Plötzlich standen Tränen in Sephers Augen und auch er lächelte sie gequält an. „Ich wünschte, dass wir das hier freiwillig machen würden. Dass wir die Schönheit dieses Momentes genießen könnten." Kalea hielt die Luft an, als auch ihre Augen mit den Tränen geflutet wurden. Sepher hatte sich das hier so sehr gewünscht und nun könnte selbst er es nicht genießen.

„Blut und Blut steht sich gegenüber", begann der Priester und ein Pochen ging von ihren verbundenen Händen aus durch ihren Körper. Auch Sepher schien es zu spüren und zu ihr. Kalea schluckte. In den Augen des Kronprinzen von Baistar tobte ein wilder Sturm. Und nach seinem Gesichtsausdruck zu urteilen, sah sie nicht anders aus. Einmal mehr fragte sie sich, wie es sein konnte, dass Sepher als Kronprinz Baistars keine Magie besaß. Was war mit diesem Versprechen, das laut des Priesters durch sein Blut floss? Enthielt dieses keine Magie?

„Nimmst du, Sepher Dane Lomaret, dieses Blut als Mitglied deiner Thronfolge an?" Sepher schwieg.

441

„Sprich!", unterbrach Vera die Stille, sodass beide Lomarets gleichermaßen zusammenzuckten. Verängstigt nickte Kalea dem Prinzen zu, um ihm zu sagen, dass es in Ordnung war.

„Ja. Ich, Sepher Dane Lomaret, zukünftiger König von Baistar, nehme dieses Blut als Mitglied meiner Thronfolger an." Kalea meinte in seinen Augen sowas wie einen Blitz zu sehen, ehe ein grauer Schimmer aus ihren Handflächen heraustrat. Der Priester nickte zufrieden und wandte sich dann Kalea zu.

„Nimmst du, Kalea Lomaret, die Thronfolge an? Und versprichst du dein Reich mit deinem Leben und deiner Magie zu beschützen?" Das war der Moment. Und Kalea war froh, dass die Worte des Priesters so formuliert waren. Denn dieses Versprechen konnte sie ablegen. Natürlich würde sie das, aber auch ohne die Thronfolge. Sepher starrte sie mit zusammengepressten Lippen an. Kurz schloss sie ihre Augen und warf all die Gründe, weswegen sie zuvor die Thronfolge abgelehnt hatte, über Bord. Nun zählte nur Sepher Hand in ihrer und Veras stechender Blick in ihrem Gesicht.

„Ja. Ich, Kalea Lomaret, nehme die Thronfolge an und verspreche mein Reich mit meinem Leben und meiner Magie zu beschützen", wiederholte sie die Worte mit überraschend fester Stimme, obwohl ihr dabei eine Träne die Wange hinunterlief.

„Dann ist es offiziell", sagte der Priester und hielt seine Hand über ihre. Der graue Schimmer wurde deutlicher und größer. „Kalea Lomaret ist ein rechtmäßiges Mitglied der Thronfolge von Sepher Dane Lomaret. Möge die Götter gnädig mit Ihnen sein."

Nach seinem letzten Wort explodierte der graue Schimmer und hüllte sie und Sepher in eine flackernde Kugel. Kalea riss die Augen auf und Sepher sah sie verständnisvoll an. Tausende flüsternde Stimmen wiederholten immer und immer wieder dasselbe Wort: „Willkommen." Instinktiv wusste sie, dass dies die Stimmen der verstorbenen Herrscher waren. Im nächsten Moment löste sich die flackernde Kugel auf und die Flammen der Kerzen waren wieder auf ihre normale Größe geschrumpft. Mit einem lauten Knall schloss der Priester das kleine Buch und wandte sich zu Vera um.

„Es ist erledigt", sagte er verbeugend. Kalea und Sepher lösten ihre Hände voneinander und starrten auf die geheilte Haut.

Nur noch das getrocknete Blut und das Echo des Flüsterns, bewies ihr, dass das Ganze wirklich geschehen war.

Sie war nun wahrhaftig die Thronfolgerin von Baistar.

KAPITEL 67

FAUN

Mit einem zufriedenen Gesicht schlenderte er in der Nacht mit seinen liebsten Männern durch die Straßen von Viredis. Sie waren definitiv alle zu betrunken, aber viel zu glücklich, um sich darüber Gedanken zu machen. Wie gewohnt waren sie die letzten in der Kneipe gewesen und wurden von dem Besitzer nach Hause geschickt. Egal, wie sehr sie versuchten, diesen zu einer letzten Runde zu überreden, endete es am Schluss mit der geschlossenen Tür vor ihren Gesichtern. Sein Bruder schlenderte neben ihm und hatte seine Hände in seiner Jackentasche vergraben. Amrin und Henri liefen Arm in Arm vor ihnen und versuchten, im Gleichschritt zulaufen. Immer dann, wenn sie vor den Fuß des anderen traten, kicherten sie vor sich hin. Als Amrin seinem Freund gegen die Schulter schlug und sich lautstark darüber beschwerte, dass Henri ihm mit Absicht auf den Fuß getreten war, lief der Beschuldigte auf den Halbelfen zu.

„Faun, hilf mir!", lachte er und benutzte ihn als Schutzschild. Amrin versuchte, um ihn herumzugreifen. Bo war keinerlei Hilfe, während

Faun zwischen den beiden zerquetscht wurde. Sein Bruder lachte nur und schlenderte ungestört weiter.

„Henri, lass mich los. Wenn du ihm auf den Fuß getreten bist, müsst ihr das unter euch klären", meinte er und versuchte den Griff des jungen Mannes an seinem Hemd zu lösen.

„Du bist mein bester Freund!", meckerte Henri. „Du musst auf meiner Seite sein!"

Faun lachte laut. „Ich muss gar nichts", sagte er und löste sich endlich aus seinem Griff. „Außerdem mag ich Amrin lieber." Gespielt verletzt taumelte Henri einige Schritte zur Seite, während der junge Gelehrte Faun zufrieden anstrahlte. Der Halbelf sah ihnen nur kopfschüttelnd hinterher, als sie sich gegenseitig die Straßen entlang jagten.

„Das steht dir", brummte Bo neben ihm.

Fragend sah er zu ihm. „Was?"

„Na, dieses Ding in deinem Gesicht. Ich glaube, man nennt das Lächeln oder glücklich sein."

Faun schlug ihm hart gegen den Oberarm. Lachend rieb er sich die Stelle.

„Halt die Klappe", sagte er und schüttelte den Kopf. Doch er hatte recht. Faun war glücklich. Etwas, was er nach den vergangenen Monaten nicht gedacht hätte, noch mal zu spüren. Sorgenlos durch Viredis zu spazieren und die Gesellschaft seiner Liebsten zu genießen.

„Ich freue mich für dich", meinte Bo und redete dann bei seinem fragenden Blick weiter. „Das mit Kalea. Ihr tut euch gut, das sieht man."

Bevor er ihm danken konnte, hörten sie Schritte auf sie zu rennen. Aurums blondes Haar erkannte er schon mehrere Meter entfernt.

„Wenn das nicht meine Herzensdame ist", sagte sein Bruder schmachtend und joggte ihr entgegen. Aber Faun stoppte ihn, denn er sah den panischen Blick der Frau und dass sie einen schwarzen Brief in der Hand hielt.

Das konnte nichts Gutes bedeuten.

„Was könnte sie von Kalea wollen?", fragte Esmal an Faun gerichtet, als Amrin mit Jarrel hereinkam. Mittlerweile waren sie mal wieder mitten in der Nacht im Beratungszimmer des Ältesten. Auf dem Tisch zwischen ihnen lag der Brief von Vera. Fauns ganzer Körper war in Rage.

„Ich weiß es nicht", antwortete er ihm wahrheitsgemäß. „Sie hat mir gegenüber noch nie Interesse an Kalea gezeigt. Sie ist nur von der Tatsache begeistert, dass sie die Macht von Baistar in sich trägt, aber mehr auch nicht."

„Was könnte es ihr bringen, wenn Kalea bei ihr ist?", fragte Aurum in die Runde und reichte Jarrel den Brief. Er wurde vorher von dem Gelehrten über die Situation aufgeklärt. Seine Augen huschten über die Zeilen und Faun sah, wie sich seine Finger um das Stück Papier verkrampften.

„Vielleicht will sie, dass Faun kommt und sie rettet. Seph könnte nur das Lockmittel für Kalea gewesen sein und sie nun für dich. Sepher könnte längst tot sein", warf Amrin in den Raum und ging ein Schritt zur Seite, als der Leibwächter ihn böse anfunkelte. „Ich meine nur, dass das der wahrscheinlichste Grund sein könnte. Obwohl sie dann Kalea auch direkt entführen könnte."

„Und dann? Denkt sie, dass Faun einfach dableiben würde?", merkte Bo skeptisch an und strich seiner Freundin über die Schultern. „Das scheint mir etwas zu vage. Weiß sie von eurer Beziehung?"

Faun grübelte. „Nicht wirklich. Sie weiß, dass ich meine Zwillingsseele getötet habe und deswegen meinen Namensfluch nicht brechen konnte. Aber ich weiß nicht, ob sie nach Kaleas Auftauchen eins und eins zusammengezählt hat", erklärte er der Runde. Er hatte Vera nie von Kalea erzählt oder dass seine Zwillingsseele, *die Eine* war.

„Bo hat recht. Das wäre nichts, was nach Vera klingt. Außerdem ergibt es keinen Sinn, dass sie Sepher entführt hat. Wäre ihr einziges Ziel, mich zu sich zu locken, hätten sie eher einen von euch entführt. Von euch weiß sie." Seine bunten Augen wanderten über die Gesichter seiner Freunde. Das hätte eher Sinn ergeben. Vera wusste von Bodan. Sie wusste, dass er für Faun, wie ein Bruder war. Und sie wusste von Amrin, Henri und Aurum. Bei ihnen hätte sie mit Sicherheit davon ausgehen können, dass Faun gekommen wäre. Aber Kalea? Vera wusste nicht, was er für sie empfand. Wusste nicht, *wer* Kalea für ihn war. Für Vera waren zwischenmenschliche Beziehungen sowieso ein Rätsel und verschwendete Zeit.

„Was könnte sie sonst von den beiden wollen?", fragte Aurum und strich sich gedankenverloren über den Bauch. Amrin starrte auf den Boden.

„Scheiße", fluchte Jarrel laut und ließ sich auf ein Sofa nieder, wo er dann sein Kopf in die Hände nahm.

Esmal räusperte sich. „Faun, wir wissen, dass du Aufträge für sie erledigt hast. Welche Art von Aufträgen waren das?"

„Ausspionieren, Botengänge und-" Er hielt kurz inne. „Morde." Bo blickte ihn emotionslos an.

„Wie den König von Solas?", hakte Esmal nach. Der Halbelf nickte stumm. „Wen noch?"

„Unbedeutende Leute. Betrunkene Adelige."

„Wen genau? Weißt du ihren Familiennamen?", fragte Amrin und verschränkte die Arme vor der Brust. Ein Finger tippte auf seinem Arm.

Faun überlegte und kratzte sich am Kopf. „Lowell, zwei Grimaldis, Fenlon und ich glaube Avenall."

Beim letzten Namen richtete sich Esmal auf. „Avenell?", korrigiert er ihn.

„Ja, Avenell." Der Älteste sah zu Amrin, dem dasselbe aufgefallen war. Sie schienen zu ignorieren, dass sonst niemand im Raum wusste, was dieser Name bedeutete.

Jarrel blickte auf. „Was?"

„Die Avenells sind Cousins der Königin", erklärte Esmal in Gedanken versunken.

Amrin griff sich ans Kinn. „Sie sind alle entfernte Verwandte der Königsfamilien in Caldo."

Aurum nickte zustimmend. „Du hast recht. Lowells sind mit der Königsfamilie in Hidrig verwandt. Die Grimaldis mit Solas und die Fenlons stammen von der Königsfamilie von Gaofar ab."

„Sie waren alle Thronfolger", stellte Jarrel klar und seine Augen weitete sich minimal. „Vielleicht nicht die direkten, aber sie waren es.

Das ist es, warum Sepher und Kalea bei ihr sind. Sepher ist der rechtmäßige Herrscher von Baistar und Kalea eine potenzielle Thronfolgerin." Stille breitete sich aus.

Henri, der die ganze Zeit still im Raum gesessen hatte, räusperte sich. „Aber sie will es nicht", stelle er klar und stand auf, als sie ihn ansahen. „Sie hat die Thronfolge abgelehnt."

„Vera könnte sie dazu zwingen", meinte Amrin und faltete seine Hände vor dem Mund, nachdem er sich neben Jarrel gesetzt hatte. Henris Blick verharrte auf ihnen.

„Ich verstehe das nicht", sagte Aurum aufgewühlt und verwüstete sich das blonde Haar. „Was sollte es Vera bringen, wenn sie Kalea dazu zwingen würde, die Thronfolge anzunehmen? Und was hat sie für ein Interesse an dem Tod der Thronfolger?"

„Ich verstehe es auch nicht", grübelte Faun und dachte an jeden Auftrag zurück. Vera hatte ihn beinahe beiläufig zu diesen Leuten geschickt, weswegen er sich keine Gedanken darum gemacht hatte. Leider hatte er nur sein Ziel vor Augen. Diesen bescheuerten Namensfluch zu brechen.

„Faun." Der Halbelf blickte zu seinem Bruder. „Vera hat dich dazu beauftragt, Thronfolger zu töten", sagte er ernst, woraufhin Faun nickte. „Ich weiß zwar nicht, warum sie das will, aber was ist, wenn sie Kalea tötet und nicht Sepher? Er ist zwar noch kein König, aber sie wäre eine Thronfolgerin." Faun erstarrte.

Jarrel lehnte sich auf dem Sofa zurück und seufzte.

„Du meinst, nachdem sie Kalea gezwungen hat, die Thronfolge anzunehmen, würde diese Verrückte sie töten?", schnaufte Henri ungläubig. „Was ergibt das bitte für einen Sinn?"

„Gar keinen", antwortete Faun und legte den Kopf erschöpft in den Nacken. Kalea war fast eine halbe Stunde bei Vera und sie verloren mit ihren Mutmaßungen kostbare Zeit. „Wir müssen nicht verstehen, was Veras Beweggründe sind. Sie führt Pläne aus, von denen wir nichts wissen. Aber was wir wissen, ist, dass Kalea und Sepher mit Sicherheit in Gefahr sind und wir handeln müssen!"

Der Leibwächter öffnete die Augen und sah Faun direkt an. „Dann lass uns anfangen."

Sie brauchten nicht lange, bis sie sich in Aurums Wohnstube trafen. Faun hatte noch etwas Wichtiges aus seinem Zimmer holen müssen. Die anderen ihre Schwerter. Aurum verteilte gerade ein paar Ausnüchterungstränke, damit sie voll bei der Sache waren, während sie sich zu sechst um den Tisch tummelten. Esmal hatte ihnen versprochen, Evalin Bescheid zu geben, die wahrscheinlich in ihren Gemächern schlief. Sie würde nicht mitgehen, aber so würde sie sich wenigstens keine Sorgen machen, falls sie am nächsten Morgen noch nicht zurück waren. Denn dazu tendierte ihre gemeinsame Freundin.

Faun war mit Adrenalin vollgepumpt. „Was ist der Plan?", fragte Jarrel und befestigte seinen Gürtel. Der Halbelf Griff in seine Hosentaschen. Danach ließ er Münzen klimpernd auf den Tisch fallen.

Amrin erkannte sie direkt und wandte sich wieder ab, um sich fertig anzuziehen.

Die anderen blickten sprachlos von den Münzen zu Faun und wieder zurück. „Du willst dir ihre Freiheit erkaufen?", fragte Henri verwirrt. Trotz der ernsten Situation schnaubten sie amüsiert.

„Diese Münzen sind etwas, an dem Amrin und ich gearbeitet haben. Sie beherbergen einen Hauch meiner Magie und bringen Personen zu mir." Staunen legte sich in die Gesichter seiner Freunde. „Wichtig ist, dass sie nur zwei Personen transportieren können. Und sie funktionieren leider nur bei der Person, der sie zugeordnet ist. Diese hier …" Er hielt die kleinste Münze hoch. „Ist Kaleas. Sie hat sie schon benutzt. Einer kann leider nicht mitkommen. Wir haben zu wenige, die mit Sicherheit funktionieren."

„Warum kannst du uns nicht alle zurückbringen, wie in Solas?", fragte der Leibwächter.

„Weil wir nicht zusammenbleiben werden", informierte der Halbelf sie. „Einige müssen in Veras Arbeitszimmer gehen, während ich Kalea und Sepher raushole und Vera ablenke."

Aurum legte den Kopf schief. „Warum in ihr Arbeitszimmer?"

Ihr Cousin trat neben sie und zog seine schwarzen Handschuhe zurecht. „Faun erinnert sich daran, dass sie dort alles aufbewahrt. Sie ist eine zwanghafte Person und schreibt alles auf. Wenn wir da nicht Hinweise auf ihren Plan finden, dann weiß ich auch nicht weiter. Esmal hat den Befehl gegeben, alles mitzubringen, was uns einen Hinweis auf Veras Plan geben könnte."

„Gut, ich gehe mit Faun", sagte Aurum, wurde aber von Bo zurückgehalten.

„Das wirst du nicht", rügte er sie. „Du bist diejenige, die hierbleibt. Einer muss sowieso hier bleiben."

Aurum sah ihn abschätzend an. „Denkst du wirklich, dass ich hierbleibe, wenn Kalea mal wieder irgendwo gefangen gehalten wird? Wir sind einmal zu spät gekommen. Das wird nicht wieder passieren." Wütend stemmte sie ihre Hände in die Hüfte.

„Wir kümmern uns darum", meinte Bo erneut und sah sie eindringlich an. „Du bleibst in Viredis."

„Wenn sie mitkommen will, sollte sie das", mischte sich Henri schulterzuckend ein. „Sie hat die wohl effektivste Magie von uns, neben Faun. Amrin ist wahrscheinlich der Einzige, der schnell weiß, was von den Notizen brauchbar ist und sollte auch mit. Einer von uns sollte hierbleiben", meinte er und zeigte auf sich und Jarrel. „Ich werde einfach zu einem Grashügel und der liebe Herr Leibwächter kann nur flüstern."

„Ey!"

„Nein, sie bleibt hier", herrschte Bo ihn an. Dann sah er warnend seine Freundin an, die ihn mit demselben Blick ansah. Dann sah Faun, wie der Blick seines Bruders sanfter wurde, beinahe bittend.

„Ich werde ni-"

„Sie ist schwanger", unterbrach er sie. Aurum sah ihn schockiert an. Amrin wirkte wenig überrascht. Er schien es schon zu wissen. Aber Faun hatte es nicht gewusst. Schockiert starrte er seinen Bruder an, der seinen Blick mied.

„Ich nehme meine Meinung zurück", murmelte Henri unterschwellig. In diesem Moment spürte er plötzlich ein spitzes

452

Gefühl in seinem Hinterkopf. Das Licht flackerte vor seinen Augen. Er zischte und verkrampfte seine rechte Hand. Das spitze Gefühl brachte seinen Herzschlag dazu, doppelt so schnell weiterzuschlagen. Kalea. Sie war verletzt. Er hob alarmiert seinen Blick von seiner Hand und traf Amrins besorgte Miene. Der junge Gelehrte hatte seine Reaktion gesehen und direkt verstanden.

Fauns Ader auf der Stirn pulsierte. Sie verloren Zeit. „Ihr bleibt beide hier", befahl er und brachte das streitende Paar zum Verstummen. „Wenn sie bleiben muss, weil sie schwanger ist, wirst du als der Vater ebenso hierbleiben." Die beiden schwiegen und warfen sich böse Blicke zu.

„Gut", begann der Halbelf wieder. „Ihr drei geht in das Arbeitszimmer und ich werde zu Sepher und Kalea gehen. Ich verschaffe euch einen Vorsprung und springe dann ins Krankenzimmer, damit ihr direkt dort landet. Bo und Aurum sagen den Heilern Bescheid." Die werdenden Eltern nickten verbissen.

„Woher wissen wir, wann du gesprungen bist?", wandte Jarrel ein, nachdem sie ihre Münzen auf sich geprägt hatten. Eine war auf den Leibwächter geprägt und die andere Münze auf Amrin. Henri, der mit einem der beiden springen musste, hatte schmunzelnd die Hand seines Freundes in seine genommen und ihm zugezwinkert.

Fauns Funken sprangen vor Adrenalin hin und her. Seine Gedanken kreisten um Kalea. Sein Inneres sehnte sich danach, sie sicher in seinen Armen zu wissen.

„Sie wird es wissen."

Auf Measin war es ruhig. Nur der Wind des Meeres ging durch ihre Haare. Faun hatte sie direkt vor den Hintereingang gebracht. Die zwei Wachen, die dort standen, hatten Jarrel und Henri schnell beseitigt. Niemand hatte mit der Wimper gezuckt, als sie ihre Schwerter geräuschlos durch die Körper gestoßen hatten. Mit ausdrucksloser Miene zogen die beiden ihre Schwerter aus den Leichen. Das war etwas, was Faun schon immer an Henri bewundert hatte. Trotz seines albernen Gemütes und seiner frechen Sprüche, konnte er, wenn es vonnöten war, jeden Witz vergessen. Seine Soldatenmasken, wie er sein ernstes Gesicht immer nannte, starrte Faun abwartend an.

„Habt ihr eure Münzen?", fragte er noch mal nach und ließ sie sich von Jarrel und Amrin zeigen. Danach steckten beide ihre Münze in ihre Jackeninnentasche. Kaleas Münze lag in seiner Hand. „Ich zeige euch den Weg zum Arbeitszimmer", flüsterte er und führte sie in die spärlich beleuchtenden Tunnel hinein. Als sie zehn Meter gelaufen waren, blieb er stehen. Das fehlte ihnen noch.

„Was ist los?", murmelte Amrin und hob sein Schwert erwartungsvoll hoch.

Vor ihnen lag eine Grenze. Eine Linie, die magische Dinge unwirksam werden ließ. Er wusste es, weil er spürte, wie der Kristall in seinen Ringen die Wirkung verlor. Er spürte, wie seine Macht nicht mehr unterdrückt wurde und langsam nach außen drang.

Er zog die Augenbrauen zusammen. „Hier ist eine Grenze."

„Was bedeutet das für uns?", fragte Henri und spähte an ihm vorbei.

Seufzend nahm er Amrins Schwertscheide und legte sie auf die Linie. „Das bedeutet, dass ihr diese Markierung passieren müsst, bevor die Münzen funktionieren. Sie hat sie bestimmt gezogen, nachdem Kalea mit der Kette hier war."

„Okay, das schaffen wir schon", flüsterte Henri aufmunternd. Dann führte Faun sie weiter und zeigte ihnen die Gabelung.

„Die beiden werden von der Richtung kommen." Er zeigte auf den rechten Gang. „Ihr müsst den Linken nehmen. Am Ende des Ganges kommt noch eine Gabelung. Nehmt dann die Linke und dann müsste euch eine hohe schwarze Tür auffallen. Sie ist zwar nicht verschlossen, aber ihr müsst trotzdem aufpassen. Vera ist sehr hinterhältig."

„Keine Sorge", sagte Amrin lächelnd und kam rasch auf ihn zu. Faun umschlang ihn kurz mit seinem schwertfreien Arm. Er roch nach Pergament und Tinte. Jarrel nickte ihm zu, was Faun erwiderte. Insgeheim war er froh, dass der Leibwächter mit den beiden gehen würde. Ein weiteres Schwert würde nicht schaden. Nie wollte er, dass sie auf dieser verfluchten Insel waren, und nun hatte er sie selbst hierher gebracht.

„Wir sehen uns", sagte Henri und wollte nur mit ihm einschlagen. Doch ein mulmiges Gefühl war in Fauns Körper ausgebrochen, seitdem sie auf Measin gelandet waren, weswegen er seinen besten Freund an seinem Arm ebenfalls in eine Umarmung zog.

„Passt auf. Wenn ihr nichts findet, dann kommt mit leeren Händen zurück", sagte er eindringlich und hielt Henris Kopf mit einer Hand in seine Richtung gedreht.

Der Blondhaarige nickte und folgte dann den anderen beiden. Faun sah ihnen noch einmal nach. Dann konzentrierte er sich auf den Thronsaal und verschwand im nächsten Raumsprung.

KAPITEL 68

KALEA

Sepher lag neben ihr auf dem kalten Steinboden. Besorgt fuhr sie ihm durchs helle Haar. Sein Kopf ruhte in ihrem Schoß. Nachdem die Zeremonie vorbei gewesen war, hatte Vera die beiden in eine Ecke geschickt, wo Sepher zusammengebrochen war. Danach murmelte diese Verrückte etwas vor sich hin, ehe sie zu ihren Anhängern verschwand und mit dem Priester flüsterte. Evalin hockte am anderen Ende des Saales und starrte schluchzend zu ihnen herüber. Es fiel ihr schwer, wirklich Mitleid für sie zu empfinden.

Sie hatte sie alle verraten.

Sollte sie doch weinen.

Um wen sich Kalea sorgte, war Sepher. Ihr war bewusst, dass er etwas für ihre Freundin empfand. Herauszufinden, dass sie nur so getan hatte, musste ihn unglaublich verletzen. Besorgt sah sie zu ihm hinunter und strich ihm wieder durchs Haar. Er schlief nicht. Sein leerer Blick war auf Kaleas Bauch gerichtet. Seine Hand lag an ihrem Rücken. Als wäre sie der letzte Halt, den er noch hatte. Giftig sah sie zum Thron hinüber. Vera redete noch immer mit dem Priester. Er war ein alter, hässlicher Mann, der seiner Herrin mit jedem Wort tiefer ins Gesäß krabbelte. Doch schien er unter ihrem Blick immer kleiner zu werden. Kalea hörte nicht richtig, was die beiden sagten, doch Vera schien aufgebracht.

„Zwei Zeremonien wären zu viel für ihn. Ihr habt ihn schon stark geschwächt", hörte sie plötzlich die Stimme des Priesters klarer und lauter sagen. Eine zweite Zeremonie? Was hatte Vera nur vor? Beschützend verstärkte sie ihren Griff, um Sepher Rücken. Der alte Mann hatte recht, der Prinz war komplett ausgelaugt. Schnaubend wirbelte Vera herum, setzte sich auf ihren Thron und blickte im Saal umher.

„Du", sie zeigte auf Evalin. „Geh mir aus den Augen."

Die Köchin zögerte, blickte kurz zu ihnen und verschwand dann in den Tunneln. Sie schien sich hier bestens auszukennen und Kalea atmete zittrig bei dem Gedanken aus.

„Können wir jetzt gehen?", rief sie der Frau zu. Woher sie den Mut nahm, wusste sie nicht. Doch sie spürte, wie erschöpft auch sie war. Veras starrte sie an.

„Noch nicht. Wir haben noch etwas vor", säuselte sie und begutachtete gelangweilt ihre Nägel. Dann sah sie kurz zur Decke und hielt den Atem an. „Und ich denke, dass wir einen Ehrengast bekommen."

Eine Erschütterung durchfuhr den Saal.

Bevor er durch die Tür kam, zeigte ihre Verbindung ihr, wo er war. Als die Holztür aufschlug, setzte sich Sepher erschrocken auf. Unterstützend hielt sie ihn an den Schultern und blickte zu Faun. Ihre

Verbindung summte und Kalea musste all ihre Selbstbeherrschung daransetzen, nicht in seine Arme zu rennen.

Er war da. Mal wieder musste er ihr zu Hilfe eilen. Ihre Augen brannten.

„Vera!", brüllte Faun erzürnt. Sie bemerkte direkt, dass er die Ringe abgezogen hatte, die Teile des Kristalls in sich trugen. Seine Macht strahlte von ihm ab und legte sich wellenartig auf ihre Haut. Sie fragte sich, ob jeder Fauns Magie so intensiv wahrnahm, wie sie. Oder ob es an dem Bund ihrer Zwillingsseelen lag, dass sich eine Gänsehaut auf ihrem Körper ausbreitete. Seine Augen sprühten vor Zorn.

„Hallo, Einar", begrüßte Vera ihn ruhig und stand vom Thron auf. „Wie schön, dass du wieder gekommen bist. Wir haben dich schon vermisst." Dabei zeigte sie auf die beiden. Vera muss damit gerechnet haben, dass Faun kommen würde. Sobald sich ihre Blicke trafen, fühlte sie sich besser. Sie spürte, wie sie sich durch die Zwillingsseelen auflud. Dann wandte er sich wieder der hochgewachsenen Frau zu.

„Nenn mich nicht so", knurrte er.

„Es ist dein Name. Ob du willst oder nicht", erwiderte sie kühn und kam die Treppe herab. Der Priester zitterte neben dem Thron und versteckte sich hinter den großen Hunden. Faun kniff die Lippen zusammen. Am liebsten hätte Kalea ihr ins Gesicht gebrüllt, dass es nicht mehr Fauns Name war. Doch dieser musste einen guten Grund haben, diese Tatsache nicht einfach so zu offenbaren. Also hielt sie den Mund.

„Was soll das hier? Wolltest du mich zu dir locken?", fragte Faun und ging im großen Bogen um sie herum, um näher zu Kalea und Sepher zu kommen.

„Es dreht sich nicht alles um dich, Einar."

„Das endet hier, Vera", meinte er und richtete sich vor den beiden auf. „Wir gehen."

Die große Frau legte den Kopf schief und lächelte diabolisch. „Ich denke nicht."

Eine Kraftwelle schob sie und Sepher gegen die Wand zurück. Stöhnend knallte sie an die Steinwand neben einem Tunnel. Vor ihnen war ein Kampf ausgebrochen. Sie sah, wie Faun Vera mit einer Hand abwehrte und zwischenzeitlich angriff. Nebelschwaden traten aus seinen Händen und schwammen zu ihr hinüber. Vera hatte beide Arme von sich gestreckt und lachte laut. Die riesigen, schwarzen Hunde bellten. Wind ließ Kaleas Haare aufflattern. Fauns Magie war so hell, dass sie geblendet wurde. Sepher hielt sich den Arm vor die Augen. Kalea versuchte etwas zu erkennen, bis sie etwas klimpern hörte. Erstaunt sah sie auf die Münze vor ihren Füßen. Der Halbelf stand mit dem Rücken zu ihnen. Sein Mantel flatterte hinter ihm. Eine Kraftwelle ließ ihn nach hinten taumeln, was er geradeso abfangen konnte. Für einen besseren Halt stellte er sich in eine große Schrittposition. Dann stemmte er die Hände vor sich und es schien, als würde er eine unsichtbare Wand von sich wegdrücken.

„Ist das alles? Ich bin enttäuscht, Einar", rief Vera über den Lärm des Kampfes hinweg.

Sie wollte ihm helfen, doch sie wusste nicht wie. Kalea kannte das Ausmaß von Veras Kräften nicht. Der Wind im Saal wurde immer stärker und Fauns schwarzer Nebel wuchs und wuchs über sie alle hinaus. Eine der Fackeln fiel um und steckte einen Vorhang in Flammen. Bilder und Gläser zersprangen. Veras Anhänger schrien und versuchten sich teilweise zu ihrer Anführerin durchzukämpfen. Vergeblich. Plötzlich spürte Kalea einen eiskalten Hauch an ihrer Ohrmuschel und so wie Sepher neben ihr erstarrte, spürte er dasselbe.

„Nehmt die Münze. Rennt den Tunnel entlang, bis ihr uns in ein paar Minuten trefft. Faun wird dann nach Viredis springen", hörten sie plötzlich Jarrels Windflüstern an ihrem Ohr.

Faun sah nur kurz zurück, fing ihren Blick auf und schrie: „Rennt!"

In der nächsten Sekunde schnappte sich Kalea die kleine Münze und zog Sepher hinter sich her in den dunklen Tunnel.

KAPITEL 69

AMRIN

Wenige Minuten zuvor

Die Luft im Tunnel war schwül. Viel zu schwül. Amrin spürte das klebende Gefühl an seinem Rücken und wusste, dass es durch ihr Rennen nur noch schlimmer werden würde. Mit erhobenem Schwert rannte er voraus und versuchte seine Schritte so leise wie möglich abzufedern. Doch machte ihnen das Echo des Tunnels meistens einen Strich durch die Rechnung. Gerade kamen sie an die zweite Gabelung an, als Jarrel ihn an seinem Kragen nach hinten zog. Der Stoff schnitt ihm in den Hals. Im gleichen Wimpernschlag sauste eine Axt an seinem Gesicht vorbei. Dann trat der Leibwächter an ihm vorbei und bekämpfte den Mann, den Amrin nicht gesehen hatte. Henri stabilisierte seinen Fall und zog ihn direkt gegen seine Brust.

„Hat er dich erwischt?", fragte er alarmiert und musterte rasch seinen gesamten Körper. Außer Puste schüttelte er den Kopf und stoppte Henris Hände, die ihn nach Verletzungen absuchten. Er sah zu Jarrel, als dieser den Angreifer überwältigte und vom Boden aufstand.

„Los, weiter!", sagte er und ging den richtigen Pfad entlang. Ohne ein weiteres Wort folgten sie ihm. Henri verschränkte ihre Finger miteinander und zog ihn hinter sich her. Bestärkt umklammerte er die warme Hand. Zum Glück liefen sie keinem weiteren Anhänger von Vera über den Weg. Die hohe, schwarze Tür war unbewacht. Sie war fast so hoch wie die Tür der Schlossbibliothek. Im Augenwinkel sah er, wie Jarrel den Türgriff drehen wollte.

„Warte!", hielt er ihn rechtzeitig auf, sodass der Leibwächter in der Position verharrte. Schnell zog der junge Gelehrte einen kleinen Beutel aus seiner Jackentasche. Dieser war mit einem grünen Pulver gefüllt, welches Magie und Flüche offenbarte. Rasch verteilte er es an der Tür und atmete dann erleichtert aus, als es keine Reaktion zeigte. Danach nickte er ihm zu, sodass sie die Tür öffneten.

Das Arbeitszimmer war kleiner als von außen vermutet. Außer ein paar hohen Regalen, einem Schreibtisch und einem Stuhl war nichts in dem dunklen Raum. In einer Ecke lag ein roter Kristall, der Licht ausstrahlte und als einzige Lichtquelle diente. Als er Henris neugierigen Blick sah, hielt er ihn am Arm fest.

„Wag es ja nicht, den Kristall anzufassen", mahnte er ihn. Henri grinste schief und stahl sich dann einen kurzen Kuss. Seine weichen Lippen hinterließen ein Kribbeln auf seinem Mund.

„Ja, ja."

Zügig bewegten sich die beiden anderen auf das Regal zu, während Amrin vorsichtig Veras Schreibtisch inspizierte. Faun hatte sie gewarnt, dass Vera einige Tricks auf Lager hatte.

„Amrin, hast du noch was von dem Pulver?", fragte Jarrel hinter ihm und nahm dann den kleinen Beutel entgegen. Er blickte kurz zurück und sah, wie der Leibwächter das Pulver verteilte und erst dann mit Henri zusammen die Bücher anpackte. Zufrieden wandte er sich ab. Er selbst hatte zuvor über die offenen Papiere das Pulver gestreut und erfreut festgestellt, dass keines die Reaktion auslöste. Dann herrschte konzentrierte, aber gehetzte Stille. Amrin schloss kurz die Augen, ließ seinen Nacken knacken und schüttelte seine Finger. Das hier war sein Gebiet. Niemand konnte so schnell wie er Informationen filtern. Dann öffnete er die Augen und begann systematisch den Schreibtisch abzuarbeiten. Von links nach rechts. Dann die Schubladen. Alles Unwichtige wurde auf den Tisch zurückgelegt und alles, was eventuell relevant war, steckte er in seine Jackentasche. In einer Minute hatte er fünf Dokumente durchgearbeitet. Dabei sprang er von den Überschriften zu den Nomen der Sätze und dann zum nächsten Absatz. Aurum hatte einmal zu ihm gesagt, dass seine Gabe, Informationen zu verarbeiten, zu filtern und zu verinnerlichen, seine Magie war. Er erinnerte sich gerne daran, wie sehr seine Brust vor Stolz in diesem Moment angeschwollen war. Danach hatte er seine Lesegeschwindigkeit noch mehr erhöht.

„Rituale vergessener Zeit von F.A. Bless?", rief Henri ihm zu. Amrin schüttelte schnell den Kopf.

„Haben wir", sagte er knapp und schnappte sich zeitgleich das nächste Dokument.

Jarrel ließ zwei Bücher zu Boden fallen und entschuldigte sich rasch. „Was ist mit Imisetischer Kunst?"

„Unwichtig."

„Sagen und Mythen Caldos?", fragte Henri.

Amrin stoppte kurz beim Lesen. „Von wem?"

„Benedikt Ross."

Dann las er weiter. „Haben wir."

Nach zwei weiteren Minuten war er mit der Oberfläche des Schreibtisches fertig. Sein Puls schlug unangenehm stark in seinem Hals. Doch er durfte seine Gedanken nicht abschweifen lassen. Nicht an Kalea, Sepher oder Faun. Ausatmend drehte er sich zu den anderen beiden um. Schlauerweise hatte sie an gegenüberliegenden Enden mit dem Regal angefangen. Konzentriert ging der junge Gelehrte einen Schritt auf das Regal zu und legte den Kopf zur Seite. Er musste es Vera zugutehalten, dass all ihre Buchrücken in einer Richtung standen. Seine Augen sprangen über die fehlenden Reihen und lasen jeden Titel und jeden Autor.

„Henri, in der dritten Reihe von rechts, das sechste Buch. Pack es in den Rucksack." Sein Freund reagierte sofort und suchte nach dem genannten Buch. „Der Rest ist im mittleren Regal unwichtig." Amrin spürte Jarrels überraschten Blick, doch er drehte sich wieder zu seiner Arbeit um. Dann zückte er einen kleinen Dolch und machte sich an dem Schloss der Schublade zu schaffen, die als einzige verschlossen war. Er musste keine Zeit mit den unverschlossenen verschwenden. Faun hatte ihm mit zwölf Jahren gezeigt, wie er mit der kleinen Spitze jedes Schloss aufbekam. Als es klickte und aufsprang, sah er ein vergilbtes Pergament. Direkt erkannte er die imisetische Schrift. Oft genug hatte er Faun in dieser herum krickeln gesehen. Das war, wonach sie suchten. Das war zu hundert Prozent die Antwort auf ihre Fragen.

„Jar", sagte er, ohne nach hinten zu blicken. „Sag ihnen Bescheid."

„Nehmt die Münze. Rennt den Tunnel entlang, bis ihr uns in ein paar Minuten trefft. Faun wird dann nach Viredis springen", hörte er ihn durch den Wind flüstern. Dann lehnte er sich zielstrebig vor und griff nach dem Pergament. In dem Moment, in dem seine behandschuhten Finger das Papier berührten, hörte er Henri hinter sich schreien.

„Amrin, nicht!" Keine Sekunde später spürte er eine tödliche Hitze von seinen Fingerspitzen aus durch seinen gesamten Körper schießen. Henri schubste ihn von der Schublade weg, doch krallten seine Finger noch immer um das Pergament. Jarrel kam neben ihnen auf die Knie, und riss ihm das verfluchte Ding aus den Händen. Anscheinend löste der Fluch nur einmal aus, denn Jarrel zuckte dabei mit keiner Wimper. Neben ihm kam der Beutel zu Boden, wodurch sich das grüne Pulver verteilte. Ein Hauch davon landete auf dem Pergament. Das Pulver reagierte und begann zu glühen.

„Scheiße, scheiße, scheiße", hörte er Henri an seinem Ohr sagen. Irgendjemand schrie. Amrin wollte sich zu Jarrel umdrehen. Wenn er so schrie, würden sie entdeckt werden. Doch als sich Amrin zu dem Leibwächter wandte, sah er, dass dieser ihn mit weit aufgerissenen Augen ansah. Nicht Jarrel schrie.

Nein. Es war Amrin. Für einen Moment hatte der Schmerz ihn so sehr aus der Bahn gerissen, dass er vergessen hatte, dass er ihn spürte. Doch jetzt spürte er ihn umso intensiver. Die gedämpften Geräusche –

er hatte nicht mal bemerkt, dass sein Blut so laut in seinen Ohren rauschte – lichteten sich und die panischen Stimmen der beiden Männer kamen zu ihm durch.

„Was ist passiert?"

Amrin weinte. „Es tut weh. Es tut weh."

„Was tut dir weh?", fragte Henri voller Panik und obwohl er sein Gesicht nicht sah, war sich Amrin sicher, dass er kurz davor war zu weinen.

„Mein Rücken", stammelte Amrin zwischen schmerzerfüllten Schreien. Jarrel versuchte ihn zu beruhigen. Er war zu laut, das wusste er selbst. Aber er konnte es nicht unterdrücken. Es fühlte sich so an, als würde ihm jemand mit einem Messer erneut den Rücken aufkratzen.

„Henri, halt seinen Mund zu", befahl Jarrel.

„Was? Wieso?", hörte er die fragende Stimme seines Freundes, spürte aber im nächsten Moment die warme Hand an seinen Lippen.

„Ich muss ihm die Jacke und das Hemd ausziehen. Es läuft Blut an seinem Rücken runter." Der Leibwächter war beim Erklären kreidebleich geworden. Zu dritt saßen sie auf dem Boden von Veras Arbeitszimmer und versuchten Amrin aus seinen Klamotten zu befreien. Henri hielt ihn fest im Griff und hielt ihm den Mund zu. Aber selbst die erstickten Schreie, ließen die beiden anderen die Augen immer wieder zukneifen.

„Es tut mir so leid", sagte Jarrel, wie in einem Mantra. Amrin wusste, dass er so sorgsam wie möglich vorging. Doch klebte sein Hemd in den offenen Wunden seines Rückens. Der einzige Lichtblick in Amrins persönlichen Hölle war Henri, dessen Gesicht an seinen Kopf gepresst war und sein Haar immer wieder küsste.

„Du bist okay. Ich habe dich", flüsterte er. Als der Braunhaarige endlich fertig war, zog er scharf die Luft ein. Er musste Amrin nicht sagen, was auf seinem Rücken war. Er war nicht umsonst der jüngste fertig ausgebildete Gelehrte. Amrin war schlau. Er sah die Asche des verbannten Pergaments vor sich auf dem Boden und er hatte die Risse in seinem Rücken gespürt.

„Es steht alles auf ihm", murmelte Jarrel trotzdem und Amrin kniff die Augen zusammen. Er spürte, wie das letzte Wort geschrieben wurde und wie dann endlich der Schmerz abebbte. Sein kompletter Rücken pochte, doch das brennende Ritzen hatte aufgehört. Und ohne Jarrel und Henri, die ihn auf die Beine hochhievten, wäre er wahrscheinlich mitten in Veras Arbeitszimmer zusammengebrochen. Sie hätten den Dieb gefunden. Doch die beiden ignorierten Amrins schmerzerfüllten Geräusche und zogen ihn in die Richtung der Tür.

„Der Rucksack", stammelte er und blickte auf den mit Büchern gefüllten Beutel zu ihren Füßen. Jarrel fluchte, sah Amrin besorgt an und zog schnell seine Jacke aus, um den nackten Oberkörper des Jüngsten zu bedecken. Dann schnappte er sich den Rucksack und stütze ihn, während Henri mit zwei Schwertern vorausging, um den Weg freizumachen. Im Flur hörten sie, dass Chaos ausgebrochen war. Faun war wohl im Thronsaal angekommen und Kalea müsste schon auf dem Weg sein. Mit letzter Kraft rannte er humpelnd an Jarrels Seite Henris Gestalt hinterher. Hinter ihnen hörten sie nur, wie die Tür des Arbeitszimmers zuknallte. Ohne einen Gedanken daran zu verschwenden, ließen sie das verkohlte Stück Pergament, Veras Bücher und Notizen, sowie Jarrels Schwert zurück. Vera würde sowieso wissen, wer in ihrem Arbeitszimmer gewesen war. Da konnte es ihnen egal sein, dass sie Beweise zurückließen.

Auch Amrins Jacke.

KAPITEL 70

KALEA

Ihre Schritte hallten in den Gängen wider. Ihre Atmung ging flach. Ihr Herz hämmerte so laut, dass sie kaum etwas Anderes wahrnahm. In ihrer Hand spürte sie Sephers Arm, den sie mit aller Kraft umklammerte. Er war stark verletzt und konnte nur durch ein Wunder hinter ihr herrennen. Hinter ihnen hörten sie noch immer den Kampf zwischen Vera und Faun. Am liebsten hätte sie umgedreht, doch wäre sie ihm nur im Weg. Die Münze in ihrer Hand wurde warm. Sie mussten weiter rennen. Sie kannte ihre Freunde gut genug, um zu wissen, dass es einen Plan geben musste. Irgendwo war Jarrel mit den anderen und würde ihr mit Sepher helfen können.

Von hinten kam der Rauch des Feuers immer näher. Er stach in ihrer Lunge und erschwerte ihr das Atmen. Sepher hustete und stolperte fast. Von der Seite hörten sie mehrere Schritte. Instinktiv presste sie sich mit ihm gegen die Wand. Ihre Magie kitzelte in ihren Fingern. Sie waren kurz davor zu entkommen und unbewaffnet. Obwohl sich ihr Inneres dagegen stemmte, einen Menschen mit ihrer Magie zu grillen, würde sie es, wenn nötig, tun. Die Sirenen, die ekligen Kreaturen, waren was anderes gewesen. Sie hielt die Luft an und bereitete sich darauf vor, ihre Hände nach der Person auszustrecken.

Das Nötige zu tun.

„Schneller!", erkannte sie plötzlich Henris Stimme. Erleichterung überflutete sie. Geschwind ging sie um die Ecke, und sah auch schon Henris kurz geschorenes Haar. Mit zwei Schwertern in den Händen steuerte er genau auf sie zu.

„Henri", sagte sie laut und stoppte die drei Männer direkt vor ihnen.

„Kalea!" Sofort nahm er sie in den Arm. Hinter ihm sah sie Amrin an Jarrel gelehnt.

„Was ist mit ihm?", fragte sie besorgt. Der junge Gelehrte verzog vor Schmerzen das Gesicht und sah nur kurz zu ihr hinüber. Seine Haut war von Schweiß benässt.

„Wir haben ihre Aufzeichnungen gefunden, aber es war eine Falle", erklärte Jarrel knapp und übergab Henri seinen Freund. Dann ging er schnell auf Sepher zu und betrachtete seine Wunden. Der Prinz ließ die Prozedur über sich ergehen, denn er war sichtlich froh darüber, seinen besten Freund zu sehen. „Wir haben trotzdem ihren Plan. Wäre Amrin allein drin gewesen, wäre er bestimmt gestorben."

Kalea nickte, obwohl sie nicht wusste, wovon sie sprachen. Aber das war in diesem Moment egal. Wenn sie zurück in Viredis waren, würden sie genug Zeit haben, um alles zu erklären.

„Hat Faun dir die Münze gegeben?", fragte Henri und hielt den Jüngsten dicht an seiner Seite. Demonstrativ hielt sie die kleine Münze hoch.

„Also los", meinte Jarrel und drängte alle weiterzugehen. Er stellte sich hinter Henri, dem er die Schwerter abnahm und dann das Schlusslicht bildete. Kalea und Sepher liefen voraus.

„Halt uns ja den Rücken frei", hörte sie Henri hinter sich nervös zu Jarrel sagen. Er versuchte die Situation zu lockern. Kalea war nicht zum Lachen zumute, doch hörte sie Jarrels amüsiertes Schnauben.

„Ich lass nicht zu, dass euch was geschieht", erwiderte der Leibwächter. Ein Ziehen in ihrem Inneren und die leichten Kopfschmerzen sagten ihr, dass Faun gesprungen war. Die Entfernung zu ihm war größer geworden, sonst hätte sie es nicht gespürt. Vor ihnen sahen sie schon den Ausgang und die Schwertscheide, welche die Grenze markierte, von der ihr die anderen erzählt hatten. Hinter ihnen bellten Veras Hunde. Das Geräusch hallte durch die Tunnel.

„Beeilung!", rief sie nach hinten. „Faun ist jetzt in Viredis!" Angestrengt liefen sie die wenigen Meter weiter und passierten gerade die Grenze. Da hörten sie unmenschliches Schreien.

„War das …" Jarrel stoppte und sah verstört in die Dunkelheit zurück.

„Ja, das war sie", sagte Kalea schluckend. „Wir haben keine Zeit. Holt eure Münzen raus." Sie kamen gerade aus den Tunneln heraus und stellten sich in einen Kreis. Ihr Herzschlag verlangsamte sich, als sie den panischen Blick von Henri sah.

„Was ist los?"

„Armins Jacke", stammelte er und wurde bleich. Seine Augen huschten zu Jarrel und dann zu Amrin, dessen Kopf auf seiner Schulter hing. Kalea sah den genauen Moment, indem dem Leibwächter klar wurde, was Henri meinte.

„Er trägt sie doch", sagte Sepher irritiert und deutete auf Amrin.

„Nein, das ist meine", meinte Jarrel und kramte in dessen Innentasche herum. Dann holte er eine Münze heraus. „Als er verletzt wurde, musste ich ihm das Hemd ausziehen. Wir ... wir haben seine Sachen dort liegen lassen und sind direkt losgerannt. In seiner Jacke war die zweite Münze."

„Wollt ihr mich verarschen?", meinte Kalea aufgelöst. Das Bellen wurde immer lauter und lauter. Sie meinte sogar, Veras Schritte und Brüllen zu hören. Sowie die Schritte von anderen Personen.

„Müsste es nicht trotzdem gehen?", fragte der Prinz, der diese Münzen zuvor noch nie gesehen hatte.

„Nein, sie können nur maximal zwei Personen zu Faun transportieren und funktionieren nur für die entsprechende Person", erklärte Kalea gehetzt und blickte auf die zwei Münzen. Eine in ihrer und die andere in Jarrels Hand.

Zwei Münzen.

Für fünf Menschen.

Jarrel wandte sich zu ihr. „Kalea, geh du mit Sepher vor. Sagt Faun Bescheid, dass er die letzte Person holen soll." Die Geräusche ihrer Verfolger zeigten ihnen, dass nicht genug Zeit blieb, um diesen Wechsel zu machen. Es würde ihnen nur noch wenige Minuten bleiben.

„Das wird nicht funktionieren. Die Sprünge rauben ihm zu viel Energie. Durch zwei externe Sprünge zur beinahe gleichen Zeit, würde er zwar hierherkommen, aber wahrscheinlich nicht wieder zurück.

Vera könnte ihn hierbehalten", stöhnte Amrin, was ihm alle Aufmerksamkeit schenkte, und stellte sich gerade hin. Seine grünen Augen sahen sie alle entschlossen an. „Geht."

„Das glaubst du ja wohl selbst nicht", meinte Henri sauer.

Jarrel nickte zustimmend. „Du hast den Plan dieser Verrückten. Du bist der Letzte, der hierbleibt", stimmte er ihm zu.

„Ich bin aber auch nicht derjenigen, der einen zurücklässt!", erwiderte Amrin ebenso außer sich und deutete mit seiner Hand auf seine Brust. „Niemals. Ich weiß, wie es ist. Ich kenne es. Das tue ich niemandem an." Kalea Hals schnürte sich zu. Er sprach von seiner Gefangenschaft in Solas, als Faun ihn zurücklassen musste.

„Ich bleibe", sagte Henri und schob Amrin in Jarrels Arme. Sein Freund sah ihn fassungslos und panisch an.

„Was? Nein!" Es würde keine zwei Minuten dauern, bis Vera bei ihnen ankam.

„Jar und Kalea sind diejenigen mit den Münzen. Sepher ist ein zukünftiger König und du hast den Plan. Ich bin die einzige logische Schlussfolgerung, siehst du das nicht, mein kleines Genie?", erklärte der Blondhaarige und lächelte traurig. Kaleas Sicht verschwamm vor ihren Augen. Jarrel presste die Lippen zusammen. Sie hasste es, aber seine Worte machten Sinn. Ihr Körper zitterte. Über ihren Köpfen sammelten sich Wolken zu einer dicken grauen Decke an. Doch Kalea war es egal, dass sie spürte, wie sie die Kontrolle über die Magie verlor. Das hier war zu viel.

„Nein, nein", jammerte Amrin und kam taumelnd auf ihn zu. „Tu mir das nicht an. Wir hatten nicht genug Zeit. Ich habe so viel Zeit verschwendet." Er weinte. Und auch Henri standen die Tränen in den Augen, als er sein Gesicht umgriff und ihn ansah. Amrin begann zu hyperventilieren und griff an Henris Oberarme. Sepher senkte den Blick zu Boden.

„Ich bleibe bei dir", stammelte der Jüngste unbeholfen und suchte die Lippen seines Freundes. Kalea sah, wie Henri um Fassung rang. Es blitzte und donnerte über ihnen. Die Geräusche des Himmels mischten sich mit dem Bellen der Hunde, die in wenigen Sekunden ihre Körper zerfleischen würden.

„Ich liebe dich, Amrin", sagte Henri immer und immer wieder, ohne sein Gesicht loszulassen.

Amrin schluchzte laut. „Ich dich auch. Bitte, nicht. Mach das nicht." Der Wachmann zog ihn an sich ran und küsste seinen Gelehrten mit voller Liebe und Schmerz.

Dann passierte alles zu schnell. In dem Moment, als der erste Hund um die Ecke wetzte, öffnete Henri die Augen im Kuss und blickte Jarrel entschlossen an. Dieser nickte steif und drehte die Münze in seiner Hand um. Als der Hund noch hundert Meter entfernt war und der Zweite um die Ecke kam, löste er den Kuss.

„Ich liebe dich, mein Genie."

Jarrel packte Amrin von hinten und hob ihn augenblicklich von Henri weg. Ein Schrei entkam ihm, als ihm klar wurde, was passierte.

„Nein! Jar, ni-." Amrins Schrei verstummte im Nichts. Sie waren gesprungen.

Schluchzend blickte Kalea zu Henri, der auf den Punkt starrte, auf dem sein Liebster eben noch gestanden hatte. Wie könnte sie ihn zurücklassen? Er würde sterben. Sie wollte nicht springen, aber Sepher konnte nicht ohne sie fliehen.

„Sag es ihm immer wieder, ja?", flüsterte Henri dann und drehte sich zu den Hunden um. Zitternd zog er sein Schwert. „Dass ich ihn liebe. Dass es so richtig war und er keine Schuld hat." Er schielte kurz zu ihnen nach hinten. Henri hatte seine Soldatenmaske auf, obwohl Tränen an seinen Wangen hinunterliefen. „Mögen wir uns im nächsten Tag wiedersehen." Kalea wimmert auf. „Geht."

Sepher erwiderte seine Worte, stellte sich vor sie und nahm ihren bebenden Körper in den Arm. Das Letzte, was sie vor dem Sprung hörte, war Henris wütender Schrei, während er den Hunden und Vera entgegenrannte.

KAPITEL 71

FAUN

Die Stille des Krankenzimmers erstickte ihn. Die wartenden Blicke von Aurum und Bo durchbohrten ihn. Die Heiler standen bereit. Er wusste nicht, was er anflehte. Die Götter der Menschen oder die der Imiset? Ihm war es egal. Aber er bat darum, dass es ihnen gut ging. Dass die Münzen funktionierten. Bos Knie wippte auf und ab.

„Vielleicht solltest du nachsehen", begann Aurum nervös. Sie stoppte, als es knallte und zwei Personen aus dem Nichts neben ihm gegen den Schrank fielen. Augenblicklich kamen sie auf die beiden zu, da die Landung sehr ungeschickt und schmerzhaft aussah. Doch hörten sie dann seine Schreie und erstarrten allesamt in ihrer Bewegung. Fauns Blut gefror zu Eis.

Nein.

Das war falsch, war das Erste, was sich Faun dachte. Amrin sollte nicht mit Jarrel springen, sondern mit -

„Henri", schluchzte Amrin laut und versuchte sich aus Jarrels Griff zu winden. „Henri! Lass mich los!" Sein Ellenbogen traf den Leibwächter in den Magen, sodass sich der Griff um seine Mitte löste.

Sobald sie standen, fuhr Amrin ihn an. „Wie konntest du!" Er schrie und schlug ihm gegen die Brust.

„Amrin, beruhige dich!", sagte Aurum verängstigt, bekam aber kein Gehör von ihrem Cousin. Jarrel packte seine Arme und hielt sie fest.

„Atme", sagte er. „Das war Henris Entscheidung. Er liebt dich, hörst du mich? Er hätte dich nie zurückgelassen."

Amrin brüllte. Faun hatte ihn noch nie so gesehen und wusste nicht, wie er reagieren sollte. „Ich ihn auch nicht! Du hast mich dazu gezwungen!"

„*Du* hast den Plan, Amrin."

„Das ist mir doch völlig egal!", schrie er erneut und riss seine Arme aus seinem Griff. Faun verstand nicht, was los war. Wo waren die anderen? Was war schiefgegangen?

„Komm her", versuchte Jarrel ihn zu beruhigen. Faun wusste direkt, dass es eine schlechte Idee war. Im nächsten Moment schlug Amrin ihm mit voller Kraft gegen den Kiefer. Aurum kreischte erschrocken. Jarrel taumelte nach hinten und hielt sich gerade rechtzeitig an einem Tisch fest.

„Fass mich nie wieder an!" Seine verheulten Augen fanden Faun.

Wenige Sekunden später knallte Kalea ungebremst mit Sepher durch den Raum und landete gegen einen der Tische im Krankenzimmer. Er merkte direkt, dass sie weinte. Sie kniff die Augen zusammen und vergrub ihr Gesicht in Sephers Brust. Dieser hielt sie noch immer fest und half ihr beim Aufstehen. Ihre Blicke trafen sich kurz, dann brachte er seine Aufmerksamkeit auf das Wichtigste zurück. Den heulenden jungen Mann, den er aufwachsen sehen hatte und nun zu seinen Füßen kauerte.

„Bring mich zurück!", sagte Amrin aufgelöst und kniete vor Fauns Füßen. Bettelnd rieb er die Hände gegeneinander und sah ihn mit großen grünen Augen an. Aurum kniete hinter ihm und versuchte, ihn zu trösten. Ihnen war mittlerweile klar, was mit Henri war. Wo er sein musste. Ein säuerlicher Geschmack legte sich auf seine Zunge und er versuchte sich an die letzten Worte zu erinnern, die er seinem besten Freund gesagt hatte. Doch er erinnerte sich nicht. Alles, was er hörte, war das Weinen im Raum.

„Bitte Faun. Ich bitte kaum um etwas", meinte Amrin schluchzend und es brach Fauns Herz. Dicke Tränen rannen seine roten Wangen hinunter. „Ich *liebe* ihn. Bitte, bring mich zurück. Bitte. Bitte!"

Es schmerzte Faun, ihn so zusehen. Sein Herz krampfte. „Amrin, ich würde dich zurückbringen, wenn ich könnte", sagte er, wobei er seine eigene Stimme nicht erkannte, und kniete sich vor ihn. „Ich kann nicht. Meine Magie ist vollkommen aufgebraucht. Der Kampf mit Vera hat mir beinahe alles abverlangt." Alles schnürte sich in ihm zusammen. Weinend lehnte sich Amrin nach vorn und presste seine Stirn gegen den Boden. Sein Körper bebte. Alle sahen ihn an und wussten nicht, was sie sagen sollten. Selbst geplagt von der Trauer, ließen sie die Stille des Raumes für sich sprechen. Faun dachte an Henri und an die Wut, die in Veras Augen geherrscht hatte, als er gesprungen war. Dabei war das einzige Geräusch Amrins Schluchzen und ein Wort, das ihm immer und immer wieder über die Lippen kam.

Henri.

Hen r i.

H e n r i

479

KAPITEL 72

KALEA

Verständlicherweise dauerte es eine Weile, bis Kalea und Aurum ihren Cousin vom Boden auf einen Stuhl hieven konnten. Er schluchzte noch immer und starrte leer auf einen Punkt zu seinen Füßen. Besorgt strich sie ihm durchs Haar. Ihr Blick fand Jarrel. Der Leibwächter hielt sich den Kiefer und sah ebenso besorgt zu Amrin. Faun saß auf einem Stuhl und hatte sein Gesicht in seinen Händen vergraben. Er hatte seinen besten Freund verloren. Jeder war so unglaublich erschüttert. Selbst die Heiler im Raum schienen fassungslos. Viredis war kein riesiger Ort. Hier kannte jeder jeden. Jeder hatte Henri aufwachsen sehen und ihn lieben gelernt. Es genügte ein kurzer Blickkontakt mit Sepher und sie waren sich einig, dass sie die Sache mit Evalin noch nicht erzählten. Diese Menschen brauchten keinen weiteren Grund, um an den Grundmauern ihres Lebens zu verzweifeln.

„Bitte sagt mir, dass ihr erfolgreich wart", durchbrach Bos kehlige Stimme die Stille und sah Jarrel an. Dieser riss nur schwer den Blick von Amrin los und nickte dann.

„Wir haben ihren Plan gefunden. Es war ein Pergament auf einer anderen Sprache. Aber es war verflucht gewesen." Er stoppte. „Amrin war es, der ihn gefunden hat. Er hat ... er hatte vergessen, das Pulver zu benutzen."

Bos schaute zu ihm hinüber.

„Habt ihr ihn mitgenommen? Vielleicht kann ich es lesen", meinte Faun müde und lehnte sich im Stuhl zurück. Seine Augen waren rot unterlaufen. Kalea ging zu ihm hinüber und strich ihm tröstend über die Schultern. Seine Hand fand ihre und drückte sie augenblicklich. Wärme durchströmte ihren Körper. Anhand von Fauns entspannten Schultern, wusste sie, dass auch bei ihm der Bund Gutes tat. Behutsam küsste sie seine Schläfe, wobei er die Augen schloss.

Jarrel starrte wieder in Amrins Richtung. „Nicht direkt. Es löste eine Falle aus. Das Pergament ist verbrannt."

„Ihr habt gesagt, dass Amrin den Plan hätte?", meinte Kalea verwirrt.

Jarrel seufzte. „Er hat ihn auch."

Im gleichen Augenblick stand der junge Gelehrte auf. Antriebslos zog er Jarrels Jacke aus und drehte sich dann mit dem Rücken zu ihnen.

„O Amrin", hauchte Aurum und hielt ihn an den Schultern fest. „Das muss doch wehtun."

Nun verstanden sie, warum Amrin den Plan hatte. Der Fluch hatte die Falle ausgelöst und so würde ihm der Inhalt des Papiers auf den Rücken tätowiert. In schwarzer Schrift. Jedoch so unsauber, dass jeder Buchstabe blutete und anschwoll.

Faun stand auf und ging näher an ihn heran. „Es ist imisetisch", erklärte er.

Ungeduldig tippelte sie herum. „Und was steht da?"

„Es ist ein Ritual", sagte Faun und trat noch näher ran. Dann stockte er. „Sie will den Menschen die Magie wegnehmen."

Aurum runzelte die Stirn. „Was? Das geht?"

„Wieso sollte sie?", fragte Bo.

„Vera ist der Meinung, dass jegliche Magie der Menschen gestohlen ist", murmelte er erklärend und las dann weiter. „Außerdem geht es um Unsterblichkeit."

Bo schnaubte verächtlich. „Sie will unsterblich werden?"

„Anscheinend."

„Was muss dafür getan werden?", flüsterte Amrin heiser und stützte sich an der Lehne des Stuhles ab.

Faun sah ihn einen Moment an. „Sie muss dafür sorgen, dass es in jedem Reich nur noch einen Herrscher und einen Thronfolger gibt. Die Thronfolger werden getötet und die Herrscher verlieren ihre Magie. Dadurch verlieren alle Menschen der Reiche die Kraft."

„Ich verstehe nicht, wie das die Magie löschen soll?", fragte Kalea laut in die Runde.

Der Halbelf strich sich durch sein pechschwarzes Haar. Bevor er antworten konnte, kam ihm der Kronprinz zuvor.

„Es ist das Versprechen in unserem Blut", erklärte Sepher und starrte weiter auf Amrins Rücken. Dann sah er zu ihr und errötete leicht. „Mitglieder der Königsfamilien sind sehr fruchtbar. Sie vermehren sich mit Leichtigkeit, um dieses Versprechen zu verbreiten.

Dies macht es beinahe unmöglich, solch ein Ritual durchzuführen. Wenn es nur einen Thronfolger geben würde, ist das Versprechen sozusagen in ihm oder ihr gebündelt. Dann ist es möglich, dieses auszulöschen." Er rieb sich die Augen und setzte sich. Die Erschöpfung seiner Verletzungen schien wieder über ihn hereinzubrechen. Zum Glück hatte er zuvor zugelassen, dass die Heiler in Stille seine Wunden versorgen konnten. „Aber es passiert manchmal auch ohne ein Ritual. Baistars Magie ist für einige Zeit verschwunden, bis in Kalea die Magie erwacht ist. Ohne dich hat es nur mich mit diesem Versprechen im Blut gegeben, obwohl wir sieben Geschwister gewesen sind. Und ich bin ein Leerer." Er lächelte sie gequält an. Sie wusste bisher nichts von seinen Geschwistern.

Bodan wandte sich an seinen Bruder. „Deswegen hat sie gewollt, dass du diese Menschen tötest. Sie hat damit begonnen die Thronfolger auszumerzen", knurrte er.

Langsam richtete sich Amrin auf und drehte sich um. „Also müssen wir dafür sorgen, dass die Thronfolger überleben und Vera aufhalten", meinte er ernst. Sie blickten ihn an. Sahen seine roten Augen und das leichte Zittern seiner Hände. „Unsere heutige Welt kann ohne Magie nicht existieren. Die Strukturen würden in sich zusammenbrechen." Jeder stimmte ihm zu.

„Die Königin hat drei Söhne und noch zwei Großcousinen", zählte Aurum auf und kritzelte es auf ein Stück Papier. Sie musste einen Überblick über das Voranschreiten von Veras Plan bekommen. Der Halbelf war bestimmt nicht der Einzige, der mit den Morden beauftragt wurde. Kalea beobachte sie dabei stumm. Ihr war bewusst, dass sie diese Gruppe nur wieder in die nächste Aufgabe stürzte, weil sie sich nicht von ihrer Trauer überwältigen lassen wollten. Und für diesen Moment würde sie ihnen diese Pause gönnen. Aber sie würde sicherlich nicht dabei zu sehen, wie sie Henris Verlust in den Hintergrund schoben, um den Schmerz nicht zu spüren.

Faun drehte sich zur Gruppe. „Hidrig hat nur noch die Zwillinge und einen Cousin. Ihre Cousine müsste längst tot sein." Er kniff die Lippen zusammen. „Solas hat Emil Withleigh und einen Onkel als Thronfolger. Vielleicht haben wir Glück und durch Barias späte Krönung haben wir ihr einen Stein in den Weg gelegt. Es gibt noch keinen Herrscher in Solas und Baistar."

„Das muss die zweite Zeremonie gewesen sein, die sie heute durchführen wollte", stellte Kalea fest und blickte zu Sepher, der zustimmend nickte. Vera hatte vorgehabt, ihn zu krönen.

„Gaofar hat zwei direkte Thronfolger. Tuula und Helia. Und zum Glück eine ganze Schar an Cousinen und Cousins. Es wird sie eine Weile beschäftigen, die alle zu töten", fügte Jarrel hinzu.

„Das müsste doch machbar sein. Wenn wir den Königsfamilien Bescheid geben, können sie die Sicherheit hochfahren", meinte Aurum hoffnungsvoll.

Sepher trat einen Schritt nach vorn: „Ihr habt einen Namen auf der Liste vergessen."

„Wen?", fragte Amrin leise. Sephers grauen, wissenden Augen trafen ihre.

Kalea klammerte sich unbewusst in die Stuhllehne hinein. Panik lähmte ihren Körper.

Nicht schon wieder. Sie wollte nicht erneut sowas durchleben.

Warum wollte sie jeder töten?

„Baistar", flüsterte sie und fand Fauns leidenden Blick, „hat eine Thronfolgerin: mich."

Talam

Kratos Tressilian Miro Tressilian Caelan Tressilian
Neoma Koizumi Akari Koizumi

Hidrig

Ihaka Creswell Manaia Creswell
Kaito Ledoux ~~Isteen Ledoux~~

Solas

Emil Withleigh
Roan Withleigh

Gaofar

Tuula Admetus Helia Admetus
Oliver Zacharias
Aesira Trevelyan Audra Trevelyan
Isaac Borromea Izumi Borromea
Verde Donatello

Baistar

Kalea Lomaret

ENDE
BUCH 2